Über dieses Buch Margaret Atwoods dritter Roman, 1979 im Original erschienen, trägt sich innerhalb eines sehr genau fixierten Rahmens zu: er spielt in Toronto, vom 29. Oktober 1976 bis zum 18. August 1978. Ebenso präzise ist er auch in der Darstellung seiner Personen und deren Konflikte.

›Die Unmöglichkeit der Nähe‹ ist eine Dreiecksgeschichte – ein Mann zwischen zwei Frauen –, im Wechsel erzählt aus der Perspektive der drei Hauptfiguren Elizabeth, ihrem Mann Nate und dessen Freundin Lesje. Durch diesen Blickwechsel nimmt der Roman seine Figuren sowohl aus der Innensicht als auch aus der Distanz wahr und seine Wirklichkeit ergibt sich gleichsam aus der Überblendung von drei verschiedenen Bildern – eine Erzählsituation, die ihrerseits den Konflikt zwischen Nähe und Distanz abbildet.

In einer insistierenden Sprache, die keine Illusion, aber doch Humor zuläßt, erzählt Margaret Atwood die einfache Geschichte von den Spannungen zwischen diesen drei Menschen, ihren ständigen Begegnungen, den wechselseitigen Ansprüchen und Enttäuschungen, und von den immer neuen Versuchen, im Gespräch – oder im Bett – die Isolation zu überwinden, Nähe zu finden.

Die Autorin Margaret Atwood, 1939 in Ottawa geboren, ist die prominenteste Autorin der kanadischen Gegenwartsliteratur. Sie schreibt Gedichte, Romane, Prosastücke, Kritiken und Essays.

Im Fischer Taschenbuch Verlag erschienen außerdem die Romane ›Die eßbare Frau‹ (Bd. 5984), ›Der lange Traum‹ (Bd. 10291), ›Lady Orakel‹ (Bd. 5463), ›Verletzungen‹ (Bd. 10293) und ›Der Report der Magd‹ (Bd. 5987), die Erzählungsbände ›Unter Glas‹ (Bd. 5986) und ›Die Giftmischer‹ (Bd. 5985) und der Lyrikband ›Wahre Geschichten‹ (Bd. 5984). Bei S. Fischer erschien der Roman ›Katzenauge‹.

Margaret Atwood
Die Unmöglichkeit der Nähe

Roman

Aus dem Amerikanischen von
Werner Waldhoff

Fischer Taschenbuch Verlag

Ungekürzte Ausgabe
Veröffentlicht im Fischer Taschenbuch Verlag GmbH,
Frankfurt am Main, Oktober 1990

Lizenzausgabe mit freundlicher Genehmigung
des Claassen Verlags GmbH, Düsseldorf
Die kanadische Originalausgabe erschien
1979 unter dem Titel ›Life Before Man‹

Umschlaggestaltung: Buchholz/Hinsch/Hensinger
Umschlagabbildung: Allen Jones, ›Man/Woman‹
Druck und Bindung: Clausen & Bosse, Leck
Printed in Germany
ISBN 3-596-10292-8

Für G.

Ein Fossil ist nicht unbedingt ein Teil des Organismus selbst, es kann auch so etwas wie ein Dokument seiner Anwesenheit sein, wie etwa eine versteinerte Spur oder Höhle... Solche Fossilien sind unsere einzige Chance, die ausgestorbenen Tiere in Aktion zu sehen und ihr Verhalten zu untersuchen. Eine definitive Identifikation allerdings ist nur möglich, wenn das Tier selbst versteinert neben seinen Spuren aufgefunden wird.

BJÖRN KURTÉN, *Das Zeitalter der Dinosaurier*

Sieh nur, ich lächle dich an, ich lächle in dir, ich lächle durch dich. Wie kann ich tot sein, da ich in jeder Bewegung deiner Hand atme?

ABRAM TERC (ANDREJ SINJAVSKIJ), *Der Eiszapfen*

ERSTER TEIL

ELIZABETH *Freitag, 29. Oktober 1976*

Ich hab keine Ahnung, wie ich leben sollte. Ich hab keine Ahnung, wie irgend jemand leben sollte. Ich weiß lediglich, wie ich lebe. Wie eine abgepellte Schnecke, ohne Haus. Und damit läßt sich kein Geld machen.

Ich will diesen Schutzpanzer wiederhaben, es hat mich genügend Zeit gekostet, ihn zu bauen. Du hast ihn bei dir, wo immer du auch sein magst. Im Wegnehmen warst du ja schon immer gut. Ich wünsch mir einen Panzer wie ein mit Ziermünzen behängtes Kleid, aus Silbernickeln und Dimes und Dollars, überlappend wie die Schuppen eines Gürteltieres. Gepanzerter Dildo. Undurchdringlich wie ein französischer Regenmantel.

Ich wollt, ich müßte nicht über dich nachdenken. Du wolltest mich beeindrucken; also, ich bin nicht beeindruckt, ich bin angewidert. Es war abscheulich, so etwas zu tun, kindisch und dumm. In einem Anfall eine Puppe kaputtmachen, aber was du kaputtgemacht hast, war dein eigener Kopf, dein eigener Körper. Du wolltest ein für allemal sichergehen, daß ich nie mehr in der Lage wäre, mich im Bett umzudrehen, ohne diesen Körper neben mir zu spüren, nicht wirklich da, aber fühlbar wie ein amputiertes Bein. Verschwunden, doch die Stelle schmerzt immer noch. Du wolltest mich zum Heulen bringen, ich sollte klagen, mit einem schwarzgesäumten Taschentuch im Schaukelstuhl sitzen, und dazu läuft mir das Blut aus den Augen. Aber ich weine nicht, ich bin wütend. Ich bin so wütend, daß ich dich umbringen könnte. Wenn du das nicht schon selbst besorgt hättest.

Elizabeth liegt auf dem Rücken, angezogen, die Kleider glattgestrichen, die Schuhe ordentlich auf den Teppich neben dem Bett gestellt, ein geflochtenes Oval, das sie vor vier Jahren bei Nick Knack's gekauft hatte, als sie sich noch für Hauseinrichtungen interessierte, die geflochtenen alten Flicken einer ehrlichen alten Lady, mit Garantie. Arme angelegt, Füße zusammen, Augen offen. Alles was sie sehen kann, ist ein Teil der Decke. Ein kleiner Riß läuft quer durch ihr Blickfeld, ein noch kleinerer Riß zweigt davon ab. Nichts wird passieren, nichts wird sich öffnen, der Riß wird sich nicht erweitern und aufreißen, und nichts wird durch ihn eindringen. Es bedeutet lediglich, daß die Decke einen neuen Anstrich nötig hat, nicht dieses, sondern nächstes Jahr. Elizabeth versucht sich auf die Worte »nächstes Jahr« zu konzentrieren, stellt fest, daß es nicht geht.

Links von ihr ein Hauch von Licht; wenn sie den Kopf dreht, kann sie das Fenster sehen, die Topfblumen, die chinesische Bambusjalousie halb heruntergezogen. Nach dem Lunch hat sie das Büro angerufen und gesagt, daß sie nicht kommen würde. Sie macht das viel zu oft; sie braucht ihren Job.

Sie ist nicht anwesend. Sie ist irgendwo zwischen ihrem Körper, der ruhig auf dem Bett liegt, auf der Decke mit indischem Muster, Tiger und Blumen, bekleidet mit einem schwarzen Rollkragenpullover, einem glatten schwarzen Rock, einem mauvefarbenen Slip, einem beigen BH mit dem Verschluß vorn und einer Strumpfhose von der Sorte, die man in kleinen Plastikeiern kaufen kann, und der Zimmerdecke mit ihren haarfeinen Rissen. Sie kann sich selbst da sehen, eine Verdikkung der Luft, eine Art Eiweißverbindung. Das, was herauskommt, wenn man ein Ei kocht und die Schale springt. Sie weiß Bescheid über das Vakuum auf der anderen Seite der Zimmerdecke, was nichts zu tun hat mit dem dritten Stock, wo die Mieter wohnen. Ganz entfernt, wie winzig kleiner Donner, rollt ihr Kind Murmeln über den Fußboden. Die Luft wird mit einem sanften, kaum hörbaren Pfeifen in das schwarze Vakuum gesaugt. Sie könnte hoch- und hineingezogen werden wie Rauch.

Sie kann ihre Finger nicht bewegen. Sie denkt über ihre Hände nach, wie sie da an ihren Seiten liegen, Gummihandschuhe: Sie konzentriert sich darauf, Knochen und Fleisch in diese Formen der Hände hinunterzuzwingen, einen Finger nach dem anderen, wie Teig.

Durch die Tür, die sie aus Gewohnheit einen Spalt offen gelassen hat, immer in Bereitschaft wie die Notfallstation eines Krankenhauses, selbst jetzt noch auf Geräusche von Zusammenstößen lauschend, auf Splittern und Schreie, dringt der Geruch von verbranntem Kürbis. Ihre Kinder haben ihre Kürbislaternen angezündet, obwohl es bis Allerheiligen noch zwei Tage sind. Und es ist noch nicht einmal richtig dunkel, obwohl das Licht neben ihrem Kopf allmählich verblaßt. Sie putzen sich für ihr Leben gern auf, legen Masken und Kostüme an und rennen durch die Straßen, durch die toten Blätter, klopfen an die Türen fremder Leute und halten ihre Papiertüten hin. Welche Hoffnung. Sonst hat es sie immer gerührt, diese Aufregung, diese wilde Freude, all die Pläne, die wochenlang hinter der verschlossenen Tür ihres Zimmers geschmiedet wurden. Irgend etwas wurde dabei in ihrem Inneren gedreht, irgendein Schlüssel. Dieses Jahr sind sie ihr fern. Die schalldichte Glaswand im Säuglingssaal des Krankenhauses, wo sie für eins nach dem anderen in ihrem Hausmantel gestanden hatte, wo sie gesehen hatte, wie sich die rosigen Münder öffneten und schlossen, die Gesichter sich verzerrten.

Sie kann sie sehen und umgekehrt. Sie wissen, daß irgend etwas nicht stimmt. Ihre Höflichkeit, ihr Ausweichen ist erschreckend, weil es so perfekt gemacht ist.

Sie haben mich beobachtet. Sie haben uns jahrelang beobachtet. Warum sollten sie nicht wissen, wie es gemacht wird? Sie benehmen sich, als ob alles normal wäre, und für sie ist es vielleicht auch normal. Bald werden sie ihr Essen haben wollen, und ich werde es zubereiten. Ich werde aus diesem Bett klettern und das Essen machen, und morgen werde ich sie in die Schule schicken und dann ins Büro gehen. Das ist die richtige Reihenfolge.

Elizabeth hat früher immer gekocht, sogar sehr gut. Es war zur gleichen Zeit wie ihr Interesse an Teppichen. Sie kocht immer noch. Sie schält Sachen und erhitzt andere. Manches wird hart, manches weich; Weißes verwandelt sich in Braun. So läuft das. Doch wenn sie ans Essen denkt, dann sieht sie nicht die leuchtenden Farben, Rot, Grün, Orange, wie sie im *Gourmet-Kochbuch* abgebildet sind. Essen sieht sie statt dessen als Illustration zu diesen Artikeln in den Magazinen, wo nachgewiesen wird, wieviel Fett das Frühstück enthält. Tote weiße Eier, weiße Streifen Speck, weiße Butter. Hühnchen, Roastbeef und Steaks, alles aus gesichtslosem Schmalz geformt. Und so schmeckt ihr auch jetzt alles Essen. Nichtsdestoweniger ißt sie, sie ißt sogar zuviel, macht sich schwer.

Ein leichtes Klopfen, ein Schritt. Elizabeth bewegt ihre Augen abwärts. In dem ovalen Spiegel mit dem Eichenrahmen über dem Toilettentisch kann sie sehen, wie sich die Tür öffnet, die Dunkelheit des Flures dahinter, in der Nates Gesicht wie ein bleicher Ballon schwimmt. Er kommt ins Zimmer, zerreißt den unsichtbaren Faden, den sie gewöhnlich über die Schwelle spannt, um ihn draußen zu halten, und sie ist in der Lage, den Kopf zu wenden. Sie lächelt ihm zu.

»Wie geht's dir, Liebes?« sagt er. »Ich habe dir ein bißchen Tee gebracht.«

NATE *Freitag, 29. Oktober 1976*

Er weiß nicht, was »Liebes« zwischen ihnen noch zu bedeuten hat, obwohl sie es ständig sagen. Um der Kinder willen. Er kann sich nicht mehr erinnern, wann er anfing, an ihre Tür zu klopfen, oder wann er aufhörte, sie als seine Tür zu betrachten.

Als sie die Kinder in ein Zimmer zusammenlegten und er das freie Bett übernahm. Das freie Bett, so nannte sie es zu der Zeit. Jetzt nennt sie es das Extrabett.

Er stellt die Tasse Tee auf den Nachttisch, neben den Radiowecker, der sie jeden Morgen mit fröhlichen Frühstücksnachrichten weckt. Da ist ein Aschenbecher, aber keine Zigarettenkippen; warum auch? Sie raucht nicht. Aber Chris rauchte.

Als Nate in diesem Zimmer schlief, gab es Asche, Streichhölzer, Gläser mit Ringen, Pennies aus seinen Taschen. Sie pflegten sie in einem Erdnußbutterglas zu sammeln und davon kleine Geschenke füreinander zu kaufen. Verrücktes Geld, so nannte sie es. Jetzt leert er immer noch jeden Abend die Pennies aus seinen Taschen; sie vermehren sich wie Mäusedreck oben auf der Kommode in seinem Zimmer, seinem eigenen Zimmer. Dein eigenes Zimmer, nennt sie es, als wollte sie ihn da drinhalten.

Sie schaut zu ihm auf, das Gesicht ohne jede Farbe, dunkle Ringe unter den Augen, bleiches Lächeln. Sie muß sich keine Mühe geben; sie gibt sich immer Mühe.

»Danke, Liebes«, sagt sie. »In einer Minute steh' ich auf.«

»Wenn du magst, mach ich heute abend das Essen«, sagt Nate in dem Wunsch, behilflich zu sein, und Elizabeth stimmt teilnahmslos zu. Ihre Teilnahmslosigkeit, der Mangel an Ermunterung versetzt ihn in Zorn, aber er sagt nichts, dreht sich um und schließt die Tür leise hinter sich. Er hat die Geste gemacht, aber sie benimmt sich, als bedeutete es nichts.

Nate geht in die Küche, öffnet den Eisschrank und stöbert darin herum. Es ist, als wühlte man sich durch eine Schublade mit durcheinandergeworfener Kleidung. Reste in Gläsern, verdorbener Rosenkohl, in einem Plastikbeutel beginnt der Spinat zu verfaulen, ein Geruch von verwesendem Gras. Sinnlos, von Elizabeth zu erwarten, es sauberzumachen. Früher hat sie saubergemacht. Heute macht sie andere Sachen sauber, aber nicht den Eisschrank. Er wird es selbst saubermachen, morgen oder übermorgen, sobald er dazu kommt.

Inzwischen wird er das Essen improvisieren müssen. Keine

schwere Aufgabe, oft genug hat er beim Kochen geholfen, allerdings in früheren Zeiten – in Gedanken nennt er es die alten Tage, wie eine längst vergangene romantische Ära, wie irgendein Disneyfilm über Ritter –, da gab es immer reichlich Vorräte. Die meisten der Lebensmitteleinkäufe erledigt er nun selbst, transportiert ein oder zwei Tüten in dem Korb an seinem Fahrrad heim, doch er vergißt manches, und so klaffen Lücken im Tagesablauf: keine Eier, kein Toilettenpapier. Früher, als er den Wagen noch nicht verkauft hatte, war das kein Problem. Er fuhr Elizabeth einmal in der Woche in die Stadt, an den Samstagen, und half ihr dann dabei, die Büchsen und gefrorenen Packungen wegzuräumen, wenn sie wieder daheim waren.

Nate klaubt den tropfenden Spinat aus der Gemüsepackung und trägt ihn zum Mülleimer; grünliche Flüssigkeit quillt hervor. Er zählt die Eier: für Omelette nicht genug. Er wird wieder Makkaroni und Käse machen müssen, wogegen nichts einzuwenden ist, da es die Kinder mögen. Elizabeth wird es nicht mögen, aber sie wird's essen, sie wird es geistesabwesend hinunterschlingen, als wär's das letzte, woran sie denken könnte, und dazu lächeln wie eine Märtyrerin auf dem Scheiterhaufen, während sie an ihm vorbei die Wand anstarrt.

Nate rührt und reibt, rührt und reibt. Asche fällt von seiner Zigarette, verfehlt knapp den Topf. Es ist nicht seine Schuld, daß Chris sich mit der Schrotflinte den Kopf von den Schultern geblasen hat. Eine Schrotflinte: darin drückt sich die ganze Extravaganz, die Hysterie aus, die er bei Chris schon immer abscheulich gefunden hat. Er selbst hätte eine Pistole genommen. Falls er so etwas überhaupt machen würde. Was ihn fertigmacht, ist der Blick, den sie ihm zuwarf, als der Anruf schließlich kam: *Wenigstens hat er den Mut dazu gehabt. Wenigstens hat er es ernst gemeint.* Natürlich hat sie es nie ausgesprochen, aber es ist sicher, daß sie Vergleiche zwischen ihnen zieht, die zu seinen Ungunsten ausfallen, weil er noch am Leben ist. Feigheit, einfach noch lebendig zu sein. Kein Mumm.

Und doch weiß er, daß sie ihm zur gleichen Zeit, und auch dies, ohne es laut auszusprechen, die Schuld an der ganzen

Sache gibt. Wenn du nur dies oder das gewesen wärst, dies oder jenes getan hättest – er hat keine Ahnung, was –, dann wäre es nicht passiert. Ich wäre nicht dazu getrieben worden, gezwungen, genötigt...; das ist ihre Ansicht, daß er sie im Stich gelassen hat, und dieses sein undefiniertes Versagen verwandelte sie in eine zitternde Masse hilflosen Fleisches, jederzeit bereit, sich wie ein Saugnapf an den erstbesten verrückten Mann zu hängen, der vorbeikam und sagte, du hast hübsche Titten. Oder was immer es gewesen sein mochte, was Chris zu ihr gesagt hatte, damit sie den Liebeshaken an ihrem Büstenhalter öffnete. Wahrscheinlich war's mehr so was Ähnliches wie »Du hast gute Anlagen«. Schachspieler sind so. Nate weiß Bescheid: er war selber mal einer. Nate kann sich nicht erklären, warum Frauen Schachspielen sexy finden. Manche Frauen.

Seit einer Woche also, seit dieser Nacht, bringt sie die Nachmittage damit zu, auf dem Bett zu liegen, das auch mal seins war, zur Hälfte seins, und er bringt ihr Tassen Tee, jeden Nachmittag eine. Sie nimmt sie entgegen mit ihrem Sterbenden-Schwan-Blick, einem Ausdruck, den er nicht ertragen und dem er nicht widerstehen kann. Es ist deine Schuld, Liebling, aber Tassen mit Tee darfst du mir bringen. Kümmerliche Buße. Und ein Aspirin aus dem Badezimmer und ein Glas Wasser. Dank dir. Und jetzt geh irgendwohin und fühl dich schuldig. Er ist scharf auf so was. *Wie ein guter Junge.*

Dabei war er derjenige gewesen, der hingehen und den Körper identifizieren mußte, nicht Elizabeth. Wie ihre gequälten Augen es ausdrückten: das konnte man wohl auch kaum von ihr verlangen. Pflichtgemäß war er also gegangen. Dann stand er in dem Apartment, wo er nur zweimal zuvor gewesen war, während sie in den vergangenen zwei Jahren mindestens einmal pro Woche dort war, und kämpfte die aufsteigende Übelkeit nieder, zwang sich dazu hinzusehen; er hatte das Gefühl gehabt, daß sie mit ihnen zusammen im Zimmer war, eine Kurve im Raum, eine Beobachterin. Daß sie mehr da war als Chris. Vom Kopf war nichts übriggeblieben, wenn man's mal so ausdrükken wollte. Der Reitersmann ohne Kopf. Aber erkennbar. Der eigentliche Ausdruck von Chris hatte nie in seinem schweren flachen Gesicht gelegen; nicht so wie bei den meisten Leuten. Mehr in seinem Körper. Der Kopf war der Störenfried gewesen; wahrscheinlich war das der Grund, weshalb Chris auf ihn geschossen hatte anstatt auf irgendein anderes Teil von sich. Er mochte seinen Körper nicht verstümmeln.

Der Fußboden, ein Tisch, ein Schachspiel neben dem Bett, ein Brett, auf dem das, was man als Rumpf oder Gliedmaßen bezeichnete, herumlag; Nates anderer Körper, an ihn gekettet durch diese zerbrechliche Verbindung, durch dieses von Elizabeth kontrollierte Loch im Raum. Chris hatte Anzug und Krawatte angezogen und ein weißes Hemd. Als Nate sich diese Zeremonie vorstellte – die dicken Hände binden die Krawatte, rücken sie im Spiegel zurecht, o Gott, selbst seine Schuhe waren poliert –, hätte er am liebsten losgeheult. Er steckte die Hände in die Jackentaschen; seine Finger schlossen sich um Pennies, um den Hausschlüssel.

»Irgendein Grund, warum er ihre Nummer auf dem Tisch zurückgelassen hat?“ sagte der zweite Polizist.

»Nein«, sagte Nate. »Wir waren Freunde von ihm, nehm ich an.«

»Sie beide?« fragte der erste Polizist.

»Ja«, sagte Nate.

Janet kommt in die Küche, gerade als er die Auflaufform in den Herd schiebt.

»Was gibt's zum Essen?« fragt sie, fügt »Dad« hinzu, als müßte sie ihn daran erinnern, wer er sei.

Plötzlich kommt Nate diese Frage so traurig vor, daß er für einen Augenblick nicht antworten kann. Es ist eine Frage aus früheren Zeiten, den alten Tagen. Seine Augen verschwimmen. Er möchte die Form auf den Boden fallen lassen und Janet in die Arme schließen, doch statt dessen macht er vorsichtig die Backröhre zu.

»Makkaroni und Käse«, sagt er.

»Mm«, sagt sie, ihre Stimme verschleiert, vorsichtig, eine sorgfältige Imitation von Freude. »Mit Tomatensauce?«

»Nein«, sagt er, »da war keine mehr da.«

Janet fährt mit ihrem Daumen über den Küchentisch. Es gibt ein quietschendes Geräusch auf dem Holz. Sie macht es zweimal. »Ruht sich Mum aus?« fragt sie.

»Ja«, sagt Nate. Dann dümmlich: »Ich hab ihr eine Tasse Tee gebracht.« Er stemmt eine Hand nach hinten gegen das Küchenregal. Sie wissen es beide, worüber man besser nicht spricht.

»Na denn«, sagt Janet mit der Stimme einer kleinen Erwachsenen, »bis später.« Sie dreht sich um und geht durch die Küchentür hinaus.

Nate möchte irgendwas tun, irgendwas Extremes, seine Hand durch das Küchenfenster schmettern. Aber auf der anderen Seite der Scheibe ist ein Fliegengitter. Das würde ihn neutralisieren. Was immer er jetzt auch tut, es wäre absurd. Was ist schon das Einschlagen eines Fensters dagegen, sich den Kopf wegzupusten? *Er sitzt in der Falle.* Wenn sie alles genau geplant hätte, sie hätte es nicht besser machen können.

LESJE *Freitag, 29. Oktober 1976*

Lesje durchwandert prähistorische Zeiten. Unter einer Sonne, orangefarbener, als es ihre je gewesen ist, inmitten einer vor dickblättrigen Pflanzen und gewaltigen Farnen überquellenden Sumpfebene grast eine Gruppe plattenbewehrter Stegosaurier. An den Rändern dieser Gruppe, durch ihre Gegenwart geschützt, aber nicht dazugehörig, weiden ein paar größere, zierlicher gebaute Camptonotussaurier. Vorsichtig und nervös heben sie von Zeit zu Zeit ihre kleinen Köpfe, stellen sich auf die Hinterbeine, um zu wittern. Naht irgendeine Gefahr, dann werden sie als erste Alarm schlagen. Noch dichter bei ihr gleitet ein Schwarm mittelgroßer Pterosaurier von einem gigantischen Baumfarn zum anderen. Lesje kauert in der Krone eines dieser Bäume, beobachtet durch ein Fernglas, glückselig, ohne beteiligt zu sein. Keiner der Dinosaurier zeigt auch nur das geringste Interesse an ihr. Sollten sie sie wittern oder sie sehen, so werden sie sie doch nicht zur Kenntnis nehmen. Sie ist hier ein so absoluter Fremdkörper, daß sie nicht einzuordnen ist. Als die Eingeborenen Captain Cooks Schiffe sichteten, beachteten sie sie überhaupt nicht, da sie wußten, daß derartige Dinge nicht existieren konnten. Nur ganz unsichtbar zu sein, war noch besser.

Wenn sie darüber nachdenkt, ist es Lesje natürlich klar, daß dies wahrscheinlich nicht jedermanns Vorstellung von einer friedlichen Phantasie ist. Nichtsdestoweniger entspricht es ihrem Geschmack; vor allem, weil sie sich dabei zugesteht, jede offizielle Version einer paläontologischen Wirklichkeit schamlos zu verletzen. Im allgemeinen geht sie mit offenen Augen durch die Welt, objektiv und ausreichend doktrinär während der Arbeitszeit, was, wie sie glaubt, ihre Extravaganz hier in den Sümpfen des Jura um so mehr rechtfertigt. Sie vermischt Zeitalter, fügt Farben hinzu: warum nicht ein metallisch-blauer Stegosaurier mit roten und gelben Tupfen anstatt des stumpfen, langweiligen Grau und Braun, wie es von den Experten festgelegt wird? Zu denen sie, wenn auch in geringerem Maß, sich selbst zählt. Auf den Flanken der Camptonotussaurier tauchen Pastelltöne auf und verschwinden wieder, rötliches Rosa, Purpur, Hellrosa, Gefühle widerspiegelnd wie die kontraktierenden und expandierenden Chromatmosphären in den Häuten der Kraken. Nur wenn die Camptonotussaurier tot sind, nehmen sie eine graue Farbe an.

Schließlich ist das alles nicht so phantastisch; sie ist vertraut mit der Färbung von einigen der exotischeren Eidechsen der Gegenwart, ganz zu schweigen von den Säugetiervariationen wie den Steißen der Paviane. Diese bizarren Richtungen müssen sich irgendwoher entwickelt haben.

Lesje weiß, daß ihre Träume regressiv sind. In letzter Zeit tut sie das oft. Dies hier ist ein Tagtraum aus ihrer Kindheit und der Zeit des Heranwachsen, eigentlich schon vor längerem zugunsten anderer Spekulationen abgelegt. Männer haben den Platz der Dinosaurier eingenommen, das stimmt, sowohl in ihrem Kopf als auch nach geologischer Zeitrechnung; doch über Männer nachzudenken, ist zu einer zu undankbaren

Angelegenheit geworden. Und überhaupt, dieser Teil ihres Lebens ist gegenwärtig abgeschlossen. Abgeschlossen wie ein korrigierter Irrtum. Jetzt im Augenblick bedeuten *Männer* William. William betrachtet ihrer beider Vorleben als abgeschlossen. Er sieht keinen Grund, warum sich jemals etwas ändern sollte. Lesje auch nicht, wenn sie es sich genau überlegt. Außer, daß sie über William keine Tagträume mehr haben kann, auch dann nicht, wenn sie sich Mühe gibt; noch kann sie sich daran erinnern, wie die Tagträume aussahen, als sie noch welche hatte. Ein Tagtraum über William ist irgendwie ein Widerspruch in sich selbst. Sie mißt dieser Tatsache keine große Bedeutung zu.

In der Prähistorie gibt es keine Männer, keine anderen menschlichen Wesen außer dem gelegentlichen einsamen Beobachter wie sie, Tourist oder Flüchtling, zusammengekauert in seinem privaten Farn mit seinem Fernglas, auf sich selbst konzentriert.

Das Telefon klingelt, und Lesje springt hoch. Sie reißt die Augen auf, ihre Hand mit der Kaffeetasse fliegt hoch. Sie gehört zu den Leuten, die bei plötzlichen Geräuschen übertrieben erschrecken, sagt sie ihren Freunden. Sie sieht sich selbst als eine schüchterne Person, Gattung Pflanzenfresser. Sie zuckt zusammen, wenn sich ihr Leute von hinten nähern und wenn der U-Bahn-Beamte in seine Trillerpfeife bläst, selbst wenn sie weiß, daß hinter ihr Leute sind oder daß der Pfiff gleich ertönen wird. Einige ihrer Freunde finden das liebenswert, aber ihr ist bewußt, daß andere es lediglich irritierend finden.

Doch sie mag es nicht, irritierend zu wirken, also versucht sie, sich zu beherrschen, selbst dann, wenn niemand bei ihr ist. Sei stellt ihre Kaffeetasse auf den Tisch – das Verschüttete wird sie später aufwischen – und geht zum Telefon. Sie weiß nicht, wen sie erwartet, wessen Anruf sie sich wünscht. Sie erkennt, daß dies zwei verschiedene Dinge sind.

Als sie den Telefonhörer aufnimmt, ist die Verbindung schon wieder unterbrochen. Das Summen im Hörer ist das Summen der Stadt, draußen vor dem Spiegelglas widerhallend, verstärkt durch die Zementklippen, die ihr gegenüberstehen und in denen sie selbst lebt. Ein Klippenbewohner, immer am Abgrund. Der vierzehnte Stock.

Für eine Minute hält Lesje den Hörer, lauscht dem Summen wie einer Stimme. Dann legt sie auf. William auf keinen Fall. Er ruft sie nie an, ohne daß er was zu sagen hat, irgendeine sachliche Botschaft. Ich komm rüber. Treff mich bei. Ich schaff's nicht um. Geh'n wir zu. Und später, als sie zusammengezogen waren: Ich bin zurück um. Und jetzt kürzlich: Ich bin nicht zurück vor. Lesje betrachtet es als ein Zeichen der Reife ihrer Beziehung, daß seine Abwesenheit sie nicht stört. Sie weiß, daß er an einem wichtigen Projekt arbeitet. Abwasseraufbereitung. Sie respektiert seine Arbeit. Sie haben sich versprochen, sich gegenseitig viel Freiraum zu lassen.

Dies ist das dritte Mal. Letzte Woche zweimal und nun jetzt. An diesem Morgen hat sie es beiläufig gegenüber den Mädchen, den Frauen, mit denen sie arbeitet, erwähnt, hat dazu die Zähne in einem schnellen Lächeln aufblitzen lassen, um anzudeuten, daß sie sich deswegen keine Sorgen macht, dann hat sie sofort ihren Mund mit der Hand bedeckt. Sie glaubt, daß ihre Zähne zu groß sind für ihr Gesicht: sie geben ihr einen skelettartigen, hungrigen Ausdruck.

Elizabeth Schoenhof war da, in der Cafeteria, wo sie immer um halb elf hingingen, wenn nicht zuviel zu arbeiten war. Sie gehört zur Abteilung Sonderprojekte. Lesje sieht sie ziemlich häufig, denn Fossilien zählen zu den beliebteren Stücken des Museums, und Elizabeth arbeitet gern damit. Diesmal war sie zu ihrem Tisch herübergekommen und hatte gesagt, sie bräuchte ein bißchen was von Lesjes Material für eine Ausstellungsserie. Sie wollte einige der kleineren Werkzeugfunde aus Kanada Naturobjekten aus den gleichen geographischen Regionen gegenüberstellen. *Artefakte und Umwelt,* so nannte sie es. Sie könnte ein paar von den ausgestopften Tieren als Ergänzung zu den Pionieräxten und Fallen gebrauchen und ein paar fossile Knochen, um die richtige Stimmung zu erzeugen.

»Dies ist ein altes Land«, sagte sie. »Wir wollen, daß die Leute das auch merken.«

Lesje ist gegen diese Art der Auswahl und der Darstellung, obwohl sie die Notwendigkeit dafür einsieht. Die Öffentlichkeit. Und doch, irgendwie wird dadurch etwas herabgesetzt, und Lesje spürt einen inneren Widerstand, als Elizabeth sie in dieser kompetenten mütterlichen Art, die sie stets an sich hat, fragt, ob Lesje ihr nicht ein paar wirklich interessante Fossilien herausgeben könnte. Waren denn nicht alle Fossilien interessant? Lesje sagte höflich, sie würde schauen, was sie tun könnte.

Elizabeth, sehr sensibel, was das Erfassen von Reaktionen anderer anbelangt, wofür sie von Lesje ein wenig bewundert wird – sie selbst, das fühlt sie, ist nicht dazu fähig –, erklärte sorgfältig, daß sie optisch interessant gemeint habe. Sie wäre wirklich sehr dankbar, sagte sie.

Lesje, für Anerkennung immer empfänglich, erwärmt sich für die Sache. Wenn Elizabeth einige übergroße Tarsenglieder und einen Schädel oder zwei haben möchte, jederzeit gern. Abgesehen davon, sah Elizabeth furchtbar aus, weiß wie ein Laken, obwohl jedermann behauptete, sie würde sich großartig halten. Lesje kann sich selbst in so einer Situation nicht vorstellen, also kann sie auch nicht voraussagen, wie sie sich benehmen würde. Natürlich wußte jeder Bescheid, es hatte in den Zeitungen gestanden, und Elizabeth hatte sich keine große Mühe gegeben, die Fakten zu verbergen, während all das über die Bühne ging.

Sie alle vermieden es ängstlich, vor Elizabeth den Namen Chris oder irgendwas, das mit ihm in irgendeiner Beziehung stand, zu erwähnen. Lesje ertappte sich dabei, daß sie zwinkerte, als Elizabeth sagte, sie möchte ein Steinschloßgewehr für die Ausstellung verwenden. Sie selbst hätte keine Gewehre ausgewählt. Doch vielleicht waren diese blinden Flecken notwendig, waren ein Teil davon, sich großartig zu halten. Wie sollte man es sonst schaffen?

Um das Thema zu wechseln, sagte sie fröhlich: »Wißt ihr was? Ich hab' anonyme Telefonanrufe bekommen.«

»Obszöne?« fragte Marianne.

Lesje sagte nein. »Wer immer es ist, er läßt bloß das Telefon läuten, und wenn ich drangeh', hängt er auf.«

»Falsche Nummer, wahrscheinlich«, sagte Marianne mit sinkendem Interesse.

»Woher weißt du, daß es ein Er ist?« fragte Trish. Elizabeth sagte: »Entschuldigt mich.« Sie stand auf, hielt für einen Moment inne, dann drehte sie sich um und ging dann sicher wie eine Schlafwandlerin durch den Raum zur Tür.

»Es ist schrecklich«, sagte Trish. »Sie muß sich abscheulich fühlen.«

»Hab' ich irgendwas Falsches gesagt?« erkundigte sich Lesje. Sie hatte es nicht beabsichtigt.

»Wußtest du das nicht?« sagte Marianne. »Auf die gleiche Art hat er sie immer angerufen. Wenigstens einmal pro Nacht, den ganzen letzten Monat. Nachdem er hier aufgehört hatte. Sie erzählte es Philip Burroughs, oh, eine ganze Weile, bevor es dann passierte. Man sollte meinen, sie hätte wissen müssen, daß sich da was zusammenbraute.«

Lesje errötete und legte die Hand an die Wange. Immer gab es Dinge, die sie nicht wußte. Jetzt würde Elizabeth glauben, sie hätte es mit Absicht gemacht, und sie nicht mehr mögen. Sie wußte selbst nicht, wie ihr ausgerechnet dieses Stückchen Klatsch entgangen war. Wahrscheinlich hatten sie genau hier an diesem Tisch darüber geredet, und sie hatte nicht zugehört.

Lesje geht zurück ins Wohnzimmer, setzt sich auf den Stuhl neben ihrem verschütteten Kaffee und zündet sich eine Zigarette an. Sie raucht, ohne zu inhalieren. Statt dessen hält sie die rechte Hand vor ihren Mund mit der Zigarette zwischen Zeige- und Mittelfinger, den Daumen parallel zum Kiefer. Auf die Art und Weise kann sie reden und lachen und ist dabei in Sicherheit, durch den Rauch blinzelnd, der ihr in die Augen steigt. Ihre Augen sind ihre Stärke. Sie kann durchaus verstehen, warum sie Schleier trugen, Halbschleier, in diesen Ländern des Mittleren Ostens. Es hatte überhaupt nichts mit Bescheidenheit oder Züchtigkeit zu tun. Manchmal, wenn sie allein ist. hält sie einen ihrer geblümten Kopfkissenbezüge über die untere Hälfte ihres Gesichts, über den Nasenrücken, diese Nase, die ein kleines bißchen zu lang, ein kleines bißchen zu gebogen ist für dieses Land. Ihre Augen, dunkel, fast schwarz, erwidern ihren Blick im Spiegel des Badezimmers, rätselhaft über den blauen und purpurnen Blumen.

ELIZABETH *Samstag, 30. Oktober 1976*

Elizabeth sitzt auf dem grauen Sofa in dem Unterwasserlicht ihres Wohnzimmers, die Hände ruhig im Schoß gefaltet, als wartete sie auf das nächste Flugzeug. Das Licht hier ist nie direkt, da der Raum nach Norden liegt; sie findet das friedvoll. Das Sofa ist nicht wirklich grau, nicht nur grau; es hat einen weichen, violetten Unterton, ein Muster wie feine Äderchen, eine Batik. Sie hat es ausgewählt, weil es ihren Augen nicht weh tat.

Auf dem champignonfarbenen Teppich, nahe an ihrem linken Fuß, liegt ein Stückchen orangenes Kreppapier, ein Überbleibsel von irgend etwas, das die Kinder in ihrem Zimmer basteln. Ein Flammenfetzen, er sticht schmerzhaft ins Auge. Aber sie läßt ihn liegen. Normalerweise würde sie sich bücken, ihn aufheben, zusammenknüllen. Sie mag es nicht, wenn die Ruhe dieses Raumes durch irgendwas gestört wird, von den Kindern oder von Nate mit seinen Spuren von Sägespänen und Tropfen von Leinöl. In ihren eigenen Zimmern, wo sie nichts damit zu tun hat, können sie soviel Unordnung machen wie sie wollen. Sie hat mal daran gedacht, in dieses Zimmer hier genau wie in ihr Schlafzimmer Pflanzen zu stellen, sich dann aber dagegen entschieden. Sie will nicht noch was haben, um das sie sich kümmern muß.

Sie schließt die Augen. Chris ist mit ihr im Zimmer, ein Gewicht, schwer, atemlos wie die Luft vor einem Gewitter. Schwül. Paschahaft. Mürrisch. Aber nicht, weil er tot ist, er war immer so. Er drückte sie gegen die Tür, schloß sie fest in seine

Arme, massive Schultern, wenn sie ihn wegzustoßen versuchte, das Gesicht schwer über das ihre gebeugt, die Kraft der Gravitation. Er lag schwer auf ihr. Ich laß dich jetzt noch nicht gehen. Sie haßt es, wenn jemand sie beherrscht. Nate hatte diese Art von Macht nicht, hat sie nie gehabt. Sie hat ihn problemlos geheiratet, so wie man einen Schuh anprobiert.

Sie ist in dem Zimmer in der Parliament Street, trinkt Wein, die übergeschwappten Gläser hinterlassen blaurote Ringe auf dem Linoleum seines Tisches, sie kann das Muster auf dem Öltuch sehen, geschmacklose Blumenkränze, zitronengrün auf Gelb, als wäre es in ihre Augen eingebrannt. Sie flüstern immer in diesem möblierten Zimmer, obwohl das nicht notwendig ist. Nate ist mehrere Meilen von ihnen entfernt, und außerdem weiß er sowieso, wo sie ist; für den Notfall hinterläßt sie die Telefonnummer. Ihr Geflüster und seine Augen mit den flachen heißen Oberflächen, ein Glitzern wie Nagelköpfe. Kupferköpfe. Pennies auf den Augen. Über den Tisch faßt er ihre Hand, so als würde sie, wenn er losläßt, über die Kante des Tisches hinabgleiten, wie über den Rand einer Klippe, und für immer verloren sein. Oder er.

Sie hört zu, die Augen auf die faltige Oberfläche des Tisches gerichtet, die klobige Kerze, die er von irgendeinem Straßenhändler gekauft hat, die absichtlich schäbigen Plastikblumen und die Eule, die er im Museum gestohlen hat, augenlos, ein makabrer Scherz. Die Blumenkränze drehen sich langsam auf der Tischoberfläche wie auf öliger See, hinaustreibend; irgendwo tat man das früher als Anbetung und Opferung. Dann aufstehend, die zurückgehaltene Gewalttätigkeit in seinen Händen spüren, alles zurückgehalten, fallend, ein salziger Körper streckt sich neben ihr aus, fest wie Erde, auf diesem Bett, in dem sie nie zum Einschlafen blieb, die Laken immer ein bißchen feucht, rauchig, verschwiegen, bis nichts mehr verschwiegen werden konnte. Nie hat sie dieses Zimmer bei Tageslicht gesehen. Sie lehnt es ab, sich vorzustellen, wie es nun aussieht. Die nackte Matratze. Irgend jemand wird wohl gekommen sein, hat den Boden saubergemacht.

Sie öffnet die Augen. Sie muß den Blick auf irgend etwas

Schlichtes und Klares richten. Auf der Anrichte stehen drei Schalen, rosa Porzellan, von Kayo, er ist einer der Besten. Sie vertraut ihrem Geschmack, sie versteht genug davon, um sich dieses Vertrauen verdient zu haben. Die Anrichte ist Kiefer, sie hat sie gekauft, noch ehe Kiefer in Mode kam, sie hat sie abschleifen lassen, noch bevor das Mode wurde. Jetzt könnte sie sich das nicht mehr leisten. Es ist ein gutes Stück, die Schalen sind gute Stücke. In diesem Raum würde sie nichts anderes als gute Stücke dulden. Sie läßt ihre Augen über die Schalen gleiten, über ihre zarten Farben, ihre leicht asymetrischen Kurven, wunderbar, das Gefühl dafür zu haben, wo Ungleichgewicht hingehört. Sie sind leer. Was konnte man schon in solche Schalen tun? Weder Blumen noch Briefe. Sie waren für etwas anderes geschaffen, sie waren für Opfergaben bestimmt. Genau in diesem Augenblick enthielten sie ihren eigenen Raum, ihre eigene schön geformte Leere.

Da war dein Zimmer, und alles andere war dann draußen wie hinter einer Barriere. Du trugst dieses Zimmer mit dir herum wie einen Geruch, es war ein Geruch nach Formaldehyd und dem Inneren alter Schränke, verstohlen wie Moschus, dämmerig und reich. Wann immer ich mit dir zusammen war, ich befand mich in diesem Zimmer, selbst wenn wir im Freien, selbst wenn wir hier waren. Jetzt bin ich darin, nur hast du jetzt die Tür verschlossen, die braune Tür mit abblätternder Farbe, Firnis, das messingfarbene Schloß und die Kette, zwei Kugellöcher im Holz, wo sie, wie du mir erzähltest, in der Woche zuvor im Gang herumgeschossen hatten. Es war keine sichere Gegend. Ich kam immer mit dem Taxi, bat den Fahrer zu warten, bis ich die Klingel gedrückt hatte und im Foyer mit seinen Zahnlücken im Mosaikboden in Sicherheit war. Sicherheit, immer ein Witz. Die Tür ist verschlossen, nicht zum erstenmal; nie willst du mich hinauslassen. Immer wußtest du, daß ich hinauswollte. Doch zur gleichen Zeit waren wir geheime Verbündete, wir wußten Dinge voneinander, die niemals jemand wissen wird. In mancher Beziehung vertraute ich dir mehr, als ich je irgend jemand vertraut habe.

Ich muß jetzt gehen, sagt sie. Er rollt eine Strähne von ihrem

Haar auf, auf und ab, auf und ab. Mit dem Zeigefinger fährt er zwischen ihren Lippen entlang, linkshändig, über die Zähne; sie kann Wein und ihren eigenen Schweiß schmecken, den Geschmack von ihr selbst, Blut von einer zerbissenen Lippe, ohne noch zu wissen, von wem es stammt.

Warum, sagt er.

Ich muß einfach. Sie möchte nicht *Die Kinder* sagen, weil es ihn wütend machen wird. Aber sie will nicht, daß sie aufwachen und nicht wissen, wo sie ist.

Er antwortet nicht; er rollt weiter ihr Haar, sein eigenes Haar streift ihren Nacken wie Federn, seine Finger gleiten nun über ihr Kinn und ihre Kehle, als wäre er taub, als könnte er sie nicht mehr hören.

LESJE *Samstag, 30. Oktober 1976*

Lesje geht neben William, Hand in kühler Hand. Hier gibt es keine Dinosaurier; nur gleichgesinnte Spaziergänger, die, genau wie sie selbst, anscheinend ziellos durch das erleuchtete Straßengitter der Innenstadt streifen. Im Vorbeigehen wirft Lesje Blicke in die Schaufenster der Bekleidungsgeschäfte, Warenhäuser, begutachtet anerkennend die leichenhaften Schaufensterpuppen, die mit vorgerecktem Becken dastehen, Hände eckig auf den Hüften, Beine auseinander, ein Knie gebeugt. Wären diese Körper in Bewegung, dann würden sie sich drehen, winden, kreiseln, das Orgasmusfinale einer Stripperin Da sie jedoch aus gefrorenem Gips und Draht bestehen, sehen sie geschmackvoll aus.

In letzter Zeit hat sich Lesje ziemlich häufig in diesen Läden aufgehalten, auf dem Heimweg von der Arbeit. Sie durchstöbert die Kleiderständer auf der Suche nach etwas, das zu ihr paßt, in das sie sich verwandeln könnte. Fast nie kauft sie was. Die Kleider, die sie anprobiert, sind lang, fließend, bestickt, ganz anders als die baumwollenen, strengen Kostüme, die sie gewöhnlich trägt. Einige mit weiten vollen Röcken im Folklorestil. Wie ihre Großmutter lachen würde. Dieser kleine Ton wie von einer quietschenden Tür, der hinter ihren winzigen walnußfarbenen Händen hervorzudringen pflegte.

Sie hat daran gedacht, sich Löcher in die Ohrläppchen stechen zu lassen. Manchmal, wenn sie die Kleider durchgesehen hat, geht sie in die Parfümabteilung und probiert die Testfläschchen an ihren Handgelenken aus. William sagt, daß ihn Kleidung nicht interessiert. Seine einzige Bedingung ist, daß sie ihr Haar nicht abschneiden darf. Da sie das ohnehin nicht will, stört es nicht. Sie verrät damit nichts.

William fragt, ob sie irgendwas trinken möchte. Sie sagt, gegen einen Kaffee hätte sie nichts einzuwenden. Sie waren nicht zum Trinken ausgegangen, sie hatten ins Kino gehen wollen. Doch beim Versuch, sich für einen Film zu entscheiden, hatten sie zuviel Zeit über den Unterhaltungsseiten des *Star* vertrödelt. Jeder wollte dem anderen die Verantwortung zuschieben. Lesje wollte in der Filmreihe der Universität eine Wiederaufführung von *King-Kong* sehen. William gestand schließlich ein, daß er schon immer mal *Der weiße Hai* hatte sehen wollen. Lesje hatte nichts dagegen; sie wußte, wie gut sie den Hai nachgebaut hatten, der schließlich eine der primitiveren Lebensformen verkörperte, die es noch gab. Sie fragte William, ob er wüßte, daß Haie frei schwimmende Mägen besäßen, und wenn man sie am Schwanz aufhing, wären sie gelähmt. William wußte das nicht. Als sie endlich am Kino ankamen, war *Der weiße Hai* ausverkauft, und *King-Kong* hatte bereits eine halbe Stunde zuvor angefangen. Also gingen sie statt dessen spazieren.

Jetzt sitzen sie im zweiten Stock der Colonnade. Lesje trinkt einen Wiener Kaffee, William einen Galliano. Ernsthaft leckt sie die Schlagsahne von ihrem Löffel, während William, der ihr mittlerweile verziehen hat, daß er ihretwegen den *Weißen Hai* verpaßt hat, sein neuestes Problem erklärt, bei dem es darum geht, ob nun auf lange Sicht mehr Energie dadurch verlorengeht, wenn man die Wärme von der Müllverbrennung zum Betreiben von Dampfgeneratoren benützt oder das Ganze gleich in die Luft abbläst. William ist Spezialist für technische Umweltprobleme, obwohl die kleine heisere Stimme, die sich gelegentlich hinter Lesjes einstudiert aufmerksamen Gesicht bemerkbar macht, es schlicht als Abfallbeseitigung bezeichnet. Grundsätzlich jedoch bewundert Lesje Williams Job und stimmt mit ihm überein. daß er für das Überleben der Menschheit wichtiger ist als ihrer. Was sicherlich richtig ist, sie alle sind in Gefahr, in der eigenen Scheiße zu ertrinken. William wird sie retten. Man braucht ihn nur anzuschauen, sein Selbstvertrauen, seine Begeisterung. Er bestellt einen weiteren Galliano und erläutert seine Pläne über die Gewinnung von Methangas aus dekompostierenden Exkrementen. Lesje murmelt Applaus. Nebenbei wäre damit auch die Ölkrise gelöst.

(Die wirkliche Frage lautet: Kümmert es sie, ob die menschliche Rasse überlebt oder nicht? Sie weiß es nicht. Die Dinosaurier haben nicht überlebt, und das war auch nicht das Ende der Welt. In ihren trübseligeren Momenten, zu dem dieser hier, das ist ihr klar, durchaus gehört, hat sie das Gefühl, die menschliche Rasse hat es nicht anders verdient. Die Natur wird sich irgendwas anderes ausdenken. Oder auch nicht, je nachdem.)

William redet über Mistkäfer. Er ist ein guter Mann; warum erkennt sie das nicht richtig an? Mistkäfer haben sie früher interessiert. Auf die Art hat Australien sein Weideproblem gelöst – ganze Schichten getrockneter Schafs- und Kuhmist hinderten das Gras am Wachsen –, dann die umfangreichen Importe riesiger afrikanischer Mistkäfer, ein Leuchtturm der Hoffnung. Wie William betrachtete sie das als elegante ökologische Problemlösung. Doch sie hat es schon mal gehört, und schon mal und schon mal. Was ihr letztlich auf die Nerven fällt, ist Williams Optimismus, sein Glaube, daß jede Katastrophe lediglich ein Problem darstellt, das auf eine brillante Lösung wartet. Wenn sie an Williams Gehirn denkt, dann sieht sie etwas Rotbackiges, Haarloses vor sich. William Wasp,* so hat sie ihn früher genannt, durchaus freundlich gemeint, bis sie merkte. daß er es für eine rassistische Beleidigung hielt.

»Ich nenn' dich ja auch nicht Lesje Lattauen«, hatte er gekränkt gesagt.

*»Wasp« steht für »Weißer angelsächsischer Protestant«.

»Litauen«, sagte sie. William hatte Schwierigkeiten mit den baltischen Staaten. »Mich würde es nicht stören, wenn du's tätest.« Das war gelogen. »Darf ich denn William Canadian zu dir sagen?«

Billy Boy, charmanter Billy. Wo bist du den ganzen Tag gewesen? Kurz danach hatten sie eine Meinungsverschiedenheit über den Zweiten Weltkrieg. William war überzeugt davon, daß die Briten und, selbstverständlich, die Kanadier, sein Vater eingeschlossen, der ein Captain bei der Navy war – was William automatisch zu einer absoluten Autorität auf diesem Gebiet machte-, aus höherwertigen moralischen Prinzipien in den Krieg eingetreten waren, und zwar um die Juden davor zu bewahren, in Gasmoleküle zerlegt oder zu Westenknöpfen verarbeitet zu werden. Lesje stellte diese Ansicht in Frage. Die Rettung von einigen Juden war lediglich ein Nebenprodukt, sagte sie. In Wirklichkeit ging's um Länderklau. Hitler hätte nach Herzenslust Juden braten können, wenn er sich nicht Polen geschnappt und in die Niederlande eingefallen wäre. William fand diese Ansicht undankbar. Worauf Lesje die Leiche ihrer Tante Rachel hervorholte, die nicht gerettet worden war, deren anonyme Goldzähne ein Schweizer Bankkonto vergrößert hatten. Welche Antwort für dieses indignierte Gespenst? William, geschlagen, begab sich ins Badezimmer und rasierte sich. Lesje kam sich ein bißchen billig vor.

(Dann gab es da noch ihre andere Großmutter, die Mutter ihrer Mutter, die gesagt hatte: »Zuerst hießen wir Hitler willkommen. Wir dachten, er wäre besser als die Russen. Du siehst, was jetzt passiert ist.« Worin eine gewisse Ironie lag, denn ihr Mann war praktisch ein Kommunist gewesen, damals in der Ukraine. Deshalb hatten sie auch flüchten müssen: die Politik. Er wollte nicht mal in die Kirche gehen, nicht mal einen Fuß wollte er in eine Kirche setzen. »Ich spuck' auf die Kirche«, hatte er gesagt. Noch lange nach seinem Tod weinte Lesjes Großmutter darüber.)

Vor kurzem hat sie bemerkt, daß sie nicht länger darauf wartet, daß William vom Heiraten spricht. Früher hatte sie geglaubt, es würde selbstverständlich nachfolgen. Zuerst lebte man mit jemand zusammen, um es auszuprobieren. Dann heiratete man. Das taten zumindest ihre Freunde von der Universität. Aber William, das erkennt sie nun, findet sie exotisch und unmöglich. Sicher, er liebt sie, in gewisser Weise. Er beißt sie in den Nacken, wenn sie einander lieben. Lesje glaubt nicht, daß er sich so gehenlassen würde bei einer Frau von seiner Art, eine Formulierung von ihm, bei der sie ihn einmal ertappt hat. Er und eine Frau seiner Art würden sich lieben wie zwei Lachse, zurückhaltend, William würde die kalten silbrigen Eier aus angemessener Entfernung befruchten. Er würde seine Kinder als *Nachkommenschaft* bezeichnen. Seine Nachkommenschaft, unverseucht.

Das ist der springende Punkt: William möchte kein Kind von ihr haben. Mit ihr. Obwohl sie Andeutungen gemacht hat; obwohl sie ihn einfach mit einem überraschen könnte. Weißt du was, William, ich hab' ein Brötchen in der Backröhre. Dein Brötchen. Schön, würde er sagen, nimm's raus.

Oh, sehr unfair William gegenüber. Er bewundert ihren Verstand. Er ermutigt sie, technische Ausdrücke vor seinen Freunden zu gebrauchen. Er bekommt eine Erektion, wenn sie Pleistozän sagt. Er erzählt ihr, daß sie wunderschönes Haar hat. Er starrt in ihre Schlehenaugen. Er ist stolz auf sie als eine Trophäe und als Beweis seiner geistigen Aufgeschlossenheit. Aber was würde seine Familie in London, Ontario, denken?

Lesje stellt sich seine Familie als zahlreich und rötlichblond vor. Die Mitglieder verbringen ihre meiste Zeit mit Golfspielen, zwischen anstrengenden Tennispartien. Sind sie damit mal nicht beschäftigt, dann versammeln sie sich auf Terrassen – sie sieht sie selbst im Winter so – und trinken Cocktails. Fremden gegenüber sind sie höflich, doch hinter ihren Rücken machen sie Bemerkungen wie: »Der Kerl weiß nicht mal, wer sein eigener Großvater ist.« Über ihre Großväter weiß Lesje Bescheid; das Problem sind die Urgroßväter.

Sie weiß, daß Williams Familie in Wirklichkeit natürlich nicht so ist. Doch ebenso wie ihre Eltern gesteht sie jedermann mit einem authentischen britischen Namen, der nicht gerade auf der Parkbank wohnt, ein paar Sprossen mehr auf der sozialen Stufenleiter zu. Sie weiß, sie sollte das nicht tun. Wahrscheinlich besitzt Williams Familie nicht viel mehr Geld als ihre eigene Familie. Sie ist nur anmaßender.

Früher hatte sie Angst davor gehabt, ihnen zu begegnen, hatte ihren Urteilsspruch gefürchtet. Jetzt wünschte sie es sich geradezu. Sie würde ihre Zähne goldfarben anmalen und tamburinschwingend und füßestampfend hereinkommen, einen ausgefransten Schal um den Kopf. Ihren entsetzten Erwartungen entsprechend. Ihre Großmutter klaschte dazu mit winzigkleinen Maulwurfhänden, krächzte vor Lachen, feuerte sie an. Das Blut läßt sich nicht verleugnen. »Wir haben mit Gott geredet, als sie sich noch mit Schweinen unterhalten haben.« Als ob Alter bei Menschen wie Käse ein Pluspunkt wäre.

»Im Neodevon gab es keine Mistkäfer«, sagte Lesje.

William ist irritiert. »Ich kann dir nicht ganz folgen«, sagt er.

»Ich hab' bloß nachgedacht«, sagt sie. »Über die Parallelentwicklung von Mistkäfern und Mist. Zum Beispiel: Was war zuerst da, der Mensch oder die Geschlechtskrankheiten? Ich nehme an, daß die Wirte immer vor ihren Parasiten dasein müssen, aber stimmt das auch wirklich? Vielleicht wurde die Menschheit von Viren erfunden, damit sie einen annehmbaren Platz zum Leben hatten.«

William entscheidet, daß sie scherzt. Er lacht. »Du willst mich auf den Arm nehmen«, sagt er. Seiner Meinung nach hat sie einen ausgefallenen Sinn für Humor.

Ein Albertosaurus oder – diesen Namen zieht Lesje vor – ein Gorgosaurus schiebt sich durch die Nordwand der Colonnade und bleibt unsicher stehen, wittert den ungewohnten Geruch menschlichen Fleisches, balanciert auf seinen mächtigen Hinterbeinen, die zwergenhaften Vorderbeine mit ihren rasiermesserscharfen Klauen an die Brust gedrückt. In einer Minute werden William Wasp und Lesje Lattauen zwei Klumpen Fleisch sein. Der Gorgosaurus will fressen, fressen. Er ist ein wandelnder Verdauungsapparat, er würde die Welt verschlingen, wenn er könnte. Lesje, die ihn hierherbefördert hat, betrachtet ihn mit freundlicher Objektivität.

Hier haben wir ein kleines Problem für dich, William, denkt Lesje. Lös das mal.

Er hat keinen Regenmantel an.Der leichte Nieselregen saugt sich in seinen schweren Pullover, seinen Bart, sammelt sich auf seiner Stirn und fängt an abzuperlen. Er hat keinen Regenmantel an, er ist naß und zittert, wie kann sie sich da weigern, ihn reinzulassen?

Er stellt sein Fahrrad in der Einfahrt ab, kettet es an einen spanischen Fliederbusch, läßt das Schloß einschnappen. Wie gewöhnlich; aber es ist nicht so wie gewöhnlich. Seit einem Monat hat er sie nicht mehr gesehen. Vier Wochen. Tränen von ihrer Seite, ausweichendes Schulterzucken von seiner und eine Menge nachmittägliches Operettenzeugs von ihnen beiden einschließlich *Es ist besser so.* Seitdem hat sie ihn ein paarmal angerufen, wollte, daß er herüberkam, aber er hat es vermieden. Er mag nicht die gleiche Sache immer wiederholen, er mag keine Vorhersagbarkeit. Diesmal aber hat er sie angerufen.

Sie lebt in einem a-Haus, genau 32 a, in einer Wohnung in einem der großen älteren Häuser östlich von Sherbourne. Vorn die Hauptnummer, der a-Eingang dann seitlich. Als es klingelt, öffnet sie augenblicklich die Tür. Sie hat auf ihn gewartet. Trotzdem kein frischgewaschenes Haar und kein samtener Morgenmantel; nur eine Hose und ein schmutziger hellgrüner Sweater. In der Hand ein Glas, halbleer. Eine Zitronenscheibe schwimmt darin, ein Eiswürfel. Die Festungsmauer.

»Also«, sagt sie. »Herzlichen Glückwunsch«.

»Wozu?« sagt er.

»Jubiläum. Samstag war immer unser Tag.« Sie ist am Rande der Trunkenheit, sie ist bitter. Er kann es ihr nicht verdenken. Es fällt Nate schwer, irgend jemandem die Schuld an irgend etwas zu geben. Stets hat er ihre Bitterkeit verstehen können, jedenfalls meistens. Bloß hat er eben nicht viel dagegen tun können.

»Nicht, daß sie sich je dran gehalten hätte«, fährt Martha fort. »Notfall hier, Notfall dort. Tut mir ja schrecklich leid zu stören, aber einem der Kinder ist grad der Kopf abgefallen.« Martha lacht.

Nate möchte sie bei den Schultern packen und durchschütteln, sie gegen die Wand werfen. Aber natürlich kann er das nicht. Statt dessen steht er da, tropft ihr den Fußboden im Flur voll und schaut sie stumm an. Er fühlt, wie sein Körper im Rückgrat einsackt, das Fleisch sinkt herab wie warmes Toffee an einem Lutscher. Buttertoffee. »Rennt nicht mit dem Stiel im Mund«, sagte er oft genug den Kindern, sah sie bereits hinfallen, den spitzen Stiel den Gaumen durchbohren. Hinrennen, sich hinknien, das Kind aufheben, ein Schrei, seine eigene Stimme. O mein Gott.

»Könntest du die Kinder aus dem Spiel lassen?« sagt er.

»Warum?« fragt Martha. »Sie gehörten doch dazu, oder?« Sie wendet sich von ihm ab und geht den Flur hinunter in ihr Wohnzimmer.

Jetzt sollte ich gehen, denkt Nate. Aber er folgt ihr, zieht zuerst die Schuhe aus, Füße patschen über den alten Teppich. Das alte ausgefahrene Gleis.

Nur ein Licht brennt. Das hat sie arrangiert, die Beleuchtung. Sie sitzt auf dem Sofa auf der anderen Seite des Zimmers, außerhalb des Lichtkegels im Schatten. Das Plüschsofa, auf dem er sie zum erstenmal geküßt hat, das zusammengesteckte Haar gelöst und über die breiten Schultern herabgestrichen hat. Kräftige, tüchtige Hände. Er hatte geglaubt, in diesen Händen, zwischen diesen Knien sicher zu sein.

»Das war immer ihre Entschuldigung«, sagte Martha. Sie trägt gehäkelte Wollslipper. Elizabeth würde nie gehäkelte Wollslipper tragen.

»Sie hat nie etwas gegen dich gehabt«, sagt Nate. Das haben sie schon öfter durchgespielt.

»Nein«, sagt Martha. »Warum sollte man was gegen das Hausmädchen haben? Ich hab' die schmutzige Arbeit für sie erledigt. Sie hätte mich bezahlen sollen.«

Nicht zum erstenmal hat Nate das Gefühl, daß er dieser Frau zuviel erzählt hat. Sie legt falsch aus, sie wendet sein Vertrauen gegen ihn. »Das ist unfair«, sagt er. »Sie respektiert dich. Sie hat nie versucht, sich einzumischen. Warum sollte sie?« Auf die bissige Bemerkung über die schmutzige Arbeit geht er nicht ein. Ist es das, was du dabei empfunden hast? möchte er fragen, aber er hat Angst vor der Antwort. Er kann sich selbst riechen, die nassen Socken, Terpentin auf seinen Hosen. Sie pflegte ihn damit aufzuziehen, während sie in ihrer Wanne mit den Klauenfüßen saßen und sie ihm den Rücken schrubbte. *Deine Frau sorgt nicht für dich.* In mehr als einer Beziehung.

»Jaa«, sagt Martha. »Warum sollte sie? Sie hat schon immer den Kuchen essen und behalten wollen. Das bist du, Nate. Elizabeths Kuchen. Du bist ein Stück Kuchen.«

Nate erinnert sich, daß sie, als er sie zum erstenmal sah, hinter ihrem Schreibtisch bei Adams, Prewitt und Stein, verstohlen Kaugummi kaute, eine Angewohnheit, die sie ablegte, als er andeutete, daß er es nicht mochte. »Ich verstehe, weshalb du böse bist«, sagt er. Das ist Elizabeths Taktik, Verständnis, und er kommt sich hinterlistig vor. Er weiß, daß er es nicht wirklich versteht. Elizabeth auch nicht, wenn sie das zu ihm sagt. Aber es macht ihn immer klein.

»Mir ist's scheißegal, ob du verstehst oder nicht«, sagt Martha angriffslustig. Für sie also kein Verständnis als Beruhigungsmittel. Sie schaut ihn direkt an, obwohl ihre Augen im Schatten liegen.

»Ich bin nicht gekommen, um darüber zu reden«, sagt Nate, unsicher, worüber sie eigentlich genau geredet haben. Bei Unterhaltungen wie dieser ist er sich nie sicher. Eines ist klar, sie findet, daß er im Unrecht ist. Er hat ihr unrecht getan. Er hat sie hinters Licht geführt. Aber er hat von Anfang an versucht, offen und ehrlich zu sein, er hat nicht gelogen. Irgend jemand sollte das anerkennen.

»Warum bist du dann gekommen?« sagt Martha. »Von Mama weggelaufen? Wolltest von einer anderen netten Lady ein Zuckerchen und einmal kurz mit ihr unter die Decke?«

Nate findet das brutal. Er gibt keine Antwort. Genau das war es, erkennt er, was er gewollt hat, obwohl er es im Augenblick nicht mehr will.

Martha wischt sich mit dem Handrücken über Mund und Nase. Nate vermutet nun, daß sie die Lichter nicht irgendwelcher romantischer Effekte wegen abgedunkelt hat, sondern weil sie damit gerechnet hat, zu heulen, und nicht wollte, daß er es sehen kann. »Du kannst es nicht einfach an- und abstellen«, sagt sie.

»Ich dachte, wir könnten miteinander reden«, sagt Nate.

»Ich höre dir zu«, sagt Martha. »Darin bin ich wirklich gut.« Nate hält das nicht unbedingt für die Wahrheit. Sie ist gut im Zuhören, wenn er über sie redet, zugegeben. Ganz Ohr. *Du hast die schönsten Oberschenkel von der ganzen Welt.* Sie hat hübsche Oberschenkel, aber die schönsten der Welt? Woher sollte er das wissen?

»Ich vermute, du hast gehört, was passiert ist«, sagte er schließlich. Unmöglich zu sagen, warum der Tod von Chris ihn dazu bringen sollte, Trost zu suchen. Aller Volksweisheit nach müßte er jetzt überglücklich sein, die Hörner verschwunden, der Flecken auf seiner Ehre durch Blut ausgelöscht.

»Du meinst das mit Elizabeth«, sagt Martha. »In dieser Stadt weiß immer jeder, was irgendeinem anderen passiert. Alle sind sie angetanzt gekommen und haben mir's berichtet, darauf kannst du wetten. Sie lieben das. Sie lieben es, mich dabei zu beobachten, wenn sie deinen Namen fallenlassen. Deine beiden Namen. Elizabeths Liebhaber hat seinen Kopf in die Luft gesprengt. Manche sagen Elizabeths *Mann.* Na und? Was soll ich dazu sagen? Schlechte Karten? Geschieht ihr recht? Hat sie ihn endlich fertiggemacht?«

Nate hat nie erlebt, daß sie so hart sein kann, selbst in ihren wildesten Streitereien nicht. Was er zuerst an ihr gemocht hat war ihre weiche Unbestimmtheit, das Fehlen einer gebündelten Richtung, eine Abwesenheit von Kanten, was ihr einen nebulösen Glanz gab. Nun ist es, als wäre sie aus großer Höhe auf den Bürgersteig gestürzt und dort liegengeblieben, spitze Winkel und Splitter.

»Sie hatte ihn eine Zeitlang nicht gesehen«, sagt er, um Elizabeth zu verteidigen, wozu ihn Martha rituell zwingt. »Er wollte, daß sie die Kinder verläßt. Das konnte sie nicht.«

»Selbstverständlich nicht«, sagt Martha. Sie starrt auf ihr leeres Glas, läßt es auf den Teppich zwischen ihren Füßen fallen. »Supermama könnte nie die Kinder verlassen.« Sie beginnt zu weinen, ohne jetzt noch den Versuch zu machen, ihr Gesicht zu verbergen. »Zieh zu mir«, sagt sie. »Leb mit mir. Ich will doch bloß, daß wir eine Chance haben.«

Vielleicht hatten wir schon eine, denkt Nate. Jetzt nicht mehr. Er beginnt, sich sacht vorzuschieben, aus dem Sessel heraus. In einer Minute wird sie über ihm sein, Arme, die sich wie Seetang um seinen Nacken winden, nasses Gesicht an seiner Brust, Becken gegen seine Lenden gepreßt, während er wie verwelkt dasteht.

»Was glaubst du, was das für ein Gefühl ist?« sagt sie. »Wie eine Hintertreppenromanze mit der Küchenhilfe, nur weiß jeder Bescheid, und du schleichst nachts zu deinem gottverfluchten Weib und den gottverfluchten Kindern zurück, und ich les bis früh um vier Krimis, bloß um nicht den Verstand zu verlieren.«

Nate überlegt sich das mit der Küchenhilfe. Die Metapher verwirrt ihn. Wer hat schon noch eine Hintertreppe? Er erinnert sich an einen Abend, sie beide in ein Laken gewickelt, einträchtig Gin trinkend im Bett, und dazu hatten sie sich im Fernsehen *Das Haus am Eaton Place* angesehen und gelacht. Das Hausmädchen, vom Sohn und Erben schwanger, wird von der eisgesichtigen Mutter belehrt. Das war in den Anfangszeiten, als es noch Spaß machte. Es war kein Samstag; es war noch ehe Elizabeth sagte: »Wir wollen uns doch in der Angelegenheit vernünftig benehmen. Wir müssen uns darüber klar sein, daß wir uns zu gewissen Zeiten aufeinander verlassen können.« Sie nahm die Donnerstage, er die Samstage, weil Martha wegen des Wochenendes am nächsten Morgen nicht so zeitig aufzustehen brauchte. Und dann der andere Abend, als Martha ihm sagte: »Ich glaub, ich bin schwanger.« Sein erster Gedanke: Das wird Elizabeth nicht hinnehmen.

Tröste ich sie, hält sie mich für einen Heuchler, denkt er. Tröste ich sie nicht, bin ich ein Schwein. Nichts wie weg jetzt, solange noch Zeit ist. Es war ein grober Fehler, herzukommen. Im Flur vorn die Schuhe schnappen, das Fahrrad hätte ich nicht absperren sollen. »Vielleicht können wir mal zusammen essen gehen«, sagt er an der Wohnzimmertür.

»Essen?« Ihre Stimme verfolgt ihn durch den Flur. »Essen?« Ein verklingendes Klagen.

Er strampelt mit seinem Fahrrad durch den Regen, lenkt absichtlich durch Pfützen, seine Beine sind durchweicht. Idiot. Ihm fehlt etwas, das andere Leute haben. Nie kann er die Zukunft voraussehen, das ist es, selbst wenn sie ganz klar ist. Es ist eine Art Mißbildung, wie zu groß zu sein. Andere Leute gehen durch Türeingänge, er schlägt sich den Kopf an. Ein- oder zweimal, danach würde selbst eine Ratte gelernt haben, sich zu bücken. Wie viele Male noch, wie lange wird es dauern?

Nach einer halben Stunde hält er an der Ecke von Dupont und Spadine; hier ist eine Telefonzelle, das weiß er. Er lehnt sein Fahrrad gegen die Zelle und geht hinein. Glaskasten, Licht an, totales Ausgesetztsein. Der schwachsinnige Schleimer begibt sich in die Telefonzelle, entledigt sich seiner Kleidung, steht dann da und wartet darauf, daß Supermann kommt und seinen Körper übernimmt, während die Leute aus vorbeifahrenden Autos herüberstarren und irgendeine alte Lady die Polizei verständigt.

Er holt ein Zehncentstück aus seiner Tasche, hält es fest. Sein Pfand, sein Talisman, seine einzige Hoffnung auf Erlösung. Am anderen Ende der Leitung wartet eine schmale Frau, das bleiche Gesicht von dunklem Haar eingerahmt, die Hand erhoben, zwei Finger segnend zusammengelegt.

Keine Antwort.

ELIZABETH *Sonntag, 31. Oktober 1976*

Elizabeth sitzt in ihrer Küche, wartet darauf, überrascht zu werden. In dieser Jahreszeit wird sie stets überrascht; sie wird auch an ihrem Geburtstag, zu Weihnachten und am Muttertag überrascht. Die Kinder bestehen darauf, den Muttertag zu feiern, obwohl sie ihnen sagt, daß es dabei nur ums Geschäft geht, und sie sollten es nicht tun. Sich überrascht zu zeigen, beherrscht sie vollkommen. Sie ist froh darüber, es ausgiebig geübt zu haben; heute abend wird sie in der Lage sein, es ohne einen Ausrutscher durchzustehen, den Ausruf, das erfreute Lächeln, das Lachen. Ihre Zurückgezogenheit von ihnen, die Entfernung, die sie zurücklegen muß, bloß um zu hören, was sie sagen. Sie möchte gern fähig sein, sie zu berühren, sie festzuhalten, aber sie kann es nicht. Gutenachtküsse auf ihre Wange, kalte Tautropfen; ihre Münder vollkommene rosige Blumen.

Der Geruch von verbranntem Kürbis treibt durch den Flur: ihre beiden Kürbislaternen, Seite an Seite im Wohnzimmerfenster aufgestellt, endlich die richtigen Laternen in der richtigen Nacht. Von ihr bereits ausreichend bewundert. Auf ausgebreitetem Zeitungspapier in der Küche ausgehöhlt, ganze Hände voll weißem Samen im Netzwerk klebriger Fäden, eine groteske und radikale Form der Gehirnchirurgie; zwei kleine Mädchen, mit Löffeln und Schälmessern über die orangenen Köpfe gebeugt. Kleine wahnsinnige Wissenschaftler. Sie waren ganz davon erfüllt, besonders Nancy. Sie wollte Hörner an ihrem Kürbiskopf haben. Schließlich schlug Nate Karotten vor, und nun hat Nancys Kürbis zusätzlich zu seinem finsteren Gesicht auch noch schiefe Hörner. Der von Janet ist friedlicher: ein geschwungenes Lächeln, die Halbmondaugen aufwärts gerichtet. Heiterkeit, wenn man aus der einen, Idiotie, wenn man aus der anderen Perspektive hinsah. Der von Nancy besitzt eine erschreckende Energie, eine dämonische Schadenfreude.

Sie werden so den ganzen Abend brennen, und dann ist das Fest vorbei. Janet, vernünftiges Kind, wird ihren Kürbis in den Müll werfen, Klarschiff machen, bereit für das, was als Nächstes kommen mag. Nancy, falls sich das vom letzten Jahr ableiten läßt, wird ihren beschützen, in ihrem Kleiderschrank aufheben, bis er zusammenfällt und fault, nicht bereit, ihn wegzuwerfen.

Sie haben sie dazu gebracht, das Licht auszuschalten und nur mit einer Kerze in der Dunkelheit zu sitzen; sie war nicht in der Lage gewesen, ihnen zu erklären, warum sie das nicht tun wollte. Das Licht flackert über die Wände, über die schmutzigen Teller, die darauf warten, abgekratzt und in die Spülmaschine gestellt zu werden, über das Schild, das sie selbst vor über einem Jahr an den Küchenschrank geheftet hat:

Mach sauber, was du dreckig machst!

Vernünftiger Rat. Der Ratschlag ist immer noch vernünftig, nur die Küche selbst hat sich verändert. Sie ist nicht länger vertraut, sie gehört nicht mehr zu den Plätzen, wo vernünftige Ratschläge befolgt werden können. Zumindest nicht von ihr. Am Eisschrank ein Gemälde, die Ecken rollen sich auf, Nancy vom letzten Jahr; ein Mädchen lächelt ein rotes Lächeln, die Sonne scheint, gelbe Speichen aus Licht; der Himmel ist blau, alles ist so, wie es sein sollte. Ein fremdes Land.

Ein dunkler Schatten springt von der Tür her auf sie zu. »Buuh, Mum.«

»Oh, Liebling«, sagt Elizabeth. »Laß mich schauen.«

»Mach ich dir richtig Angst, Mum?« sagt Nancy und krallt drohend die Finger zusammen.

»Du bist furchterregend, Liebes«, sagt Elizabeth. »Ist das nicht wundervoll?«

Nancy hat eine weitere Variation ihres Lieblingskostüms zustande gebracht. Sie bezeichnet es als Monster, jedes Jahr. Diesmal hat sie orangefarbene Papierstreifen an ihr schwarzes, ärmelloses Trikot geheftet; Janets alte Katzenkopfmaske hat sie durch zusätzliche silberne Stanniolhörner und vier rote Fangzähne, zwei oben, zwei unten, abgewandelt. Ihre Augen glühen durch die Katzenaugen. Ihr Schwanz, Janets früherer Katzenschwanz, endet nun in drei roten Pappzinken. Elizabeth ist zwar der Meinung, daß etwas anderes als Gummistiefel besser dazu gepaßt hätte, weiß aber, daß jede Kritik verhängnisvoll sein kann. Nancy ist so aufgeregt, daß sie sofort zu heulen anfangen könnte.

»Du hast nicht geschrien«, sagt Nancy vorwurfsvoll, und Elizabeth merkt, daß sie es vergessen hat. Ein Fehler. Ein Versagen.

»Bloß weil mir die Luft weggeblieben ist«, sagt sie. »Ich war viel zu erschrocken, um zu schreien.«

Damit ist Nancy zufrieden. »Sie werden alle richtig Angst haben«, sagt sie. »Sie werden gar nicht wissen, wer ich bin. Jetzt bist du an der Reihe«, sagt sie in den Flur hinein, und

Janet beginnt ihren spröden Auftritt. Letztes Jahr war sie ein Gespenst, das Jahr zuvor eine Katze, beides nichts Außergewöhnliches. Sie neigt dazu, auf Nummer Sicher zu gehen; will man zu originell sein, kann man ausgelacht werden, wie es Nancy manchmal passiert.

Dieses Jahr trägt sie keine Maske. Statt dessen hat sie ihr Gesicht geschminkt, rote Lippen, hochgezogene schwarze Augenbrauen, die Wangen voller Rouge. Es ist nicht Elizabeths Make-up, denn Elizabeth benutzt in der Regel keins. Ganz bestimmt keinen roten Lippenstift. Sie hat sich einen Schal umgehängt, aus dem grellen geblümten Tischtuch gemacht, das ihnen irgend jemand gegeben hatte – Nates Mutter? – und das Elizabeth sofort an die Spieltruhe weitergegeben hat. Darunter trägt sie ein Kleid von Elizabeth, hochgezogen und um die Taille gerafft, um es zu kürzen, mit einem roten Halstuch zusammengebunden. Sie sieht überraschend alt aus, wie eine Frau, die durch das Alter auf die Größe einer Zehnjährigen geschrumpft ist, oder wie eine dreißigjährige Zwergin. Ein bestürzender, hurenhafter Effekt.

»Wundervoll, Liebling«, sagt Elizabeth.

»Ich bin eine Zigeunerin«, sagt Janet, die mit ihrem üblichen Takt weiß, daß man sich bei Elizabeth nicht darauf verlassen kann, es zu erraten, und ihr so die Peinlichkeit ersparen möchte, danach fragen zu müssen. Als sie noch jünger war, erklärte sie ihre Gemälde auf diese Art und Weise. Nancy dagegen war verletzt, wenn man es nicht wußte.

»Kannst du wahrsagen?« fragt Elizabeth.

Janet lächelt scheu mit ihren leuchtend roten Lippen. »Ja«, sagt sie; dann: »Nicht wirklich.«

»Wie bist du an mein Kleid gekommen?« fragt Elizabeth vorsichtig. Sie sollten eigentlich fragen, bevor sie sich irgendwelche Sachen borgen, aber sie möchte den Abend nicht dadurch verderben, daß sie die Angelegenheit aufbauscht.

»Dad sagte, ich könnte es nehmen«, sagt Janet höflich. »Dad sagt, du würdest es sowieso nicht mehr anziehen.«

Es ist ein blaues Kleid, dunkelblau; das letztemal hatte sie es bei Chris getragen. Seine Hände waren die letzten Hände gewesen, die den Haken hinten geöffnet hatten; für den Heimweg hatte sie es dann angezogen, ohne den Haken zu schließen. Der Anblick ihrer Tochter in diesem Kleid, in dieser Einladung, dieser sexuellen Flagge, bringt sie durcheinander. Nate hat kein Recht, über etwas, das ihr gehört, zu entscheiden. Aber es stimmt, sie zieht es nicht mehr an.

»Ich wollte dich damit überraschen«, fügt Janet hinzu, die ihre Bestürzung spürt.

»Schon in Ordnung, Liebling«, sagt Elizabeth: die ewigen magischen Worte. Aus irgendeinem Grund ist es für die Kinder wichtiger, sie und nicht Nate zu überraschen. Gelegentlich fragen sie ihn sogar um Rat.

»Hat dein Dad dich schon gesehen?« fragt sie.

»Ja«, sagt Janet

»Er hat meinen Schwanz angemacht«, sagt Nancy, auf einem Fuß herumhüpfend. »Er geht ab.«

Elizabeth begleitet sie zur Haustür, um sie zu verabschieden, bleibt in dem erleuchteten Rechteck stehen, während sie wegen Nancys Maske und Schwanz vorsichtig die Verandastufen hinabsteigen. Sie schleppen Einkaufstüten mit, die größten, die sie finden konnten. Sie hat ihre Anweisungen gegeben: nur diesen Häuserblock. Bleibt bei Sarah, sie ist die Älteste. Nicht mittendrin über die Straße gehen, nur an Kreuzungen. Belästigt die Leute nicht, die die Tür nicht öffnen wollen. Einige der Leute hier in der Gegend verstehen es vielleicht nicht, ihre Sitten und Gebräuche sind anders. Und um neun Uhr wieder zu Hause sein.

Andere Kinderstimmen rufen bereits: *Kauft euch frei, kauft euch frei, die Hexen sind dabei.* Es ist ein Fest, eins der vielen, von denen sie sich einst ausgeschlossen fühlte und immer noch fühlt. Sie durften keine Kürbisse haben, und sie durften sich auch nicht verkleiden und durch die Straßen laufen wie die anderen. Sie mußten frühzeitig ins Bett und in der Dunkelheit liegen, dem entfernten Gelächter lauschend. Ihre Tante Muriel wollte nicht die großen Zahnarztrechnungen bezahlen, bloß weil sie zuviel Candy aßen.

Zuerst wäscht sich Nate sorgfältig die Hände mit der Haferschleimseife, die Elizabeth momentan bevorzugt. Sie hat etwas Herbes an sich, Schottisches, Bußfertiges. Früher ist sie mit Sandelholz verschwenderisch umgegangen, mit Zimt, Moschus, arabischen Düften und Lavendel gleichzeitig. Das war zu der Zeit, als sie Schönheitswässerchen mit exotischen Namen kaufte und gelegentlich eine Flasche Parfüm. Sie hatte diese Wässerchen nicht für ihn verwendet, und für ihn war auch nicht der Tupfer hinter den Ohren bestimmt, obwohl er sich dunkel an eine Zeit erinnern konnte, als auch das noch der Fall war. Er könnte sich auch sehr lebhaft daran erinnern, das weiß er, wenn er nur möchte, aber er will nicht daran denken, an diese Düfte, diesen wohlriechenden Mottentanz, der nur für ihn allein aufgeführt wurde. Warum diese Nerven kitzeln und reizen? Alles vorbei, die Flaschen sind leer, die Dinge brauchen sich auf.

Jetzt also Haferschleimseife mit ihren Andeutungen von rissiger Haut und Frostbeulen. Und für die Hände nichts Ausgefalleneres als Glyzerin und Rosenwasser.

Nate nimmt ein bißchen davon für seine eigenen Hände. Normalerweise geht er nicht an Elizabeths Kosmetika; nur wenn wie jetzt sich seine Hände grob und rauh anfühlen, abgescheuert von dem Varsol, das er benützt, um die Farbe und das Polyurethan runterzukriegen. Doch stets bleibt eine braune Linie zurück, ein Halbmond um das Nagelbett jedes Fingers; und nie kann er diesen Geruch nach Farbe ganz loswerden. Früher hat er sich über diesen Geruch gefreut. Er besagte, *du existierst.* Weit weg von den Abstraktionen des Papiers, von Unrecht und Erlässen, den Windungen und Verdrehungen einer bewußt ausgetrockneten Sprache, der alle sinnlichen Werte entzogen worden waren. Das war in den Tagen, als man in physische Dinge einen Zauber hineininterpretierte, eine mysteriöse Aura, die der schwindenden Macht von beispielsweise Politik oder Justiz überlegen war. Nach drei Jahren Rechtsanwaltpraxis hatte er aufgehört. Nimm einen ethischen

Standpunkt ein. Wachse. Verändere dich, Erkenne deine Fähigkeiten.

Elizabeth hatte diese Haltung beifällig aufgenommen, denn sie gehörte zu den Dingen, die ihre Tante wütend machten. Sie hatte sogar gemeint, sie könnten ja so lange von ihrem Gehalt leben, bis er Fuß gefaßt habe. Ihre Nachsicht bewies, daß sie Tante Muriel kein bißchen ähnlich war. Doch als die Zeit verging und er sich nur knapp über Wasser hielt, schwand ihre Zustimmung mehr und mehr dahin. Sie war die Versorgerin, wie man es audrückte. Sie erinnerte ihn daran, daß dieses ohnehin zu kleine Haus mit den Mietern im dritten Stock und der Werkstatt unten im Keller nur als Übergangslösung gedacht gewesen war. Dann hörte sie auf, ihn daran zu erinnern.

Teilweise ist es ihre Schuld. Eine Hälfte von ihr wünscht sich einen sensiblen, verarmten Künstler, die andere verlangt nach einem zielbewußten, aggressiven Rechtsanwalt. Es war der Rechtsanwalt, den sie geheiratet und dann zu alltäglich gefunden hatte. Was verlangte sie nun eigentlich?

Keinesfalls oft, aber doch ab und zu sieht sich Nate als ein Klumpen Kitt, hilflos geknetet von den unablässigen Forderungen und der steinharten Mißbilligung der Frauen, zu denen er ohne größeres eigenes Zutun Beziehungen unterhält. Pflichtgemäß versucht er, sie glücklich zu machen. Daß es ihm nicht gelingt, liegt nicht an irgendeiner inneren Schwäche oder einem Mangel an Willensstärke, sondern daran, daß sich ihre eigenen Wünsche so hoffnungslos widersprechen. Und von dieser Sorte Frauen gibt es mehr als eine. Es wimmelt von ihnen, überall schwärmen sie herum.

»Spielzeug?« sagte seine Mutter. »Ist das nützlich?« Mit der Bedeutung: Auf der ganzen Welt werden Leute gefoltert und eingesperrt und erschossen, und du machst Spielzeug. Sie wünschte ihn sich als kompromißlosen Anwalt, der die zu Unrecht Angeklagten verteidigte. Wie sollte er ihr klarmachen, daß, abgesehen von den sterilen Geldtransaktionen, Kontrakten, Immobilienverträgen, die meisten der Leute, mit denen er es bei Adams, Prewitt und Stein zu tun bekam, durchaus zu Recht angeklagt waren? Sie hätte darauf erwidert, das wäre nur Training, eine Lehre, der er sich unterziehen müßte, um sich für den großen Kreuzzug zu wappnen.

Die Amnesty-International-Nachrichten kommen immer noch jeden Monat, es war das Exemplar seiner Mutter, mit Sternchen versehen, um ihm zu zeigen, wohin er seine höflich formulierten Protestbriefe zu schicken habe. Kinder, die vor den Augen ihrer Mütter gefoltert wurden. Söhne, die spurlos verschwanden und Monate später wieder auftauchten, mit fehlenden Fingernägeln, von Verbrennungen und Abschürfungen entstellt, mit zerschmetterten Schädeln irgendwo in den Straßengraben geworfen. Alte Männer, die in feuchten Zellen an Nierenversagen starben. Unter Drogen gesetzte Wissenschaftler in sowjetischen Irrenanstalten. Südafrikanische Schwarze, »auf der Flucht erschossen« oder zu Tode getreten. Seine Mutter hat eine Weltkarte an ihrer Küchenwand, die sie während des Geschirrtrocknens betrachten kann. Sie steckt kleine Sterne hinein, rote, die Art, die früher von Lehrern als zweiter Preis im Schönschreiben verteilt wurden. Diese unschuldigen Volksschulsterne markieren jeden neu gemeldeten Fall von Folterung oder Massenmord; die Welt ist nun ein Gewirr von Sternen, ganze Galaxien haben sich gebildet.

Nichtsdestoweniger setzt seine Mutter, unerschrockener Astronom, der sie ist, ihren Kreuzzug fort, kartographiert neue Greueltaten, schickt ihre Mitteilungen hinaus, höflich gehalten und sauber getippt, ohne sich der Vergeblichkeit ihrer Bemühungen bewußt zu sein. Nach Nates Meinung könnte sie diese Briefe genausogut zum Mars schicken. Sie hatte ihn in dem Glauben erzogen, daß Gott das Gute im Menschen ist. Also kämpfen wir, Gott! Nate findet diese Nachrichtenbriefe so entsetzlich quälend, daß er sie nicht länger lesen kann. Sobald sie ankommen, wirft er sie in den Papierkorb, geht dann in den Keller und hämmert und meißelt. Er tröstet sich selbst mit dem Gedanken, daß sein Spielzeug das Spielzeug ist, mit dem die gefolterten Kinder spielen würden, wenn sie nur könnten. Jedes Kind sollte Spielzeug haben. Alle Spielsachen beseitigen, weil manche keine haben, ist keine Lösung. Ohne seine Spielsachen gäbe es nichts, wofür man kämpfen könnte. Also wird er seine Mutter, die eine achtenswerte Frau ist, die Briefe verfassen lassen; er wird das Spielzeug machen.

Heute abend legt er letzte Hand an Schaukelpferde; fünf Stück, er findet es einfacher, sie in Gruppen von fünf zu bauen. Gestern hat er sie glattgeschliffen. Heute hat er Augen gemalt. Runde Augen, ausdruckslos, die Augen einer Kreatur, die zum Vergnügen anderer geritten wird. Der schwarze Eyeliner der Mädchen vom Strich. Diesen Ausdruck sollten die Pferde eigentlich nicht haben: Freude hatte er beabsichtigt. Doch in letzter Zeit tragen die Spielsachen, die er macht, mehr und mehr diese leere Trauer zur Schau, als könnten sie ihn nicht sehen.

Den Leuten erzählte er jetzt nicht mehr, daß er in seinem Keller handgearbeitetes hölzernes Spielzeug anfertigt. Er sagt, er ist in der Spielzeugbranche. Nicht, weil Heimarbeit nun nicht mehr als charismatisch oder auch bloß niedlich angesehen wird. Er hat es nie für charismatisch oder niedlich gehalten; er sah es als etwas an, was er gut machen konnte. Eine Sache gut machen: Das war es, was er wollte. Jetzt macht er es gut genug. Er macht monatliche Bilanzen. Nach Abzug der Materialkosten und des Schnitts, den die Läden machen, bleibt ihm genügend Geld, um die Hälfte der Hypothekenrate zu zahlen und Lebensmittel, Zigaretten und ausreichend Alkohol zu kaufen, um in Schwung zu bleiben. Elizabeth unterstützt ihn nicht. Sie benimmt sich lediglich so, als täte sie es.

Nate fängt an, sich zu rasieren. Er seift seine Kehle ein, in der Absicht, nur um die Ränder seines Bartes herumzurasieren, seinen Hals und die Unterseite seiner Kiefer von den Stoppeln zu befreien; doch er merkt, wie sich der Rasierapparat aufwärts bewegt, die Ränder seines Bartes umkreist, wie ein Rasenmäher den Rasen umkreist. Er hat seinen Bart abrasiert, bevor ihm bewußt wird, daß er tatsächlich beabsichtigt, ihn zu vernichten. Hinter dem groben dunklen Haar taucht sein Gesicht auf, das Gesicht, das er seit fünf Jahren nicht mehr gesehen hat, blaß, blaugesprenkelt, erschreckt über diese Entlarvung. Seine Hände haben entschieden, es ist an der Zeit, jemand anderer zu sein.

Er spült sich das Gesicht ab. After shave hat er nicht – es ist so lange her, daß er welches benutzt hat –, also reibt er ein bißchen von Elizabeths Glyzerin und Rosenwasser in seine frisch gemähte Haut. Das Gesicht, das ihm aus dem Badezimmerspiegel entgegenblickt, ist verletzlicher, aber auch jünger und grimmiger, die Linie des Unterkiefers deutlich sichtbar, die fellige Weichheit verschwunden. Ein Mann, der sich den Bart streicht, ist eine Sache, ein Mann, der seinen Kiefer entlangstreicht, eine andere.

Bevor er das Haus verläßt, geht er in sein eigenes Zimmer und durchwühlt auf der Suche nach Zehncentstücken den Münzhaufen auf seiner Kommode. Dann wechselt er die Sokken. Er rechnet nicht damit, daß er an diesem Abend die Sokken auszieht; es ist sogar äußerst unwahrscheinlich. Egal. Seine Füße sind weiß und wurzelähnlich, die Zehennägel graugelb von dem Kellerleben, das er ihnen aufzwingt. Für einen Augenblick sieht er seine Füße, gebräunt und rennend, über Sand, über sonnenwarmen Fels. Weit von hier.

LESJE *Sonntag, 31. Oktober 1976*

Lesje und William spielen eine Partie Cribbage. Sie sitzen an einem Kartentisch, dem gleichen Kartentisch, an dem sie ihre Mahlzeiten einnehmen, wenn sie gemeinsam essen, neben ihrem Panoramafenster, das einen atemberaubenden Blick auf das Panoramafenster vom Apartmenthaus gegenüber bietet. Dieses Fenster ist erleuchtet, es ist dunkel draußen, und zwei Leute sitzen dahinter und essen etwas, das Lesje für Spaghetti hält. Unten auf den Straßen, nimmt Lesje an, spielt sich das wahre Leben ab. Das war der Grund, warum sie hier leben wollte, im Kern, im Herzen der Stadt: denn alles würde sich hier abspielen. »Das Leben« und »alles« sind jedoch Wörter, die bis jetzt ihre Abstraktheit bewahrt haben. Sie hat weder das eine noch das andere gefunden.

Lesje hat eine Kürbiskopflaterne aus Papier bei Woolworth gekauft, in ihr Fenster gestellt. Letztes Jahr hatte sie etwas

Candy gekauft, in der Hoffnung, von einer ganzen Parade kleiner Kinder in Kostümen besucht zu werden; aber die Kinder, so scheint es, können in den vierzehnten Stock dieses Apartmentgebäudes nicht vordringen. Die Leute, die hier leben und die sie gelegentlich im Fahrstuhl sieht, sind anscheinend alle jung und entweder »single« oder kinderlos.

Lesje würde gern selber durch die Straßen streifen und alles beobachten. Doch William hat Cribbage vorgeschlagen, weil es ihn entspannt.

»Fünfzehn zwo, fünfzehn vier, fünfzehn sechs, und ein Paar macht acht«, sagt William. Lesje hat lumpige fünfzehn zwo im Stock, ein Paar Asse, die sie selbst dort abgelegt hat. Sie mischt und hebt ab, William gibt. Er nimmt seine Karten auf und spitzt die Lippen. Er zögert, versucht zu entscheiden, was er ablegen soll.

Lesjes Karten sind so schlecht, daß es nichts auszuwählen gibt. Sie erlaubt sich einen Spaziergang bei Mondschein, sie geht einen von den gigantischen, pflanzenfressenden Iguanodons ausgetrampelten Pfad entlang; im Schlamm kann sie die dreizehigen Abdrücke ihrer Hinterbeine sehen. Sie folgt dem Pfad, bis der Waldsaum zurücktritt, und da liegt in der Entfernung der See, silbrig schimmernd, die Oberfläche hier und da von einem schlangenartigen Nacken durchbrochen, dem Bogen eines eintauchenden Rückens. Daß sie das Glück hat, so etwas zu erleben! Wie kann sie jemals die anderen davon überzeugen, daß sie es gesehen hat?

(Der See ist selbstverständlich Lake Gladys, deutlich auf der Karte auf Seite 202 von *The Lost World* von Sir Arthur Conan Doyle eingezeichnet. Mit zehn hat Lesje dieses Buch gelesen. Es stand in der Schulbücherei unter Geologie, und sie hatte eine Arbeit über Steine begonnen. Vor den Dinosauriern waren Steine ihr großes Hobby gewesen. Ihre Schulfreundinnen lasen Trixie Belden, Nancy Drew, Cherry Ames, die Stewardeß. Lesje hatte sich für diese Geschichten nicht begeistern können. In der Regel mochte sie überhaupt keine Geschichten, in denen es nicht um Tatsachen ging. Doch in *The Lost World* war das anders: Sie hatten ein Gebirgsplateau in Südamerika entdeckt, wo die Lebensformen der frühen Jurazeit überdauert hatten neben anderen, jüngeren Formen. Sie kann sich nicht mehr erinnern, was zuerst da war, ihre Leidenschaft für Fossilien oder für dieses Buch; das Buch, glaubt sie. Völlig nebensächlich, daß alle Expeditionsteilnehmer Männer gewesen waren. Sie hatte sich verliebt, nicht in Professor Challenger und seine großmäulige Arroganz, nicht mal in den jungen Reporter oder diesen Scharfschützen von englischem Lord. Es war der andere, der trockene, der skeptische, der dünne: Professor Summerlee. Wie viele Male hat sie am Rande seines Sees gestanden, seine dünne Hand in ihrer, während sie zusammen einen Plesiosaurier beobachteten, und er war überwältigt, endlich doch überzeugt?

Das Buch hat sie immer noch. Sie hat es nicht direkt gestohlen, sie hat nur mehrmals vergessen, die Ausleihfrist verlängern zu lassen, und dann war ihr der Sarkasmus der Bibliothekarin so peinlich, daß sie log. Verloren, sagte sie. *Die verlorene Welt* ging verloren.)

Der See glitzert im Mondlicht. Weit draußen, auf einer Sandbank, flimmert eine geheimnisvolle weiße Form.

William hat seinen Vorsprung vergrößert. Sie hat nicht aufgepaßt, er hat mindestens zwanzig Punkte mehr. »Du bist dran«, sagt er. Befriedigung rötet seine Wangen.

»Fünfzehn zwo«, sagt sie.

»Das nächste Spiel gewinnst du«, sagt William, um sie zu trösten; er kann es sich leisten.

Das Telefon läutet. Lesje zuckt zusammen, läßt den Karobuben fallen. »Kannst du rangehen, William?« sagt sie. Sie vermutet, daß es der Mann ist, der sich nicht meldet; sie ist nicht in der Stimmung für eine stumme Serenade.

»Es ist für dich«, sagt William verwirrt.

Als sie zurückkommt, sagt er: »Wer war's?«

»Elizabeths Mann«, sagt sie.

»Wer?«

»Genau«, antwortet Lesje. »Elizabeths Mann. Du hast ihn mal getroffen; letztes Jahr bei der Weihnachtsfeier. Du erinnerst dich doch an Elizabeth, sie ist groß, kräftig, statuesk; sie ist die, deren Freund...«

»O ja, richtig«, sagt William. Er kann kein Blut sehen, deshalb hatte er auch keinen großen Wert darauf gelegt, die Geschichte von Chris zu hören, aber Lesje hatte sie ihm einfach erzählen müssen, sie war so aufgeregt gewesen. »Was wollte er?«

»Weiß ich auch nicht«, sagt Lesje.

NATE *Sonntag, 31. Oktober 1976*

Nate läuft. Sein Fahrrad lehnt irgendwo hinter ihm in der Dunkelheit an einer Parkbank. Die Luft ist kühl, fremdartig auf seinem frisch rasierten Gesicht.

Er läuft aus Vergnügen, ohne sich anzustrengen, trabt über totes Gras, grau im Licht der Straßenlaternen, durch gefallene Blätter, deren Farben er mehr errät als sieht: orange, gelb, braun. Jetzt sammeln sie die Blätter in grünen Müllsäcken und fahren sie mit Lastwagen davon; früher wurden sie zu großen Haufen zusammengerecht und in den Straßen verbrannt, süßlich stieg der Rauch aus den Gipfeln der Hügel auf. Als Kind war er mit den anderen die Straße entlang gerannt, hatte gejault wie ein Sturzbomber und war dann über die brennenden Blätterhaufen gesprungen. Verboten, aber wenn man hineinfiel, machte es nicht viel aus, die Blätter schwelten nur. Männer drohten mit Rechen und brüllten sie an, zu verschwinden.

Mit wem rannte er damals zusammen, vor zwanzig Jahren, oder waren's schon fünfundzwanzig? Jemand, den sie Bobby riefen, ein Tom Sowieso. Verschwunden, gesichtslos; er denkt mit der Sehnsucht an sie, die jenen zusteht, die jung verstorben sind. Opfer, wenn auch nur die seines schlechten Gedächtnisses. Es ist er selbst – in seinen hochgeschnürten Hosen mit den ledernen Knieflicken, diesen verdammten Wollsocken, die immer runterrutschen, vereisten Fäustlingen, patschnaß vom Bombardieren des Feindes, Rotz läuft über seine Oberlippe –, er selbst ist es, der da rennt und den er betrauert.

Und danach dann, nicht mehr nur aus reinem Spaß, Leichtathletik in der Schule, er war der dritte Mann in der Staffel, um die Bahn herum mit dem Stab, den er sich als Dynamitstange vorstellte, er mußte ihn weitergeben, ehe er explodierte. Für Football war er zu der Zeit zu dünn, aber rennen konnte er. Sie gewannen nie etwas, obwohl sie einmal Zweite wurden. *Mr. Saubermann,* so nannten sie ihn im Jahrbuch. Seine Mutter hielt es für ein Kompliment.

Als er dann Jura studierte, war er oft hierhergekommen, zum Queen's Park, ein Oval wie eine Aschenbahn. *Queen's Park.* Er erinnert sich an die Witze – Schwulenpark –, an die Pärchen, die er beobachtete, in Trenchcoats, Windjacken, Begegnungen mit etwas, was in ihm lediglich eine leichte Neugier erweckte, eine milde Verlegenheit. Ungefähr zu der Zeit machte sich dann sein Rücken bemerkbar, und er hörte mit dem Laufen auf, kurz nachdem er Elizabeth kennengelernt hatte. »Ein Irrweg der Evolution«, sagte der Arzt und meinte damit seine Größe; die Menschen hätten sich mit einem Wachstum von einsfünfzig zufriedengeben sollen. Nun waren sie labil geworden. Er sagte Nate, daß sein rechtes Bein um eine Idee kürzer wäre als sein linkes, nichts Ungewöhnliches bei großen Männern, und er sollte rechts einen erhöhten Absatz tragen. Eine Information, auf die Nate nicht reagierte. Er weigerte sich, die Reihen der Zinnsoldaten zu vermehren, jene mit falschen Zähnen, Glasaugen, Gummibrüsten, orthopädischen Schuhen. Jetzt noch nicht, jetzt noch nicht. Nicht, bevor es nicht unbedingt sein muß.

Er läuft im Uhrzeigersinn, gegen den Verkehr, die Autos kommen auf ihn zu und fahren vorbei, mit Eulenaugen, dunkel und glatt. Hinter ihm liegen die Parlamentsgebäude, das kleinliche rosige Herz einer kleinlichen Provinz. Im Inneren, plüschigrot und prall wie ein Kissen, werden ohne Zweifel miese lukrative Geschäfte abgeschlossen, Entscheidungen darüber, wer was wo bauen darf, was abgerissen wird, wer davon profitiert. Er erinnert sich mit mehr als Unbehagen, mit purem Unglauben daran, daß er einst daran gedacht hatte, in die Politik zu gehen. Wahrscheinlich Stadtverwaltung. *Pompöser*

Schwachkopf. Stopp die Planer und Entwickler, rette das Volk; vor was, für was?

Früher hatte er zu denen gehört, die der Meinung sind, das Universum sollte gerecht und gnadenvoll sein, und er war bereit, der Erringung dieses Zustands zuzuarbeiten. Das stand auf dem Banner seiner Mutter. Er erinnert sich an den zuckenden Schmerz, an das Gefühl des Verrats, als er schließlich erkannte, wie unmöglich das war. Neunzehnhundertsiebzig, Aufhebung der Bürgerrechte, ein Krieg ohne Angreifer und ohne Feind, und die Zeitungen klatschten dazu Beifall. Es waren nicht die willkürlichen Verhaftungen, die Einschüchterung, das Zerstören von Leben, was ihn entsetzt hatte; das kam nicht überraschend. Er hatte immer gewußt, daß diese Dinge sich woanders abspielten, und trotz der dominierenden Selbstzufriedenheit hatte er nie bezweifelt, daß sie auch hier geschehen konnten. Es lag an dem Beifall der Zeitungen. Leitartikel, Briefe an den Herausgeber. Die Stimme des Volkes. Wenn das alles war, was sie zu sagen hatte, dann wollte er verdammt sein, wenn er das Megaphon dafür abgeben würde.

Sein Idealismus und seine Desillusionierung langweilen ihn jetzt gleichermaßen. Seine Jugend langweilt ihn. Er pflegte einen Anzug zu tragen und den Unterhaltungen älterer Männer über diejenigen, die die Macht besaßen, zuzuhören, in der Hoffnung etwas lernen zu können. Bei der Erinnerung daran krümmt er sich; es ist so was Ähnliches wie die Kette aus Liebesperlen, die er mal getragen hat, kurz nur, und als diese Mode bereits im Schwinden war.

Vor ihm auf der linken Straßenseite ist das Museum, um diese Zeit von grellen orangefarbenen Flutlichtern erleuchtet. Wenn sie schlossen, pflegte er an der Pforte herumzulungern, weil er hoffte, Elizabeth zu treffen. Anfangs war sie zurückhaltend und ein kleines bißchen herablassend gewesen, so als wäre er irgendein pervertierter Halbidiot, dem sie trotzdem mit Freundlichkeit entgegenkam. Das hatte ihn umgehauen, das und der Eindruck, daß sie genau wußte, was sie tat. Am Samstagmorgen, wenn er um den Queen's Park trabte, dachte er an sie im Inneren des grauen Gebäudes, eine Madonna in einem

Schrein, von einem stillen Licht umstrahlt – obwohl sie in Wirklichkeit nie an Samstagen arbeitete. Er sah sich selbst, wie er auf sie zurannte, während sie vor ihm zurückwich; in der Hand hielt sie eine Lampe wie Florence Nightingale. Er ist froh, daß er ihr nie von diesen lächerlichen Visionen erzählt hat. Selbst damals hätte sie hinter seinem Rücken gelacht und ihn später damit aufgezogen. Beilage zu Schokoladetafeln, hätte sie gesagt. Die Lady mit der Lampe. Mein Gott. Die Lady mit der Axt, das wäre passender. Nun ist es eine andere Gestalt, auf die er zuläuft.

Um die Nordspitze des Parks herum vorbei am Kriegerdenkmal, eine Säulenplatte aus Granit, gestaltlos und bis auf den gotischen Kropf oben ohne Verzierungen. Keine nackten, blumentragenden Frauen, keine Engel, nicht mal irgendwelche Skelette. Nur ein Zeichen, ein Mahnmal. *Südafrika* steht auf der anderen Seite; das hatte er morgens immer gesehen, als er zur Arbeit fuhr, noch bevor er den Wagen verkaufte. Bevor er Schluß machte. Welcher Krieg? Er hat nie viel drüber nachgedacht. Der einzig wirkliche Krieg fand in Europa statt, Churchill sagte, sie würden an den Stränden kämpfen, ein heißer Markt für Kaugummis und Damenstrümpfe, sein Vater verschwand mit einem Donnerknall irgendwo über Frankreich. Mit leichter Scham denkt er daran, wie er das ausnutzte. *Haltet die Klappe, sein Dad ist im Krieg gefallen.* Eine der wenigen Anwendungen von Patriotismus, die er immer noch für wertvoll hält, und ungefähr der einzige Nutzen aus dem Tod seines Vaters, an den er sich nicht mehr erinnern kann.

Er läuft in Richtung Süden, Victoria College und St. Mike's zu seiner Linken. Er hat die Runde fast geschafft. Er verlangsamt das Tempo; nun spürt er die Anstrengung in seinen Waden, in der Brust, das Blut pocht in seinem Kopf. So tief hat er schon lange nicht mehr durchgeatmet. Ein Jammer bei den Auspuffgasen. Er sollte mit dem Rauchen aufhören, er sollte jeden Tag so laufen. Jeden Morgen um sechs aufstehen, eine halbe Stunde laufen und bloß ein Päckchen Zigaretten am Tag. So ein Programm und nicht soviel Eier und Butter. Er ist noch keine vierzig, nicht annähernd; wahrscheinlich ist er nicht mal fünfunddreißig. Er ist vierunddreißig, oder war das letztes Jahr? Er hatte schon immer Schwierigkeiten, sich an sein genaues Geburtsdatum zu erinnern. Ebenso wie seine Mutter. Als wären sie beide vor langer Zeit eine Verschwörung eingegangen, so zu tun, als wäre er nicht zu einer bestimmten Zeit geboren, nicht so wie alle anderen. Nathanael: Gabe Gottes. Seine schamlose Mutter hat diese Bedeutung des Namens verbreitet. Kurz nach der Heirat erklärte sie es Elizabeth. Besten Dank auch, Gott, sagte Elizabeth später, freundlich damals. Und noch später dann weniger freundlich.

Er fängt wieder an, schneller zu laufen, sprintet auf die Schatten zu, wo er sein Fahrrad zurückgelassen hat. Eine Runde. Früher hatte er zwei geschafft und war dabei, sich auf drei Runden zu steigern. Er könnte es wieder soweit bringen. An sonnigen Tagen hat er damals während des Laufens seinen Schatten beobachtet, bis zum Denkmal rechts von ihm, auf dem Rückweg links; eine Gewohnheit, die er während seiner Zeit in der Staffel angenommen hatte. Überholt euren Schatten, sagte der Trainer, ein Schotte, der in der neunten Klasse Englisch unterrichtete, wenn er nicht gerade Sport gab. *Die Neununddreißig Stufen* von John Buchan. Sein Schatten trieb ihn voran; selbst bei bewölktem Himmel konnte er ihn da spüren. Jetzt begleitet er ihn auch, verschwommen im Licht der Straßenlaternen, soviel schwächer als die Sonne, sich vor ihm streckend, wenn er an einer Laterne vorbeiläuft, dann schrumpfend, kopflos, dann wieder vervielfältigt und ihm vorauseilend.

Früher ist er nie nachts gelaufen; er mochte das nicht sonderlich. Er sollte jetzt aufhören und heimgehen. Die Kinder werden bald zurück sein, vielleicht sind sie schon da und warten darauf, ihm ihre Papiertüten zu zeigen. Doch er läuft weiter, als müßte er laufen; so als gäbe es etwas, auf das er zuläuft.

Elizabeth sitzt auf ihrem milden Sofa, das Gesicht den Schalen zugewandt. Zwei körperlose Köpfe brennen hinter ihr. Die Schalen stehen auf der Kiefernanrichte. Nicht ihre Schalen, die dürfen die Kinder nicht benutzen, sondern drei Schalen aus der Küche, eine Pyrex-Kasserolle, eine weiße Porzellan-Salatschüssel und eine weitere aus rostfreiem Stahl.

In zwei der Schüsseln liegen die Geschenke, die die Kinder am Nachmittag gepackt haben, kleine Bündel aus zerknitterten orangefarbenen und schwarzen Papierservietten, ein Hexen- und ein Katzenmotiv. Oben mit Schnur zusammengebunden. Sie wollten Goldbänder haben, aber es waren keine da. In jedem Päckchen sind ein paar Bonbons, eine Minibox Smarties, eine Schachtel Rosinen. Sie wollten, daß sie Gingerbrotplätzchen machte mit Fratzen darauf, wie sie es sonst jedes Jahr gemacht hatte, aber sie sagte, sie hätte dieses Jahr keine Zeit. Eine lahme Ausrede. Sie wissen, wieviel Zeit sie damit zubringt, da drinnen auf ihrem Bett zu liegen.

Die dritte Schale, die aus Stahl, ist voller Pennies für die UNICEF-Büchsen, mit denen die Kinder dieser Tage sammeln gehen. Rettet die Kinder. Wie üblich zwingen Erwachsene die Kinder zu diesem Rettungswerk, weil sie genau wissen, wie unfähig sie selbst dazu sind.

Bald wird die Türglocke läuten, und sie wird die Tür öffnen. Es wird eine Fee oder ein Batman oder ein Teufel oder irgendein Tier sein, die Nachbarskinder, die Kinder ihrer Freunde in Gestalt ihrer eigenen Wünsche oder der Ängste ihrer Eltern. Sie wird sie anlächeln und bewundern und ihnen etwas aus den Schalen geben, und sie werden weggehen. Sie wird die Tür schließen und sich wieder hinsetzen und auf das nächste Läuten warten. In der Zwischenzeit machen ihre eigenen Kinder das gleiche in den Häusern ihrer Nachbarn, die Wege auf und ab, über die Vorgärten, Rasen bei Neuzugängen wie sie selbst, verdorrte Tomatenpflanzen und verblaßte Blumen bei den Italienern und Portugiesen, deren Distrikt neuerdings als malerisch gilt.

Ihre Kinder gehen, rennen, magisch angezogen von den Orangelichtern in den Vorderfenstern. Später in der Nacht wird sie ihre Beute durchsehen, während sie schlafen, und nach Rasierklingen in Äpfeln, vergiftetem Candy suchen. Obwohl die Freude ihrer Kinder sie nicht mehr erreicht, die Angst um sie tut es. Sie traut den Absichten der Welt ihnen gegenüber nicht. Nate pflegte über ihre Befürchtungen zu lachen, über das, was er ihre Besessenheit nannte: scharfe Tischkanten, als sie das Laufen lernten, offene Steckdosen, Lampenkabel, Teiche, Flüsse und Pfützen (man kann in fünf Zentimeter tiefem Wasser ertrinken), Fahrzeuge, schwingende Eisenketten, Verandageländer, Treppen; und in jüngster Zeit fremde Männer, Wagen, die plötzlich langsamer fahren, Abhänge. »Sie müssen ihre Erfahrungen machen«, sagte er. Solange nichts Ernsthaftes passiert, wirkt sie lächerlich. Und wenn je irgendwas passiert, dann wird es kein Trost sein, recht gehabt zu haben.

Nate müßte hier auf diesem Sofa sitzen und auf das Läuten der Türglocke warten. Diesmal sollte er es sein, der die Tür öffnet, ohne zu wissen, wer davorsteht. Bis jetzt hat Elizabeth es immer getan, aber Nate müßte wissen, daß sie dieses Jahr nicht dazu imstande ist. Wenn er seinen Kopf gebrauchen würde, müßte er es wissen.

Aber er ist ausgegangen; und diesmal hat er ihr nicht gesagt, wohin er geht.

Einmal kam Chris, ohne ihr vorher Bescheid zu sagen, und läutete. Er stand auf der Veranda, das Licht über der Tür verwandelte sein Gesicht in eine Mondlandschaft.

»Was machst du hier?« Sie war wütend gewesen: Das hätte er nicht tun dürfen, es war eine Invasion: das Kinderzimmer befand sich direkt darüber. Er hatte sie auf die Veranda hinausgezogen, hatte sein Gesicht an ihres gelegt, im vollen Licht der Tür. »Geh weg. Ich ruf dich nachher an, aber bitte, geh weg. Du weißt, ich kann das nicht machen.« Ein Flüstern, ein Kuß, Lösegeld, in der Hoffnung, die Kinder würden nichts hören.

Sie möchte die Lichter ausschalten, die Kürbislaternen löschen, die Tür verriegeln. Sie kann so tun, als wäre sie nicht zu Hause. Aber wie soll sie die volle Schale mit Bonbons erklären oder, selbst wenn sie die Päckchen wegwirft, den Fragen ihrer Freunde begegnen? *Wir wollten dich zu Hause besuchen, aber niemand war daheim.* Nichts kann sie tun.

Die Türglocke läutet, läutet noch einmal. Elizabeth füllt ihre Hände, öffnet umständlich die Tür. Es ist ein Chinese, ein Frankensteinmonster und ein Kind in einem Rattenkostüm. Es wäre einfacher gewesen, die Schüsseln unten auf die Stufen zu stellen; sie wird das nachholen. Sie tut so, als erkenne sie niemanden. Jedem reicht sie ein Bündel und läßt ein paar Münzen in die Schlitze ihrer Blechbüchsen fallen. Sie plappern fröhlich miteinander, danken ihr und trippeln über die Veranda davon, ohne wirklich eine Ahnung davon zu haben, was für eine Nacht dies ist oder was sie, diese kleinen verkleideten Gestalten, wirklich verkörpern. Allerseelen. Nicht nur freundliche Seelen, sondern alle Seelen. Sie sind Seelen, die zurückkehren, die weinend an der Tür stehen, hungrig, klagend um ihr verlorenes Leben. Man gibt ihnen Nahrung, Geld, alles, was als Ersatz für Liebe und Blut dienen kann, hofft, daß es ausreicht, wartet darauf, daß sie fortgehen.

ZWEITER TEIL

ELIZABETH *Freitag, 12. November 1976*

Elizabeth geht in Richtung Westen, auf der Nordseite der Straße, in der kalten grauen Luft, die eine Verlängerung der fischgrauen, geschlossenen Wolkendecke ist. Sie wirft keinen Blick in die Schaufensterscheiben; sie weiß, wie sie aussieht, und gibt sich keinen Illusionen hin, irgendwie anders auszusehen. Sie braucht ihr eigenes Spiegelbild nicht oder die Spiegelbilder von anderer Leute Vorstellungen von ihr oder ihnen selbst. Pfirsichgelb, apfelsoßenrosa, himbeer-, pflaumenfarben, Felle, Hufe, Federbüsche, Lippen, Klauen, das alles bedeutet ihr nichts. Sie trägt einen schwarzen Mantel. Sie ist hart, ein harter Kern, der dunkle Punkt, um den andere Farben wirbeln. Die Augen hält sie geradeaus gerichtet, die Schultern gestrafft, gleichmäßiger Schritt. Sie marschiert.

An einigen der Rockaufschläge, Brüste, die sich ihr nähern, hängen immer noch diese Erinnerungen, rote Kleiderblumenblätter aus Blut, herausgespritzt aus dem schwarz verfilzten Loch in der Brust, in der Mitte festgesteckt. Waffenstillstandstag. Gedenktag an die Gefallenen der beiden Weltkriege. Eine kleine Nadel im Herzen. Was ist es doch gleich, mit dem sie für die geistig Behinderten hausieren gehen? Samen der Hoffnung. In der Schule pflegten sie eine Pause einzulegen, während jemand einen Vers aus der Bibel vorlas, und dann sangen sie eine Hymne. Köpfe gesenkt, sie versuchten feierlich dreinzuschauen, ohne zu wissen warum. In der Ferne, oder war es im Radio, Salutschüsse.

Wenn du uns die Treue brichst, die wir sterben, so dürfen wir nicht schlafen, wenn Mohn auch blüht auf Flanderns Feldern.

Ein Kanadier hat das geschrieben. *Wir sind die Toten.* Eine morbide Nation. In der Schule mußten sie es zwei Jahre hintereinander auswendig lernen, damals, als Auswendiglernen noch in Mode war. Einmal war sie ausgewählt worden, es vorzutragen. Sie war gut im Auswendiglernen: sie nannten es in Poesie gut sein. Sie war gut in Poesie, bevor sie die Schule verließ.

Elizabeth hat eine Mohnblüte gekauft, trägt sie aber nicht. Sie ruht nun in ihrer Tasche, ihr Daumen gegen die Nadel gedrückt.

Sie weiß noch, daß dieser Spaziergang, irgendein Spaziergang durch diesen Teil der Stadt sie früher gereizt hätte. Diese Fenster mit ihren Versprechungen, die nun, endgültig, sexuell aufreizend, frühere Fenster und frühere Versprechungen ersetzen, die nur Sicherheit boten, Tweedstoffe. Wann passierte das, dieser Umschwung zum Gefährlichen? Irgendwann in den letzten zehn Jahren sind die soliden Wollanzüge und Liberty-Halstücher zugunsten von Exotika verschwunden: Indienimporte, geschlitzte Kleider, seidene Unterwäsche, Silbertalismane, die zwischen den Brüsten zu baumeln hatten wie Elritzen am Angelhaken. Hier anbeißen. Und dann die Möbel, das *Milieu,* das Zubehör. Lampen mit bunten Schirmen, ganze duftende Läden, die nur Seifen oder dicke Badetücher, Kerzen, Lotions führten. Verlockungen. Und sie fühlte sich verlockt. Früher brannte ihre Haut allein schon vom Durchstreifen dieser Straßen, die Fenster, die sich selbst darboten, die nichts forderten, schon gar kein Geld. Nur ein Wort, ja.

Die Waren sind immer noch ziemlich die gleichen, obwohl die Preise gestiegen sind und es nun mehr Läden gibt, doch dieser schmeichelnde Duft ist verschwunden. Heutzutage ist alles bloß Geschäft. Du zahlst, du erhältst was, du bekommst nicht mehr als das, was du siehst. Eine Lampe, eine Flasche. Wenn sie die Wahl hätte, dann würde sie das Frühere, das andere nehmen, doch in ihr gibt es eine kleine betäubende Stimme, die jede Wahl ablehnt, die lediglich sagt: unecht.

Sie bleibt vor einem Zeitungsstand stehen, beugt sich vor, um durch das rechteckige Glasfensterchen hineinzusehen. Sie sollte sich eine Zeitung kaufen, um im Wartezimmer irgendwas zu lesen zu haben. Sie möchte nicht dasitzen, ohne was zu haben, worauf sie sich konzentrieren kann, und im Augenblick erträgt sie die Sorte Magazine nicht, die dort herumliegen. Bunte Magazine, strahlender als das Leben selbst, über Gesundheit und Mutterschaft und daß man sich die Haare mit Mayonnaise waschen soll. Sie braucht was in Schwarzweiß. Körper, die vom Balkon im zehnten Stock fallen, Explosionen. Wirkliches Leben. Aber sie hat auch keine Lust, eine Zeitung zu lesen. Sie sind voll von der Wahl in Quebec, die in drei Tagen stattfinden wird und die sie nicht im mindesten interessiert. Wahlen interessieren sie nicht mehr als Footballspiele. Beides Wettkämpfe zwischen Männern, wobei man von ihr bestenfalls Anfeuerung und Beifall erwartet. Die Kandidaten, Ansammlungen grauer Flecken, stehen sich auf den Titelseiten gegenüber, und schnauben stille, aber keinesfalls wortlose Herausforderungen in die Welt. Ihr ist es egal, wer gewinnt, Nate nicht; auch Chris wäre es nicht egal gewesen. Da gab es stets diese gegen sie gerichtete, unausgesprochene Anklage, so als würde ihm allein dadurch, wie sie war, durch ihre Art zu sprechen der Arm umgedreht, als wäre sie ein Einbruch in sein Leben. Alle redeten über den Sprachenstreit.

Irgendwas stimmt mit meinen Ohren nicht. Ich glaub, ich werd allmählich taub. Nicht die ganze Zeit über, aber ab und zu hör ich einen hohen Ton wie ein Summen, ein Klingeln. Und ich weiß, daß ich Schwierigkeiten hab, zu verstehen, was andere Leute zu mir sagen. Dauernd sag ich: »Wie bitte?«

Nein, ich hatte keine Erkältung. Nein.

Sie probt die kleine Ansprache, wiederholt sie dann in der Arztpraxis, beantwortet die Fragen der Doktorin, Hände im Schoß, Füße Seite an Seite in ihren schwarzen Schuhen, Handtasche neben ihren Füßen. Eine Matrone. Die Ärztin ist eine rundliche, sensibel wirkende Frau in einem weißen Kittel mit einer Lampe an der Stirn. Sie befragt Elizabeth freundlich, macht sich dazu Notizen in den Hieroglyphen der Mediziner. Dann, nachdem sie durch eine Tür gegangen sind und Elizabeth in einem schwarzen, lederüberzogenen Stuhl sitzt, schaut sie in Elizabeths Mund und danach in ihre Ohren, eins nach dem anderen. Sie bittet sie, sich die Nase zuzuhalten und kräftig zu schnauben, um festzustellen, ob es irgendwelche knallenden Geräusche gibt.

»Keine Verstopfungen«, sagt die Ärztin fröhlich.

Sie stülpt Elizabeth ein Paar Kopfhörer über den Kopf. Elizabeth starrt auf die Wand, an der ein Gemälde hängt: Ein Baum, ein feengesichtiges Kind schaut zu den Zweigen auf, und darunter ein Gedicht in verschnörkelter Schrift:

Ich glaub, nie werd ich schaun
Ein Gedicht so lieblich wie ein Baum.
Ein Baum, dessen hungriger Mund sich drückt
Gegen der Erde süß fließende Brust...

Weiter liest Elizabeth nicht. Selbst der idealisierte Baum auf dem Bild erscheint ihr wie eine Art Tintenfisch, die Wurzeln verschlungen wie Fangarme, sein Stamm bohrt sich in einen runden Buckel Erde, saugend, unersättlich. Nancy fing an, sie mit sechs Monaten zu beißen, mit ihrem ersten Zahn.

Die Ärztin schaltet an der Maschine herum, die durch Drähte mit Elizabeths Kopfhörer verbunden ist, und erzeugt zuerst einen hohen Science-fiction-Ton, dann tiefe Vibrationen, ein Rumoren.

»Kann ich hören«, sagt Elizabeth jedesmal, wenn sich der Ton ändert. Sie weiß, welche Art von Dingen diese Frau in ihrem Wohnzimmer haben würde: Chintzüberzüge, Lampen mit Porzellannymphen als Fuß, Keramikpudel auf dem Kaminsims wie Nates Mutter, einen Aschenbecher mit Marienkäfern am Rand in natürlichen Farben. Dieser ganze Raum ist eine Zeitfalte.

Die Ärztin nimmt Elizabeth die Kopfhörer ab und bittet sie zurück in das Sprechzimmer. Sie setzen sich beide. Die Ärztin lächelt gütig, nachsichtig, als wäre sie drauf und dran, Elizabeth mitzuteilen, daß sie Ohrenkrebs habe.

»Mit Ihrem Gehör ist alles absolut in Ordnung«, sagt sie. »Ihre Ohren sind nicht verstopft, und die Reichweite ist normal. Es kann sein, daß Sie eine ganz leichte verschleppte Infektion haben, die von Zeit zu Zeit einen kleinen Pfropfen verursacht. Wenn das geschieht, dann halten Sie sich nur die Nase zu und blasen, so wie man's im Flugzeug macht. Der Druck wird dann Ihre Ohren wieder frei machen.«

(»Ich glaub, ich werd taub«, sagte Elizabeth. »Vielleicht«, sagte Nate, »gibt's bloß ein paar Dinge, die du nicht hören willst.«)

Elizabeth glaubt, die Sprechstundenhilfe schaut sie merkwürdig an, als sie sagt, sie benötige keinen weiteren Termin. »Alles in Ordnung mit mir«, sagt sie erklärend. Sie fährt mit dem Fahrstuhl hinunter und geht durch die archaische Messing- und Marmorempfangshalle, immer noch im Marschschritt. Als sie die Außentür erreicht, hat das Summen wieder begonnen, hoch und schrill, gleichmäßig wie eine Mücke oder das melodielose Lied eines Kindes oder eine Überlandleitung im Winter. Irgendwo ist Elektrizität. Sie erinnert sich an eine Geschichte, die sie mal im *Reader's Digest* gelesen hat, während sie im Wartezimmer eines Zahnarztes saß, über eine alte Frau, die plötzlich Engelsstimmen in ihrem Kopf hörte und glaubte, sie würde verrückt. Nach längerer Zeit und verschiedenen Untersuchungen entdeckte man, daß sie über das Metall ihrer Zahnbrücke die örtliche Rundfunkstation empfing. *Reader's Digest* brachte die Geschichte als Witz.

Es ist fast fünf, wird schon dunkel; Bürgersteig und Straße sind schmierig vom Nieselregen. Dichtes Verkehrsgewühl. Elizabeth geht diagonal über die Straße, zwischen zwei stehenden Autos hindurch. Auf der anderen Spur kommt ein grüner Lieferwagen mit quietschenden Bremsen zum Stehen, einen Meter von ihr entfernt. Der Fahrer hängt auf der Hupe, brüllt heraus.

»Idiotin, willst du dich umbringen?«

Elizabeth setzt ihren Weg über die Straße fort, ignoriert ihn, ihr Schritt gleichmäßig, marschierend. Will sie sich umbringen? Das Summen in ihrem rechten Ohr verstummt wie eine unterbrochene Verbindung.

Mit ihren Ohren ist alles in Ordnung. Der Ton kommt von irgendwo anders. Engelsstimmen.

LESJE *Montag, 15. November 1976*

Lesje ißt Lunch mit Elizabeths Mann; dem Mann, der Elizabeth gehört. Besitzanzeigend, im Lateinischen Possessivus. Dieser Mann sieht nicht so aus wie Elizabeths Mann oder, was das anbelangt, der Mann irgendeiner Frau. Aber vor allem nicht von Elizabeth. Zum Beispiel hätte Elizabeth niemals das Varsity Restaurant gewählt. Entweder hat er kein Geld, was durchaus wahrscheinlich ist, wenn man die ausgefransten, abgescheuerten Stellen an seinem Äußeren betrachtet, Flickwerk wie Felsflechten; oder er glaubt, sie würde ihre Meinung über ihn nicht von seiner Wahl des Restaurants abhängig machen. Dieses Restaurant ist ein Überbleibsel. Andere veränderten sich, gingen mit der Zeit, dieses hat seine Möblierung aus den fünfziger Jahren bewahrt, seine schmutzigen Speisekarten, die Atmosphäre käsiger Resignation.

Normalerweise würde Lesje nie hier essen, teilweise, weil sie das Varsity Restaurant mit der Studentenzeit in Verbindung bringt, und so jung ist sie nicht mehr. Sie ist sich nicht darüber im klaren, warum sie überhaupt mit Elizabeths Mann ißt, außer daß irgendwas in der Art, in der er sie darum gebeten hat – die Einladung war eine Art Ausbruch gewesen –, es ihr unmöglich machte, nein zu sagen.

Wut und Verzweiflung anderer waren schon immer ihre schwachen Punkte. Sie ist eine Beschwichtigerin, und sie weiß es. Selbst in der Frauengruppe, die sie während des Studiums vor allem deshalb besuchte, weil ihre Zimmergenossin sie moralisch dazu erpreßt hatte, war sie vorsichtig gewesen, aus

Angst, das Falsche zu sagen, beschuldigt zu werden. Mit wachsendem Entsetzen hatte sie den Litaneien der anderen zugehört, ihren Enthüllungen über ihre Probleme, ihr Sexleben, die Abgestumpftheit ihrer Liebhaber, selbst über ihre Ehen, denn einige von ihnen waren verheiratet. Ihr Entsetzen rührte nicht vom Inhalt der Aussagen her, sondern von Lesjes Erkenntnis, daß sie von ihr das gleiche erwarteten. Sie wußte, daß sie das nicht konnte, sie beherrschte die Sprache nicht. Es würde nichts nützen zu sagen, sie wäre bloß eine Wissenschaftlerin, unpolitisch. Nach Meinung der anderen war alles politisch.

Schon wurde sie von den anderen nachdenklich betrachtet: Ihr zustimmendes Gemurmel hatte nicht ausgereicht. Bald würde es zur Konfrontation kommen. Voller Panik durchsuchte sie ihre Vergangenheit nach passenden Geständnissen, doch die einzige Sache, die ihr einfiel, war so unbedeutend, so trivial, daß sie wußte, damit würde sie nie durchkommen. Es handelte sich um folgendes: In dem Golddom der Museumshalle, oben in der Spitze, stand: *Daß alle Menschen sein Werk erkennen.* Es war nur ein Zitat aus der Bibel, sie hatte es überprüft, aber vielleicht beschäftigte es sie für eine Weile; auf Gottes Chauvinismus stürzten sie sich mit Besessenheit. Auf der anderen Seite reagierten sie vielleicht überhaupt nicht drauf. Na komm schon, Lesje. Irgendwas *Persönliches.*

Sie erklärte ihrer Zimmergenossin, einer Sozialhistorikerin mit gefärbter Omabrille, daß sie beim besten Willen keine Zeit mehr für die Gruppe hätte, da ihr Paläontologiekurs weit schwieriger sei, als sie angenommen hätte. Keine von beiden glaubte die Ausrede, und kurz danach zog Lesje in ein Einzelapartment. Sie ertrug die ständigen Versuche nicht mehr, sie unentwegt in bedeutungsvolle Dialoge zu verwickeln, während sie ihre Cornflakes aß oder ihre Haare trocknete. Zu dieser Zeit beunruhigte sie alles, was kompliziert war; unter konkreten Dingen fühlte sie sich wesentlich wohler. Jetzt denkt sie, es wäre vielleicht ganz nützlich gewesen, etwas sorgfältiger hinzuhören.

Am meisten erschreckt es sie, wenn sie aufgefordert wird, von sich zu erzählen. Nate hat das bis jetzt noch nicht getan, obwohl er ständig redet, seit sie sich hingesetzt haben. Sie hat das Billigste auf der Karte bestellt, ein gegrilltes Käsesandwich und ein Glas Milch. Sie hört zu, ißt in kleinen Bissen, verbirgt ihre Zähne. Bis jetzt hat Nate noch keine Andeutung gemacht, weshalb er sie angerufen hat. Zuerst hatte sie gedacht, es könnte sein, weil sie Chris gekannt hat, weil sie Elizabeth kennt und er jemanden bräuchte, um darüber reden zu können. Das würde sie verstehen. Doch er hat das Thema nicht berührt.

Lesje versteht nicht, wie er eine Unterhaltung zustande bringt, und wenn's bloß fünf Minuten sind, ohne das Ereignis zu erwähnen, das für sie alles andere überschattet hätte. Wenn es sich um ihr Leben gehandelt hätte, was nicht der Fall ist. Bis zu diesem Lunch, diesem gegrillten Käsesandwich und – was ißt er? – einem heißen Truthahnsandwich auf Weißbrot hatte sie Nate, falls sie überhaupt über ihn nachgedacht hatte, für die uninteressanteste Figur in diesem tragischen Dreieck gehalten.

Elizabeth, die in diesen Tagen bleich mit dunklen Ringen unter den Augen durch das Museum schleicht, nur eine Idee zu mollig für die Rolle einer trauernden Königin aus einem Stück von Shakespeare, ist natürlich am interessantesten. Chris ist interessant, weil er tot ist. Lesje kannte ihn, wenn auch nicht sehr gut. Manche Arbeitskollegen fanden ihn zu zurückhaltend, andere zu intensiv. Es wurde gemunkelt, er hätte ein wild überschäumendes Temperament, doch Lesje bekam nie etwas davon mit. Sie arbeitete nur bei einem einzigen Projekt mit ihm zusammen: Kleinere Säugetiere des Mesozoikums. Es ist nun beendet, fertig installiert in Schaukästen. Lesje besorgte die genauen Beschreibungen, und Chris baute die Modelle unter Verwendung von Bisamrattenfell und Kaninchen und Eichhörnchen, alles zurechtgebastelt, um die Holzformen zu bedecken. Sie pflegte ihn in der düsteren Werkstatt zu besuchen, an dem einen Ende des Korridors, wo sie die ausgestopften Eulen und andere große Vögel aufbewahrten. Immer zwei Exemplare von einer Gattung, in kleinen herausziehbaren Metallschubladen, wie eine Leichenhalle für Tiere. Sie brachte Kaffee für sie beide mit und trank ihren, während er arbeitete und die Formen aus Holz und Schaumgummi zusammenbaute.

Gemeinsam stellten sie Vermutungen über verschiedene Details an: Augen, Farben. Es war merkwürdig zu beobachten, wie sich ein derart massiv gebauter Mann auf winzige Details konzentrierte. Chris war nicht außergewöhnlich groß; er war nicht mal übertrieben muskulös. Doch er vermittelte den Eindruck von Massigkeit, als würde er wesentlich mehr wiegen als jemand von gleicher Größe, als lägen seine Zellen dichter beieinander, zusammengequetscht von irgendeiner unwiderstehlichen Gravitation. Lesje dachte nie darüber nach, ob sie ihn mochte oder nicht. Einem Felsblock bringt man gar keine Gefühle entgegen.

Jetzt ist er tot und damit plötzlich sehr fern, geheimnisvoll. Sein Tod ist ihr ein Rätsel: Sie kann sich nicht vorstellen, jemals selbst etwas Derartiges zu tun, und sie kann sich auch nicht vorstellen, daß irgend jemand, den sie kennt, so was tun würde. Chris schien dafür als letzter in Frage zu kommen. Zumindest kam es ihr so vor. Aber Menschen sind nicht ihr Spezialgebiet, also zählt wohl ihre Beurteilung nicht.

Und nun Nate; sie hat nicht viel über Nate nachgedacht. Er wirkt nicht wie ein betrogener Ehemann. Jetzt redet er von der Wahl in Quebec, die genau in diesem Augenblick stattfindet. Er beißt in ein Stück Truthahn, kaut; Fett läuft ihm übers Kinn. Die Separatisten, meint er, sollten gewinnen, da die Regierung derart korrupt ist. Außerdem aufgrund des berüchtigten Verhaltens der Bundesregierung 1970. Lesje erinnert sich dunkel, daß ein paar Leute nach den Entführungen verhaftet wurden. Zu der Zeit hatte sie sehr hart für ihren Kurs über wirbellose Tiere gearbeitet; es war das vierte Studienjahr, und jede Note zählte.

Glaubt er, daß es auf lange Sicht was Positives bringen würde? fragt Lesje. »Darum geht's nicht«, sagt Nate. »Das ist eine Frage der Moral.«

Hätte William das gesagt, Lesje hätte es als pompös empfunden. Jetzt findet sie es nicht pompös. Nates langes Gesicht (er hat doch einen Bart gehabt; sie erinnert sich an einen Bart, auf Parties und als er mit den Kindern kam, um Elizabeth von der Arbeit abzuholen; aber das Gesicht ist haarlos, bleich), sein

Körper, der an den Schultern hängt wie ein Anzug am Bügel, nachlässig, beeindruckt sie. Er ist älter, er muß Dinge wissen, Dinge, über die sie nur Vermutungen anstellen kann; er muß Weisheit angesammelt haben. Sein Körper ist mager, sein Gesicht knochig. Nicht so wie William. William hat zugenommen, seit sie zusammenleben; seine Knochen ziehen sich in seinen Kopf zurück, hinter die weichen Barrikaden seiner Wangen.

William ist gegen die Parti Québécois wegen ihres Planes, die James Bay zu fluten und den elektrischen Strom zu verkaufen.

»Aber die anderen wollen das doch auch«, sagte Lesje.

»Wenn ich dort leben würde, ich würde keine von beiden wählen«, sagte William puristisch.

Lesje selbst weiß nicht, wen sie wählen würde. Sie denkt, sie würde statt dessen eher wegziehen. Nationalismus jeglicher Färbung bereitet ihr Unbehagen. Im Hause ihrer Eltern war es ein verbotenes Thema. Wie hätte es anders sein können mit den beiden im Hintergrund lauernden Großmüttern, die sie getrennt befragten und nur darauf warteten, sich darauf zu stürzen? Sie waren sich nie begegnet. Beide hatten sich geweigert, zur Hochzeit ihrer Eltern zu gehen; es war nur eine standesamtliche Trauung gewesen. Aber die Großmütter hatten ihren Zorn weniger auf ihre ungehorsamen Kinder gerichtet als aufeinander. Was sie anging, so hatten beide sie geliebt, nimmt sie an; und beide hatten sie betrauert, als wäre sie in irgendeiner Art und Weise tot. Es ging um ihre unwiderruflich geschädigten Gene. Unrein, unrein. Jede der beiden war der Meinung, sie sollte die Hälfte ihrer Chromosomen beseitigen, sich selbst durch irgendein Wunder heilen. Ihre ukrainische Großmutter steht in der Küche hinter Lesje, während sie in einem Chrom-und-Plastik-Stuhl sitzt und *Das Buch für junge Leute über Stalaktiten und Stalagmiten* liest. Sie bürstet ihr das Haar und unterhält sich dabei mit ihrer Mutter in einer Sprache, die Lesje nicht versteht. Sie bürstet und weint lautlos vor sich hin.

»Mum, was sagt sie?«

»Sie sagt, deine Haare sind sehr schwarz.«

Die ukrainische Großmutter beugt sich vor, um sie zu umarmen, um sie über einen Schmerz hinwegzutrösten, von dem Lesje nichts weiß. Einmal hatte ihr die ukrainische Großmutter ein Ei geschenkt, eines dieser unberührbaren dekorierten Eier, die zusammen mit den silbergerahmten Familienfotos auf dem Kaminsims aufbewahrt werden. Die jüdische Großmutter, die es entdeckte, hatte es zerschmettert, war mit ihren winzigen Stiefeln darauf herumgestampft, der Wutausbruch einer Maus.

»Sie sind beide alte Frauen«, sagte ihre Mutter. »Sie haben ein hartes Leben gehabt. Man kann niemanden mehr ändern, der älter als fünfzig ist.« Lesje weinte über ihrer Handvoll leuchtender Eierschalenfragmente, während die kleine Großmutter sie voller Reue mit ihren kleinen braunen Pfoten streichelte. Sie kaufte Lesje ein anderes Ei, irgendwo, es mußte sie mehr gekostet haben als bloß das Geld.

Beide Großmütter redeten, als hätten sie persönlich den gesamten Krieg durchgemacht, als wären sie vergast, vergewaltigt, von Bajonetten durchbohrt, erschossen, ausgehungert, ausgebombt und verbrannt worden und hätten nur durch ein Wunder überlebt; was alles nicht stimmte. Tante Rachel war die einzige, die wirklich dabeigewesen war, die Schwester ihres Vaters, um zwanzig Jahre älter, bereits verheiratet und fest verwurzelt zu der Zeit, als die Familie fortzog. Tante Rachel war eine Fotografie auf dem Sims ihrer Großmutter, eine untersetzte, mürrisch dreinschauende Frau. Sie war beruhigend weit weg gewesen, und das war auch alles, was das Bild enthüllte: Beruhigung. Keine Vorahnungen; die sah erst Lesje viel später aus Schuldbewußtsein in das Gesicht auf dem Bild hinein. Ihr Vater und ihre Mutter redeten nicht über Tante Rachel. Was gab es da zu reden? Niemand wußte, was mit ihr geschehen war. Obwohl Lesje es versucht hat, kann sie sich die Tante nicht vorstellen.

Lesje sagt nichts davon zu Nate, der gerade erklärt, warum die Franzosen so empfinden, wie sie empfinden. Im Grunde ist Lesje das Warum egal. Sie möchte sich nur da heraushalten.

Nate ist fast fertig mit seinem Truthahnsandwich; seine Pommes frites hat er nicht angerührt. Seine Augen starren auf den Tisch links von Lesjes Wasserglas, er zerpflückt eines der weißen Brötchen des Varsity Restaurants. Sein Platz ist mit Krümeln übersät. »Die Dinge müssen im historischen Zusammenhang gesehen werden«, sagt er. Er läßt das Brötchen in Ruhe und zündet sich eine Zigarette an. Lesje bittet nicht gern um eine – ihre eigenen sind alle, und jetzt ist nicht die Zeit, um aufzustehen und eine neue Schachtel zu holen –, doch nach einer Minute bietet er ihr eine an und gibt ihr sogar Feuer, starrt dabei ihre Nase an, das spürt sie, es macht sie nervös.

Sie möchte fragen: Warum bin ich hier? Sie haben mich sicherlich nicht in dieses drittklassige Restaurant zum Lunch eingeladen, um die Zukunft der Nation zu regeln, oder? Aber er verlangt bereits die Rechnung. Während sie darauf warten, erzählt er ihr, daß er zwei Töchter hat. Er sagt Namen und Alter, wiederholt sie noch mal, als müßte er sich selbst daran erinnern oder sichergehen, daß sie es richtig verstanden hat. Er würde sie gern an irgendeinem Samstag ins Museum mitnehmen, sagt er. Sie interessieren sich sehr für Dinosaurier. Könnte sie die Kinder vielleicht ein bißchen herumführen?

Gewöhnlich arbeitet Lesje an Samstagen nicht, aber wie kann sie nein sagen? Seine Kinder um die Dinosaurier zu bringen. Sie sollte froh sein über die Chance, die Botschaft zu verbreiten, Gläubige zu gewinnen, aber sie ist es nicht: Dinosaurier sind keine Religion für sie, nur ein Reservat. Außerdem fühlt sie sich seltsam enttäuscht. Da hätte mehr kommen müssen nach all dem Gestammel am Telefon, dieser Verabredung in einem Restaurant, das, so erkennt sie plötzlich, Elizabeth sicher nie betreten hätte. Lesje sagt höflich, daß sie sehr, sehr gerne Nates Kinder durch die Ausstellungen führen und ihre Fragen beantworten würde. Sie beginnt, ihren Mantel anzuziehen.

Nate zahlt für den Lunch, obwohl Lesje anbietet, ihre Hälfte beizusteuern. Am liebsten würde sie das ganze Essen bezahlen. Er sieht so pleite aus. Was noch wichtiger ist, ihr ist immer noch nicht klar, was von ihr für diese Gabe eines gegrillten Käsesandwiches und eines Glases Milch erwartet wird; was er als Gegenleistung fordert.

Nate sitzt im Selby Hotel, trinkt Bier vom Faß und sieht fern. Früher war das Selby eine Kneipe für alte Männer, für arme alte Männer. Er kommt aus Gewohnheit hierher: Marthas Wohnung ist nur drei Häuserblocks entfernt, und er hatte es sich angewöhnt, auf ein paar Bier hereinzuschauen, entweder bevor er zu ihr ging oder, falls es noch nicht zu spät war, wenn er von ihr kam. Er hat sich noch keine neue Kneipe ausgesucht.

Bald wird er es allerdings müssen: Als er hier im Selby anfing, was zu trinken, war es voller anonymer Gesichter, nun drängen sich hier Leute, die er kennt. Nicht direkt Freunde, und er kennt sie auch nur deswegen, weil sie alle hier trinken. Doch er ist Stammgast geworden, und viele der alten Stammgäste sind verschwunden. Arbeiter aus Cabbagetown, schäbig gekleidet, die meiste Zeit über schweigsam, ab und zu mürrische, düstere Phrasen murmelnd. Jetzt wird ihr Platz von den gleichen Leuten übernommen, die auch die Wohnungen, Gassen und Hinterhöfe von Cabbagetown übernehmen. Fotografen, Männer, die sagen, sie schreiben an einem Buch. Sie reden zuviel, sind zu fröhlich, laden ihn an ihre Tische ein, auch wenn er keine Lust hat. Er besitzt unter ihnen ein gewisses Prestige, ein Holzschnitzer, jemand, der mit seinen Händen arbeitet, Kunsthandwerker, der Mann mit dem Messer. Er zieht Kneipen vor, wo er der Erste seiner Art ist.

Er wird nach einer Kneipe Ausschau halten, die nüchtern und ruhig ist, ohne Spielautomaten und Musikboxen und pikkelige Achtzehnjährige, die zu viel trinken und dann das Klo vollkotzen. Er wünscht sich eine Kneipe, zur Hälfte gefüllt mit Männern, die Jacken mit Reißverschluß vorn und am Kragen offene Hemden tragen, unter denen man noch den Rand vom T-Shirt sieht, langsame und stetige Trinker; ernsthafte Fernsehzuschauer wie er selbst. Er sieht gerne die Nachrichten und dann die Sportergebnisse.

In seinem eigenen Haus kann er das kaum tun, da Elizabeth schon vor langem seinen uralten Schwarzweißportable aus dem Wohnzimmer verbannt hat, wo er, wie sie sagte, nicht hineinpaßte, und dann auch noch aus der Küche. Sie sagte, sie könnte den Krach nicht ertragen, während sie kochte, und er müßte sich zwischen Fernsehen und Essen entscheiden, denn wenn er weiter fernsehen wollte, würde sie außerhalb essen gehen, und er könnte für sich selbst sorgen. Das war in den alten Tagen, noch ehe Nate selbst kochen mußte. Er versuchte, den Apparat ins Schlafzimmer zu schmuggeln – er gab sich Visionen hin, wie er im Bett lag und sich den Spätfilm ansah, einen Scotch mit Wasser in einer Hand, Elizabeth an ihn gekuschelt neben ihm – aber das dauerte keine Nacht.

Der Apparat landete in Janets Zimmer, wo die Kinder sich am Samstagmorgen die Comics anguckten. Als er dann in sein eigenes Zimmer umzog, hatte er nicht das Herz, ihnen den Fernseher wieder wegzunehmen. Manchmal schaut er mit ihnen gemeinsam, oder er sitzt allein in ihrem Zimmer, um ein Footballspiel zu sehen. Aber zur Zeit der Elfuhrnachrichten schlafen sie schon. Er könnte sie sich bei seiner Mutter ansehen, die sie nie verpaßt, aber es ist zu Fuß zu weit, und sie hat kein Bier im Haus. Außerdem sagt ihr diese Art Nachrichten ohnehin nicht sonderlich zu. Erdbeben, Hungersnöte, das ist was anderes. Jedesmal, wenn die Nachrichten eine Hungersnot melden, kann Nate voraussagen, daß sich seine Mutter am nächsten Tag ans Telefon hängt und ihn zu überreden versucht, ein Waisenkind zu adoptieren oder seinen Spielzeugeinzelhändlern Kleinigkeiten für den Frieden zu verkaufen. Ein paar Fäden gefärbte Wolle, zu Gnomen geformt, gefaltete Papiervögel. »Weihnachtsbaumschmuck wird die Welt nicht retten«, erklärt er ihr. Dann sagt sie: »Hoffentlich nehmen die Kinder jeden Morgen ihre Lebertranpillen.« Sie hat Elizabeth im Verdacht, nichts gegen Vitaminmangel zu unternehmen.

Elizabeth, auf der anderen Seite, hat grundsätzlich kein Interesse, überhaupt irgendwelche Nachrichten anzuschauen. Sie liest kaum Zeitungen. Nate kennt niemanden, der so wenig Interesse für Nachrichten aufbringt wie Elizabeth.

Heute abend zum Beispiel ist sie um sieben zu Bett gegangen; es fiel ihr nicht mal im Traum ein, wenigstens die Wahlresultate abzuwarten. Nate, der beobachtet, wie da oben auf dem

Bildschirm alles zusammenbricht, kann ihre Gleichgültigkeit nicht begreifen. Dies ist ein Ereignis von nationaler und vielleicht sogar internationaler Bedeutung, und sie verschläft es! Das extra zusammengestellte Kommentatoren-Team kann kaum noch an sich halten, entweder in der einen oder in der anderen Richtung. Die Quebecer in der Diskussionsrunde geben sich äußerste Mühe, nicht zu grinsen; zumindest offiziell sind sie objektiv, doch in ihren Gesichtern zuckt es jedesmal, wenn auf dem Monitor ein weiterer Sieg der Parti Québécois erscheint. Die Engländer auf der anderen Seite sind nahe daran, sich in die Hosen zu machen. René Lévesque kann es kaum glauben; er schaut aus, als hätte ihn jemand gleichzeitig geküßt und in die Eier getreten.

Die Kameras schwenken zwischen den dünnlippigen Kommentatoren und dem Hauptquartier der P.Q., wo eine Menge Leute zu einer wilden Feier versammelt ist, hin und her. In den Straßen wird getanzt, spontane Jubelgesänge. Er versucht, sich an eine ähnliche Art von Feier auf seiner Seite der Grenze zu erinnern, doch ihm fällt nur das russisch-kanadische Eishokkeyspiel ein, als Paul Henderson das Siegestor schoß. Männer umarmten einander, und die Betrunkenen heulten. Doch dies hier ist kein Eishockeyspiel. Während er die Verwirrung der geschlagenen Liberalen, die um Haltung bemühten englischen Nachrichtenleute beobachtet, muß Nate grinsen. *Geschieht ihnen verdammt recht.* Das ist seine eigene persönliche Rache an all den Schreibern von Leserbriefen an die Herausgeber im ganzen Land. Unterdrückung erzeugt Revolution, denkt er, ihr Börsenmakler. *Also freßt Scheiße.* Das ist nur ein Zitat vom Premierminister, würde er den alten Ladies sagen, wenn er da oben auf dem Bildschirm wäre.

Nichtsdestoweniger fühlt er sich unbehaglich, wenn er unter den anderen Trinkenden herumschaut. Sein Vergnügen, das weiß er, ist lediglich theoretischer Natur und ziemlich wahrscheinlich snobistisch. Doch keiner von denen, die hier mit ihm versammelt sind, ist sonderlich an Theorie interessiert. Von den Buchschreibern sind heute abend nicht viele unterwegs, es sind vorwiegend Reißverschlußjacken da, und die nehmen es nicht gefaßt hin; sie sind knurrig, sogar ausgesprochen mürrisch, als würden sie ihren Nachbarn von nebenan dabei beobachten, wie er eine lautstarke Party gibt, zu der sie nicht eingeladen wurden. »Verfluchte Frösche«, murmelt einer von ihnen. »Hätt man schon vor langer Zeit aus'm Land schmeißen solln.«

Ein anderer sagt, das wird das Ende der Wirtschaft bedeuten: Wer wird noch das Risiko eingehen zu investieren? »Schöne Wirtschaft«, stichelt sein Freund. »Alles ist besser als Stagflation.« Ein Thema, das die Kommentatoren aufgreifen, die versuchen, zwischen Songs und Küssen die Zukunft zu entziffern.

Nate spürt, wie ihn eine Welle der Erheiterung durchschießt, vom Bauch aus hoch, fast sexuell, bis zu den Fingern, die das Glas umspannen. Keiner von denen hat eine Ahnung, keiner von den Bastarden hat irgendeine Ahnung. Die Erde schwankt unter ihren Füßen, und sie spüren's nicht mal; alles ist möglich, alles kann passieren.

Doch statt des verschrumpelten Affengesichts von René Lévesque, der da oben auf dem Bildschirm seinen Anhängern in der Paul-Sauvé-Arena dankt, sieht er Lesje vor sich, ihre Augen, ihre schmalen Hände, die vor ihm über dem Lunchtisch herumschweben, in Rauch gehüllt. An nichts mehr, was sie gesagt hat, kann er sich erinnern; hat sie überhaupt was gesagt? Es kümmert ihn nicht, es kümmert ihn nicht, wenn sie überhaupt nie etwas sagt. Er möchte sie bloß anschauen, in sie hineinschauen, in diese dunklen Augen, die wahrscheinlich braun sind, auch daran kann er sich nicht mehr erinnern. Der Schatten in ihnen haftet noch in seiner Erinnerung wie der kühle Schatten unter einem Baum. Warum hat er so lange gewartet, vor Nervosität in Telefonzellen herumtanzend, zitternd, unfähig zu sprechen? Beim Lunch hat er Brötchen auseinandergepflückt und über Politik geredet, wo doch das einzig Richtige gewesen wäre, sie in die Arme zu nehmen, direkt mittendrin im Varsity Restaurant. Dann wären sie allem entrissen gewesen, sie hätten sich plötzlich ganz woanders wiedergefunden. Wie konnte er wissen, wo, da es ein Ort sein würde, an dem er noch nie zuvor gewesen war? Ein Ort, vollkommen anders als das Land unter Elizabeths blauem Morgenmantel oder auf Marthas Planeten, zuverlässig, schwer und feucht. Lesje im Arm zu halten wäre so, als hielte man irgendeine fremdartige Pflanze, glatt, dünn, mit grellroten Blüten. *Exoten*, so nannten sie die Floristen. Das Licht würde rätselhaft sein, der Boden unter den Füßen bedeckt mit Knochen. Über die sie Macht haben würde. Sie stünde vor ihm, die Trägerin der heilenden Weisheit, in Schleier gehüllt. Er würde auf die Knie fallen, sich auflösen.

Nate löst sich von dem Bild, datiert es: eine Samstagsmatinee des Films *She*, im beeindruckbaren Alter von zwölf gesehen, als er nachts masturbierte. Seine Mutter pflegte ihm wegen dieser Matinees in den Ohren zu liegen. »Ich bin sicher, sie sind schlecht für dich«, sagte sie. All diese Cowboys und das ganze Geschieße. Eine Frau, mit durchsichtigem Gewand behängt, grauenhafte Schauspielerin, er hatte Papierkrampen und feuchte Kügelchen auf sie abgeschossen und mit den anderen höhnisch gespottet, er hatte wochenlang sehnsüchtig von ihr geträumt. Jetzt möchte er auf sein Fahrrad springen und wie ein Irrer hinüber zu Lesjes Haus strampeln, wie Spiderman die Hauswand hochmarschieren, durchs Fenster hineinfegen. *Sag nichts*, würde er zu ihr sagen. *Komm mit mir.*

Sie lebte allerdings mit irgendeinem anderen Mann zusammen. Nate kann sich schwach an ihn erinnern, wie er bei der Weihnachtsfeier vom Museum im letzten Jahr ihren Ellbogen hielt, ein unbedeutender rosiger Fettfleck. Er vergißt ihn fast augenblicklich wieder und kehrt zu Lesje zurück, zu seiner Hand, die ihr Feuer gibt. Noch einige Zentimeter, und er hätte sie berührt. Doch es ist noch zu früh, sie zu berühren. Er weiß, daß sie morgens aufsteht, frühstückt, zur Arbeit geht, wo sie unverständliche Dinge tut, in gewissen Abständen in der Damentoilette verschwindet, aber er will über diese Details nicht nachdenken. Er weiß nichts über ihr tatsächliches Leben, und er will auch nichts davon wissen. Nicht zuviel, noch nicht.

Sie gehen die Stufen hoch, vorbei an der Popcornbude mit den Ballons und Plastikwindmühlen, grelles Blau und Rot, ein Geräusch wie ausgetrocknete Vögel, die immer noch flattern. Eine Familie. Wenn sie wieder herauskommen, werden sie etwas für die Kinder kaufen müssen, denn das ist es, was Familien tun.

Elizabeth sagte, sie würde mitkommen, denn Nate hat recht, es ist schlecht für die Kinder, daß sie nie mehr was als eine Familie tun. Die Kinder ließen sich nicht hinters Licht führen. Sie waren nicht überglücklich, lediglich überrascht und ein bißchen besorgt. »Aber du begleitest uns doch nie, wenn Daddy uns mitnimmt«, sagte Nancy.

Nun, in dem gewölbten Rundbau mit dem samstäglichen Strom der Kinder, die durch das Drehkreuz geschleust werden, glaubt sie den Druck nicht aushalten zu können. Hier arbeitet sie. Es ist auch der Ort, wo Chris arbeitete. Es macht ihr nicht viel aus, an Wochentagen hier zu sein, sie hat einen guten Grund dafür und eine Menge Merkzettel, die sie beanspruchen; aber was um alles in der Welt soll sie jetzt hier? Warum soll sie ihre eigene Freizeit dafür verschwenden, zwischen leeren Anzügen und Metallhülsen und Knochen, die von ihren Eigentümern abgelegt wurden, herumzuwandern? Freiwillig.

Sie hatte sorgfältig darauf geachtet, ihn während der Arbeitszeit möglichst nicht zu sprechen oder auch nur zu sehen. Nicht, weil es ihr was ausmachte, wenn jemand Bescheid wußte, obwohl sie damit auch nicht gerade hausieren ging, das war auch gar nicht nötig; im Museum wußte durch einen Prozeß diskreten Durchsickerns schließlich jeder alles über jeden. Doch sie wurde dafür bezahlt, einen Job zu erledigen, soundso viele Stunden täglich, und das nahm sie ernst. Sie hatte diese Stunden nicht Chris gewidmet.

Nicht mehr seit dem erstenmal, als sie sich fast vollständig angekleidet liebten, auf dem Boden seiner Werkstatt zwischen Fellresten, Holzspänen, neben dem teilweise vollendeten Ebenbild eines afrikanischen Bodeneichhörnchens. Die Glasaugen waren noch nicht eingesetzt, die leeren Höhlen beobachteten sie. Das ganze Museum riecht immer noch nach diesem Tag: Konservierungsstoffe, Sägemehl und der Geruch von Chris' Haaren, ein geschmolzener Geruch, angesengt und voll. Verbranntes Gold. Sein kalter Reißverschluß, der sich in das Fleisch auf der Innenseite ihres Schenkels preßte, die knirschenden Zähne. Sie dachte: Nie mehr werde ich mich mit weniger als dem hier zufriedengeben. So als wäre es ein Handel, was es vielleicht auch war, obwohl sie den unsichtbaren Handelspartner auf der anderen Seite nie zu Gesicht bekam.

Die Kinder sind im Geschenkladen, schauen sich Puppen, Stofflöwen aus Singapur, Tonbabies aus Mexico an. Nate fummelt mit seiner Brieftasche herum. Es war seine Idee, also soll er zahlen, aber sie weiß, wußte es schon, als sie das Haus verließen, daß er nicht genügend Geld haben würde.

»Kannst du mir einen Fünfer leihen«, sagt er. »Ich geb ihn dir Montag zurück.«

Sie übergibt ihm das Geld, das sie bereits in der Hand hält. Es ist immer ein Fünfer. Manchmal zahlt er es ihr zurück; wenn nicht, dann deshalb, weil er nicht mehr dran denkt. Sie erinnert ihn nicht mehr daran, wie sie es zu den Zeiten getan hat, als sie meinte, alles sollte fair zugehen.

»Ich geh nicht mit rein«, sagt sie. »Um halb fünf treffen wir uns hier an der Treppe. Wir können den Mädchen ja dann noch bei Murray's einen Eisbecher oder sonstwas kaufen.«

Er scheint erleichtert. »In Ordnung«, sagt er.

»Sag den Kindern, sie sollen sich amüsieren.«

Sie geht nach Süden auf den Park zu, in der Absicht, die Straße zu überqueren und unter den Bäumen spazierenzugehen, sich vielleicht auf eine der Bänke zu setzen und den Duft des gefallenen Laubes einzuatmen. Den letzten Duft von Blättern, den sie vor dem Schnee riechen wird. Sie steht am Randstein und wartet auf eine Gelegenheit, über die Straße zu kommen. Auf dem Ehrenmal immer noch ein paar zerzauste Blumengebinde. SÜDAFRIKA steht da.

Sie dreht sich um und geht zum Museum zurück. Sie wird das Planetarium besuchen; dann vergeht die Zeit am schnellsten. Obwohl sie an den Plakaten für das Planetarium mitarbeitet, war sie noch nie dort. Während der Matinees an den Wochentagen arbeitet sie, und in ihrer Freizeit am Abend würde sie sich normalerweise so was nicht anschauen. Aber heute möchte sie irgendwohin gehen, wo sie noch nie gewesen ist.

Die Wände der Halle sind aus unverputzten Ziegeln. An der gewölbten Stirnwand ist ein Motto angebracht:

Die Himmel rufen Dich und drehen sich um Dich herum
enthüllen Dir ihre ewigen Schönheiten
und doch sucht der Blick Deiner Augen den Boden

Dante

Und darunter: *Information. Kartenvorverkauf.*

Elizabeth findet es beruhigend, daß selbst ewige Schönheiten Geld kosten. Die nächste Vorführung beginnt um drei. Sie geht zum Schalter, um eine Eintrittskarte zu kaufen, obwohl sie annimmt, daß sie auch mit ihrem Arbeitsausweis hineinkäme.

»Kosmische Katastrophen oder das Laserium?« fragt das Mädchen.

»Wie bitte?« sagte Elizabeth. Dann wird ihr klar, daß »Kosmische Katastrophen« der Titel der gegenwärtigen Show sein muß. *Laserium* sagt ihr nichts.

»Das Laserium fängt erst vier Uhr fünfzehn an«, sagt das Mädchen.

»Dann also Kosmische Katastrophen«, sagt Elizabeth. Das Laserium, was immer es auch sein mochte, fing zu spät an.

Sie steht in der Halle herum und studiert die Umschläge der Bücher im Schaufenster des Buchladens. *Die Sterne gehören allen. Das Universum. Schwärze Löcher.* Sie hat für die Sterne nie viel Freundlichkeit empfunden.

Der Zuschauerraum ist ein Dom; es ist, als wäre man innerhalb einer Brust. Elizabeth weiß, daß es den Himmel darstellen soll; nichtsdestoweniger fühlt sie sich ein wenig beengt. Sie lehnt sich in den Plüschsitz zurück, starrt zur Decke hoch, die leer ist, aber in einem ganz schwachen Licht erglüht. Die Kinder um sie herum rutschen hin und her und plappern, bis das Licht erlischt. Dann sind sie still.

Sonnenuntergang. Rundherum liegt die Skyline von Toronto, ihre Ausläufer, Umrisse und Wahrzeichen: das Park Plaza, geduckt im Vergleich zum Hyatt Regency neben ihm; *Britannica* im Osten; Sutton Place, die Wetterstation, der CN-Tower. Das ist die Erde.

Eine Stimme erklärt ihnen, daß sie die Skyline so sehen, als würden sie auf dem Dach des Planetariums stehen. »Mann, das ist nicht schlecht«, sagt der Junge neben ihr. Er riecht nach Kaugummi. Elizabeth fühlt ihn neben sich, seine warme, beruhigende Gegenwart. Tennisschuhsohlen.

Das Licht am westlichen Horizont verblaßt, und die Sterne beginnen zu leuchten. Die Stimme nennt die Sternbilder: die beiden Bären, Kassiopeias Stuhl, Orion, die Plejaden. Die Stimme sagt, die Urahnen glaubten, daß Menschen zu Sternen oder Sternbildern werden könnten, wenn sie starben, ein poetischer Gedanke, aber natürlich nicht richtig. Die Sterne sind in Wirklichkeit viel wunderbarer und überraschender, als es sich die Menschen der Antike jemals vorstellen konnten. Sie sind flammende Gasbälle. Die Stimme geht in eine Rhapsodie von Zahlen und Entfernungen über und Elizabeth schaltet solange ab.

Der Nordstern: Ein kleiner weißer Pfeil deutet auf ihn. Die Stimme wird schneller, und die Sterne kreisen um den Pol. Hier kann man das sehen, wofür man sonst nächtelang mit weit offenen Augen dastehen müßte. Die Alten glaubten, daß die Sterne sich tatsächlich auf diesen Bahnen bewegten, aber selbstverständlich ist es die Erde, die sich dreht.

Die Alten hatten auch noch andere Vorstellungen. Unheilverkündende Musik. »Die heutige Vorstellung handelt von ungewöhnlichen stellaren Ereignissen«, sagt die Stimme. Die Sterne drehen sich rückwärts in der Zeit, bis ins Jahr 1066. Bild des Teppichs von Bayeux, auf dem Wilhelm der Eroberer fröhlich dreinschaut. Früher glaubte man, daß Kometen Katastrophen ankündigten, Kriege, Pestilenzen, Plagen oder die

Geburt eines großen Helden, den Sturz eines gekrönten Hauptes oder das Ende der Welt. Die Stimme gibt ein herablassendes Lachen von sich. Sie alle wissen es jetzt besser.

Der Halleysche Komet taucht am Himmel auf, zuerst schwach, dann heller und strahlender, sein Schweif strömt aus wie zerwehte Wolken. Die Stimme liefert einige Informationen über die Zusammensetzung des Schweifes. Das Wort »Komet« stammt von *cometes*, haarig. Die Alten hielten Kometen für haarige Sterne. Der Halleysche Komet verblaßt, verschwindet dann. Er wird wiederkehren, sagt die Stimme: im Jahre 1985.

Sterne beginnen zu fallen, zuerst einige wenige, dann immer mehr. Es sind nicht wirklich Sterne, erklärt die Stimme, lediglich Meteore. Meteore treten schauerartig auf. Es handelt sich dabei wahrscheinlich um übriggebliebene Trümmer explodierter Sterne. Während die Sterne fallen, blitzen Gemälde in der Domkuppel auf – Massenszenen, Totentänze, brennende Gebäude – und die Stimme rezitiert ein paar Verse von Shakespeare. Dann werden einige Nordlichter gezeigt und die Ursachen dieses Phänomens diskutiert. Manche Leute behaupten, sie gehört zu haben, ein hohes raschelndes Geräusch, doch auf Tonband wurde das bis jetzt noch nie aufgenommen. Elizabeth spürt ein dünnes Wispern nahe an ihrem Ohr.

Ihr ist kalt. Sie weiß, es ist warm in dem Raum, und sie kann die Kinder riechen, Mäntel, Popcornöl; doch die Nordlichter lassen sie frösteln. Sie möchte aufstehen und den Saal verlassen. Sie schaut sich nach der Tür um, kann sie aber nicht entdecken. Die Vorstellung, in der Dunkelheit herumtasten zu müssen, gefällt ihr nicht.

Jetzt beginnt die Stimme, etwas Außergewöhnliches zu enthüllen. Sie haben doch alle vom Stern von Bethlehem gehört, oder? Ja. Nun, vielleicht hat es diesen Stern von Bethlehem wirklich gegeben. Oben rotieren die Sterne durch die Jahrhunderte zurück, zweitausend Jahre. Seht Ihr das?

Die Kinder atmen tief. *Oh.* Ein Stern wächst heran, größer, strahlender, bis sein Licht den halben Himmel erfüllt. Dann verblaßt er langsam und ist, wie ein Feuerwerk, verflogen.

»Das war eine Supernova«, sagt die Stimme. »Ein sterbender Stern.«

Wenn ein Stern sich seinem Lebensende nähert, dann kann er explodieren und dabei seine gesamte Restenergie in einem einzigen spektakulären Ausbruch verbrennen. Eines Tages wird auch unsere Sonne das tun. Doch erst in vielen Milliarden Jahren.

Dann würde die verbleibende Materie, da ihr die Energie fehlt, ihr eigenes Gravitationsfeld im Gleichgewicht zu halten, in sich selbst zusammenstürzen und einen Neutronenstern bilden. Oder ein Schwarzes Loch. Die Stimme und ihr Zeigestab lokalisieren einen Fleck am Himmel, wo nichts ist. Niemand kann ein Schwarzes Loch sehen, sagt die Stimme; doch aufgrund ihrer Wirkung auf andere Objekte in ihrer Nähe weiß man, daß sie existieren. Zum Beispiel kann kein Licht sie durchdringen. So ganz versteht bis jetzt niemand die Schwarzen Löcher, doch hält man sie für Sterne von derartig gewaltiger Dichte, daß sie kein Licht mehr ausstrahlen können. Sie saugen Energie an, anstatt welche freizusetzen. Fiele man in ein Schwarzes Loch, so würde man für immer verschwinden; doch für irgendeinen Beobachter würde es so aussehen, als wäre man bis in alle Ewigkeit am Horizont des Schwarzen Loches eingefroren.

Das Stück Schwärze dehnt sich aus, vollkommen rund, lichtlos, bis es den Mittelpunkt der Domkuppel ausfüllt. Ein Mann in einem Silberanzug fällt darauf zu, erreicht es, steht still.

Der Mann hängt mit ausgestreckten Armen und Beinen in der Schwärze, während die Stimme erklärt, daß er in Wirklichkeit verschwunden ist. Er ist eine optische Täuschung. Das wäre eine echte kosmische Katastrophe, sagt die Stimme. Was wäre, wenn die Erde sich ohne unser Wissen einem Schwarzen Loch näherte? Der Silbermann verschwindet, und die Sterne flimmern wieder, während die Stimme berichtet, daß ein derartiges Ereignis nicht sehr wahrscheinlich ist.

Elizabeth starrt zitternd zum Himmel hoch, der kein wirklicher Himmel ist, sondern eine komplizierte Maschine mit winzigen Lichtern, die von Projektoren an die Decke geworfen werden. Menschen werden nicht zu Sternen, gleich welcher Art, wenn sie sterben. Kometen verursachen nicht wirklich

Plagen. In Wirklichkeit gibt es niemanden im Himmel. In Wirklichkeit gibt es keine runde Sphäre der Dunkelheit, keine schwarze Sonne, keinen bewegungslosen Silbermann.

LESJE *Samstag, 20. November 1976*

Lesje kommt sich ungeschickt und linkisch vor, so als würden sich die Knochen ihrer Ellbogen und Knie zwar nicht wirklich berühren, wären aber durch Stricke miteinander verbunden. Gängelnd. Sicher sind ihre Zähne größer als sonst, ihre Brust flacher. Sie strafft die Schultern. Nates Kinder sind nicht gerade unfreundlich, aber in ihrem Benehmen liegt Zurückhaltung, schmaläugige Berechnung. Die neue Lehrerin. Beweis uns, daß es einen Grund für uns gibt, hier zu sein. Beweis, daß du unsere Aufmerksamkeit wert bist. Wer bist du überhaupt, und was hast du mit uns vor? Als Nate sie um das hier bat, sagte er, die Kinder wären sehr an Dinosauriern interessiert, aber im Moment kommt es ihr nicht so vor.

Lesje und die Kinder schauen durch eine Glasscheibe auf die Puppe, die einen Paläontologen darstellt, der in seinem Kasten zwischen nachgeahmten Felsbrocken kniet. Er hat einen Hut auf und ist kalkweiß, mit klargeschnittenem Ersten-Weltkriegs-Fliegergesicht und sauber gestutztem Haar. Sie haben ihm den Spitznamen »Schweigender Sam« verpaßt. So ganz und gar nicht wie Professor Morgan, der unrasierte und ungekämmte Leiter der einzigen Ausgrabung, an der Lesje als Mädchen für alles teilnehmen durfte. Er bewahrte seinen Pfeifentabak in der rechten Tasche auf und entleerte die alten Pfeifen in die linke Tasche. Ein paarmal fing er Feuer, und sie mußten ihn löschen. Häufig sagte er so was wie: *Blödsinniges Geschwätz. Der Mann hat doch keine Ahnung, wovon er redet.* Lesjes Berufswunsch war für ihn ein großartiger Witz. *Sie wollen also Paläontologe werden. Sollten besser kochen lernen. Schlimmster Kaffee, den ich je getrunken hab.* Lesje krümmte sich vor Scham – denn sie respektierte seine Meinung, hatte alles von ihm gelesen, was sie in die Finger bekommen konnte, auch sein

Buch über die fleischfressenden Dinosaurier der kanadischen Ebenen –, sie besänftigte ihn mit mehr und besserem Kaffee oder Tee oder Scotch, rannte sich die Hacken ab wie irgendeine dämliche Fluglinienstewardeß, suchte nach Möglichkeiten, ihn zu erfreuen, bis sie entdeckte, daß es die nicht gab. Zum Glück ist ihr gegenwärtiger Chef, Dr. Van Vleet, ganz anders, obwohl er sogar noch älter sein muß. Auf der anderen Seite kann Lesje sich ihn bei Ausgrabungen nicht vorstellen. Er hat sich auf die Klassifizierung von Zähnen spezialisiert.

Aber der Mann im Glaskasten ist ein Modell. Er hält ein Fossil in der Hand; wahrscheinlich erlebt er gerade die Ekstase einer wissenschaftlichen Entdeckung, aber sein Gesicht verrät davon nichts.

»Was macht er da?« möchte Nancy wissen. Lesje hat den Verdacht, daß sie es gar nicht wirklich wissen will, aber es gehört nun mal zu dieser Scharade, daß die Kinder höfliche Fragen stellen und Lesje ihr Bestes tut, um sie zu beantworten.

»Er macht einen Gipsabdruck von einem Knochen«, sagt Lesje. »Er muß sehr vorsichtig dabei vorgehen, denn es ist kein normaler Knochen, es ist ein Fossil. Die weicheren Teile des Knochens sind verwest, und die Form des Knochens hat sich mit Mineralien gefüllt, also ist es mehr eine Art Stein. Es ist sehr spröde und zerbrechlich.«

»Ich weiß«, sagt Janet. »Daddy hat's uns erzählt.«

»Ist das dein Job?« fragt Nancy.

»Nun, zumindest ein Teil davon«, sagt Lesje.

»Das ist aber 'ne komische Arbeit«, sagt Nancy.

»Na ja, ich mach auch noch andere Dinge«, antwortet Lesje und fragt sich, warum sie sich vor einer Neunjährigen verteidigt. Oder ist sie acht? »Tatsächlich hab ich nie viel Ausgrabungen gemacht. Ich habe viel an Knochenkonservierung gearbeitet. Einige Fossilien hier müssen sofort richtig konserviert werden, oder sie fallen auseinander. Wir überziehen sie mit Gelva. Das ist eine Art Harz.«

Die Kinder starren durch das Glas auf die Puppe des Paläontologen; je länger man ihn anschaut, so denkt Lesje, desto mehr ähnelt er einer Leiche, mit seiner Blässe und den starren

Augen. Janets Gesicht ist verschlossen, als hätte sie einen unangenehmen Geruch in der Nase, Nancy ist neugierig, aber unbeteiligt. Wie kann Lesje ihnen erklären, warum sie das tut, warum sie das gern tut? Der Tag, an dem sie den Albertosaurus fanden, einen Schenkel, einen Wirbel. Professor Morgan: »Was haben wir denn da?« Enttäuscht, weil es sich um eine wohlbekannte Spezies handelte. Aber Lesje hätte am liebsten gerufen: *So kehr ins Leben zurück!* Wie ein Prophet des Alten Testamentes, wie Gott, der die Arme erhebt, um Blitze zu schleudern; und das fremde Fleisch würde wieder wachsen, die Knochen bedecken, die Wüsten würden wieder fruchtbar und blühend.

Doch das kann nicht geschehen, und so sind diese Ausstellungsstücke das Nächstbeste, mit der Plastikvegetation, zwischen der sich die Knochen, mehrfach zusammengefügt und wieder auseinandergebaut nach wütenden Streitgesprächen darüber, auf welche Art und Weise die Kreaturen nun tatsächlich gelaufen sind, bis zu den gigantischen Schädeln mit ihren höhlenartigen Augensockeln hochtürmen, weit über den sich verrenkenden Nacken derjenigen, die durch die Gnade ihrer Vorfahren noch am Leben sind.

Im Zwielicht der Kreidezeit drücken die Kinder auf Knöpfe und beobachten den Zyklus der Farbdias, während die Automatenstimmen des Museums dazu ihren Text abspulen. Lesje weiß, daß sie überflüssig ist. Nate schlendert an ihrer Seite, herumlungernd, geistesabwesend, und sie möchte ihn schütteln. Was soll das alles, warum hat er sie dazu gedrängt? Sie dazu gebracht, ihre Freizeit zu opfern (sie hätte einkaufen! lesen! bumsen! können), ohne daß irgendwas passiert? Wird sie geprüft, ist es ein Test, hat sie versagt? Wenn er einen Annäherungsversuch machen will – und sie weiß nicht, was sie in dem Fall tun würde, hat nicht weiter gedacht als bis zu diesem ersten Druck seiner Hand auf einem Teil ihres Körpers, der verboten genug ist, um die Berührung eindeutig zu machen – warum tut er es dann nicht? (Natürlich nicht hier und jetzt; nicht vor den Kindern. Die es wahrscheinlich gar nicht bemerken würden.)

Aber darum scheint's nicht zu gehen.

Vor ihm die drei, verschwommen in der höhlengleichen Dunkelheit. Monster überschatten sie, reptilienhaft, skelettartig, zu Posen der Bedrohung verdrahtet wie in einer ungeheuren Geisterbahn. Nate spürt, wie sich seine Knochen zersetzen, wie Stein die Löcher füllt. In der Falle. Lauf, Nancy, lauf, Janet, oder die Zeit wird euch überholen, auch ihr werdet gefangen und eingefroren. Aber Nancy, die glaubt, daß er sie nicht sehen kann, bohrt seelenruhig in der Nase.

Lesjes Silhouette beugt sich lang über die Kinder: Unsere Liebe Frau der Knochen. »›Ausgestorben‹ bedeutet, daß es von ihnen keine mehr gibt«, sagt sie. Nate hofft, daß ihr seine Kinder nicht unwissend oder dumm vorkommen. Er ist sicher, ihnen mehrfach erklärt zu haben, was »ausgestorben« bedeutet. Und sie haben diesen Saal oft genug besucht, obwohl Nancy die ägyptischen Mumien und Janet die Rüstungen, die Lords und die Ladies vorzieht. Tun sie bloß so, um ihm bei Lesje aus der Patsche zu helfen, stellen Fragen, um Interesse zu heucheln, sind sie bereits so scharfsinnig, so gerissen? Ist er so leicht zu durchschauen?

»Warum nicht?« fragt Janet. »Warum sind sie alle ausgestorben?«

»Genau weiß das niemand«, sagt Lesje. »Die Welt hat sich verändert, und die neuen Umweltbedingungen haben ihnen nicht entsprochen.« Sie macht eine Pause. »Wir haben einige Eier mit Baby-Dinosauriern drin gefunden. Zum Schluß haben sie nicht mal mehr gebrütet.«

»Es wurde zu kalt, du Glucke«, sagt Nancy zu Janet. »Es war die Eiszeit.«

»Na ja, nicht direkt«, fängt Lesje an, überlegt es sich aber dann anders.

Sie dreht sich zu Nate um, zögernd, abwartend.

Nancy kommt zu ihm, zupft an seinem Arm, damit er sich runterbeugt. Sie möchte jetzt die Mumien sehen, flüstert sie. Seine mäkelige Janet wird protestieren, es wird einen Kompromiß geben, die Zeit wird weiterfließen; bald werden alle einen Tag älter sein.

Wie könnte er die Kinder jemals verlassen? Wie diese durchorganisierten Samstagsausgänge ertragen? Sie nur einmal in der Woche zu sehen, das würde der Preis sein, die Entschädigung. Na, wie ist's euch ergangen, Kinder? Großartig, Dad. Gekünstelt. Keine Gutenachtgeschichten mehr, keine plötzlichen Jagden durch den Flur, keine Stimmen an der Kellertür. Ungerecht. Doch entweder das oder irgendeine andere Ungerechtigkeit, Lesje – bis jetzt noch unberührt, intakt – weinend in einer Schlafzimmertür irgendwo in der Zukunft. Grelle Farbe blättert von ihr ab, Stücke dünnen, geformten Glases, ein zerbrochenes Ornament. Und er, Splitter in seinen mörderischen Händen, sitzt in der Kneipe im Selby Hotel und denkt über ein ethisches Leben nach. Wäre er dann besser dran als jetzt? Er würde die Eishockeyspiele mit den anderen Gästen zusammen anschaun, ihre rauhen Anfeuerungsrufe wiederholen. Das ethische Leben. Man hatte ihn gelehrt, daß dies das einzig erstrebenswerte Ziel sei. Jetzt, da er es nicht länger für möglich hält, dieses Ziel zu erreichen, warum versucht er noch, sein Handeln danach auszurichten?

Von der Schule war er nach Haus gehumpelt, grün und blau geschlagen, weil ihm seine Mutter verboten hatte, sich zu prügeln. *Auch wenn sie anfangen?* Selbst wenn sie dich zuerst schlagen. Aber er dachte sich was aus, um sie zu überlisten. *Sie haben einen kleineren Jungen verprügelt.* Nicht gut genug. *Drei gegen einen.* Immer noch nicht gut genug. *Sie haben Judensau zu ihm gesagt.* Ah, das war's. Feuer schoß aus ihren Augen. Im Namen der Toleranz, töte! Mein strahlender Junge, Nate, mit sechs Jahren schon ein Heuchler und einen halben Kopf größer als jeder seiner Quälgeister, kämpfte mit grimmiger Freude, erfand immer neue Ungerechtigkeiten, die für seine triumphierenden blaugeschlagenen Augen herhalten mußten. Deine Handlungen zählen, nicht dein Glaube, wie die Unitarier sagten.

Er kann all die guten Gründe fürs Nichthandeln, für Untätigkeit in dieser oder irgendeiner anderen Situation auswendig hersagen. Aber er kennt seine eigene Vergangenheit gut genug, um zu fürchten, daß er nichtsdestoweniger verantwortungslos handeln wird. Trotz seiner Skrupel und noch verzweifelter, noch unsinniger gerade wegen dieser Skrupel. Aus reiner Selbstsucht, wie jemand mit Sicherheit sagen wird. Allerdings nicht Elizabeth. Sie behauptet, ihr sei es egal, was er treibt, wer seine Freundinnen sind, wie sie es formuliert, solange nur die Kinder nichts davon mitkriegen. Auch das formuliert sie so. Sie meint ihre Kinder. Nate ist sicher, daß sie insgeheim davon überzeugt ist, die Kinder durch Jungfernzeugung zustande gebracht zu haben, wobei sie bequemerweise die Erinnerung an die Nacht auf dem Badetuch und die andere Nacht, die vielen anderen Nächte aus ihrem Gedächtnis verdrängt hat. Faulheit und Gewohnheit. Was ihn betrifft, so möchte er gern glauben, seine Kinder seien voll entwickelt seiner Stirn entsprungen. Dann würden sie ganz ihm gehören.

So wie die Dinge stehen, weiß Nate, wer die Kinder bekommen würde. Obwohl sie über eine Trennung nie gesprochen haben. Selbst in den allerschlimmsten Zeiten hat sie ihn nie aufgefordert zu verschwinden, nie hat er damit gedroht. Doch in jeder ihrer Unterhaltungen schwingt es mit; es ist die geheime Waffe, die endgültige Lösung, die eine unaussprechliche Sache. Er vermutet, daß sie beide fast die ganze Zeit daran denken: sie ziehen es in Betracht, sie verwerfen es.

Besser Schluß damit. Statt Lesje aus dem gepflegten Saal mit der Evolution der Wirbeltiere zu entführen und mit ihr die Treppen hoch zur Abgeschiedenheit der Säugetiere und Insekten zu steigen, wird er ihr danken und ihre Hand schütteln, sie so jedenfalls einmal berühren, die langen schmalen Finger kühl in seiner Handfläche. Dann wird er die Mumien ansehen und danach die Rüstungen, und er wird versuchen, diese Dinge nicht als Ebenbilder seiner selbst zu sehen. Draußen wird er sich mit Popcorn und einer Zigarette beruhigen, Ersatz für den doppelten Scotch, den er zu der Zeit dann wirklich nötig haben wird. Sie werden auf den Steinstufen des Museums warten, eine Familie, gegen eine Gedenktafel rechts neben der Tür gelehnt, *Die Kunst der Menschheit durch die Jahrhunderte,* bis Elizabeth plötzlich auftaucht, zurückgekehrt, aus welcher Vorhölle auch immer, und ihre kräftige Gestalt in dem schwarzen

Mantel gemessen die Stufen heraufkommt, um sie zur verabredeten Zeit abzuholen.

ELIZABETH *Montag, 29. November 1976*

Elizabeth liegt ausgestreckt in der Badewanne. Früher hat sie aus Vergnügen gebadet; jetzt macht sie es aus dem gleichen Grund, aus dem sie ißt. Körperpflege, wie der Service für ein Auto, säubern, die beweglichen Teile in Schuß halten, ihn bereit halten für die Zeit, wenn sie vielleicht in der Lage sein wird, ihn wieder zu benutzen, ihn wieder zu bewohnen. Zum Vergnügen. Sie ißt zuviel, sie weiß es, aber lieber zuviel als zuwenig. Zuwenig, da lauert die Gefahr. Sie hat die Fähigkeit verloren, das richtig abzuschätzen, da sie nie wirklich hungrig ist. Zweifellos nimmt sie auch zu viele Bäder.

Sie achtet sorgfältig darauf, daß ihr Badewasser weniger als Körpertemperatur hat, da sie stets fürchtet, in der Wanne einzuschlafen. Man kann in fünf Zentimeter tiefem Wasser ertrinken. Man behauptet, wenn das Wasser die gleiche Temperatur wie das eigene Blut hat, dann kann es zum Herzstillstand kommen, allerdings nur, wenn das Herz nicht in Ordnung ist. Soviel sie weiß, stimmt mit ihrem Herzen alles.

Sie hat Arbeit vom Büro mit nach Hause gebracht. Sie bringt jetzt häufig Arbeit mit, da sie anscheinend unfähig ist, sich dort darauf zu konzentrieren. Auch daheim kann sie sich nicht darauf konzentrieren, aber hier gibt es wenigstens niemanden, der hereinmarschiert kommen und sie dabei ertappen könnte, wie sie die Wand anstarrt. Immer schon hat sie die meisten ihrer Sachen selber getippt; sie ist erstklassig auf der Schreibmaschine, warum auch nicht, schließlich hat sie jahrelang nichts anderes gemacht, aber außerdem mag sie es nicht, ihre Arbeit weiterzureichen. Sie hat sich in ihre gegenwärtige Position hochgearbeitet, weil sie gute Umgangsformen am Telefon hat und weil sie stets die Details des Jobs über ihr ein bißchen besser kannte als die Person, die ihn tatsächlich innehatte, und so hegt sie ein natürliches Mißtrauen Sekretärinnen gegenüber.

Jetzt jedoch stapeln sich die Papiere immer höher. Sie muß die Sache bald in den Griff bekommen.

Sie runzelt die Stirn, versucht, die Augen auf das Buch vor ihr zu richten, das sie in trockener Hand hochhält.

> Doch es ist schwer für uns, diese Veränderung zu erfassen. Es ist schwer, uns in Gedanken in die Menschen zu versetzen, die im alten China lebten (und Millionen in der Dritten Welt leben immer noch so), die sich auf kleinen Landflecken abplagten, die fast alles, was sie produzierten, an die feudalen Landbesitzer abgeben mußten, Überschwemmungen und Hungersnöten auf Gnade und Ungnade ausgeliefert – und die nach einem langen Krieg die Großgrundbesitzer vertrieben.

Elizabeth schließt die Augen. Es ist ein Katalog von einer Ausstellung. Bauerngemälde. Im Augenblick befindet sich die Ausstellung in England, und sie kann sie in ein paar Jahren haben, wenn sie will. Man erwartet von ihr, sich den Katalog anzusehen und Anregungen zu geben. Man erwartet von ihr, ein Memo darüber zu schreiben, ob die Ausstellung sich lohnt und die kanadische Öffentlichkeit interessieren könnte.

Aber sie kann nicht, sie kann sich keine Gedanken darüber machen. Sie kann sich einfach keine Gedanken über die kanadische Öffentlichkeit machen, geschweige denn über diesen Katalog, den irgendein marxistischer Stubenhocker in England geschrieben hat. Aus seiner Sicht gehört sie zur Klasse der Land- und Hausbesitzer. Sie denkt an ihre Mieter mit ihren blaßgelben Gesichtern und ihrem abnorm ruhigen Kind, immer ein bißchen zu ordentlich, zu gut angezogen. Sie sind Ausländer, aber Elizabeth weiß nicht woher und möchte nicht so unhöflich sein, zu fragen. Irgendwo aus Osteuropa, glaubt sie, geflüchtet. Sie sind unaufdringlich und sie zahlen ihre Miete, nervös, immer einen Tag zu früh. Kämpfen sie einen langen Krieg, um sie zu vertreiben? Es gibt keinerlei Anzei chen dafür. Diese Gemälde stammen von einem Ort, der ihr so vollkommen fremd ist wie der Mond.

Sie schenkt sich die Einführung, wendet sich gleich den Bildern zu. *Neues Dorf, neuer Geist. Vorwärts mit dem Fortschritt. Neue Wege unserer Schweinezucht.* Es ist schreiende, aufdringliche Propaganda, und die Bilder sind häßlich. Mit ihren groben grellen Farben und den klar gezeichneten lächelnden Gestalten wirken sie wie Pamphlete in der Sonntagsschule, die sie als Kind so gehaßt hat. *Jesus liebt mich.* Nicht eine Sekunde hat sie je daran geglaubt. Jesus war Gott, und Gott liebte Tante Muriel; Tante Muriel war sich dessen absolut sicher. Nach Elizabeths Meinung konnte Gott unmöglich sie und Tante Muriel gleichzeitig lieben.

Bevor sie zu Tante Muriel zogen, waren sie nie in die Kirche gegangen. Was Tante Muriel gewußt haben mochte. Elizabeth gewann einen Preis für das Auswendiglernen von Bibelversen. Caroline dagegen blamierte sich unsterblich. Es war Ostern: sie trugen ihre neuen blauen Hüte, mit dem Elastikband, das Elizabeth ins Kinn schnitt, und die dazu passenden Mäntel. Größe zehn und Größe sieben, aber ansonsten identisch: Tante Muriel liebte es, sie wie Zwillinge anzuziehen. Die Kanzel war mit Osterglocken geschmückt, doch der Pfarrer sprach nicht von der Auferstehung. Er bevorzugte das Jüngste Gericht. *Und die Sonne ward schwarz wie ein härener Sack, und der Mond ward wie Blut. Und die Sterne des Himmels fielen auf die Erde. Und der Himmel entwich wie ein zusammengerolltes Buch.*

Elizabeth faltete und entfaltete ihr Bildnis von Christus, wie er aus dem Loch im Felsen kam, sein Gesicht durchscheinend, zwei blaue Frauen knieten vor ihm. Sie faltete seinen Kopf zurück, dann zog sie oben am Papier und brachte ihn so zum Hüpfen wie ein Springteufelchen. Die Kirche roch stark nach Parfüm, Wellen von Puder von Tante Muriel, beigefarben und kerzengerade neben ihr. Sie wollte ihren Mantel ausziehen. *Da, da,* sagte Caroline und stand auf. Sie deutete auf das bunte Glasfenster, das mittlere, auf dem Christus in Purpur an eine Tür klopfte. Sie duckte sich, versuchte dann, über die vordere Reihe der Kirchensitze zu krabbeln, wobei sie Mrs. Symon den Nerzhut vom Kopf stieß. Elizabeth saß still, aber Tante Muriel griff schnell zu und versuchte, Caroline am Mantel festzuhalten. Der Pfarrer blickte mit gerunzelter Stirn von seiner blumengeschmückten Kanzel, und Caroline fing an zu schreien. Tante Muriel packte sie am Arm, aber sie riß sich los, drängte sich an der langen Reihe der Knie vorbei und lief das Seitenschiff der Kirche hinunter. Damals schon hätten sie wissen müssen, daß mit Caroline etwas nicht stimmte. Sie erklärte hinterher, daß der Purpur im Begriff gewesen wäre, auf sie zu fallen, doch Tante Muriel erzählte jedermann, daß ihr übel geworden wäre. Leicht erregbar, sagten sie; bei kleinen Mädchen häufig. Man hätte sie nicht in den Gottesdienst der Erwachsenen mitnehmen dürfen.

Tante Muriel beschloß, daß der Pfarrer an allem schuld war, und leitete eine Kampagne ein, um ihn loszuwerden. So was mußten sie sich doch nicht anhören. War ja fast schon ein Baptist. Jahre später berichteten die Zeitungen über ihn, weil er einen Exorzismus an einem Mädchen vorgenommen hatte, das in Wirklichkeit einen Gehirntumor hatte und dann auch starb. »Seht ihr?« sagte Tante Muriel. »Verrückt wie ein Wasserhuhn.«

Als Caroline dann sieben Jahre später diesem Schrei seine endgültige Form gab und sie es absolut katastrophal klarmachte, was sie damals zu sagen versucht hatte, da war das etwas anderes; da war es eine Schicksalsfügung. Oder Mangel an Willenskraft, je nachdem, wie sich Tante Muriel gerade fühlte.

Im Krankenhaus und später dann in der Anstalt weigerte sich Caroline zu sprechen, ja selbst sich zu bewegen. Sie aß nicht selbst und mußte gewickelt werden wie ein Baby. Sie lag auf der Seite, die Knie hochgezogen bis zur Brust, Augen geschlossen, die Hände zu Fäusten geballt. Elizabeth saß neben ihr, atmete den Übelkeit erregenden Geruch bewegungslosen, schlaffen Fleisches ein. »Zum Teufel mit dir, Caroline«, flüsterte sie. »Ich weiß, daß du da drinsteckst.«

Drei Jahre später, als Caroline fast siebzehn war, wurde ein Wärter abgerufen, als sie gerade in der Badewanne lag. Ein Notfall, erklärten sie. Sie durften Patienten wie Caroline nie allein in der Badewanne lassen; das war gegen die Vorschrift.

Sie durften Patienten wie Caroline überhaupt nicht in die Badewanne stecken, doch irgend jemand hatte entschieden, es würde ihr helfen, sich zu entspannen, sie auflockern; jedenfalls sagten sie das bei der Untersuchung der Todesursache. So passierte es also, und Caroline rutschte nach unten. Sie ertrank lieber, als diese eine kleine Geste zu machen, diese Drehung des Kopfes, die ihr das Leben gerettet hätte.

Manchmal fragte sich Elizabeth, ob Caroline das mit Absicht gemacht hatte, ob sie die ganze Zeit über innerhalb dieses versiegelten Körpers bei Bewußtsein war und auf ihre Chance gewartet hatte. Sie hat sich gefragt, warum. Manchmal jedoch fragte sie sich nur, warum sie nie das gleiche getan hat. Zu diesen Zeiten erschien ihr Caroline klar, logisch, rein; Marmor im Vergleich zu ihrem eigenen, allmählich erschlaffenden Fleisch, dem Keuchen ihrer verwesenden Lungen und ihrem schwammigen, vielfingrigen Herzen.

Im Zimmer singt jemand. Nein, kein Singen, ein Summen; Elizabeth stellt fest, daß sie es bereits seit einiger Zeit gehört hat. Sie horcht genauer hin, um das Geräusch zu lokalisieren; die Leitungsrohre, es müssen die Rohre sein, Vibrationen von entfernt fließendem Wasser. Die Tapete ist zu grell, strahlende Morgenstimmung, und sie weiß, daß sie vorsichtig sein sollte. Man darf sich nicht zu sehr öffnen. Sie hatte nichts in den Leuten gesehen, die in den sechziger Jahren im Rausch ihre Katzen auseinandergerissen hatten und aus Hochhausfenstern gesprungen waren, weil sie sich für Vögel hielten: Ihr waren diese Leute nur dumm vorgekommen. Jeder, der diese Stimmen schon einmal gehört oder der gesehen hatte, was sie anrichten konnten, mußte wissen, was sie bedeuteten.

»Haltet die Klappe«, sagt Elizabeth. Selbst so viel Anerkennung ist schon schlecht. Sie wird sich auf den Text konzentrieren. *Kritik übend an Lin Piao und Konfuzius vor den Überresten des Streitwagens eines Sklavenbesitzers aus alter Zeit,* liest sie. Die Wagenlenker wurden lebendig begraben. Sie untersucht das Bild von allen Seiten, aber alles, was sie entdecken kann, sind die Skelette der Pferde. Empörte Bauern lärmen an dem Grab.

Ihre Hand hält das Buch, ihr Körper liegt langgestreckt im Wasser, umgeben von weißem Porzellan. Auf dem Rand der Wanne, weit weg, so weit, daß sie sicher ist, sie nie erreichen zu können, liegen die Spielsachen, die die Kinder immer noch unbedingt mit ins Bad nehmen wollen, obwohl sie eigentlich zu alt dafür sein sollten: eine orangefarbene Ente, ein rot-weißes Boot mit aufziehbarem Paddelrad, ein blauer Pinguin. Ihre Brüste liegen schwer auf dem Brustkorb, ihr Bauch. Sanduhrfigur. Nancys *Kleines Rätselbuch:*

Zwei Körper besitz ich,
Doch beide vereint in einem;
Je stiller ich steh,
Desto schneller lauf ich.

Auf der nächsten Seite war ein Rätsel über einen Sarg. »Kaum das Richtige für Kinder«, hatte sie zu Weihnachten gesagt. Nate hatte es gekauft, es war in einem kleinen Geschenkpaket.

Ihre Knie ragen aus dem blauen Wasser wie Berge empor; Wolken von Badeschaum treiben um sie herum. *Bodykins,* importiert. Sie hat es für Chris gekauft, für sie beide, in irgendeinem genüßlichen Traum; am Anfang, als sie noch nicht herausgefunden hatte, daß er es nicht mochte, wenn sie seinen Körper betrachtete, außer aus einer Entfernung von einem Zentimeter. Er mochte es nicht, wenn sie zurücktrat, um ihn anzusehen, er wollte, daß sie ihn spürte, nicht sah. Ich werd dich dort kriegen, wo du wirklich lebst, sagte er, viel später, viel zu spät. Wo lebt sie?

Sand läuft durch ihren Glaskörper, von ihrem Kopf zu den Füßen. Wenn alles durchgelaufen ist, wird sie tot sein. Lebendig begraben. Warum warten?

Lesje ist mit Marianne zum Lunch gegangen. Sie haben gerade eben ein Sandwich bei Murray's gegessen, weil es nahe und billig ist; jetzt spazieren sie rüber nach Yorkville und Cumberland auf einen Schaufensterbummel. »Hier kann man nichts mehr kaufen«, sagte Marianne, die von Lesje in solchen Dingen als Autorität angesehen wird; alles überteuert. Queen Street West, dort muß man jetzt hingehen. Doch Queen Street West ist zu weit entfernt.

Marianne nimmt für gewöhnlich den Lunch mit Trish ein, die wegen einer Grippe fehlt. Sie haben Lesje schon früher zu diesen Expeditionen eingeladen, aber da hat sie meist nein gesagt. Sie ist mit ihrer Arbeit im Rückstand, hat sie gesagt, sie holt sich bloß unten schnell ein Sandwich. Sicherlich haben die beiden ihr kaum mehr zu bieten als den Klatsch, mit dem sie schon beim Frühstückskaffee versorgt wird. Marianne gibt offen zu – oder ist es ein Witz? –, daß sie nur Biologie studiert hat, um Medizinstudenten kennenzulernen und einen Arzt zu heiraten. Lesje billigt solche Frivolitäten nicht.

Jetzt aber ist sie scharf auf Klatsch. Sie giert nach Klatsch, sie will alles über Elizabeth wissen und vor allem über Elizabeths Mann Nate, der weder angerufen noch geschrieben hat noch sonstwie aufgetaucht ist, seit er ihr die Hand geschüttelt hat, neben dem *Ausgang*-Schild im Dinosauriersaal. Sie ist nicht an ihm interessiert, wirklich nicht, aber sie steht vor einem Rätsel. Sie möchte wissen, ob er solche Sachen öfters macht, solche merkwürdigen Annäherungsversuche. Sie weiß aber nicht genau, wie sie diese Informationen aus Marianne herausholen soll, ohne ihr zu erzählen, was bis jetzt passiert ist; was sie keinesfalls tun möchte. Aber warum eigentlich nicht? Es ist ja nichts passiert.

Sie bleiben an der Ecke Bay und Yorkville Street stehen und schauen sich ein bauschiges blaues Samtkleid an mit Goldbortenbesatz, darunter eine Bluse, Ärmelrüschchen, mit einem Peter-Pan-Kragen.

»Zu goyisch«, sagt Marianne, was ihr Ausdruck für schlechten Geschmack ist. Trotz ihrer blauen Augen und blonden Haare und ihres Namens ist Marianne Jüdin; das, was Lesje für eine reinrassige Jüdin hält im Gegensatz zu ihrem Mischlingsstatus. Mariannes Haltung Lesje gegenüber ist kompliziert. Manchmal scheint sie sie in die Gemeinschaft der Juden einzubeziehen; sie würde vor ihr kaum *zu goyisch* sagen, wenn sie Lesje selbst für zu goyisch halten würde. Obwohl sie, wie eine von Lesjes Tanten ihr im Alter von neun erklärte, süßlich und bösartig, gar nicht wirklich jüdisch ist. Man könnte sie nur dann als echte Jüdin einstufen, wenn ihre Mutter statt ihres Vaters jüdisch wäre. Anscheinend wird das Gen durch den weiblichen Teil weitergegeben wie bei der Bluterkrankheit.

Zu anderen Zeiten konzentriert sich Marianne mehr auf die ukrainische Seite von Lesjes Herkunft. Es scheint sie jedoch nicht so zu stören, wie es wahrscheinlich ihre Eltern stören würde; statt dessen findet sie es faszinierend, wenn auch ein bißchen komisch.

»Warum solltest du dir Sorgen machen? Die Minderheiten sind doch heutzutage im Kommen. Ändere deinen Nachnamen, und du bekommst ein Stipendium als Unterpriviligierte.«

Lesje lächelt über diese Scherze, wenn auch schwach. Sie gehört schon zu einer ethnischen Minderheit, aber nicht so, wie es die Stipendiumvergabe erfordert. Und die Familie ihres Vaters hat ihren Namen bereits mindestens einmal geändert, allerdings nicht, um ein Stipendium zu erhalten. Sie taten es in den späten Dreißigern: Wer konnte schon voraussagen, ob Hitler einmarschieren würde, und selbst wenn er es nicht tat, es gab bereits genügend antisemitische Ressentiments im Land. In jenen Tagen, erzählten die Tanten, öffnete man nicht die Tür, wenn man nicht wußte, wer klopfte. Das ist der Grund, warum Lesje schließlich mit dem unwahrscheinlichen Namen Lesje Green leben muß; obwohl sie einsieht, daß Lesje Etlin kein bißchen wahrscheinlicher gewesen wäre. Zwei Jahre lang, als sie neun und zehn war, erzählte sie den Lehrern in der Schule, ihr Name sei Alice. »Lesje bedeutet Alice«, sagte ihre Mutter, und es wär ein vollkommen einwandfreier Name, der Name einer berühmten ukrainischen Dichterin. Deren Gedichte Lesje nie würde lesen können.

Dann verwandelte sie ihn wieder in Lesje zurück, aus folgendem Grund. Falls sie ein Land entdeckte, das noch nie zuvor entdeckt worden war (und sie hatte die feste Absicht, dies irgendwann zu tun), so würde sie ihm selbstverständlich ihren Namen geben. Ein Greenland gab es bereits, was übrigens nicht im mindesten der Landschaft entsprach, die sie im Auge hatte. Greenland, Grönland, war unzugänglich, eisig, ohne Leben, während der Ort, den Lesje zu entdecken beabsichtigte, tropisch sein würde, üppig und wimmelnd von wunderbaren Lebensformen, alle entweder archaisch und an sich ausgestorben oder vollkommen unbekannt, selbst in fossiler Form. In ihrem Album fertigte sie sorgfältige Zeichnungen von diesem Land an und benannte die Flora und Fauna.

Aber sie konnte diesen Ort nicht Aliceland nennen; es war nicht richtig. Eine der wenigen Dinge, die sie an *The Lost World* auszusetzen hatte, waren die Landschaftsnamen. Lake Gladys zum Beispiel: *zu goyisch.* Und das ganze urtümliche Plateau wurde Maple White Land genannt nach dem Künstler, dessen Skizzen von einem Pterodaktylus, zusammengeknüllt gefunden in seiner fiebernden, sterbenden Hand, Professor Challenger zuerst auf die Spur gebracht hatten. Lesje war sicher – obwohl in dem Buch nichts davon erwähnt wurde –, daß Maple White ein Kanadier gewesen sein mußte, von der rosigsten und frostigsten Sorte. Was konnte hinter solch einem Namen schon anderes stecken?

Lesjeland, das hörte sich schon besser an. Das klang fast nach Afrika. Sie konnte es sich auf einer Landkarte vorstellen: da wirkte es nicht lächerlich.

Einmal, als sie schon erwachsen war, ging sie während des Folklore-Festivals zu dem Odessa-Pavillon. Normalerweise mied sie Folklore. Sie mißtraute der offiziell gesteuerten Freundlichkeit, den Kostümen, die längst niemand mehr trug. In Wirklichkeit gab es keine Polen wie die Polen im Polnischen Pavillon, keine Indianer wie diese Indianer, keine jodelnden Deutschen. Sie ist nicht sicher, weshalb sie damals hinging; vielleicht hoffte sie, ihre eigenen Wurzeln, ihren eigenen Ursprung zu entdecken. Sie hatte Speisen gegessen, an die sie sich nur vage vom Haus ihrer Großmutter her erinnerte und deren Namen sie nie gekannt hatte – *pirogi, medvynk* –, und große Jungen und Mädchen mit kastanienbraunen Haarflechten in roten Stiefeln beobachtet, wie sie auf eine mit Papiersonnenblumen dekorierte Bühne heraussprangen und Lieder sangen, die sie nicht singen konnte, Tänze tanzten, die sie nie gelernt hatte. Nach dem Programmheft hießen einige der Tanzenden Doris und Joan und Bob, obwohl sie andere Namen hatten, die mehr wie ihr eigener klangen: Natalia, Halyna, Vlad. Zum Schluß, mit diesem Schuß Selbstironie, den sie auch bei Marianne spürte, wenn sie *Schwartze* sagte und damit die Bezeichnung ihrer Mutter für farbige Reinemachefrauen imitierte, sangen sie ein Lied vom ukrainischen Sommercamp:

Ich bin nicht russisch, ich bin nicht polnisch,
Ich bin nicht rumänisch,
Küß mich einmal, küß mich zweimal,
Küß mich, ich bin ukrainisch.

Lesje bewunderte die leuchtenden Farben der Kostüme, die Tänze, die Musik; aber sie war eine Außenstehende, die nur zusah. Sie fühlte sich ebenso ausgeschlossen, als wäre sie von einer Meute ihrer eigenen Verwandten umgeben. Von beiden Seiten der Familie. *Küß mich, ich bin ein Mischling.*

Sie war nicht ins ukrainische Sommercamp oder ins jüdische Sommercamp geschickt worden, beide Ferienlager waren ihr verschlossen geblieben. Sie durfte weder in die goldene Kirche mit ihrem märchenhaften Zwiebelturm noch in die Synagoge gehen. Ihre Eltern wären nur zu glücklich gewesen, sie in beide zu schicken, wenn sich dadurch der Friede hätte bewahren lassen, doch die Großmütter erlaubten es nicht.

Manchmal dachte sie, daß sie nicht von ihren Eltern auf die übliche Art und Weise gezeugt worden war, sondern durch eine noch nie dagewesene Kopulation dieser beiden alten Damen, die sich nie getroffen hatten. Sie existierten in einer lächerlichen Parodie einer Ehe, haßten sich gegenseitig mehr, als jede von ihnen die Deutschen haßte, und waren doch besessen voneinander; sie starben sogar beide innerhalb eines Jahres wie ein altes sich treuergebenes Ehepaar. Abwechselnd hatten sie das Haus ihrer Eltern heimgesucht, um sie gekämpft, als wäre sie ein Kleid oder ein vorteilhaftes Geschäft. Wenn die eine bei ihr babysittete, dann mußte auch die andere an die Reihe kommen, oder es gab ein Riesentheater: Tränen von ihrer Großmutter Smylski, Wutausbruch von ihrer Großmutter Etlin (die ihren Namen behalten hatte, die sich weigerte, mit dem Rest von ihnen in Deckung zu gehen). Keine von beiden hatte je sonderlich gut Englisch gelernt, obwohl Großmutter Etlin ein paar obszöne Flüche von den Nachbarskindern aufgeschnappt hatte, die um den Laden herumlungerten, und die sie dann in verstümmelten Versionen anwandte, wenn sie ihren Kopf durchsetzen wollte. »Jesus Arschloch, Hundefurz, ich hoff', du krepierst!« schrie sie und stampfte mit ihren schwarzen Stiefeln auf der Türschwelle. Sie wußte, die Türschwelle war der beste Platz dafür: Lesjes Eltern würden fast alles tun, um sie hereinzubekommen, raus aus dem Beobachtungsfeld der Straße. *Engländer.* In der weichen, blassen Vorstellungswelt dieser Leute gab es keine winzigen, schwarzgestiefelten Großmütter, die auf der Türschwelle kreischten: »Ich hoffe, dein Arsch fällt ab!« oder irgendwas auch nur entfernt Ähnliches. Lesje weiß es besser, jetzt.

Das Merkwürdige an ihren Großmüttern war, wie sehr sie einander ähnelten. Ihre Häuser waren beide klein und dunkel und rochen nach Möbelpolitur und Mottenkugeln. Beide waren sie verwitwet, beide hatten sie als Untermieter Junggesellen mit traurigen Augen in den oberen Räumen verstaut, beide hatten sie feines Porzellan und Wohnzimmer, die mit silbergerahmten Familienfotos vollgestellt waren, beide tranken sie Tee aus dem Glas.

Bevor sie alt genug war, um zur Schule zu gehen, verbrachte sie die eine Hälfte der Woche bei der einen, die andere bei der anderen Großmutter, da ihre Mutter arbeiten mußte. Sie saß auf dem Küchenboden, schnitt Bilder aus den Magazinen oder den Heften der kleinen Reiseagentur aus, in der ihre Mutter arbeitete, legte sie zu Stapeln zusammen – Männer auf einen

Haufen, Frauen auf einen anderen, Hunde auf einen anderen, Häuser auf einen anderen –, während die jeweilige Großmutter ihren Tee trank und mit den Tanten redete (die Schwester ihres Vaters, die Frauen der Brüder ihrer Mutter), in Sprachen, die sie nicht verstehen konnte und die ihre Eltern daheim nie sprachen.

Das hätte sie dreisprachig machen müssen. Statt dessen wurde sie in Englisch als schlecht eingestuft, als langsam, schlecht in Rechtschreibung, phantasielos. In der fünften Klasse mußte sie einen Aufsatz über »Meine Sommerferien« schreiben, und sie hatte über ihre Gesteinssammlung geschrieben mit genauen Details von jedem Stein. Sie bekam eine Fünf, und der Lehrer hielt ihr einen Vortrag. »Du solltest über was Persönliches schreiben, etwas aus deinem eigenen Leben«, sagte der Lehrer. »Nicht aus dem Lexikon. Du mußt doch noch *irgendwas* anderes während deiner Sommerferien gemacht haben.«

Lesje begriff das nicht. Sie hatte nichts anderes während ihrer Sommerferien getan, nichts, an das sie sich hätte erinnern können, und die Gesteinssammlung war etwas Persönliches aus ihrem Leben. Aber sie konnte das nicht erklären. Sie konnte nicht erklären, warum ihre Entdeckung, daß die Steine sich voneinander unterschieden und spezielle Namen hatten, so wichtig war. Diese Namen waren eine Sprache für sich; nicht viele Leute mochten sie beherrschen, aber wenn man jemand fand, der dazu in der Lage war, dann konnte man miteinander reden. Zwar nur über Steine, aber das war doch was. Diese Bezeichnungen vor sich hinmurmelnd, marschierte sie die Treppen rauf und runter und überlegte, ob sie sie auch richtig aussprach. »Schiefer«, sagte sie; »Magma, Lava, Malachit, Pyrit, Lignit.« Später entdeckte sie, daß die Namen der Dinosaurier noch befriedigender waren, vielsilbiger, besänftigend, honigsüß. *Empfängnis* oder *genieren* oder *Karriere* konnte sie nicht richtig schreiben, aber mit *Diplodokus* und *Archäopteryx* hatte sie nicht die geringsten Schwierigkeiten.

Ihre Eltern meinten, sie würde sich zu sehr auf diese Dinge konzentrieren, und versuchten, sie zur Tanzstunde zu schikken, um sie geselliger zu machen. Zu spät, sie war nicht gesellig. Sie machten, natürlich schweigend, ihre Großmutter Etlin dafür verantwortlich, die sie zuerst ins Museum mitgenommen hatte, nicht weil sie den Dingen da drin irgendein Interesse entgegenbrachte, sondern weil es billig war und trocken. Weil ihrer Großmutter Smylski der Montag, Dienstag und Mittwoch gehörte, bestand Großmutter Etlin darauf, ebenfalls drei Tage hintereinander zu bekommen, auch wenn das eine Schändung des Sabbats bedeutete; was Großmutter Etlin übrigens nicht sonderlich störte. Sie blieb aus Gewohnheit koscher, war aber ansonsten nicht sichtbar ehrfurchtsvoll. Nachdem Lesje mit der Schule begonnen hatte, behielten sie diese samstägliche Gewohnheit bei. Statt der Synagoge besuchte Lesje das Museum, das ihr zu Anfang ein bißchen wie eine Kirche oder ein Schrein vorkam, so als müßte man niederknien. Es war still hier und roch geheimnisvoll und steckte voller heiliger Dinge: Quarze, Amethyste, Basalt.

(Als ihre Großmutter Etlin starb, fand Lesje, sie sollte ins Museum gebracht werden, in einen Glaskasten wie die ägyptischen Mumien, mit einem Schild daran, auf dem man alles über sie nachlesen konnte. Eine unmögliche Idee; aber dies war die Form, die ihre Trauer annahm. Sie hütete sich allerdings davor, es laut bei der Beerdigungsfeier zu sagen, wo sie in einer Ecke des riesigen rosafarbenen Wohnzimmers ihrer Tante saß, während sie alle Mokkatorte aßen. Schließlich hatten sie sie auch in die Synagoge gelassen, aber es war überhaupt nicht geheimnisvoll gewesen. Weder die helle, geometrische Synagoge noch das rosafarbene Wohnzimmer schienen irgendwas mit ihrer Großmutter zu tun zu haben. Einen Glaskasten in einer schattigen Ecke hätte sie haben sollen mit ihren schwarzen Stiefeln und ihren wenigen Stücken Goldschmuck und der Bernsteinkette neben ihr.)

»Erklär mir«, hatte ihre Großmutter im Museum oft gesagt, fest ihre Hand umklammernd, schutzsuchend, wie Lesje viel später entschied; und Lesje las ihr dann die Tafeln vor. Ihre Großmutter verstand kein Wort davon, aber sie nickte weise, lächelte; nicht wegen der beeindruckenden Steine, wie Lesje damals annahm, sondern weil ihre Enkelin in der Lage schien, sich mit Leichtigkeit in einer Welt zurechtzufinden, die sie so vollkommen unverständlich fand.

Im letzten Lebensjahr ihrer Großmutter, als Lesje zwölf war und sie beide ein bißchen zu alt wurden für diese Ausflüge, sahen sie etwas im Museum, was ihre Großmutter aus der Fassung brachte. Schon seit langem hatte sie sich an die Mumien im Ägyptischen Saal gewöhnt, und sie sagte nicht mehr jedesmal *Gewalt,* wenn sie in die Dinosaurierhalle kamen. Dies war etwas anderes. Sie sahen eine Inderin, die einen wunderschönen Sari mit einem Goldband am Saum trug. Über den Sari hatte sie einen weißen Labormantel gezogen, und neben ihr liefen zwei kleine Mädchen, offensichtlich ihre Töchter, die schottische Kilts trugen. Sie alle verschwanden hinter einer Tür mit der Aufschrift NUR FÜR PERSONAL. »Gewalt«, sagte ihre Großmutter stirnrunzelnd, aber nicht aus Angst.

Lesje starrte ihnen nach, hingerissen. Dies also war ihre Nationalität.

»Das würde dir gut stehen«, sagt Marianne. Manchmal gibt sie Lesje Ratschläge, wie sie sich kleiden solle, Bemerkungen, die Lesje ignoriert, da sie sich nicht in der Lage fühlt, ihnen nachzukommen. Marianne, die darauf achten muß, was sie ißt, glaubt, daß Lesje stattlich sein sollte. Sie könnte eine stattliche Figur abgeben, sagt Marianne, wenn sie nicht so dahertrotten würde. Sie betrachten ein pflaumenfarbenes Wollkleid mit langem Rock, schlicht, wahnsinnig teuer.

»Ich würd es nie anziehen«, sagt Lesje; soll heißen, William führt mich nie irgendwohin aus, wo ich es tragen könnte.

»Und hier«, sagt Marianne am nächsten Schaufenster, »sehen wir das typische kleine Schwarze von Elizabeth Schoenhof.«

»Zu goyisch?« fragt Lesje in der Annahme, daß Marianne spottet.

»O nein«, sagt Marianne. »Schau dir den *Schnitt* an. Elizabeth Schoenhof ist nicht goyisch, sie ist Haute Wasp.«

Lesje, geschlagen, erkundigt sich nach dem Unterschied.

»Haute Wasp«, sagt Marianne, »ist, wenn dir alles scheißegal sein kann. Haute Wasp ist, wenn du diesen zerlumpten Teppich hast, der zum Kotzen aussieht, aber eine runde Million gekostet hat, und nur ein paar Leute wissen es. Erinner dich dran, als die Queen ein Hähnchenbein mit den Fingern aß, und es ging durch alle Zeitungen und nun war's die Art, wie man Hähnchen einfach essen mußte? Das ist Haute Wasp.«

Lesje spürt, daß sie diese Nuancen nie in den Griff bekommen wird. William mit seinen Weinen: vollmundig, Bouquet. Für sie schmeckt Wein nach Wein. Vielleicht ist Nate Schoenhof Haute Wasp, obwohl sie das irgendwie nicht glauben kann. Er ist zu unbestimmt, er redet zuviel, er sieht sich im falschen Moment im Raum um. Wahrscheinlich weiß er gar nicht, was Haute Wasp bedeutet.

Elizabeth vielleicht auch nicht. Vielleicht ist das ein Teil davon, Haute Wasp zu sein: Man braucht es nicht zu wissen.

»Und was ist mit Chris?« fragt sie. Sicherlich paßt die Existenz von Chris nicht in Mariannes Definition.

»Chris?« sagt Marianne. »Chris war der Chauffeur.«

ELIZABETH *Donnerstag, 23. Dezember 1976*

»Ja, ich weiß, daß ich einen außergewöhnlichen Schock erlitten habe. Ich bin mir dessen wohl bewußt, ich kann die Wellen spüren. Ich weiß, es war ein demonstrativ gegen mich gerichteter Akt, obwohl nicht wirklich gegen mich, man muß die Kindheitserlebnisse berücksichtigen, obwohl mir in seinem Fall keine einfallen, die den Anlaß dafür hätten geben können. Er hatte eine schlimme Kindheit, aber wer hat die nicht gehabt? Außerdem ist mir klar, daß meine Reaktionen unter den Umständen normal sind und daß er beabsichtigt hat, mir Schuldgefühle einzuflößen, und daß ich nicht wirklich schuldig bin. Jedenfalls nicht an dem, was er getan hat. Ich bin mir nicht sicher, ob ich mich schuldig fühle oder nicht. Ich bin wütend von Zeit zu Zeit; ansonsten fühle ich mich leer. Ich fühle mich, als würde mir ständig alle Energie abgesaugt, als hätte ich ein Leck, durch das Elektrizität abfließt. Ich weiß, daß ich nicht verantwortlich bin und nur wenig hätte tun können und daß er genausogut mich oder Nate oder die Kinder hätte umbringen können, anstatt sich selbst. Ich wußte das schon damals und, nein, ich hab nicht die Polizei angerufen oder eine psychiatrische Anstalt. Sie hätten mir nicht geglaubt. Ich weiß all diese Dinge.

Ich weiß, daß ich weiterleben muß, und habe auch nicht die Absicht, etwas anderes zu tun. Da brauchen Sie sich keine Sorgen zu machen. Wenn ich mit einem Schnitzmesser an meine Handgelenke gehen oder einen Hechtsprung vom Bloor Street Viaduct machen wollte, dann hätte ich das schon längst getan. Ich bin eine Mutter, wenn auch keine richtige Ehefrau, und das nehme ich ernst. Nie würde ich meinen Kindern ein derartiges Bild von mir hinterlassen. Mir hat man das angetan, und es gefiel mir nicht.

Nein, ich möchte nicht über meine Mutter, meinen Vater, meine Tante Muriel oder meine Schwester sprechen. Ich weiß eine Menge über sie. Ich bin diese gelbgepflasterte Märchenstraße schon ein paarmal hinuntergegangen, und in erster Linie hab ich dabei herausgefunden, daß es keinen Zauberer von Oz gibt. Meine Mutter, mein Vater, meine Tante und meine Schwester sind nicht fortgegangen. Auch Chris wird nicht weggehen.

Ich bin erwachsen, und ich glaube nicht, daß ich lediglich die Summe meiner Vergangenheit bin. Ich kann Entscheidungen treffen und muß die Konsequenzen tragen, obwohl die nicht immer von der Art sind, die ich vorausgesehen habe. Das bedeutet nicht, daß es mir gefallen muß.

Nein danke. Ich möchte keine Pillen, die mir drüber weghelfen. Ich möchte nicht, daß meine Stimmung geändert wird. Ich könnte Ihnen diese Stimmung in allen Einzelheiten beschreiben, aber ich bezweifle, ob damit Ihnen oder mir gedient wäre.«

Elizabeth sitzt auf der grauen Bank in der Ossington-U-Bahn-Station, schwarzlederne Hände im Schoß gefaltet, die Füße in ihren Stiefeln ordentlich nebeneinander. Ihr Ton, das weiß sie, ist leicht herausfordernd, und sie ist sich nicht sicher, warum. Das erstemal, als sie heute morgen, in ihrem Büro sitzend, diese Unterhaltung durchging, war sie vollkommen ruhig. Nachdem sie auf die Weise zu dem Schluß gekommen war, daß der Psychiater – Nate hatte freundlicherweise beschlossen, daß sie einen aufsuchen sollte – ihr weder etwas zu geben noch zu sagen hatte, rief sie an und sagte den Termin ab.

Sie benutzt die dienstfreie Zeit, um früher heimzugehen. Sie will Weihnachtsgeschenke packen und die Päckchen unter dem Bett verstecken, ehe die Kinder von der Schule zurückkommen. Bereits jetzt weiß sie, das Knittern des Papiers, die strahlenden Farben der Bänder werden ihr fast unerträglich sein, diese Sterne, blau und rot und weiß, die ihr die Augen verbrennen, als gäbe es keine Atmosphäre. Es ist die Hoffnung, das falsche Versprechen der Hoffnung, das sie nicht ertragen kann. Zu Weihnachten ist alles schlimmer; ist es schon immer gewesen. Aber sie wird es durchstehen; wenn schon sonst kaum, so kann sie sich doch in diesem Punkt auf Nates Hilfe verlassen.

Vielleicht ist es das, worauf sie zustreben: Kameradschaft, ein dünner Arm, der sich ausstreckt, auf den man sich stützen kann, zwei alte Leute, die vorsichtig den Hauseingang hinuntersteigen, eine eisige Stufe nach der anderen. Sie wird darauf achten, daß er seine Magenpillen einnimmt und seinen Alkoholkonsum einschränkt; er wird sie auffordern, ihr Hörrohr hochzunehmen und ihr dann amüsante Anekdoten aus der Tageszeitung vorlesen. Militärputsche, Massaker, solche Sachen. An den Wochenabenden werden sie sich schlichte amerikanische Komödien im Fernsehen anschaun. Sie werden Fotoalben haben, und wenn die Kinder an den Sonntagen mit ihren eigenen Kindern rüberkommen, dann werden diese Alben vorgeholt, und sie alle gucken die Fotos an, strahlend; und wenn sie das Bild von sich selbst sieht, so wie sie heute ist, in diesem Augenblick, da sie hier in der U-Bahn-Station Ossington sitzt und auf den Zug in Richtung Norden wartet, in dem matten Licht, das durch den Film von Asche und Öl auf den Spiegelglasfenstern sickert, dann wird sie wieder diesen Abgrund spüren, der sich in ihrem Innern öffnet. Danach werden sie Lunch essen, Lachs in Rahm auf Toast mit garnierten

Eiern obendrauf, eine Mahlzeit, die ihrem begrenzten Budget entspricht. Nate wird mit den Enkeln spielen, und sie wird allein den Abwasch in der Küche besorgen und wie üblich Chris' Atem in ihrem Nacken spüren.

Fast besser, wenn sie sich alleine sieht, in einem kleinen Apartment, mit ihren Schalen und einigen wenigen Pflanzen. Nein, das wäre noch schlimmer. Wenn Nate bei ihr war, dann würde sich wenigstens etwas bewegen. In Bewegung bleiben, sagte man den fast Erfrorenen, denen, die zu viele Pillen geschluckt, die einen Schock bekommen hatten. Ich möchte bewegt werden, bewegt mich. *Wir sind die Abgestumpften. Vor vielen Jahren / Taten wir dies oder das. Und jetzt sitzen wir hier.*

Am Abend zuvor hatte sie an die Tür von Nates Zimmer geklopft, in der Hand ein Paar Socken, die er im Wohnzimmer liegengelassen hatte, vermutlich, weil sie naß waren. Er öffnete die Tür, er hatte kein Hemd an. Plötzlich wünschte sie – die schon seit über zwei Jahren nicht mehr gewollt hatte, daß er sie berührte, die seinen langen mageren Körper leicht abstoßend gefunden hatte, die statt dessen das kompakte, behaarte, dickadrige Fleisch von Chris gewählt hatte, die Zeit und Raum neu geordnet hatte, um jeder Konfrontation mit diesem Torso, der ihr nun gegenüberstand, zu entgehen, die ihn in ein Gebiet eingeschlossen hatte, das deutlich von dem ihren getrennt war – sie wünschte ganz plötzlich, daß er seine Arme um sie schlingen möge, Streichholzknochen, aber doch warme Knochen, er sollte sie an sich pressen, trösten und hin und her wiegen. Sie wollte sagen: »Können wir irgendwas retten?« Womit sie dies Wrack ihrer Ehe meinte. Aber er trat zurück, und sie hielt ihm lediglich die Socken hin, müde, stumm, wie gewöhnlich.

Früher war sie immer in der Lage gewesen zu sagen, ob er zu Hause war, ganz gleich, ob sie ihn nun tatsächlich hören konnte oder nicht. Jetzt kann sie es nicht mehr. Er ist jetzt öfters weg, und wenn er daheim ist, dann kommt ihr seine Gegenwart so vor wie das Licht von einem Stern, das Tausende von Lichtjahren unterwegs war: ein Phantom. Er bringt ihr zum Beispiel keinen Tee mehr. Weihnachtsgeschenke machen sie sich allerdings noch. Die Kinder wären verstört, wenn dieses Ritual unterbleiben würde. Sie hat ihm schließlich auch dieses Jahr etwas gekauft. Ein silbernes Zigarettenetui. Mit einer gewissen Perversität stellt sie sich den Kontrast vor: Das Silberetui taucht aus seiner zerfransten Tasche unter dem zerfransten Sweater auf. Früher hatte er ihr Nachthemden geschenkt, immer eine Nummer zu groß, als hielte er ihre Brüste für größer, als sie waren. Jetzt sind es Bücher. Über irgendein neutrales Thema, von dem er annimmt, daß es sie interessieren könnte: Antiquitäten, Preßglas, Steppdecken.

»Alles vorbereitet für Weihnachten?«

Ein Mann sitzt neben Elizabeth. Er sitzt schon ein paar Minuten da; sie hat ihn als verschwommenen braunen Flecken zu ihrer Linken zur Kenntnis genommen, hat die Bewegung registriert, wie er seine Beine übereinanderschlug und wieder nebeneinanderstellte. Bewegungen wie das Rascheln in einer Hecke, verstohlen, fast unwirklich. Sie wendet den Kopf leicht zur Seite, kurz, um ihn anzuschauen. Er trägt einen braunen Überzieher, ein bißchen zu klein für ihn – er muß unter den Achseln zwicken –, und einen braunen Hut. Seine Augen strahlen sie an, ebenfalls braun und klein, wie Rosinen. Seine Hände, ohne Handschuhe, mit dunklen Haaren auf den Knöcheln, ruhen auf einem Diplomatenkoffer, den er quer über dem Schoß hält.

Sie lächelt. Vor langer Zeit hat sie gelernt, so zu lächeln, leicht, huldvoll, es kostet keine Anstrengung. »Nicht ganz. Das schafft wohl niemand, oder?«

Der Mann rutscht näher, sein Hinterteil schiebt sich zentimeterweise über die Bank. Sie spürt einen leichten Druck an ihrer Seite.

»Sie sehen aus, als würden Sie auf jemand warten«, sagt er.

»Nein«, sagt sie. »Ich warte auf niemanden. Nur auf den Zug.«

»Ich glaub, wir müssen Nachbarn sein«, sagt er. »Ich bin sicher, daß ich Sie schon auf der Straße gesehen hab.«

»Das glaub ich nicht«, sagt Elizabeth.

»Ich bin ganz sicher. So was vergeß ich nicht.« Er senkt seine Stimme. »Eine Frau wie Sie.«

Elizabeth weicht dem Druck gegen ihren Schenkel aus. Ihr anderer Schenkel stößt gegen die Armlehne der Bank. Sie kann jederzeit aufstehen. Aber er beginnt über Immobilienwerte zu sprechen. Das ist harmlos genug, und Elizabeth weiß ein bißchen darüber Bescheid. Sie scheinen beide zur gleichen Zeit gekauft zu haben, beide haben sie die Qualen von Renovierungen erlebt, allerdings hat er sein Wohnzimmer mit Korkfliesen ausgelegt, ein Belag, den Elizabeth nicht genommen hätte. Er erzählt eine Geschichte über seinen Bauunternehmer, die Lügen, die Unzuverlässigkeit, die schlechte Installation. Elizabeth entspannt sich, lehnt sich zurück. Er ist recht durchschnittlich, aber es ist eine Erleichterung, sich mal mit jemand zu unterhalten, der ein praktischer Mann ist, der die Dinge anpackt und zu Ende bringt. Schlichte Kompetenz, Füße fest auf dem Boden. *Felsboden.*

Der Mann hat Kinder, sagt er, drei, und eine Frau. Sie diskutieren über die örtliche Schule. Er liest gern, sagt er ihr, aber nur Sachbücher. Bücher über Geschichte, berühmte Verbrechen, die Weltkriege. Er fragt sie, was sie von den Ergebnissen der Quebec-Wahl hält. »Sie werden's niemals durchziehen«, sagt er. »Zu viele Schulden.«

»Wahrscheinlich«, sagt Elizabeth, deren Aufmerksamkeit wandert, nun, da keine Bedrohung mehr da ist.

»Wir könnten mal einen Drink zusammen nehmen«, sagt er unvermittelt.

Elizabeth setzt sich auf. »Ich glaube kaum...«, sagt sie.

»Sie würden es nicht bedauern«, sagt er mit glänzenden Augen. Er beugt sich vertraulich vor. Süßer Brandy in seinem Atem. »Ich weiß«, sagt er. »Ich weiß, was Sie wollen. Sie glauben's vielleicht nicht, wenn Sie mich so anschauen, aber ich weiß es.«

»Jetzt im Augenblick will ich überhaupt nichts«, sagt Elizabeth, erkennt sogleich, daß dies nicht stimmt. Was sie will, ist irgendwas zu wollen.

»In Ordnung«, sagt der Mann. »Wenn Sie Ihre Meinung ändern, lassen Sie mich's wissen.« Er reicht ihr eine kleine Karte, die sie, ohne sie anzusehen, in ihrer behandschuhten Hand hält. »Die Nummer vom Büro«, sagt er.

»Werd ich tun«, sagt Elizabeth lachend, ein Versuch, es in einen Scherz zu verwandeln. Sie kann den Brandy geradezu schmecken, eine blaue Flamme flackert über ihre Zunge. Sie betrachtet die Karte. Ein Name, zwei Telefonnummern, sonst nichts.

»Was machen Sie?« fragt sie, klammert sich an die Arbeit, die objektive Welt.

»Hier«, sagt der Mann und läßt den Verschluß seines Aktenkoffers aufschnappen. »Wählen Sie sich was aus. Ein Souvenir.« Er hebt den Deckel. Der Koffer ist voller Damenschlüpfer, Bikinislips, Musterexemplare: rot, schwarz, weiß, rosa, beige, besetzt mit Seidenborten, glatt, spitzenumrandet, einige – wie sie sehen kann – mit Schlitzen.

»Ich muß viel reisen«, sagt der Mann klagend. »Klinken putzen. Flughäfen. Sind meine größten Abnehmer, die Flughäfen.« Er hebt ein Paar schwarze Slips hoch, das Wort STOP eingestickt auf einem sechseckigen Stückchen roter Seide. »Sehr beliebt, dieses Modell«, sagt er; seine Stimme geht in den einschmeichelnden Bariton eines Verkäufers über. Er steckt seinen Finger durch den Schlitz und wackelt ihn hin und her.

Elizabeth steht auf. »Da kommt mein Zug«, sagt sie leichthin. Seine Hand, gefangen in dem schwarzen Nylonzelt wie ein verkleidetes Püppchen, wirkt absurd und erst jetzt, erst jetzt erregend auf sie.

Nur für eine Sekunde. Der Mann verblaßt fast sofort, wird flach, grau.

»Danke für die Unterhaltung«, sagt sie aus dem Gefühl heraus, sie sollte ihm für irgendwas danken.

Er zieht seine Hand aus dem Stoff heraus, sieht traurig zu ihr auf. »Glauben Sie, ich würde das machen«, sagt er, »wenn ich nicht müßte?«

Nate ist dabei zu baden, seift seine langen Unterschenkel ein, als Elizabeth die Tür öffnet und ohne anzuklopfen hereinkommt. Sie klappt den Deckel der Toilette herunter und setzt sich drauf, nach vorn gebeugt, die Ellbogen auf ihre von einem dunklen Rock bedeckten Knie gestützt. Sie möchte ihm etwas zeigen, was sie als Weihnachtsgeschenk für Nancy gekauft hat. Es ist ein kleiner Theaterschminkkasten; sie hat ihn bei Malabar's bekommen. Er enthält ein paar Stifte Fettfarben, ein bißchen unechtes Blut und eine Reihe von Schnurrbärten mit den dazu passenden Augenbrauen. »Nancy wird begeistert sein«, sagt Elizabeth, und Nate muß ihr recht geben. Elizabeth fallen immer großartige Geschenke für die Kinder ein. Er selber muß sie fragen, was sie sich wünschen.

Die im rechten Winkel zu seinem linken Schulterblatt sitzende Elizabeth macht ihn nervös. Er muß den Kopf drehen, um sie sehen zu können, während sie ihn – nackt, entblößt – ohne die geringste Anstrengung fast ganz sehen kann. Er ist sich des Seifenschaums bewußt, der grauen Partikel, Schuppen seiner Haut, die das Wasser verschmutzen. Er schrubbt heftig seine Arme mit dem harten Naturschwamm, der auf der Haut so rauh wie eine Tigerzunge ist. Der Schwamm gehört ihm; er kauft sie in einem kleinen Laden in Bathurst, der nur Naturschwämme führt; keine dieser geleckten Badeboutiquen, sondern ein düsterer Laden, schmucklos, der noch das Gefühl von Rohmaterialien vermittelt. Ein kleiner Importeur. Nate liebt es, in diesen Laden zu gehen, sich seinen neuen Schwamm aus dem Berg der Schwämme herauszusuchen, die da haufenweise auf dem winzigen Tresen liegen. Er sieht sich als Taucher, Messer zwischen den Zähnen, wie er den rohen Schwamm von den Korallenriffen losschneidet, nach Atem ringend an die Oberfläche kommt und den Schwamm mit langem Arm in das ankernde Boot wirft. Ein Kampf, Auge in Auge, mit einem gigantischen Kraken, einen Fangarm durchstoßen, dann noch einen. An nichts anderes denken, als wieder freizukommen. Tintenwolken trüben das Wasser, runde Saugnapfabdrücke an seinen Beinen. Das Messer direkt zwischen die Augen stoßen, tief hinein.

Elizabeth mag seine Schwämme nicht. Sie sagt, sie werden faulig, weil er sich nicht die Zeit nimmt, sie auszuspülen und zwischen seinen Bädern trocknen zu lassen. Das stimmt, sie werden tatsächlich faulig. Sie begreift nicht, daß er des Vergnügens beraubt würde, in den kleinen Laden zu gehen und sich einen neuen zu holen, wenn man jedem Schwamm gestatten würde, ewig zu leben.

Es zieht, weil sie die Tür geöffnet hat. Nate reißt den Stöpsel heraus und klettert aus der Wanne, ein Handtuch um seine Lenden geschlungen. Er fühlt sich wie ein Streichholzmännchen.

Das Badezimmer ist zu klein für sie beide, und er erwartet, daß sie geht. Aber sie schiebt nur ihre Knie gegen die Wand und fragt: »Wohin willst du?«

»Woher weißt du, daß ich irgendwohin will?« sagt er.

Sie lächelt. Mehr sie selbst, ihr altes Ich; das Ich, welches genau wie seines, langsam alt wird. »Du nimmst ein Bad.« Sie stützt ihr Kinn auf ihre verschlungenen Finger, schaut zu ihm auf. Diese Nymphe-auf-dem-Seerosenblatt-Pose. Er wickelt sich in das Handtuch ein, stopft es fest.

»Ich geh zu 'ner Party«, sagt er. »Weihnachtsparty.«

»Bei Martha?«

»Woher weißt du das?« Er hatte es ihr nicht erzählen wollen; nicht daß er irgendwas zu verbergen hätte. Es erstaunt ihn immer noch, daß sie in der Lage ist, über seine Aktivitäten auf dem laufenden zu bleiben, ohne auch nur den Anschein von Interesse dafür zu zeigen.

»Sie hat mich eingeladen.«

»Oh«, sagt er. Er hätte sich denken können, daß Martha es für angebracht hielt, Elizabeth einzuladen. Er verschränkt die Arme über der Brust; normalerweise würde er jetzt ihren Deodorant-Rollstift für seine Achselhöhlen nehmen, aber solange sie im Badezimmer ist, kann er das nicht. Er spürt, wie seine Mundwinkel nach unten sacken.

»Schau nicht so zerstört«, sagt sie. »Ich geh nicht hin.«

»Das ist vorbei, das weißt du ja«, sagt er und denkt gleichzeitig, daß er keinerlei moralische Verpflichtung hätte, ihr das zu erzählen.

»Ich weiß«, sagt sie. »Ich hab eine ganze Menge davon zu hören gekriegt. Sie ruft mich im Büro an.«

Das ist etwas, was Nate schon immer schrecklich gefunden hat: Sie reden miteinander, über ihn, hinter seinem Rücken. Es war Elizabeth, die damit angefangen hat. Sie lud ganz am Anfang Martha zum Lunch ein, um, wie sie sagte, die Dinge klarzustellen. Martha hatte sich zuerst bei ihm darüber beklagt, war dann aber hingegangen. »Warum nicht in aller Freundschaft miteinander umgehen?« sagte Elizabeth. »Es ist schließlich nicht so, daß ich die eifersüchtige Ehefrau spiel. Ich hätte wohl kaum das Recht dazu.« Sie lachte sanft, dieses pelzige Lachen, das ihn zuerst an ihr fasziniert hatte. »Wir können uns genausogut wie vernünftige Erwachsene betragen.«

»Worüber habt ihr euch unterhalten?« fragte Nate Martha hinterher.

»Über dich«, sagte sie.

»Was über mich?«

»Wem du gehörst«, sagte Martha. »Wir haben's so gedreht: In Wirklichkeit gehörst du Elizabeth, aber ich hab Fickprivilegien für eine Nacht pro Woche.«

»Ich glaub nicht, daß Elizabeth so was sagen würde«, sagte Nate.

»Nein«, sagte Martha. »Du hast recht, das würde sie nicht. Sie ist zu gottverdammt diskret dafür. Wollen mal sagen, *sie hat es mir zu verstehen gegeben.* Vielleicht denkt sie es, aber die einzige, die so was je laut aussprechen würde, bin ich. Die alte Dreckschleuder.«

Nate wollte Martha sagen, sie sollte sich nicht selber schlechtmachen, aber er wußte, daß sie in Wirklichkeit gar nicht das Gefühl hatte, daß sie sich selbst schlechtmachte. Sie sagte, was sie dachte. Sie empfand sich selbst als geradeheraus und ehrlich und Nate und Elizabeth als Heuchler, die wie Katzen um den heißen Brei schlichen. Aber nur Nate sagte sie, was sie dachte; Elizabeth nie.

Jetzt möchte Nate gar nicht mehr wissen, was sie einander während dieser Bürotelefongespräche erzählen. Er möchte auch nicht auf Marthas Party gehen, aber er fühlt sich dazu verpflichtet. Er muß erscheinen, um deutlich zu machen, daß sie immer noch Freunde sein können. Das ist es jedenfalls, was Martha ihm am Telefon gesagt hat. Er legt keinen sonderlich großen Wert darauf, mit ihr befreundet zu sein, glaubt aber, er müßte es eigentlich wollen. Er möchte so freundlich und sanft wie möglich sein. Er wird nicht lange bleiben, nur mal erscheinen, eine Geste machen, seinen Schatten an die Wand werfen.

»Sie schien mir ganz ruhig und ausgeglichen«, sagt Nate, zu sehr in der Defensive. »Als sie mich einlud.«

»Täusch dich nicht«, sagt Elizabeth. Einer ihrer Grundsätze ist, daß Nate sich ständig irgendwas vormacht. Sie legt ihre Hände hinter sich auf den Toilettensitz und lehnt sich zurück, wodurch ihre Brüste nach oben und nach vorn gedrückt werden. Ist das eine Einladung, kann das sein? Nate weigert sich, daran zu glauben. Er dreht den Kopf schnell weg, starrt sich mürrisch im Spiegel an.

»Ich werd gegen zehn zurück sein«, sagt er.

»Das nehm' ich an«, sagt Elizabeth. »Du bist nicht sonderlich beliebt in der Gegend, wie du weißt.«

Wie du weißt. Womit immer gemeint ist, daß er es nicht weiß. Beide tun das: diese ständigen Anspielungen, daß es Dinge gibt, die er nicht weiß, wichtige Dinge, die er nicht mitbekommen hat und die sie mit ihrer feineren Wahrnehmung mühelos erkennen.

Elizabeth steht auf, streift ihn im Vorbeigehen, nimmt seinen Schwamm auf, den er in der Wanne hat liegenlassen, und drückt ihn aus.

»Paß auf dich auf«, sagt sie. Sie verläßt das Badezimmer, in der Hand den Schminkkasten mit den falschen Schnurrbärten.

Martha hat eine große Eierflip-Bowle gemacht. Sie steht auf dem Eßzimmertisch zusammen mit Scotch- und Ryeflaschen, den Mixgetränken, dem Eis in einem Eimerchen. Eine rote Papierlaterne hängt über dem Tisch. Nate stößt dagegen, als er sich mit seinem Glas Scotch aufrichtet. Wenn er Eier will, dann kocht er sich welche. Er zieht es vor, genau zu wissen, was er trinkt.

Martha trägt ein langes Kleid aus irgendeinem synthetischen Material, rot, passend zur Laterne. Der Ausschnitt ist zu weit; er läßt ihre Schultern noch breiter aussehen, als sie es ohnehin schon sind. Nate hat dieses Kleid noch nie zuvor gesehen. Mit einem ihrer nackten Arme hat sie sich bei dem neben ihr stehenden Mann eingehängt. Sie schaut in sein Gesicht auf, redet, lächelt. Von der Begrüßung abgesehen, hat sie Nate bis jetzt ignoriert. Der neue Mann ist blaßblond, kleiner als Nate, mit einem knappen Managerbauch, der sich bereits unter der Weste seines Dreiteilers abzuzeichnen beginnt.

Nate kennt einige der Leute, Überbleibsel aus seinem früheren Leben. Ein paar Empfangsdamen und Sekretärinnen, zwei oder drei von den Männern, die ungefähr zur gleichen Zeit in die Firma eingetreten sind wie er. Jemand schlägt ihm auf die Schulter.

»Nate. Wie geht's denn so?« Paul Callaghan, früher ein Rivale, jetzt herablassend wohlwollend. »Immer noch am Schnitzen?«

»Ganz gut«, sagt Nate.

»Du bist wahrscheinlich klüger als wir alle zusammen«, sagt Paul. »Du läßt's langsam angehen. Herzinfarkt mit vierzig kommt für dich nicht in Frage.« Er rudert an Nate vorbei, bereits jemand anderem zulächelnd.

Nate unterhält sich mit einem Mädchen in einem weißen Kleid. Er hat sie noch nie gesehen, obwohl sie behauptet, ihn auf einer von Marthas Parties getroffen zu haben, vor zwei Jahren, sagt sie. Sie erzählt Nate von ihrem Job. Sie macht Plastikmodelle von Holsteiner Kühen, die an Züchter und Händler verkauft werden. Die Kühe müssen genau nach Maßstab und Gewicht gemacht werden, in jedem Detail perfekt. Sie hofft, daß es bald zu angemalten Modellen einzelner Kühe reichen wird, wofür sie mehr Geld bekommen würde. Sie fragt Nate nach seinem Sternzeichen.

Nate weiß, daß er gehen sollte. Er hat seine Pflicht getan.

Aber das Mädchen ergreift seine Hand, beugt sich über seine Handfläche und verfolgt seine Lebenslinie mit zusammengekniffenen Augen. Vorn kann er ein kleines Stück in ihr Kleid hineinsehen. Interesselos betrachtet er die zusammengepreßte Landschaft. In flüchtigen Abenteuern ist er nicht sonderlich gut.

Martha ist da, direkt neben seinem Ohr. Sie möchte kurz mit ihm reden, sagt sie. Sie nimmt seine andere Hand, und er läßt sich von ihr aus dem Wohnzimmer führen, den Flur hinunter ins Schlafzimmer. Mäntel türmen sich auf dem Bett.

»Du bist widerlich«, sagt Martha. »Du bringst mich noch zum Kotzen.«

Nate blinzelt, beugt seinen Kopf ihr entgegen, als könnte ihm das helfen, zu verstehen. Martha schlägt ihm ins Gesicht, fängt dann an, ihn gegen die Schienbeine zu treten. Ihr langes Kleid behindert sie, also schlägt sie wieder nach ihm, zielt auf seinen Magen, trifft ihn in die Rippen. Nate fängt ihre Arme auf und drückt sie gegen sich. Jetzt weint sie. Er könnte sie auf das Bett werfen, sie in Mäntel einwickeln, um sie ruhig zu halten, und dann versuchen herauszufinden, was er getan hat.

»Was hab ich getan?« sagt er.

»Auf meiner Party die Frau anzumachen, direkt vor meinen Augen. Immer versuchst du mich zu demütigen«, sagt Martha; ihre Stimme kommt stoßweise. »Und weißt du was? Es gelingt dir.«

»Ich hab nichts dergleichen getan«, sagt Nate. »Wir haben uns über Plastikkühe unterhalten.«

»Du hast einfach keine Ahnung, was es für ein Gefühl ist, verlassen zu werden«, sagt Martha. Nate lockert seinen Griff. Martha tritt zurück, greift sich ein Kleenex vom Nachttisch und tupft sich das Gesicht ab. »Warum versuchst du zur Abwechslung nicht mal, was zu fühlen?«

Der Kopf des neuen Mannes taucht im Türrahmen auf, zieht sich zurück, taucht wieder auf. »Störe ich?« sagt er.

»Ja«, sagt Martha grob.

»Ich bin grad im Aufbruch«, sagt Nate. Er durchwühlt die Mäntel, Pelze, Tweeds, sucht nach seiner Matrosenjacke.

»Sie hängt im Schrank im Flur«, sagt Martha. »Ich nehm an, du weißt, wo das ist.«

Da es geschneit hat, ist Nate nicht mit dem Fahrrad gekommen. Die U-Bahn-Station ist fünf Häuserblocks entfernt, aber er ist froh darüber; er möchte laufen. Seine rechte Augenbraue, wo Martha ihn getroffen hat, beginnt zu schmerzen. Ist die Haut aufgerissen? Sie trug einen Ring. Was ihn stört, ist nicht der Schmerz, sondern der verstehende Blick, den Elizabeth ihm zuwerfen wird.

Er hat erst einen halben Block hinter sich, als er Martha hört.

»Nate. Halt.«

Er dreht sich um. Sie läuft, sie schlittert in ihren Goldschuhen, ihrem langen roten Kleid ohne Mantel auf ihn zu. Lächelnd, schadenfroh, mit strahlenden Augen. »Ich hab grad alle Pillen aus dem Badezimmerschränkchen geschluckt«, sagt sie. »Zweiundsechzig Aspirin mit Kodein, vierundzwanzig Valium. Ich dachte, vielleicht möchtest du gern auf Wiedersehn sagen.«

»Das war dumm, Martha«, sagt Nate. »Hast du das wirklich gemacht?«

»Wart's doch ab«, sagt sie, lacht. »Wart bis früh um fünf, wenn du die Leiche identifizieren mußt. Zum Teufel, du kannst mich doch in deinen Keller karren. Du kannst mich einbalsamieren. Dann werd ich dich nicht mehr mit meinen Forderungen belästigen.«

Der Mann im Dreiteiler kommt vorsichtig die Straße herunter. »Martha«, ruft er, leicht verdrossen, als riefe er nach einer weggelaufenen Katze.

»Martha sagt, sie hat alle Pillen im Badezimmer geschluckt«, sagt Nate zu ihm.

»Ja, sie war gerade eben drin. Warum sollte sie so was tun?« fragt der neue Mann Nate.

»Hört auf, über mich zu reden, als wär ich irgendeine *Sache*«, sagt Martha. Sie schwankt ein bißchen. Nate zieht seine Matrosenjacke aus und gibt sie ihr. »Hier«, sagt er.

»Brauch ich nicht«, sagt Martha. Sie fängt wieder an zu weinen.

»Wir werden sie ins Krankenhaus bringen müssen«, sagt Nate. Er ist vertraut mit der Prozedur, er hat es mit den Kindern oft genug mitgemacht. Mottenkugeln, Aspirin, Elizabeths Antibabypillen.

»Ich geh nicht«, schluchzt Martha. »Ich will sterben.«

»Wir können meinen Wagen nehmen«, sagt der neue Mann. »Er steht in der Einfahrt.« Nate faßt Martha unter den Armen. Sie sackt zusammen. Er schleift sie zu dem Wagen des neuen Mannes, ein dunkelblauer Torino, ebenfalls neu. Sie verliert einen Schuh, und der neue Mann hebt ihn auf und trägt ihn hinter ihnen her wie eine Trophäe bei einer Sportveranstaltung oder ein Ikon bei einer Prozession.

»Gib mir den verdammten Schuh«, sagt Martha, als sie im Auto sind. Sie zerrt sich den Schuh über den Fuß, überprüft dann ihre Frisur im Rückspiegel. Der neue Mann fährt; Nate sitzt hinten bei Martha, um sie, wie der neue Mann es ausdrückt, davon abzuhalten, »irgendwas anzustellen«. Als sie den Notaufnahmeeingang vom Toronto General Hospital erreichen, scheint sie ganz fröhlich.

»Du kannst mich nicht zwingen, da reinzugehen«, sagt sie zu Nate.

»Du kannst selber reingehen oder reingeschleppt werden«, erklärt Nate ihr. »Hast du wirklich diese Pillen geschluckt?«

»Rat mal«, sagt sie. »Du bist ja so gut in weiblicher Psychologie. Du wirst's schon rauskriegen.« Aber sie geht ohne weiteren Protest zwischen ihnen hinein.

Sie greift nicht ein, als sie der Aufnahmeschwester alles über die Pillen erzählen. Nate erklärt, daß sie nicht genau wissen, ob sie die Pillen wirklich genommen hat oder nicht.

»Haben Sie die Röhren überprüft?« sagt die Schwester. »Waren sie leer?«

Nach den Röhren haben sie nicht geschaut, sagt Nate. Dafür waren sie zu sehr in Eile.

»Das Ganze ist ein Witz«, sagt Martha. »Sie haben getrunken. Ist die Weihnachtsstimmung. Sie dachten, es wär ganz lustig, mich hier runterzuschleppen und mir den Magen auspumpen zu lassen.«

Die Schwester zögert, sieht streng von Nate zu dem neuen Mann. »Sie können den Alkohol riechen«, sagt Martha. »Sie sind sonst nicht so, bloß wenn sie trinken. Sehen Sie, sie haben sich geprügelt.«

Die Schwester wirft einen Blick auf Nates anschwellendes Auge. »Stimmt das?« fragt sie.

»Sie haben Gewalt angewendet«, sagt Martha. »Sie können die Spuren von den Fingern an meinen Armen sehen. Komm ich Ihnen vor wie jemand, der grad eine Röhre Tabletten geschluckt hat?« Sie streckt ihre nackten Arme aus. »Möchten Sie sehen, daß ich genau geradeaus laufen kann?«

LESJE *Dienstag, 28. Dezember 1976*

Lesje reiht sich in die Schlange vor der Kasse des Alkoholladens ein. Die Zeiten sind vorbei, wo man sie hier nach ihrem Ausweis fragte, aber das gleiche kalte Gefühl überfällt sie immer noch. Jedesmal, wenn sie ein Dokument präsentieren muß, das belegen soll, daß sie die Person ist, die sie ist, glaubt sie fest daran, daß irgendwas gefunden wird, was nicht in Ordnung ist, oder daß der Name von jemand anderem darauf steht. Am schlimmsten ist es, wenn sie ihren Namen falsch aussprechen, ihr diesen Blick zuwerfen, der bedeutet: Wir dachten, du wärst eine von uns, aber jetzt wissen wir es besser.

Sie kauft eine Flasche Wein, um Williams Rückkehr heute abend zu feiern. William ist in London, Ontario, er hat das Weihnachtsfest bei seiner Familie gefeiert. Unmöglich, natürlich (Natürlich! Sie stimmt zu!), ihn zu begleiten. Letztes Jahr schien diese Trennung wie eine Verschwörung zwischen ihnen beiden, sie kicherten über den Puritanismus, die Fremdenfeindlichkeit und allgemeine Kleingeistigkeit ihrer jeweiligen Familien. Dieses Jahr kommt es ihr wie Verrat vor.

Nicht daß sie hätte mitfahren können, selbst wenn sie eingeladen worden wäre. Man erwartete sie zum Weihnachtsmahl im Haus ihrer Eltern, und pflichtgemäß war sie gegangen wie jedes Jahr. Wie kann sie ihnen ihre einzige Tochter vorenthalten, ihr einziges Kind, ihnen, die nur ihr zuliebe, versteht sich, ganze Bataillone von Schwestern, Brüdern, Onkeln, Tanten, Cousinen und Stiefcousinen geopfert haben?

Das Haus ihrer Eltern liegt weder nördlich genug, um beeindruckend zu sein wie die Häuser der Tanten, noch südlich genug, um malerisch zu sein wie die der Großmütter. Der Bruder ihrer Mutter hat es in der Immobilienbranche zu was gebracht, ihres Vaters Schwester hat in einen Chinaladen eingeheiratet. Ihre Eltern wollten eigentlich in den Norden ziehen, blieben aber auf halber Strecke hängen, in einer unbedeutenden, nichtssagenden Straße südlich von St. Clair. Es war, als hätten sich ihre sämtlichen Wünsche nach Wandlung und Veränderung in einer einzigen Handlung ausgedrückt, ihrer Heirat miteinander. Für die Eroberung einer Doppelgarage war keine Energie geblieben.

Ihr Vater besitzt nicht diesen grimmigen Instinkt fürs Geschäftliche – oder ist es Überlebensinstinkt –, den man den Juden allgemein zuschreibt; der Instinkt, der ihren Großvater von Tür zu Tür getrieben hatte auf der Suche nach gebrauchter Kleidung und der einst ihrer Großmutter eine sechsstichige Naht am Kopf eintrug, als sie ihren Gemischtwarenladen gegen einen mit einer Eisenstange bewaffneten jungen Mann verteidigte. *Dreh ihnen den Rücken zu, und sie klauen dir die Haare vom Kopf. Allerdings nicht die Chinesenkinder. Auf die braucht man nicht aufzupassen.* Lesjes Vater hatte seinen gegenwärtigen, bescheidenen Lebensstandard mit Farbfernseher und gebrauchtem Chevrolet durch den Handel mit getragenen Pelzmänteln, Kaugummi und Süßigkeiten erworben, zwei für einen Penny und die Pennies sorgfältig gespart. Und war er dankbar? Nein. Heiratete eine *Schickse,* noch dazu von der schlimmsten Sorte (wie Lesje).

Er war Eigentümer eines Textilgeschäfts, das stimmte, aber nur sehr widerstrebend: Lesjes Mutter mußte ihn fast dazu zwingen, nachdem sein Vater gestorben war. *Little Nell Dresses,* so nennt es sich jetzt; früher hieß es *Tinker Bell.* Ihr Großvater hatte einen Partner, der diese Namen Büchern entnahm, die er gelesen hatte. Die Kleider sind für kleine Mädchen;

Lesje wuchs mit und in ihnen auf und konnte sie nicht ausstehen. Für sie war Luxus nicht die *Little-Nell*-Mode mit Spitzenkragen, sondern die Jeans und T-Shirts, die von den anderen Mädchen getragen wurden.

Little Nell vergrößert sich nicht und geht auch nicht ein. Die Kleider werden nicht mal selbst angefertigt; sie werden in Montreal hergestellt. Hier werden sie nur weitergegeben. Der Laden ist einfach da wie ihr Vater auch; die Methoden, nach denen beide existieren, sind ihr unbekannt.

Sie saß am Tisch, der mit dem guten Leinentischtuch ihrer Mutter gedeckt war, und beobachtete mit einer gewissen Trauer ihren Vater, wie er den Truthahn mit der Preiselbeersoße hinunterschluckte, die Quetschkartoffeln, die gefüllte Pastete, vorgeschriebenes Essen an einem religiösen Feiertag, den er normalerweise nie beachtet hätte und den ihre Mutter vierzehn Tage später gefeiert hätte. Zu Weihnachten gab es immer kanadisches Essen. Eine Kapitulation, dieser Truthahn, oder vielleicht ein weiteres Stück neutralen Bodens für sie beide. Jedes Jahr bissen sie sich ihren Weg durch dieses Dinner, um irgendwas zu beweisen. Die eine Gruppe ihrer Cousins und Cousinen erholte sich von Chanukka, dem achttägigen jüdischen Tempelfest, und die andere bereitete sich darauf vor, die Lieder zu singen und die Tänze zu tanzen, die sie im ukrainischen Ferienlager gelernt hatte. In der Küche rührte Lesjes Mutter eine kräftige Soße unter die Pastetenstücke und schnüffelte voll stillem Stoizismus. Auch das geschah jedes Jahr.

William hätte sie zu dieser Mahlzeit nicht einladen können, sie konnte ihn nicht mal ins Haus bringen. »Verwirr deinen Vater nicht«, sagte ihre Mutter. »Ich weiß, heutzutage sind die jungen Leute anders, aber er hält dich immer noch für ein kleines Mädchen. Du glaubst, er weiß nicht, daß du mit jemand zusammenlebst? Er weiß es. Er will es bloß nicht zur Kenntnis nehmen.«

»Wie läuft das Knochengeschäft?« fragte ihr Vater, der übliche Scherz, seine Art, sich mit ihrer Berufswahl abzufinden.

»Bestens«, sagte sie ihm. Er versteht nicht, was für ein hübsches Mädchen daran anziehend sein könnte, im Dreck rumzukriechen und nach vergrabenen Knochen zu suchen wie ein Hund. Nach ihrem ersten Universitätsjahr hatte er sie gefragt, was sie werden wollte. Eine Lehrerin vielleicht?

»Eine Paläontologin«, hatte sie geantwortet.

Pause. »Und womit wirst du deinen Lebensunterhalt verdienen?«

Ihre ukrainische Großmutter hatte gewünscht, daß sie Stewardeß wurde. Ihre jüdische Großmutter hatte gewünscht, sie sollte Anwältin werden und auch noch heiraten, einen anderen Anwalt am besten. Ihr Vater wollte, daß sie das Beste aus sich machte. Ihre Mutter wünschte, sie möge glücklich werden.

Lesje ist sich in der Wahl des Weins nicht sicher, da William sich für einen Kenner hält. Er neigt dazu, herablassend zu sein. Einmal ließ er in einem Restaurant eine Flasche zurückgehen, und Lesje dachte: Auf die Chance hat er lange gewartet. Sie hat aus dem Mülleimer die Flasche ausgegraben, die sie am Abend, bevor er abfuhr, getrunken hatten, und das Etikett abgeschrieben.

Diese Flasche hatte er ausgewählt. Sollte er sich abfällig äußern, dann wird sie ihm das sagen. Aber der Gedanke daran heitert sie nicht auf.

Sie sieht Nate Schoenhof vor ihr in der Schlange. Ihr Atem stockt; plötzlich packt sie wieder die Neugier. Anderthalb Monate lang ist er unsichtbar geblieben, sie hat ihn nicht mal vor dem Museum auf Elizabeth warten sehen. Eine Zeitlang fühlte sie sich nicht direkt zurückgewiesen, aber enttäuscht, als hätte sie sich einen Film angesehen, und mittendrin wäre der Projektor kaputtgegangen. Jetzt hat sie das Gefühl, es gäbe Dinge, nach denen sie ihn fragen müßte. Sie sagt seinen Namen, aber er hört sie nicht, und sie kann die Schlange nicht verlassen, um ihn am Ärmel zu zupfen. Doch der Mann hinter ihm merkt es und stößt ihn für sie an. Er dreht sich um, sieht sie.

Er wartet an der Tür auf sie. »Ich begleite Sie nach Hause«, sagt er.

Sie gehen los, tragen ihre Flaschen. Es ist dunkel jetzt, und es schneit noch immer, in der Windstille sinken die großen feuchten Flocken senkrecht herab, die Luft ist feucht, der Bürgersteig matschig unter den Füßen. Es ist nicht kalt. Nate biegt in eine Seitenstraße, und Lesje folgt, obwohl es nicht ihre Richtung ist, hier geht's nach Osten, und sie müßte nach Süden. Vielleicht hat er vergessen, wo sie wohnt.

Sie fragt ihn, ob er Weihnachten gut verbracht hätte. Grauenhaft, sagt er, und Sie?

»Ziemlich schrecklich«, sagt sie. Beide lachen ein bißchen. Es fällt ihr schwer zu erklären, wie schlimm es war oder warum es so schlimm war. »Ich hasse es«, sagt sie. »Ich hab es schon immer gehaßt.«

»Ich früher nicht«, sagt er. »Als Kind dachte ich immer, irgendwas Wunderbares würde passieren; irgendwas, womit ich nicht gerechnet hatte.«

»Und ist was passiert?« fragt sie.

»Nein«, sagt er. Eine Minute denkt er nach. »Einmal wünschte ich mir nichts sehnlicher als eine Maschinenpistole. Meine Mutter sagte kategorisch nein. Sie sagte, es wär ein unmoralisches Spielzeug, warum wollte ich Leute umbringen spielen, es gäbe schon genug Grausamkeit in der Welt und so weiter. Aber am Weihnachtsmorgen lag sie dann da, unter dem Baum.«

»War das nichts Wunderbares?«

»Nein«, sagt Nate. »Da wollte ich sie dann nicht mehr.«

»Mögen Ihre Kinder Weihnachten?« sagt Lesje.

Nate sagt, er nimmt's an. Es hat ihnen wohl besser gefallen, als sie noch zu jung waren, um die Bedeutung von Geschenken zu erkennen, als sie nur in dem Papier rumgekrabbelt sind.

Lesje bemerkt, daß sein eines Auge geschwollen und verfärbt ist mit einem frisch geheilten Riß darüber. Sie möchte nicht fragen, was passiert ist – es scheint zu persönlich –, fragt dann aber doch.

Er bleibt stehen, sieht sie kummervoll an. »Jemand hat mich geschlagen«, sagt er.

»Ich dachte, Sie würden jetzt sagen, Sie wären gegen eine Tür gelaufen«, sagt Lesje. »Haben Sie sich geprügelt?«

»Nicht, soweit es mich betraf«, sagt er. »Eine Frau hat mich geschlagen.«

Lesje fällt dazu nichts Passendes ein, also sagt sie nichts. Warum sollte jemand den Wunsch verspüren, solch einen Mann zu schlagen?

»Es war nicht Elizabeth«, sagt Nate. »Sie würde nie jemanden körperlich schlagen. Es war jemand anders. Ich nehme an, sie mußte es tun.«

Er weiht sie ein, läßt sie in ihn hineinhören. Sie ist nicht sicher, ob sie das will. Nichtsdestoweniger bewegt sich ihre Hand nach oben, angezogen von seiner geheimnisvollen Wunde, berührt seine Stirn. Sie sieht ihren purpur- und weißgestreiften Fausthandschuh als Silhouette gegen seine Haut.

Er bleibt wieder stehen, schaut auf sie herunter, zwinkert mit den Augen, als könnte er nicht glauben, was sie gerade getan hat. Fängt er an zu weinen? Nein. Er bringt sich selbst als Geschenk dar, bietet sich ihr an, stumm. Hier bin ich. Vielleicht kannst du was mit mir anfangen. Sie erkennt, daß es genau das ist, was sie von Anfang an, vom ersten Telefongespräch an von ihm erwartet hat.

»Es ist nicht fair«, sagt er.

Lesje weiß nicht, wovon er redet. Sie öffnet ihre Arme. Sein einer Arm schlingt sich um sie; im anderen hält er seine Papiertüte. Ihre Weinflasche fällt auf den Gehsteig, der Schnee dämpft das Geräusch. Als sie sich wieder in Bewegung setzen, erinnert sie sich dran und dreht sich um, erwartet eine zerbrochene Flasche mit rotverfärbtem Schnee drumherum; es ist zu spät, eine neue zu holen. Aber die Flasche ist heil, und plötzlich hat sie das Gefühl, Glück gehabt zu haben.

DRITTER TEIL

ELIZABETH *Montag, 3. Januar 1977*

Es ist der dritte Januar. Elizabeth sitzt auf dem glatten rosenfarbigen Chesterfield im Salon ihrer Tante Muriel, der wirklich ein Salon und nicht einfach nur ein Wohnzimmer ist. Es ist ein Salon wegen der Spinne und der Fliege. Es ist kein Wohnzimmer, kein Zimmer, in dem man lebt, denn man kann von Tante Muriel nicht sagen, daß sie irgendwo wohnt oder lebt.

Tante Muriel ist sowohl die Spinne als auch die Fliege, die Blutsaugerin und das blutleere Opfer. Früher war sie nur die Spinne und Onkel Teddy die Fliege, doch seit Onkel Teddys Tod hat Tante Muriel beide Rollen übernommen. Dabei ist Elizabeth noch nicht mal ganz sicher, daß Onkel Teddy tatsächlich tot ist. Wahrscheinlich hat ihn Tante Muriel irgendwo unterm Dach in einem großen Koffer verstaut, eingewickelt in alte naturfarbene Seidentischtücher, gelähmt, aber noch am Leben. Ab und zu geht sie auf ein Schlückchen hoch.

Elizabeth weiß, daß ihre Meinung über Tante Muriel übertrieben und unbarmherzig ist. Solche Ungeheuer gibt es nicht. Nichtsdestoweniger sitzt ihr da Tante Muriel gegenüber, lebensgroß, die solide Masse ihres Rumpfes wird von einem elastischen, mit Plastikstangen verstärkten Korsett zusammengehalten, der Jersey ihres sanftblauen, wunderschön geschnittenen Kleides spannt sich über Fußballspielerschenkel, ihre Augen, zwei kalte und stumpfe Kieselsteine, sind auf Elizabeth gerichtet und registrieren, das weiß Elizabeth, auch das kleinste nicht ganz einwandfreie Detail ihrer eigenen Erscheinung. Ihre Haare (zu lang, zu locker), ihr Pullover (hätte ein Kleid sein müssen), das Fehlen von Lippenstift und Puder auf ihrem Gesicht, alles, alles ist falsch. Tante Muriel ist dankbar für diese Mängel.

Sie ist bloß eine einsame alte Dame, denkt Elizabeth, eine Entschuldigung, die sie schon öfter probiert hat. Aber warum? Warum hat sie keine Freunde? Elizabeth ist sich über die Richtung im klaren, die ihre Gedanken nehmen sollten. Sie hat all die Magazine und Bücher gelesen, sie kennt die Sprüche. Tante Muriel wurde in ihrer Jugend unterdrückt. Sie hatte einen dominierenden Vater, der sie in ihrer Entwicklung hemmte und sie nicht aufs College gehen ließ, weil das College für Jungs da war. Sie wurde gezwungen zu sticken (sticken! mit diesen Stumpenfingern!), eine Tortur, die sie später auf Elizabeth übertrug, die sich dabei etwas geschickter anstellte und deren durchbrochen gesticktes Teetuch mit den rosafarbenen französischen Knoten immer noch zusammengefaltet in einem Koffer in Elizabeths Schrank liegt, ein Testament ihrer Geschicklichkeit. Tante Muriel besaß eine starke Persönlichkeit und einen klaren Verstand, und sie war nicht hübsch, und die patriarchalische Gesellschaft bestrafte sie dafür. All diese Dinge sind wahr.

Trotzdem kann Elizabeth Tante Muriel nur in der Theorie vergeben. Da sie doch selbst so gelitten hatte, warum hatte Tante Muriel sich dann entschlossen, ihre Leiden, wann immer nur möglich, an andere weiterzugeben? Elizabeth sieht sich jetzt noch im Alter von zwölf in ihren ersten Menstruationskrämpfen winden, auf dem Bett, vor lauter Schmerz ist ihr ganz übel, und Tante Muriel steht über ihr, in der Hand ein Fläschchen Aspirin, das sie außerhalb ihrer Reichweite hält. *Das ist Gottes Strafe.* Wofür, sagte sie nie. Nach Elizabeths Ansicht hätte keine bloße Karriere Tante Muriels Blutdurst befriedigen können. Man hätte sie in die Armee stecken sollen. Nur in einem Panzer, mit Helm und Handschuh, die ihre Kanone auf irgendwas gerichtet, egal was, wäre sie glücklich gewesen.

Warum also ist Elizabeth hier? Oder, noch bedeutsamer: Warum hat sie die Kinder mitgebracht? Sie dieser Bösartigkeit ausgesetzt? Sie sitzen neben ihr, eingeschüchtert, tragen weiße Kniestrümpfe und Kostüme, die sie zu anderer Gelegenheit nie freiwillig anziehen würden, die kleinen Münder sind vorsichtig geschlossen, die Haare mit Spangen straff aus den Gesichtern gezogen, Hände in ihren Schößen, mit großen Augen Tante Muriel anstaunend, als wäre sie ein Wunder, ein Mammut oder ein Mastodon beispielsweise, wie die im Museum, die man kürzlich erst aus einem Eisberg gegraben hat.

In Wirklichkeit besuchen die Kinder Tante Muriel gern. Sie mögen das große Haus, die Stille, die polierten Holzarbeiten, die persischen Teppiche. Sie mögen die krustenlosen Sandwiches, die Tante Muriel serviert, obwohl sie sorgfältig darauf achten, nur eines zu nehmen und den Flügel, obwohl sie ihn nicht berühren dürfen. Als Onkel Teddy noch lebte, pflegte er ihnen einen Vierteldollar zu schenken. Tante Muriel macht so was nicht. Als Elizabeths Mutter es endlich geschafft hatte, sich selbst halbtot zu rösten, in diesem letzten winzigen Zimmer in der Shutter Street, nachdem sie ihre Matratze mit einer heruntergefallenen Zigarette in Brand gesetzt hatte, zu betrunken, um überhaupt zu merken, daß sie brannte, da hatte Tante Muriel nach der Beerdigung eine Liste aufgestellt. Sie enthielt sämtliche Gegenstände, die sie ihr jemals geliehen, geschenkt oder gespendet hatte. *Eine Glühbirne, 60 Watt, über der Spüle. Einen blauen Plastikduschvorhang. Einen Paisley-Viyella-Hausmantel. Eine Wedgwood-Zuckerschale.* Kümmerliche Geschenke, angeschlagene abgelegte Sachen. Tante Muriel wollte sie zurückhaben.

Sie rochen den Rauch und traten die Tür ein und holten sie raus, aber sie hatte bereits Verbrennungen dritten Grades am halben Körper. Eine Woche lebte sie noch im Krankenhaus, auf einer Matratze, die naß war von Medikamenten und den vergeblichen Abwehrreaktionen des Körpers, weiße Zellen, die in die Laken versickerten. Wer weiß, was für Erinnerungen ihr durch den Kopf gingen, ob sie überhaupt wußte, wer ich war? Sie hatte mich zehn Jahre nicht mehr gesehen, aber sie muß irgendeine verschwommene Vorstellung gehabt haben, daß sie einst Töchter gehabt hatte. Sie ließ mich ihre Hand halten, die linke, die nicht verbrannt war, und ich dachte: Sie sieht aus wie der Mond, der Halbmond. Eine Seite scheint noch.

Elizabeth hat immer Tante Muriel für diesen Tod verantwortlich gemacht. Ebenso wie für andere, zum Beispiel den ihrer Schwester. Trotzdem ist sie hier. Zum Teil, weil sie ein Snob ist, was sie zugibt. Sie möchte, daß die Kinder sehen, daß sie in einem Haus mit Dinnergong und acht Schlafzimmern aufgewachsen ist, nicht in so was wie dem kleinen Reihenhaus (obwohl es hübsch ist und sie eine Menge daraus gemacht hat), in dem sie jetzt leben. Außerdem ist Tante Muriel ihre einzige lebende nahe Verwandte. Und zwar deswegen, so glaubt Elizabeth, weil Tante Muriel alle anderen entweder umgebracht oder fortgejagt hat, aber was soll's. Sie ist ihr Ursprung, ihre Wurzel, ihre verschlungene dahinsiechende alte Wurzel. Andere Leute wie die in Buffalo glauben, daß Toronto sich verändert, seine altmodische spießige Art abgeschüttelt hat und chic und liberal geworden ist, aber Elizabeth weiß, daß das nicht so ist. In seinem Kern, dort, wo das Herz sein sollte, da gibt es nur Tante Muriel.

Sie hat Tante Muriel von Weihnachten ausgeschlossen, vor vier Jahren endlich hat sie nein gesagt zu dem dunklen Tisch mit sechs einsetzbaren Blättern, den symmetrisch angeordneten Kristalltellern mit Gurken und Preiselbeersoße, dem leinenen Tischtuch, den silbernen Serviettenringen. Nate weigerte sich, sie weiterhin zu begleiten, das war der Grund. Er sagte, er wollte Freude an seinen Kindern und am Essen haben, und es sei sinnlos, zu Tante Muriel zu gehen, wenn Elizabeth jedesmal, sobald sie heimkamen, mit Kopfschmerzen ins Bett fiel. Einmal, es war 1971, hatte sie sich auf dem Heimweg in eine Schneebank erbrochen: Truthahn, Preiselbeersoße, Tante Muriels Köstlichkeiten, das Ganze.

Zuerst hatte sie Nates Weigerung geärgert, sie hatte sie als Mangel an Unterstützung ausgelegt. Aber er hatte recht gehabt, er ist im Recht. Sie sollte nicht hier sein.

Tante Muriel setzt ihren Monolog fort, demonstrativ an die Kinder gerichtet, in Wirklichkeit aber für Elizabeth bestimmt. Sie sollten nie vergessen, sagt sie, daß ihrem Großvater halb Galt gehörte. Nein: *Urgroßvater und Guelph,* denkt Elizabeth. Vielleicht wird Tante Muriel endlich senil; oder vielleicht ist diese Familienmythologie doch bloß eine Mythologie, und wie bei jeder mündlich überlieferten Geschichte unterliegen die Details gewissen Variationen. Tante Muriel korrigiert sich allerdings nicht. Man hat nie erlebt, daß sie sich korrigiert. Sie sagt jetzt, daß Toronto nicht mehr das ist, was es mal war, und das gilt ebenso für das ganze Land. Die Pakistanis übernehmen die Stadt und die Franzosen die Regierung. Eine Verkäuferin (mit der stillschweigenden Andeutung: von ausländisch, dunkelhäutig, Akzent oder alles zusammen) war erst letzten Mittwoch bei Creeds sehr unhöflich zu ihr. Und was Creeds anbelangt, das ist total heruntergekommen. Früher stellten sie Pelzmäntel in die Schaufenster und jetzt Bauchtänzerinnen. Sie nimmt an, daß Elizabeth das mit ihrer Einstellung (mit der Andeutung von: degeneriert) für richtig hält, aber sie selbst wird sich nie daran gewöhnen. Sie ist alt, sie erinnert sich an bessere Zeiten.

Elizabeth kann nicht sagen, was schlimmer ist, diese Unterhaltung oder die vom letzten Jahr, als Tante Muriel den Kindern erzählte, welche Prüfungen ihr der Versuch gebracht hatte, die ganze Familie gemeinsam in einer Ecke des Mount-Pleasant-Friedhofs zur Ruhe zu betten. In der Erzählung machte sie keinen Unterschied zwischen den Lebenden und den Toten, bezog sich auf ihr eigenes Grab, als läge sie bereits drin, und sprach von den anderen, als wären sie Gäste bei einem Picknick, das sie veranstaltete. Onkel Teddy war bereits am richtigen Platz, selbstverständlich, aber Elizabeths Mutter und Schwester mußten von St. James überführt werden und ihr Großvater vom alten Necropolis. Was Elizabeths Vater anging, da ließ sich nicht sagen, wohin er sich davongemacht hatte.

Elizabeth hätte bei diesen Dingen wahrscheinlich eingreifen können, wenn sie gewollt hätte, aber sie hatte einfach nicht die

Kraft dazu. Sie wußte, wie Tante Muriel war, wenn irgendwas nicht nach ihrem Willen ging. Wenn Tante Muriel mit ihren toten Verwandten Schach spielen wollte, dann sollte sie doch. Zum Glück befanden sich alle in Urnen statt in Särgen. Sie hätten ja keine Ahnung, hatte Tante Muriel gesagt, wie unverschämt gewisse Anwälte und Friedhofsaufseher sein könnten. Selbstverständlich sprachen viele von ihnen heutzutage mit ausländischem Akzent. Dann hatte sie eine komplizierte Abfolge von Grundstücksverhandlungen beschrieben, wobei es anscheinend um den Tausch eines Grabplatzes gegen einen anderen gegangen war. Ihr endgültiger Plan zielte darauf ab, eine Menge Plätze in die Hand zu bekommen und sie dann insgesamt gegen ein Mausoleum einzutauschen. Elizabeth vermied die Frage, ob Tante Muriel auch für sie ein Plätzchen reserviert hatte oder nicht.

Auf der Heimfahrt im Taxi sagte Nancy: »Sie ist komisch.«

Aus dieser Perspektive hat Elizabeth Tante Muriel noch nie gesehen. Komisch in welcher Hinsicht, möchte sie wissen.

»Sie sagt komische Sachen.«

Für die Kinder, erkennt Elizabeth, ist das alles, was Tante Muriel darstellt, eine Kuriosität. Sie lieben die Besuche bei ihr aus dem gleichen Grund, aus dem sie gern ins Museum gehen. Sie können von ihr nicht erreicht oder verletzt werden, sie sind außerhalb ihrer Reichweite. Sie kann nur Elizabeth berühren und verletzen. Weil Tante Muriel sie einst vollkommen in ihrer Gewalt hatte, so wird sie immer etwas Macht über sie behalten. Im größten Teil ihres Lebens ist Elizabeth eine Erwachsene, aber in Gegenwart von Tante Muriel ist sie immer noch zum Teil das Kind, zum Teil Gefangene, zum Teil Waise, zum Teil Krüppel, zum Teil wahnsinnig; Tante Muriel, die unerbittliche Gefängniswärterin.

Sie besucht sie dann also aus Trotz. Schau, ich bin erwachsen. Ich lauf auf zwei Beinen, vielleicht unsicher, aber in eine von deinen Urnen hast du mich nicht bekommen, noch nicht. Dir zum Trotz lebe ich mein Leben und werde es auch weiterhin leben. Und schau her, das sind meine Kinder. Schau doch, wie schön, wie intelligent, wie normal sie sind. Du hast nie Kinder gehabt. Du kannst sie nicht erreichen. Ich würde es nicht zulassen.

LESJE *Samstag, 15. Januar 1977*

Lesje tut etwas Mieses. Wenn jemand von ihren Freundinnen, Marianne zum Beispiel, dasselbe tun und ihr davon erzählen würde, sie hätte nur einen Gedanken: mies. Oder sogar schäbig. Sehr schäbig, ein Verhältnis mit einem verheirateten Mann zu haben, einen verheirateten Mann mit zwei Kindern. Verheiratete Männer mit Kindern sind schon sprichwörtlich schäbig mit ihren traurigen Geschichten, ihren verstohlenen Gelüsten und ihren kleinlichen Ausflüchten. Noch schäbiger, es in einem Hotel zu tun, gezwungenermaßen ein ziemlich schäbiges Hotel, da Nate, wie er sagt, ein bißchen knapp bei Kasse ist. Lesja hat nicht angeboten, die Hotelrechnung selbst zu bezahlen. Früher mal, vor langer Zeit, hätte ihre Frauengruppe über dieses Widerstreben wahrscheinlich höhnisch gelächelt, aber irgendwo gibt es eine Grenze.

Lesje fühlt sich nicht schäbig. Sie ist sich nicht sicher, ob Nate sich schäbig fühlt. Er sitzt in einem der Stühle (es gibt zwei davon, beides billige neumodische dänische Arbeit mit ausgefransten Rändern, farblich passend zu der bis jetzt noch unberührten blauen ausgefransten Bettdecke), erzählt ihr, wie miserabel er sich fühlt, daß sie in diesem Hotel sind anstatt irgendwo anders. Sein Ton drückt aus, daß er mit »irgendwo anders« nicht ein anderes, besseres Hotel meint. Er meint eine Sommerwiese, einen einsamen sonnigen Strand, einen waldigen Hügel mit sanfter Brise.

Das Hotel stört Lesje nicht, obwohl das Summen der Klimaanlage beginnt, ihr ein bißchen auf die Nerven zu gehen. Sie bläst dicke, heiße Luft herein und Gerüche von Polstern und Zigarettenkippen, und sie haben den Schalter zum Abstellen nicht finden können. Wenn sie freiwillig ins Hotel gegangen wären, dann hätte sie sich anders gefühlt, aber es ist eine Notwendigkeit. In Lesjes Apartment können sie wegen William nicht, der ausgegangen war, als Lesje das Haus verließ, der aber jeden Moment zurückkehren kann und die Nachricht finden wird, die Lesje ihm rücksichtsvoll auf den Kartentisch gestellt hat: *Bin um 6.00 zurück.* Zu Nate können sie grundsätzlich nicht gehen, außer Lesje nimmt sich während der Woche frei. Sie arbeitet zu den gleichen Stunden wie Elizabeth, obwohl Elizabeth in ihrer Zeiteinteilung wahrscheinlich flexibler ist. Heute allerdings ist Samstag, und Elizabeth ist zu Hause. Ganz zu schweigen von den Kindern. Nate hat die Kinder nicht erwähnt, aber er hat es irgendwie geschafft, Lesje zu vermitteln, daß sie, obwohl er sie respektiert, bewundert und begehrt, doch für seine Kinder eine Bedrohung darstellt, vor der er die Kinder beschützen muß.

Daher nun dieses Nachmittags-Hotel. Sie sind mit der U-Bahn gekommen, da keiner von ihnen einen Wagen besitzt. Diese Tatsache verhindert auch Zärtlichkeiten in Nebenstraßen, was sie nach Lesjes Meinung in diesem Anfangsstadium eigentlich tun sollten. Tatsächlich haben sie engumschlungen in Nebenstraßen gestanden, aber es war sehr unbequem: frierende Füße im Matsch, vorbeifahrende Autos, die sie mit braunem Schlamm bespritzten, Hände, die nur die dicken Wintermäntel streicheln. Aber kein Geschmuse und Gefummel im Auto.

Lesje betrachtet das Schmusen im Auto fast als Notwendigkeit. Die einzigen anderen Affären, die sie gehabt hat, waren mit William, einem Meister in der Liebe im Auto, und vor ihm im vierten Universitätsjahr mit einem Geologen gewesen, der selbst 1970 noch einen Bürstenhaarschnitt trug. Keine dieser Affären konnte man wirklich romantisch nennen; beide basierten auf gemeinsamen Interessen, gewissermaßen. Es war schwer für Lesje, Männer zu finden, die von ihrer Arbeit ebenso besessen waren wie sie von ihrer. Es gab sie, doch neigten sie dazu, mit Hauswirtschaftstypen auszugehen. Wenn sie sich den ganzen Tag den Kopf über irrationalen Zahlen oder irgendeiner Elektronik zerbrochen hatten, dann wollten sie ihre Füße auf den Tisch legen und geriebene Karotten und

Salat essen. Sie wollten sich nicht über Megalosaurus Tibias unterhalten oder ob die Pterosaurier Herzen mit drei oder mit vier Kammern hatten, und das war es, worüber sie reden wollte. Der Geologe ging noch: Sie konnten einen Kompromiß schließen und sich auf Felsgestein einigen. Mit ihren kleinen Hacken und Büchsen gingen sie auf Wanderungen und schlugen Proben aus den Klippen; dann aßen sie Geleesandwiches und liebten sich auf freundschaftliche Art und Weise hinter Goldruten- und Distelbüschen. Sie fand das ganz angenehm, wenn auch nicht gerade weltbewegend. Immer noch hat sie eine Sammlung Gesteinsbrocken, die aus dieser Beziehung übriggeblieben sind; es erfüllt sie nicht mit Bitterkeit, wenn sie die Sammlung anschaut. Er war ein netter Junge, aber verliebt war sie nicht in ihn. Sie selbst ist nicht gerade ein Ausbund an modischem Chic, das weiß sie, aber sie könnte sich nie so ganz in einen Mann verlieben, der »Au Backe« sagt.

Was sie dagegen mit William verbindet, ist ein gemeinsames Interesse am Aussterben. Sie konzentriert es auf Dinosaurier, William richtet es auf alles. Außer Schaben; in einem Atomreaktor wurde eine lebende Schabe gefunden. Das nächste Zeitalter wird nach William das Zeitalter der Insekten sein. An den meisten Tagen stimmt ihn diese Vorstellung fröhlich.

Lesje ist sich nicht sicher, was sie mit *Verliebtsein* meint. Eine Zeitlang hat sie sogar geglaubt, sie wäre in William verliebt, weil es sie ärgerte, daß er sie nicht bat, ihn zu heiraten. Aber in letzter Zeit hat sie angefangen, das in Frage zu stellen. Zuerst hatte sie die relative Schlichtheit, ja sogar die Dürftigkeit ihres gemeinsamen Lebens begrüßt. Sie nahmen beide ihre Arbeit sehr ernst, und sie hatten, so schien es, leicht zu erfüllende Erwartungen und kaum Reibungsflächen. Aber Nate hat die Dinge verändert, er hat William verändert. Was vorher ein bekömmlicher Mangel an Komplikationen war, ist nun ein beunruhigendes Fehlen von Vielschichtigkeit. Zum Beispiel hätte sich William, kaum daß sie durch die Tür gewesen wären, auf sie gestürzt. Nate nicht.

Sie sitzen auf verschiedenen Seiten des großen Doppelbetts, das wie das Schicksal selbst im Mittelpunkt des Zimmers lauert, jeder hält eine Zigarette; sie trinken aus den Hotelgläsern den Scotch aus Nates Taschenflasche, vermischt mit einem Schuß Leitungswasser. Während Nate seine Entschuldigungen hervorbringt, blickt Lesje ihn über das Bett hinweg an, als wäre es ein unauslotbarer Abgrund, hört zu, maskiert ihr Gesicht mit der Hand, der Rauch läßt sie die Augen zusammenkneifen. Nate möchte nicht einfach nur eine Affäre, sagt er. Das rührt Lesje; sie kommt nicht auf die Idee zu fragen, was er dann will. William hat es nie so schwer gehabt, Erklärungen abzugeben.

Lesje spürt, daß etwas Bedeutsames bevorsteht. Ihr Leben ist dabei, sich zu ändern: Die Dinge werden nicht mehr das sein, was sie zuvor waren. Die Wände des Hotels, mit grünen Rauten gemustert, lösen sich auf, sie bewegt sich durch frische Luft, nicht länger verschneit und angereichert mit Auspuffgasen, sondern sauber und sonnig: am Horizont der Schimmer von Wasser. Warum drückt Nate dann seine Zigarette nicht aus, steht auf, nimmt sie in seine Arme? Jetzt, wo er sie in diesem schäbigen Schlafzimmer hat.

Doch statt dessen gießt er sich einen weiteren Drink ein und erklärt noch weiter. Er möchte, daß von Anfang an alles klar ist. Er möchte nicht, daß Lesje glaubt, sie würde eine Ehe zerstören. Wie sie ohne Zweifel weiß, hat Elizabeth andere Liebhaber gehabt, der letzte davon war Chris. Elizabeth hat nie ein Geheimnis daraus gemacht. Sie betrachtet Nate als den Vater ihrer Kinder, aber nicht als ihren Ehemann. Sie leben nicht mehr miteinander, er meint schlafen miteinander, schon seit mehreren Jahren nicht mehr, er weiß gar nicht wie vielen. Sie sind wegen der Kinder im gleichen Haus geblieben. Keiner von ihnen erträgt den Gedanken, von den Kindern getrennt zu leben. So würde also Elizabeth selbstverständlich keine Einwände haben, wenn er das täte, von dem Lesje wünscht, daß er sich endlich damit beeilen würde.

Die Erwähnung von Elizabeth überrascht Lesje, die plötzlich feststellt, daß sie überhaupt nicht an sie gedacht hat. Sie sollte aber an sie denken. Man schlendert nicht einfach in das Leben einer anderen Frau hinein und übernimmt den Ehemann. Alle in der Frauengruppe stimmten, zumindest in der

Theorie, darin überein, daß ein solches Verhalten tadelnswert wäre, obwohl sie auch darin übereinstimmten, daß verheiratete Leute sich nicht gegenseitig als Eigentum betrachten dürften, sondern als lebende, sich entwickelnde Organismen. Es lief darauf hinaus, daß Männerklau nicht in Frage kam, persönliche Weiterentwicklung aber durchaus empfohlen wurde. Man mußte die richtige Einstellung haben und sich selbst gegenüber ehrlich sein. Diese Windungen hatten Lesje entmutigt; sie hatte nicht verstanden, warum man so viel Zeit darauf verschwendete. Aber damals war sie auch noch nie in einer solchen Situation gewesen, und jetzt ist sie es.

Ganz sicher will sie nicht die andere Frau in irgendeinem konventionellen, langweiligen Dreiecksverhältnis spielen. Sie fühlt sich nicht wie die andere Frau; sie benimmt sich nicht verführerisch oder hinterlistig, sie trägt keine Negligés oder malt sich die Fußnägel an. William mag sie für exotisch halten, aber in Wirklichkeit ist sie es nicht; sie ist gradlinig, nüchtern und ungeschmückt, eine Wissenschaftlerin, keine Spinne im Netz, keine Expertin im Einfangen von Ehemännern. Aber Nate erscheint ihr nicht mehr als Elizabeths Ehemann. Seine Familie ist ihm doch nur äußerlich; in seinem Inneren ist er ledig, frei. Und deshalb ist Elizabeth auch nicht Nates Ehefrau, sie ist überhaupt keine Ehefrau. Statt dessen ist sie eine Witwe; wenn überhaupt dann Chris' Witwe, die einsam und trauernd eine herbstliche Avenue hinabschreitet, Blätter von dem Bogen aus Ästen über ihr fallen auf ihr leicht in Unordnung geratenes Haar. Lesje weist sie diesem traurig-romantischen Bild zu, rahmt sie ein und vergißt sie dann.

Mit William ist das eine andere Sache. William wird was dagegen haben; auf die eine oder andere Art und Weise wird er absolut was dagegen haben. Aber Lesje hat nicht die Absicht, ihm davon was zu erzählen, zumindest jetzt noch nicht. Nate hat angedeutet, daß zwar Elizabeth ihren Segen zu dem, was er im Begriff steht zu tun, geben würde und sich vielleicht sogar für ihn freuen würde, da sie in gewisser Weise immer noch Freunde sind, aber jetzt doch nicht der richtige Zeitpunkt wäre, es ihr zu sagen. Elizabeth macht gerade eine Zeit der

Anpassung durch, zwar keine so schnelle Anpassung, wie er es sich gewünscht hätte, aber doch eindeutig eine Anpassung. Er möchte, daß sie diesen Anpassungsprozeß beenden kann, bevor er ihr etwas Neues liefert, dem sie sich anpassen muß. Es hat etwas mit den Kindern zu tun.

Wenn also Nate im Begriff ist, Elizabeth und die Kinder vor Lesje in Schutz zu nehmen, dann ist Lesje berechtigt, William vor Nate zu beschützen. Sie empfindet Zärtlichkeit für William, wenn sie sich überlegt, wieviel Schutz er braucht. Früher hat er nie welchen gebraucht. Aber jetzt denkt sie an seine schutzlose Nackenlinie, an die Verletzlichkeit der Mulde im Winkel seines Schlüsselbeins, seine Halsschlagader, so gefahrbringend dicht unter der Haut, seine Unfähigkeit braun zu werden – er kriegt immer Sonnenbrand, das Wachs in seinen Ohren, von dem er nichts merkt, seine pompöse Kindlichkeit. Sie hat nicht den Wunsch, William zu verletzen.

Nate stellt sein Glas ab, drückt seine Zigarette im Hotelaschenbecher aus. Er ist am Ende seines Ethikexkurses. Er geht umständlich um das blaue Bett herum, geht auf Lesje zu, kniet vor ihr nieder, dort, wo sie in dem modernen Sessel im dänischen Stil sitzt. Er nimmt ihre Hand von ihrem Mund, küßt sie. Nie ist sie so sanft berührt worden. Williams Stil hat etwas jugendlich Grobes an sich, erkennt sie jetzt, und der Geologe war stets in Eile. Nate hat es nicht eilig. Sie sind seit zwei Stunden hier, und immer noch trägt sie all ihre Kleidung.

Er hebt sie auf, legt sie auf das Bett, läßt sich neben ihr nieder. Wieder küßt er sie, tastend, lange. Dann fragt er sie, wie spät es ist. Er selbst hat keine Uhr. Lesje sagt ihm, daß es halb sechs ist. Er setzt sich auf. Lesje beginnt, sich allmählich leicht unattraktiv zu fühlen. Sind ihre Zähne zu groß, liegt es daran?

»Ich muß zu Hause anrufen«, sagt er. »Ich sollte mit den Kindern zum Dinner zu meiner Mutter gehen.«

Er hebt das Telefon vom Tisch und wählt. Das Telefonkabel läuft quer über Lesjes Brust.

»Hallo, Liebes«, sagt er, und Lesje weiß, daß Elizabeth am anderen Ende ist. »Wollte mich nur mal melden. Ich hol die Kinder dann so gegen sechs, okay?«

Die Wörter »zu Hause«, »Liebes« und »Mutter« haben Lesje verstört. Eine Leere bildet sich um ihr Herz, breitet sich langsam aus; es ist so, als existiere sie nicht. Als Nate einhängt, fängt sie an zu weinen. Er schlingt seine Arme um sie, besänftigt und tröstet sie, streicht ihr übers Haar. »Wir werden noch so viel Zeit haben, Liebes«, sagt er. »Beim nächsten Mal wird es besser.«

Nenn mich nicht so, will sie sagen. Sie sitzt auf dem Bett, Füße über der Kante, die Hände baumeln herab, während Nate ihre Mäntel holt, seinen eigenen anzieht und ihren für sie hält. Sie will diejenige sein, die mit ihm zum Dinner geht. Zu seiner Mutter. Sie möchte nicht hier alleine auf dem blauen Bett zurückbleiben oder alleine auf die Straße hinausgehen oder zu ihrem Apartment zurückkehren, wo sie ebenfalls alleine sein wird, ganz egal, ob William da ist oder nicht. Sie will Nate zu sich auf das Bett zurückziehen. Sie glaubt nicht daran, daß sie so viel Zeit haben. Sie haben keine Zeit, ganz sicher wird sie ihn nie wiedersehen. Sie begreift nicht, warum ihr Herz so schmerzhaft schlägt auf der Suche nach Sauerstoff in der Schwärze dieses Weltraums. Er nimmt ihr etwas, nimmt es fort von ihr. Wenn er sie liebt, warum hat er sie dann verbannt?

NATE *Samstag, 15. Januar 1977*

Idiot, flüstert Nate. Pflaume. Betrüger. Er liest den Leitartikel im *The Globe and Mail,* und dabei gibt er gewöhnlich immer solche Sachen von sich, aber im Augenblick meint er sich selbst. *Idiot.*

Er sieht sich selbst, wie er vornübergebeugt in dem Hotelstuhl sitzt und von seinen Skrupeln phantasiert, während ihm Lesje auf der anderen Seite des Zimmers gegenübersitzt, unerreichbar, strahlend wie eine Mondsichel. Er weiß nicht, warum er es nicht wollte, nicht konnte. Er hatte Angst. Er möchte sie nicht verletzen, das ist es. Aber sie war verletzt, trotzdem. Warum hatte sie geweint?

Seine Hände zittern immer noch. Zum Glück ist noch ein

Schluck in seiner Taschenflasche. Er holt sie unter seinem Pullover hervor, trinkt schnell, zündet sich dann eine Zigarette an, um seine Fahne zu verbergen. Seine Mutter, tugendhafte Frau, trinkt nicht. Sie raucht auch nicht, aber Nate weiß, was tiefer einzustufen ist in ihrem Punktsystem moralischer Verbrechen. Manchmal kauft sie Bier für ihn, aber bei Schnaps ist für sie die Grenze überschritten. Vergiftet den Körper.

Die Kinder sind bei ihr draußen in der winzigen Küche, sitzen auf dem Tresen und schauen zu, wie sie die Kartoffeln zerdrückt. Sie macht das mit der Hand; einen elektrischen Mixer besitzt sie nicht. Sie schlägt Eier mit der Hand, Schlagsahne mit der Hand. Eine seiner frühesten Erinnerungen an seine Mutter ist ihr Ellbogen, der wie eine merkwürdige fleischige Windmaschine herumwirbelt. Ihr Fernsehapparat ist schwarzweiß und sogar noch primitiver als seiner. Sie trägt Schürzen, bedruckte Schürzen mit Lätzchen.

Aus dem Keller unter ihm steigt das Pathos seiner Kindheit hoch und erfaßt ihn: Da unten liegen sein Baseballhandschuh, das Leder gesprungen, drei Paar Tennisschuhe, aus denen er längst herausgewachsen ist, seine Schlittschuhe, seine Eishokkeyausrüstung, sorgfältig in Koffern einbalsamiert. Obwohl seine Mutter fast alles andere weggibt, diese Sachen behält sie, als wären es Reliquien, als wäre er bereits tot. Fairerweise muß Nate zugeben, daß er die Sachen sonst vielleicht selbst aufbewahrt hätte. Die Eishockeyausrüstung in jedem Fall.

Er hat gelesen, daß Eishockeytorwarte Magengeschwüre bekommen; das klingt logisch. Er war nicht schwer genug gewesen, um irgendwas anderes zu spielen, er hatte nicht das Gewicht für den Bodycheck. Er erinnert sich an seine Angst, als man von ihm erwartete, sich in die Flugbahn einer gefrorenen Gummischeibe zu werfen, die mit Lichtgeschwindigkeit heranschoß, die Verzweiflung, wenn er sie verfehlte. Aber er liebte es. Eine reine Angelegenheit: Man gewann oder verlor, und es war ganz eindeutig, welches von beiden. Als er das Elizabeth gegenüber erwähnte, hielt sie es für kindisch. Ihre eigenen Konzepte des Gewinnens und Verlierens sind grauer und verwickelter. Liegt es daran, daß sie eine Frau ist? Aber seine Kinder verstehen es soweit, Nancy jedenfalls.

Über den Rand seiner *Globe and Mail* kann er die Kinder sehen, ihre kleinen Köpfe eingerahmt von der rotbesternten Karte der weltweiten Menschenrechtsverletzungen. Daneben hängt ein neues Poster, auf dem steht: *Ein Blitz, und du bist Asche.* Seine Mutter hat die Abschaffung der Atomkraft auf die lange Liste ihrer Kreuzzüge gesetzt. Merkwürdig genug, mit keinem Wort versucht sie das den Kindern einzuimpfen. Und daß sie ihre Mahlzeit wegen der hungernden Kinder in Europa oder Asien oder Indien aufessen sollen, sagt sie auch nicht. (Er selbst stopft unter dem blauen wohlwollenden Blick seiner Mutter schuldbewußt Brotkrusten runter.) Sie fragt sie nicht, ob sie ihr Taschengeld für die Erste-Hilfe-Kampagne aufsparen. Sie schleppt sie nicht zu den Gottesdiensten der Unitarierkirche mit dem unverbindlichen Innenraum und den idealistischen Hymnen über die Bruderschaft der Menschen, ihr Heiligenbild ein kleiner schwarzer Junge neben einem Mülleimer, wo in den meisten anderen Kirchen Gott steht. Beim letztenmal, als sie bei seiner Mutter zum Essen waren, erstickte Nate fast an einer Karotte, als Nancy einen nicht ganz jugendfreien Witz zu erzählen begann. Doch seine Mutter lachte tatsächlich. Sie läßt sich von den Kindern alle möglichen Witze erzählen: Irrenwitze, Moby-Dick-Witze und manch andere von zweifelhaftem Geschmack. »Ist blau und voller Kekse und Fliegen? Eine tote Pfadfinderin.«

Nate wäre erklärt worden, es sei nicht nett, sich über Irre und Wale und Pfadfinderinnen lustig zu machen: sie alle seien ehrenwert. Von unanständigen Witzen ganz zu schweigen. Liegt es daran, daß Janet und Nancy Mädchen sind, von denen man nicht erwarten kann, die Ebene hoher Ernsthaftigkeit zu erreichen, die von ihm erwartet wurde und immer noch wird? Oder ist es nur, weil seine Mutter nun eine Großmutter ist und dies ihre Enkelkinder? In jedem Fall, sie verwöhnt sie nach Strich und Faden. Sogar Süßigkeiten gibt sie ihnen. Obwohl er sie dafür umarmen könnte, stellt Nate fest, daß er auch was dagegen hat. Jetzt kann er seine Mutter lachen hören. Er wünscht sich, sie hätte öfter mit ihm gelacht.

Gelächelt hat sie allerdings häufig genug. Sie wurde als Quäker erzogen, und Quäker, zumindest nach dem zu urteilen, was er von ihnen gesehen hatte, lächelten eher, als daß sie lachten. Nate ist nicht sicher, warum sie zu den Unitariern übertrat. Er hat gehört, daß man den Unitarismus als Federbett für gefallene Christen bezeichnet, doch seine Mutter kommt ihm nicht wie eine Frau vor, die irgendwann gefallen ist. (Wo steht das Federbett für gefallene Unitarier? fragt er sich. Für so einen wie er.)

Er versucht, jeder Diskussion mit seiner Mutter über Theologie aus dem Wege zu gehen. Sie glaubt immer noch daran, daß das Gute siegen wird.

Immer hat sie den Krieg als Beispiel angeführt, Triumph der Tugend, trotz der Tatsache, daß sein Vater dabei umgekommen war. Er kann sich nicht mehr entsinnen, ob sie vor oder nach seinem Tod damit anfing, als Teilzeitschwester im Veteranenhospital zu arbeiten. Sie arbeitet immer noch dort, die in ihren Anfangszeiten einst jungen beinlosen und armlosen Männer altern gemeinsam mit ihr, werden, so erzählt sie ihm, immer verbitterter, siechen dahin, verdämmern einer nach dem anderen, sterben. Sie sollte einen derart deprimierenden Job aufgeben, sich irgendwas Fröhlicheres suchen; den Rat hat er ihr gegeben. Aber: »Alle anderen haben sie vergessen«, sagt sie und sieht ihn vorwurfsvoll an. »Soll ich das vielleicht auch tun?« Aus irgendeinem Grund bringen ihn ihre frommen Opfer in Rage. Warum solltest du nicht, du bist auch bloß menschlich, wollte Nate antworten. Aber er hat es nie getan.

Sein Vater, kein Amputierter, sondern ein schlichter Toter, lächelt jetzt vom Kaminsims auf ihn herunter, ein junges Gesicht, eingerahmt von den strengen Linien einer Uniform. Verletzer der pazifistischen Ideale seiner Mutter, nichtsdestoweniger ein Held. Nate hat lange gebraucht, um genau herauszufinden, wie sein Vater gestorben war. »Er war ein Held«, mehr war aus ihr nicht herauszuholen, was bei ihm Visionen von tollkühnen Rettungsaktionen bei Landungsunternehmen auslöste, sein Vater, der mit einer Hand feindliche Maschinengewehrnester ausräucherte oder wie eine dunkle Fledermaus über irgendeiner verdunkelten Stadt dahintrieb, während sein Fallschirm sich über ihm wie ein riesiger Umhang bauschte.

An seinem sechzehnten Geburtstag hatte er wieder gefragt, und diesmal – vielleicht in der Überzeugung, daß er nun reif sei für die Tatsachen des Lebens – hatte sie es ihm erzählt. Sein Vater war in England gestorben, an Gelbsucht, ohne je einen wirklichen Kriegsschauplatz zu erreichen.

»Ich dachte, du hättest gesagt, er war ein Held«, hatte er angewidert gesagt.

Die Augen seiner Mutter wurden noch runder und blauer. »Aber, Nathanael. Er *war* einer.«

Alles zusammen genommen wünscht er, er hätte früher Bescheid gewußt; der Schatten über ihm wäre weniger spürbar gewesen. Es ist schwer, mit einem toten Mann zu konkurrieren, das weiß er, aber mit einem Helden ist es noch viel schwerer.

»Dinner, Nate«, ruft seine Mutter. Sie kommt mit den Kartoffeln herein, die Mädchen mit Messern und Gabeln hinterher, und sie versammeln sich alle um den kleinen ovalen Tisch am einen Ende des Wohnzimmers seiner Mutter. Zuvor schon hat Nate gefragt, ob er irgendwas helfen könnte, aber seit er verheiratet ist, verbannt ihn seine Mutter während der Essenszubereitung ins Wohnzimmer. Sie läßt ihn nicht mal mehr abwaschen.

Es sind die gleichen Teller, beige mit orangefarbener Kapuzinerkresse, die er so endlos und widerwillig abzuwaschen pflegte. Sie lösen bei Elizabeth Depressionen aus, einer der Gründe, weshalb sie fast nie an diesen Besuchen teilnimmt. Elizabeth sagt, alle Sachen seiner Mutter würden unweigerlich so aussehen, als wären sie aus dem Versandhauskatalog bestellt worden, und da ist was Wahres dran. Alles im Haus seiner Mutter ist nützlich und, wie er zugeben muß, ziemlich häßlich. Ihr Tisch hat einen Plastiküberzug, die Sessel sind abwaschbar, das Porzellan geschmacklos, alles Gläserne würde vom Boden abprallen. Sie hat keine Zeit für Schnörkel, sagt sie, und das Geld dazu auch nicht. Eine weitere Sache, die ihr Sorgen bereitet, ist der Preis seiner hölzernen Spielsachen. »Nur reiche Leute können sich das leisten, Nate«, sagt sie anklagend.

Sie essen Hamburgerpastetchen, in übriggebliebenem Fett

ausgebraten, Kartoffelbrei und eingemachte rote Bete mit Margarine, während Nates Mutter die Kinder über die Schule ausfragt und fröhlich über ihre schrecklichen Witze lacht. Nate spürt, wie sich kalte Klumpen in seinem Magen sammeln; die roten Bete setzen sich ab, vermischen sich unbehaglich mit seinem verstohlenen Scotch. Die drei vor ihm sind so ahnungslos, so unschuldig. Es ist, als würde er sie durch ein erleuchtetes Fenster betrachten: drinnen Friede und ruhige Häuslichkeit, dieses Haus, der Geschmack, selbst die Gerüche, alles so vertraut für ihn. Gut, anspruchslos. Und draußen Dunkelheit, Donner, der Sturm, er selbst ein wolfsähnliches Monster in zerfetzter Kleidung, mit gebrochenen Fingernägeln, rotäugig und neiderfüllt lauernd, die Schnauze gegen die Glasscheibe gepreßt. Nur er allein kennt die Finsternis des menschlichen Herzens, die Geheimnisse des Bösen. *Rums.*

»Pflaume«, flüstert er sich selbst zu.

»Was hast du gesagt, mein Lieber?« fragt seine Mutter und richtet ihre hellen blauen Augen voll auf ihn. Älter geworden, Fältchen hinter der Brille, aber immer noch die gleichen Augen, strahlend, ernsthaft, immer am Rande irgendeines Gefühls, das er nicht ganz ertragen kann: Enttäuschung, Freude. Das fortwährende Rampenlicht, in dem er immer gelebt hat, allein auf der Bühne, der Starschauspieler.

»Ich hab mit mir selbst geredet«, sagt er.

»Oh«, lacht seine Mutter, »das mach ich ständig. Wirst du wohl von mir geerbt haben.«

Nach dem Dessert, es gibt Pfirsiche aus der Dose, machen sich die drei an den Abwasch, und Nate ist wieder ins Wohnzimmer verbannt, um das zu tun, was Männer angeblich so nach dem Essen tun. Nate überlegt, ob wohl seine Mutter in die Frauenbewegung eingetreten wäre, wenn sein Vater überlebt hätte. So wie die Dinge liegen, braucht sie es nicht. Selbstverständlich stimmt sie alldem auf einer theoretischen Ebene zu, und sie weist gern auf die fast unzähligen Arten hin, in denen die grundsätzlichen Menschenrechte der Frauen von Männern beschnitten, eingeengt, verstümmelt und zerstört worden sind. Doch besäße er ein Paar Pantoffeln, sie würde sie ihm bringen.

Er wird Lesje anrufen, er wird sie wiedersehn. Er wird sie nicht wiedersehn. Er ist ein ausgemachter Idiot, er hat alles versaut, sie wird ihn nicht wiedersehn wollen. Er muß sie wiedersehn. Er liebt sie, er liebt diesen kühlen mageren Körper, das Gesicht, in sich selbst ruhend in statuengleicher Kontemplation. Sie sitzt hinter einem erleuchteten Fenster, in sanftes Weiß gehüllt, sie spielt das Spinett, ihre sich bewegenden Finger heben sich hell von den Tasten ab. Knurrend springt er durch die Fensterscheibe.

ELIZABETH *Samstag, 15. Januar 1977*

Elizabeth sitzt an dem kleinen Pult (Ahorn, etwa 1875) in ihrem Schlafzimmer. Dazu gehört ein passender Stuhl, den sie auf der gleichen Auktion gekauft hat. Es ist ihr ein Rätsel, wie die Ladies jener Zeit es geschafft haben, ihre ausladenden, kohlkopfartig gepolsterten Hinterteile auf diesen Stühlen abzusetzen. Man hatte sich anmutig niederzulassen, mit fallenden Röcken, das unechte Hinterteil umwogte den verborgenen echten Arsch. Keine sichtbare Unterstützung. Erscheinungsbild einer Wolke.

In diesem Pult bewahrt Elizabeth auf: ihr Scheckbuch und annullierte Schecks, ihre Rechnungen, ihr Budget, ihre Liste für Angelegenheiten, die im Haus besorgt werden müssen (eine Liste für dringende, eine andere für langfristige Dinge), ihre persönlichen Briefe und das Tagebuch, das sie vor vier Jahren begonnen, aber nicht weitergeführt hat. Seit dem Tod von Chris hat sie das Pult nicht mehr geöffnet.

Sie kann nun denken: *Chris' Tod.* Fast nie denkt sie: *Chris' Selbstmord.* Das würde darauf hinweisen, daß Chris' Tod etwas war, was er sich selbst angetan hat; im Gegensatz dazu denkt sie daran als etwas, das er ihr angetan hat. Er spürt die Auswirkungen nicht, sie schon. Zum Beispiel hat sie das Pult bis jetzt nicht geöffnet, weil in dem Fach links oben, fein säuberlich von einem Gummiband zusammengehalten, das Bündel der Briefe liegt, die er ihr im September und Oktober 1976 geschrieben hat; alle mit Kugelschreiber auf liniertem Notizblockpapier, die Handschrift wird immer größer und spinnenhafter, bis es schließlich am 15. Oktober nur noch zwei Worte sind, die eine ganze Seite füllen. Sie hätte diese Briefe nicht aufheben sollen, sie weiß es; sie sollte sie jetzt wegwerfen, auf der Stelle und ohne einen Blick darauf zu werfen. Aber sie ist schon immer eine Aufheberin gewesen, eine Sammlerin.

Sie vermeidet es, die Briefe anzusehen, während sie sich über ihr Scheckbuch beugt. Nun, da sie sich überwunden hat, bereitet es ihr sogar ein gewisses Vergnügen. Ordnung in das Chaos bringen, all diese unbezahlten Rechnungen abheften, in ihr Buch eintragen. Nate hat ein paar Sachen bezahlt, die unbedingt bezahlt werden mußten – die Telefonrechnung, die Wasserrechnung –, doch alles andere hat auf sie gewartet, manchmal mit zwei oder drei höflich erzürnten Briefen, zuerst mahnend und dann fordernd. Sie mag es, wenn alles beglichen ist, wenn sie niemandem etwas schuldet. Sie liebt die Gewißheit, Geld auf der Bank zu haben. Sie hat die feste Absicht, stets genügend Geld für einen Notfall zu haben.

Ganz anders als ihre Mutter, die zwei Tage lang heulend in dem geblümten Stuhl am Fenster saß, nachdem ihr Vater plötzlich nicht mehr da war. »Was soll ich nur tun?« fragte sie die Luft, als würde jemand zuhören, der ein festes Grundmuster für ihr weiteres Verhalten bereit hielt. Ihre Schwester Caroline war auf den Schoß ihrer Mutter gekrabbelt, ebenfalls heulend, war wieder und wieder heruntergerutscht und erneut die glattrockigen Beine ihrer Mutter hochgekrochen wie ein verrückter Käfer.

Elizabeth hatte weder geweint, noch war sie herumgekrochen. Als es offensichtlich war, daß ihre Mutter sich nicht aus dem Stuhl erheben und ihnen Essen machen würde, da hatte sie ihre gesparten Vierteldollars gezählt, diejenigen, die Onkel Teddy ihr vorn ins Kleid gesteckt hatte bei ihren seltenen Besuchen in Tante Muriels großem Haus. Sie hatte das Täschchen ihrer Mutter durchsucht, die Lippenstifttuben und zerknüllten Taschentücher auf den Boden geworfen und nichts außer einer zerfledderten Zweidollarnote und einigen Pennies gefunden. Dann war sie aus dem Apartment gegangen, hatte die Schlüssel aus der Tasche ihrer Mutter genommen und die Tür hinter sich geschlossen. Sie war zu dem kleinen Lebensmittelladen drei Blocks entfernt gegangen und hatte ein bißchen Brot und Käse eingekauft, und dann war sie mit der braunen Papiertüte im Arm zurückmarschiert; sie stampfte kräftig mit ihren Gummistiefeln auf, als sie die Treppen hochkletterte. Das war keine große Leistung, sie hatte es zuvor schon oft genug getan. »Iß das«, hatte sie zu ihrer Mutter gesagt, wütend auf sie und ihre Schwester. »Iß das und hör auf zu heulen!«

Es hatte nicht funktioniert. Ihre Mutter hatte weiter vor sich hingeschnieft, und Elizabeth hatte sich in die Küche gesetzt, Brot und Käse gekaut, weiß vor Wut. Auf ihren Vater war sie nicht wütend. Sie hatte ihn immer schon im Verdacht gehabt, daß man sich auf ihn nicht verlassen konnte. Sie war auf ihre Mutter wütend, daß die das nicht gewußt hatte.

Es war Tante Muriel, die ihr beibrachte, wie man ein Bankkonto führte, wie man mit einem Scheckbuch umging, was *Zinsen* waren. Obwohl für Tante Muriel die meisten Bücher nichts weiter als frivoler Quatsch und selbst Schulaufgaben von nebensächlicher Bedeutung waren, widmete sie diesem Teil von Elizabeths Erziehung doch viel Zeit und Aufmerksamkeit. Wofür Elizabeth dankbar ist. Geld zählt, pflegte Tante Muriel zu sagen – und sagt es immer noch, wenn irgend jemand bereit ist zuzuhören –, und Elizabeth weiß, daß es so ist. Und wenn auch nur deshalb, weil Tante Muriel diese Lektion so deutlich untermauerte: Sie ernährte Elizabeth, bezahlte ihre gutgearbeitete Unterwäsche, ihre blauen Tweedmäntel und ihre Klavierstunden, also war sie auch ihr Eigentum.

Tante Muriels Haltung Elizabeth gegenüber war zweideutig. Elizabeths Mutter taugte nichts, also taugte wahrscheinlich auch Elizabeth nichts. Aber Elizabeth war Tante Muriels Nichte, also mußte irgendwas an ihr dran sein. Tante Muriel arbeitete an der Entwicklung der Seiten von Elizabeth, die Tante Muriel am ähnlichsten waren, und unterdrückte oder bestrafte die anderen. Tante Muriel bewunderte Rückgrat, und Elizabeth hat das Gefühl, daß sie selbst nun, versteckt unter allem anderen, das Rückgrat eines Nashorns besitzt.

In den meisten Dingen ist Tante Muriel unzweideutig. Ihre wenigen Augenblicke des Zögerns galten den Mitgliedern ihrer eigenen Familie. Sie ist nicht sicher, wo sie in der Großen Ordnung der Lebewesen einzuordnen sind. Über ihren eigenen Platz hegt sie jedoch nicht den geringsten Zweifel. Zuerst kommt Gott. Dann kommen Tante Muriel und die Queen, mit leichtem Vorsprung für Tante Muriel. Dann kommen ungefähr fünf Angehörige der Timothy-Eaton-Memorial-Kirche, die Tante Muriel besucht. Dahinter klafft eine große Lücke. Dann weiße, nichtjüdische Kanadier, Engländer und weiße, nichtjüdische Amerikaner, in dieser Reihenfolge. Dann folgt wieder eine große Lücke, und dann kommen mit fallender Tendenz alle anderen menschlichen Wesen, ihrer Hautfarbe und Religion nach geordnet. Dann Schaben, Kleidermotten, Silberfischchen und Bazillen, die ungefähr die einzigen Formen tierischen Lebens darstellen, mit denen Tante Muriel je in Berührung gekommen ist. Dann alle Sexualorgane, ausgenommen die der Blumen.

So jedenfalls erzählt es Elizabeth, wenn sie zur Erheiterung anderer Tante-Muriel-Geschichten zum besten gibt; vor allem für Philip Burroughs aus der griechisch-römischen Abteilung, dessen Tante Jane Burroughs ist, die sich in dem gleichen kleinen erlesenen Kreis bewegt wie Tante Muriel. Anders als bei Nate kann sie bei Philip sicher sein, daß er versteht, wovon sie redet.

Tante Muriel mag Stoff für drollige Geschichten hergeben, aber das mindert ihre Bösartigkeit in keiner Weise. Sie ist sowohl Puristin wie Puritanerin. Für Tante Muriel existieren keine Grautöne. Ihr einziges sichtbares moralisches Dilemma besteht darin, daß sie glaubt, sie müßte ihre Familie wegen der Verwandtschaft mit ihr im Rang bei den Timothy-Eaton-Kirchenmitgliedern einordnen; doch wegen ihres beklagenswerten Benehmens fühlt sie sich gezwungen, sie statt dessen bei den Schaben und Silberfischchen zu plazieren.

Wie zum Beispiel das Verhalten von Elizabeths Mutter, auf das Tante Muriel auch jetzt noch nie anzuspielen vergißt. Elizabeth war sich nie sicher gewesen, aus welchen Gründen ihre Mutter verschwand. Hilflosigkeit vielleicht; die Unfähigkeit, sich vorzustellen, was sie sonst hätte tun können. Tante Muriels Version geht dahin, daß Elizabeths Mutter ihre Familie aus angeborener Verderbtheit im Stich gelassen hat – mit dem Sohn vom Rechtsanwalt ihres Vaters durchgebrannt ist, was Tante Muriel als eine Art Inzest ansah und was zum Glück nicht lange andauerte. Sie, Tante Muriel, hatte die verlassenen Kinder gerettet und augenblicklich damit begonnen, sie mit allen Vorteilen zu überhäufen.

Selbst als Kind glaubte Elizabeth diese Geschichte nicht ganz. Jetzt hält sie es für möglich, daß es genausogut umgekehrt gewesen sein kann, daß Tante Muriel sie und ihre Schwester aus ihrem Apartment stahl, während sich ihre Mutter auf einer ihrer Expeditionen befand, auf »Arbeitssuche«, wie sie ihnen erzählte. Dann, nachdem die Kinder erstmal sicher in ihrem eigenen Haus verbarrikadiert waren, hatte sie wahrscheinlich ihrer Mutter erklärt, sie wäre ungeeignet, Kinder aufzuziehen, und notfalls könnte das auch vor Gericht nachgewiesen werden. Das entspricht mehr Tante Muriels Stil: selbstgerechtes Banditentum.

Sie kann sich daran erinnern, wie sich das damals abspielte, aber das läßt keine Schlußfolgerungen zu. Sie spielte mit Caroline, sie schnitten Filmstars aus; dann war plötzlich Tante Muriel da, die sagte: »Zieht eure Mäntel an, Kinder.« Elizabeth hatte gefragt, wohin sie gingen. »Zum Doktor«, sagte Tante Muriel, was glaubhaft erschien.

Caroline am Fenster des dritten Stocks. *Da ist Mutter. Wo?* Unten auf dem Gehsteig, das Gesicht im Straßenlicht aufwärts gewandt, ein himmelblauer Mantel, Eintagsfliegen umschwirren sie. Sie reißen das Fenster auf, der Geruch frischer Blätter. Sie rufen *Mami, Mami,* beide rufen sie. Tante Muriels Schritte auf der Treppe, den Flur entlang. »Was schreit ihr da so? Das ist nicht eure Mutter. Jetzt macht das Fenster zu, oder die ganze Nachbarschaft läuft noch zusammen.« Die Frau unten wendet sich ab, geht davon mit traurig gesenktem Kopf. Caroline schreit durch das geschlossene Fenster, Tante Muriel reißt ihre Finger vom Fensterbrett, vom Riegel.

Monatelang wiegte sich Elizabeth mit einer Szene aus *Der Zauberer von Oz* in den Schlaf. Das Buch selbst war weg, es gehörte zu dem alten Leben vor Tante Muriel, aber sie konnte sich daran erinnern. Es war die Stelle, wo Dorothy einen Eimer Wasser über die böse Hexe des Westens schüttet, die daraufhin dahinschmilzt. Tante Muriel war die Hexe, selbstverständlich. Elizabeths Mutter war Glinda die Gute. Eines Tages würde sie wieder erscheinen und niederknien, um Elizabeth auf die Stirn zu küssen.

Sie lehnt sich zurück, schließt die Augen. Trockene Augen. Chris wollte, daß sie ihren Job aufgab, ihr Heim und ihre zwei Kinder verließ. Für ihn. Sich ihm auf Gnade und Ungnade ausliefern. Seine empfindliche Gnade. Sie hätte verrückt sein müssen, er mußte verrückt gewesen sein zu glauben, sie würde das je tun. Keine sichtbare Stütze. Er hätte die Dinge so belassen sollen, wie sie waren.

Sie richtet sich auf, greift schnell nach dem Bündel Briefe, liest den obendrauf. Geh zum Teufel. Seine letzte Botschaft. Sie war wütend gewesen, als sie das las.

Sie steckt die Kontrollabschnitte der Schecks, die bezahlten Rechnungen und die Durchschläge der Mietquittungen von den Mietern oben in einen Umschlag, schreibt darauf: *1976.* Damit wäre das Jahr beendet. Jetzt kann sie ein neues anfangen. Die Zeit ist nicht stehengeblieben, während sie weg war, wie sie es nun bei sich nennt. Sie hat es gerade so geschafft, im Büro alles halbwegs zusammenzuhalten, aber es gibt eine Menge nachzuholen. Die Ausstellung alter Decken zum Beispiel muß terminiert und die Werbung dafür in Gang gebracht werden. Die Mädchen brauchen neue Unterwäsche und Nancy ein Paar neue Winterstiefel; seit Tagen kommt sie mit einem nassen Fuß nach Hause. Und mit Nate stimmt auch irgendwas nicht. Etwas geht vor in seinem Leben; erzählt hat er ihr nichts davon. Vielleicht hat er eine neue Freundin, nun, da Martha aufgebraucht ist. Obwohl, bis jetzt hat er ihr immer davon erzählt. Sie blättert die Tage noch einmal durch auf der Suche nach irgendwelchen Spuren oder Anhaltspunkten; in ihrem Hinterkopf beginnt das alte Frösteln, die alte Furcht vor Ereignissen, vor Katastrophen, die sich ohne ihr Zutun zusammenbrauen, die sich wie Flutwellen auf der anderen Seite der Welt sammeln. Hinter ihrem Rücken. Außer Kontrolle.

Sie steht auf, dreht den Schlüssel in ihrem Pult. Sie besitzt Rückgrat. Sie hat Geld auf der Bank, nicht genug, aber doch einiges. Sie ist auf niemanden angewiesen, sie ist nicht abhängig. Sie ist Selbstversorgerin.

LESJE *Mittwoch, 19. Januar 1977*

Organismen passen sich ihrer Umgebung an. Aus Notwendigkeit, jedenfalls meistens. Sie Passen sich auch ihren eigenen Bedürfnissen an, oft mit einer gewissen Launenhaftigkeit, ja man könnte fast sagen Perversität. Wie zum Beispiel die modifizierte dritte Klaue am Hinterbein eines der Lieblingsdinosaurier von Lesje, des mittelgroßen, aber schnellen und tödlichen Deinonychus. Diese dritte Klaue berührt nicht wie die anderen beiden den Boden; deshalb diente sie auch nicht zum Gehen oder Laufen. Ostrom, anerkannte Autorität und Entdecker des Deinonychus, schloß aus ihrer Position und ihrer Form (sichelförmig, rasiermesserscharf), daß sie nur zu dem einzigen Zwecke des Bauchaufschlitzens benutzt wurde. Die Vorderbeine des Deinonychus, proportional gesehen länger als die von Tyrannosaurus oder Gorgosaurus, hielten das Opfer in passender Distanz; der Deinonychus stand auf einem Bein, während er mit der dritten Klaue des anderen Beines dem Opfer den Bauch aufschlitzte. Ein Balanceakt; außerdem eine exzentrische Art, mit dem Leben fertig zu werden, dieses Einfangen und Zubereiten der Nahrung. Nichts, was auch nur entfernte Ähnlichkeit mit dem Deinonychus gehabt hätte, ist bis jetzt ausgegraben worden. Es ist diese Exzentrizität, diese Einzigartigkeit, diese akrobatische Fröhlichkeit, die Lesje fasziniert. Eine Art Tanz.

Sie hat diesen unschuldigen, aber blutigen Tanz viele Male von ihrer Baumkrone aus beobachtet, wofür ihr heute gerade ein Nadelholzbaum dient. Im Augenblick ist allerdings nichts in Sicht; nichts außer einem Pterosaurier. William hat alles verschreckt und in die Flucht gejagt. Voller Unbehagen marschiert er unter ihr zwischen den knollenstämmigen Zykadazeen, den Farnpalmen, hindurch. Irgend etwas stimmt nicht; das ist nicht seine gewohnte Umgebung. Die Sonne ist fremdartig und die Luft voll merkwürdiger Gerüche. Bis jetzt hat er noch nicht bemerkt, daß er sich in einem anderen Zeitalter befindet.

Seine Art der Anpassung besteht im Nichterkennen. Lesje ist seine Umwelt, und seine Umwelt hat sich gewandelt.

William sitzt ebenfalls am Kartentisch, ißt die Betty-Crokker-Fertignudeln, die Lesje ihm grad aufgetischt hat. Ihr selbst ist im Augenblick nicht nach Essen zumute. Er bombardiert sie mit Düsternis: Giftstoffe schwirren in der Luft herum, über dreihundert von ihnen, mehr, als bis jetzt identifiziert wurden. Schwefelsäure und Quecksilber werden ausgeschieden und senken sich ab, metallische Dämpfe, Säureregen, in die reinen Seen von Muskoka und nördlich davon. Ekelerregende Fische treiben an die Oberfläche, drehen sich, zeigen Bäuche, die bald aufquellen werden. Wenn nicht auf der Stelle (auf der Stelle!) die Kontrollen um das Zehnfache verschärft werden, dann sterben die Großen Seen. Ein Fünftel der Frischwasservorräte der Welt. Und wofür? Schlüpfer, sagt er anklagend, während sich Nudeln von seiner Gabel ringeln. Gummibänder, Autos, Plastikknöpfe. Lesje nickt; sie weiß es, aber sie ist hilflos. Er macht das mit Absicht.

Genau in diesem Augenblick, fährt William unbarmherzig fort, fressen Vögel Würmer, und stabile, unzerstörbare Metallpartikel lagern sich in ihrem Fettgewebe ab und konzentrieren sich dort. Lesje selbst ist wahrscheinlich schon zu geschädigt, um noch sicher ein Kind auszutragen. Die DDT-Dosis, die bereits in ihrem eigenen Fettgewebe lagert, ist zu hoch. Ganz zu schweigen von der Bombardierung durch radioaktive Strahlung, die ihre Eierstöcke abbekommen haben, was fast sicher dazu führen wird, daß sie ein Kind mit zwei Köpfen oder einen Klumpen Fleisch von der Größe einer Grapefruit zur Welt bringt, mit Haaren und einem vollentwickelten Gebiß (William zitiert Beispiele) oder ein Kind mit beiden Augen auf einer Seite des Gesichts wie eine Flunder.

Lesje, die, so wahr es sein mag, im Moment nicht noch mehr davon hören will, geht zum Gegenangriff über mit der Supernovatheorie über das Aussterben der Dinosaurier. Eierschalen, die aufgrund einer dramatischen Zunahme der kosmischen Strahlung so dünn geworden waren, daß die Jungen nicht ausgebrütet werden konnten. (Diese Theorie besitzt keinen guten Ruf im Museum, wo man mehr einer Hypothese stufenweiser Entwicklung anhängt; nichtsdestoweniger hat William was zum Nachdenken. Es könnte auch hier geschehen. Wer kann schon vorhersagen, wann ein Stern explodieren wird?) Lesje fragt William, ob er eine Tasse Instantkaffee möchte.

William, trübsinnig, sagt ja. Es ist dieser Trübsinn an ihm, das Schwinden seiner üblichen guten Laune, die die Anpassung darstellt. Wie ein in der Luft herumschnüffelnder Hund spürt er die Veränderung in Lesje; er weiß, aber er weiß nicht, was er weiß. Daher seine Depression. Als Lesje den Kaffee bringt, sagt er: »Du hast vergessen, daß ich Sahne nehm.« Seine Stimme ist klagend. Kläglichkeit ist keine Eigenschaft, die Lesje bisher mit William verbunden hat.

Lesje setzt sich in ihren Sessel. Sie möchte nachdenken, aber wenn sie ins Schlafzimmer geht, wird William das als Einladung werten, er wird ihr folgen und mit ihr schlafen wollen. Im Augenblick hat Lesje keine Lust dazu. (Problem: Kopulation beim Deinonychus. Rolle der dritten Klaue, sichelförmig, rasiermesserscharf: Wie wurde sie aus dem Weg gehalten? Unfälle?) Trotz der Tatsache, daß jede Zelle in ihrem Körper schwerer geworden ist, ist sie flüssiger, massiver, glüht mit wäßriger Energie, jeder Zellkern strahlt sein eigenes Licht aus. Im Kollektiv blinkt sie wie ein Glühwürmchen; sie ist eine Laterne, ein Moschussignal. Kein Wunder, daß William über ihr hängt, erektiv, verunsichert und verängstigt, weil sie zweimal die Badezimmertür abgeschlossen hat, während sie sich duschte, und einmal hat sie ihm erzählt, sie hätte einen schlimmen Anfall von Sodbrennen. Der tolpatschige William summt herum wie ein Junikäfer an der Scheibe.

Aber warum hat sich Nate nicht gemeldet? Er sollte am siebzehnten anrufen; er ist zwei Tage überfällig. Sie sucht nach Ausreden, um sich beim Telefon herumzudrücken, falls es klingelt, sie bleibt zu Hause, wenn sie normalerweise ausgehen würde, geht aus, wenn sie es nicht länger erträgt. Sie hätte ihm ihre Telefonnummer im Museum geben sollen; aber er könnte sie leicht über die Vermittlung erreichen, wenn er wollte. Könnte es sein, daß er bereits angerufen hat, daß William abgenommen hat und, alles erahnend, etwas derartig Boshaftes oder Drohendes gesagt hat, daß Nate nie wieder anrufen wird? Sie wagt nicht zu fragen. Sie wagt es auch nicht, Nate anzurufen. Wenn Elizabeth abnimmt, wird er verstimmt sein. Antwortet eines der Kinder, wird er ebenfalls verstimmt sein. Und erwischt sie ihn selbst, dann wird er sich genausowenig darüber freuen, weil er weiß, daß es ebensogut jemand von den anderen hätte sein können.

Lesje sucht Zuflucht in der Arbeit, einst das vollkommene Asyl.

Ein Teil ihrer Arbeit betrifft die Einführung der Öffentlichkeit in die Wirbeltierpaläontologie. Zur Zeit entwickelt das Museum einen Dinosaurier-Mediensatz für Schulen, der Filme und Tonbandkommentare enthalten wird, ebenso wie Broschüren, Poster und Führer durch die Ausstellungen des Museums. Man hofft, daß der Mediensatz so beliebt werden wird, wie sich bereits anhand des Verkaufs der Modelle von Diplodokus und Stegosaurus (aus grauer Plastikmasse, made in Hongkong) und des farbigen Dinosaurierbuches erahnen läßt. Doch was soll man bringen? Wie schaut's beispielweise mit dem Familienleben der Dinosaurier aus? Wie steht's mit ihren Methoden des Eierlegens und – delikates Thema, aber stets interessant – der Befruchtung? Soll man das ignorieren? Wenn nicht, werden dann die zahllosen religiösen und moralistischen Elternaktionsgruppen, deren Macht ständig wächst, Einspruch gegen das Material erheben und den Mediensatz boykottieren?

Solche Fragen wären Lesje normalerweise nicht in den Sinn gekommen, aber sie sind Dr. Van Vleet in den Sinn gekommen, der sie gebeten hat, da mal hineinschauen und ein paar Lösungsvorschläge zu unterbreiten.

Lesje schließt die Augen, sieht vor sich die gegliederten Skelette der Museumsausstellungen, zu einer grotesken Lebensähnlichkeit verdrahtet. Wer könnte schon etwas gegen einen Geschlechtsverkehr haben, der vor neunzig Millionen Jahren stattfand? Das Liebesleben der Steine, Sex unter Verknöcherungen. Doch sie kann verstehen, daß solche gigantischen Leidenschaften, unter denen buchstäblich die Erde erzittert sein muß, die überdimensional geblähten Nüstern und Seufzer der Lust so laut wie eine Fabriksirene, auf manche Leute erschrekkend wirken könnten. Sie erinnert sich an die Lehrerin in der vierten Klasse, die die Kröteneier rauswarf, die sie mit zur Schule gebracht hatte. Sie hatte gehofft, der Klasse beschreiben zu können, wie sie das Legen der Eier beobachtet hatte, in einem Graben, die riesige weibliche Kröte gepackt von einem so kleinen Männchen, daß es wie ein vollkommen anderes Tier wirkte. Die Lehrerin hörte sich das vor Unterrichtsbeginn an und sagte dann, sie glaube nicht, daß die Klasse wirklich über solche Dinge Bescheid wissen müßte. Wie üblich hatte Lesje das Urteil der Erwachsenen hingenommen und schweigend zugesehen, wie die Lehrerin ihr Glas mit den kostbaren Kröteneiern aus dem Raum trug, um sie in der Mädchentoilette hinunterzuspülen.

Warum brauchten sie nicht über solche Dinge Bescheid zu wissen? fragt sich Lesje jetzt. Worüber müssen sie dann Bescheid wissen? Wahrscheinlich über nicht besonders viel. Ganz sicher nicht über die Fragen, die ihr immer dann, wenn sie ihrer Phantasie freien Lauf läßt, in den Sinn kommen. Hatten Dinosaurier einen Penis, zum Beispiel? Eine gute Frage. Ihre Nachkommen, die Vögel, haben Kloakenöffnungen, während manche Schlangen nicht nur einen Penis, sondern gleich zwei davon haben. Hielt der männliche Dinosaurier den weiblichen Dinosaurier am Genick fest wie ein Hahn? Lebten Dinosaurier in Herden zusammen, blieben sie ein ganzes Leben lang bei einem einzigen Partner, wie die Gänse es tun, hatten sie Harems, bekämpften sich die männlichen Dinosaurier während der Paarungszeit? Das würde vielleicht die modifizierte dritte Klaue beim Deinonychus erklären. Lesje beschließt, diese Fragen aus dem Spiel zu lassen. Dinosaurier legten Eier wie Schildkröten, und damit hat sich's.

William sagt, er hat immer noch Hunger, und begibt sich in die Küche, um sich selbst ein Sandwich zu machen. Dies ist ein Ausdruck der Unzufriedenheit über Lesjes Unfähigkeit, seinen Bedürfnissen zu entsprechen; Lesje versteht das, aber es ist ihr egal. Normalerweise würde sie das Sandwich für ihn machen, da William immer behauptet, in Haushaltsdingen zwei linke Hände zu haben. Er wird es schaffen, irgendwas zu zerbrechen oder sich den Finger an einer Sardinenbüchse aufzuschneiden (William, Feind aller Konserven, hat nichtsdestoweniger ein ständiges Verlangen nach Sardinen, dem nachgekommen werden muß). Es wird Trümmer und ein Blutbad geben, Wunden, Verwünschungen und Flüche; William wird schließlich mit einem zerfledderten Sandwich auftauchen, schiefgeschnittenes, blutverschmiertes Brot, Sardinenöl auf seinem Hemd. Er wird sich zur Schau stellen, er wird getröstet und beschwichtigt werden wollen, und Lesje, das weiß sie, wird es auch tun. In Abwesenheit von Nate, der, wenn sie es sich richtig überlegt, überhaupt nichts versprochen hat. Eine weite Ebene. Ein Risiko.

Das Telefon klingelt, und William ist schon dran, bevor Lesje aus ihrem Sessel heraus ist. »Es ist für dich«, sagt er.

Lesje, die Schwierigkeiten hat, genügend Luft zu bekommen, greift nach dem Telefonhörer.

»Hallo«, sagt eine Frauenstimme. »Hier ist Elizabeth Schoenhof.«

Lesjes Kehle schließt sich ganz. Man hat sie erwischt. Großmütter stürzen auf sie zu, schreien Lesjes Schuld und ihren Kummer hinaus.

Doch nichts dergleichen. Elizabeth lädt sie nur zum Dinner ein. Sie und William, natürlich. Nate und Elizabeth, sagt Elizabeth, würden sich beide freuen, wenn sie kommen könnten.

Elizabeth ißt mit Martha Lunch in der orangefarbenen Cafeteria des Museums. Sie essen beide wenig: Suppe, Früchtejoghurt, Tee. Elizabeth hat darauf bestanden zu bezahlen. Martha hat nicht um ihre Hälfte der Rechnung gekämpft, wie sie es früher getan hätte. Es ist ein Zeichen ihrer Niederlage.

Genau wie die Tatsache, daß sie überhaupt hier essen. Die Museumscafeteria ist nichts Besonderes. Früher, in den Tagen von Marthas Aufstieg, als Elizabeth noch dachte, daß sie zu einer echten Bedrohung werden könnte, hatte sie beträchtliche Mühen auf sich genommen, um sicherzugehen, daß sie sich zum Lunch nur in guten Restaurants trafen, wo Elizabeth ihr überlegenes Wissen über die Zusammenstellung des Menüs demonstrieren und Martha mit Cocktails und Wein beschwipst machen konnte. Martha verträgt nicht viel, und Elizabeth hat das stets nützlich gefunden. Sie selbst nippte nur zierlich am Rand ihres Weinglases, während Martha die ganze Karaffe runterkippte, sich in Schwung brachte und schließlich weit mehr, als gut für sie war, über Nates Aktivitäten und Unzulänglichkeiten ausplauderte. Jedesmal, wenn Martha etwas nicht gerade Schmeichelhaftes über Nate sagte, nickte Elizabeth und murmelte Zustimmung, obwohl diese Kritik sie irritierte, da ja ihr Geschmack in Ehemännern in Frage gestellt wurde; Marthas Augen wurden feucht vor Dankbarkeit. Nicht etwa, daß Martha sie mag. Keine von beiden gibt sich da irgendwelchen Illusionen hin. Bald wird sie Martha überhaupt nicht mehr zum Lunch einladen müssen; Kaffee wird genügen. Danach wird sie immer Zahnarzttermine haben. Zahllose.

Elizabeth hat ihre Teller vom Tablett genommen und sie auf eine auseinandergefaltete Serviette gestellt, Martha hat heute keine Zeit für solche Feinheiten. Sie ißt vom Tablett, schlürft ihre Suppe, das eckige Gesicht finster. Ihr dunkles Haar ist strähnig, fest zurückgezogen und mit einem Schildpatt-Plastikclip am Kopf zusammengehalten. Sie sieht bräunlich aus, geschrumpft; kaum noch die selbstbewußte Bäuerin, herzlich und weitbrüstig, mit der Elizabeth sich zu Anfang auseinandersetzen mußte. Sie ist hier, um sich über Nate zu beklagen, so als hätte Nate mit einem Baseball eine Fensterscheibe eingeworfen und als wäre Elizabeth seine Mutter.

»Ich hab ihn geschlagen«, sagt Martha gerade, »genau zwischen die Augen. Ich nehme an, ich hätte es nicht machen sollen, aber es hat mir gutgetan. Er ist ein Schwein, weißt du. Unter all diesem *Verständnis*-Getue. Ich versteh nicht, wie du mit ihm leben kannst.«

Früher hätte Elizabeth zugestimmt; aber jetzt kann sie sich ein bißchen Luxus gönnen. Armer Nate, denkt sie. Er ist ein solches Unschuldslamm. »Er ist ein sensationeller Vater«, sagt sie. »Einen besseren kann man sich nicht vorstellen. Die Mädchen lieben ihn über alles.«

»Kann ich nicht beurteilen«, sagt Martha. Sie beißt heftig in ihren Cracker; Brösel sprühen über das Tablett. Kein Niveau, denkt Elizabeth; hat sie noch nie gehabt. Elizabeth hat immer gewußt, daß Martha früher oder später ihre Karten überreizen würde. Sie selbst versucht lieber, ein gewisses Understatement durchzuhalten. Sie öffnet ihren Pfirsichjoghurt und rührt den Bodensatz hoch.

»Anfangs hab ich nicht kapiert, warum du so nett zu mir warst«, sagt Martha mit einer Spur ihrer alten Angriffslust. »Mich zum Lunch einladen und so. Ich hab's nicht verstanden. Ich mein, ich an deiner Stelle hätt's nicht gemacht.«

»Ich glaube daran, daß man sich auch in derartigen Situationen zivilisiert benehmen kann«, sagt Elizabeth.

»Aber dann hab ich's mir zusammengereimt. Du wolltest uns *überwachen.* Wie so eine Art von Spielplatzaufsicht. Sichergehn, daß es nicht zu weit führt. Richtig? Du kannst es jetzt ruhig zugeben, es ist vorbei.«

Elizabeth runzelt leicht die Stirn. Ihr gefällt diese Deutung ihrer Motive nicht, obwohl sie durchaus stimmen könnte. »Ich finde das ein wenig unfair, Martha«, sagt sie. Hinter Marthas Rücken läuft etwas Interessanteres ab. Lesje Green ist zusammen mit dem Kurator für Wirbeltierpaläontologie, Dr. Van Vleet, hereingekommen. Sie gehen jetzt am Tresen entlang, füllen ihre Tabletts. Sie lunchen oft gemeinsam; jeder weiß, daß da nichts dahintersteckt, schließlich ist Dr. Van Vleet um die Neunzig, und von Lesje weiß man, daß sie mit einem jungen Mann zusammenlebt, der im Umweltministerium arbeitet. Wahrscheinlich essen sie miteinander, weil sie sonst niemanden finden können, der Lust hat, sich über die alten Steine und Knochen, die sie beide so interessant finden, zu unterhalten.

Elizabeth hat Lesje schon immer als problematisch empfunden: seltsam, manchmal pedantisch, zu spezialisiert. Heute jedoch beobachtet sie Lesje mit mehr als dem üblichen Interesse. Ein Indiz ist für sie, nun, da sie darüber nachgedacht hat, dieser Besuch im Museum, damals im November. Die Kinder hatten ihr von der Dinosaurierfrau berichtet, die sie herumgeführt hatte, aber Nate hatte sie mit keinem Wort erwähnt. Er hatte Elizabeth gebeten mitzugehen, was wiederum nicht zusammenpaßte; aber Nate ist ein solcher Stümper in diesen Dingen, daß er so was durchaus fertigbrachte. Außerdem hat er diesen mondsüchtigen Blick, er träumt herum. Sie ist fast sicher, ins Schwarze getroffen zu haben, morgen abend wird sie sich Gewißheit verschaffen.

»Angeblich haben wir uns ja einander das Herz ausgeschüttet«, sagt Martha, »aber in Wirklichkeit haben wir das nie getan, oder? Ich mein, wir haben beide eine Menge über *ihn* geredet, aber ich hab nie gesagt, was ich von dir halte, und du nie, was du von mir hältst. Wir waren nie wirklich ehrlich, stimmt's?«

Im Augenblick scheint Martha geradezu verrückt nach Ehrlichkeit zu sein, am liebsten wäre ihr jetzt ein offener, lauter Streit, eine Szene, direkt hier in der Cafeteria. Elizabeth wünscht, Nate hätte sich eine Freundin mit mehr Stilgefühl ausgesucht. Aber was kann man schon von einer Anwaltssekretärin in einer drittklassigen Kanzlei erwarten? Elizabeth selbst hat jetzt keine Zeit für Ehrlichkeit. Sie glaubt nicht, daß es irgendeinen Sinn hätte, Martha ihre wahre Meinung mitzuteilen, und was Martha von ihr denkt, weiß sie schon.

Außerdem hat sie keine Zweifel, daß sie bei einem Streit gewinnen würde. Martha hat nur ein Vokabular, das, welches sie benutzt; aber Elizabeth verfügt über zwei. Den Oberklassenchic, den sie sich angewöhnt hat, nur Fassade, aber sehr nützlich: einschmeichelnd, flexibel, entgegenkommend. Und dann noch eine ganz andere Sprache, älter, härter, ihr geblieben aus jenen Straßen und Schulhöfen jenseits aller Vornehmheit, wo sie jedesmal nach einem der plötzlichen Umzüge ihrer Eltern um ihren Platz kämpfen mußte.

Diese schnellen Aufbrüche gingen nachts vor sich, um Zeugen und Vermietern aus dem Wege zu gehen. Elizabeth schlief auf einem Haufen ausgepackter Kleider ihrer Mutter, wunderschöne zarte Kleider, Restbestände aus früheren Zeiten, und wachte in der Gewißheit auf, daß sie hinaus mußte, um sich den fremden Gesichtern, den rituellen Kraftproben zu stellen. Wenn jemand sie anstieß, dann stieß sie zweimal so kräftig zurück, und wenn irgend jemand Caroline schubste, dann senkte sie den Kopf und griff an, direkt in den Magen hinein. Auf die Art schaffte sie große Kinder, selbst Jungen. Manchmal verlor sie, aber nicht oft. Sie verlor, wenn sie mehr als zwei gegen sich hatte.

»Du wirst langsam ein richtiger Rowdy«, sagte ihre Mutter in einem ihrer Anfälle von Selbstmitleid und tupfte das Blut weg. In dieser Zeit blutete Elizabeth ständig aus irgendwelchen Wunden. Nicht, daß ihre Mutter etwas dagegen hätte tun können oder gegen sonst irgendwas. Elizabeths Großvater half aus, solange er noch lebte, obwohl er sagte, ihr Vater wär ein Herumtreiber, doch in seinen letzten Lebensmonaten fiel er Tante Muriel in die Hände und änderte sein Testament. Jedenfalls behauptete das Elizabeths Mutter nach der Beerdigung.

Dann zogen sie wieder um, in ein noch kleineres Apartment, und ihre Mutter wanderte hilflos in dem überfüllten Wohnzimmer herum und trug Sachen spazieren, einen Teetopf, einen Strumpf, für die sie keinen Platz fand. »Es ist nicht das, woran ich gewöhnt bin«, sagte sie. Mit Kopfschmerzen legte sie sich zu Bett; zu der Zeit gab es noch ein Bett. Elizabeths Vater kam zusammen mit zwei anderen Männern heim und erzählte ihr einen Witz: *Was sagten die Küken, als ihre Mutter eine Orange legte? Schau mal, Orangenmarmelade.*

Niemand brachte Elizabeth zu Bett, jedenfalls normalerweise nicht. Manchmal gab ihr Vater vor, es zu tun, aber es war nur ein Vorwand, um auf ihr Bett zu fallen und vollbekleidet einzuschlafen. Ihre Mutter stand wieder auf, und sie alle saßen im Wohnzimmer und tranken. Elizabeth war daran gewöhnt. Im Nachthemd saß sie bei einem der Männer auf dem Schoß, sein stoppeliges Kinn an ihrer Wange. Er nannte sie »Baby«. Ihre Mutter stand auf, um mal für kleine Mädchen zu gehen, wie sie sagte, und stolperte über den Fuß ihres Vaters. Er hatte ihn mit Absicht ausgestreckt; er liebte handfeste Witze. »Die wunderschönste Frau in der ganzen Welt«, sagte er lachend und hob sie vom Linoleum auf, dessen Muster aus kastanienbraunen und gelben Gobelinblumen Elizabeth sofort vor Augen hat, wenn sie will. Er gab ihr einen flüchtigen Kuß auf die Wange, blinzelte den anderen Männern zu, die lachten. Elizabeths Mutter fing an zu weinen, ihre dünnen Hände bedeckten ihr Porzellangesicht.

»Du bist ein Arsch«, sagte Elizabeth zu ihrem Vater. Darüber lachten die anderen Männer noch mehr.

»Das meinst du doch nicht im Ernst, dein armer alter Dad«, sagte er. Er kitzelte sie unter den Armen. Am nächsten Morgen war er verschwunden. Danach dann verschwammen die Zeiträume, wurden unzusammenhängend.

Fast niemand kennt diesen Teil von Elizabeths Geschichte. Sie wissen nicht, daß sie ein Flüchtling ist mit den verzweifelten Gewohnheiten des Flüchtlings. Nate weiß ein wenig davon. Chris wußte es schließlich. Martha hat keine Ahnung, genausowenig wie Lesje, und das verschafft Elizabeth einen großen Vorteil. Sie weiß, daß es in ihr nichts gibt, was sie zwingt, sich anständig zu benehmen. Sie kann aus diesem anderen Leben heraus sprechen, wenn es sein muß. Wenn man sie dazu treibt, dann wird sie vor nichts haltmachen. Oder anders ausgedrückt: Erst wenn sie bei nichts angelangt ist, wird sie haltmachen.

Zwei Tische entfernt kommt Lesje auf sie zu, das Tablett schief, diesen Ausdruck, der nicht so ganz von dieser Welt ist, auf ihrem Gesicht und der wahrscheinlich bedeuten soll, daß sie irgendwelchen geheimnisvollen Gedanken nachhängt, der aber bei Elizabeth mehr den Eindruck von jemandem hervorruft, der gerade einen kleineren epileptischen Anfall durchleidet. Sie setzt sich hin und stößt dabei ums Haar mit einem dieser eckigen Ellbogen ihre Kaffeetasse um. Mit schnellem Blick mustert Elizabeth ihre Kleidung: wieder Jeans. Lesje kommt damit durch, mager genug ist sie ja dafür. Außerdem bekleidet sie nur die Stelle einer Assistentin. Elizabeth selbst muß sich verantwortungsbewußter kleiden.

»Entschuldige, Martha«, sagt sie. »Ich muß kurz mit jemandem sprechen.« Martha, frustriert, reißt die Folie von ihrem Joghurtbecher.

Elizabeth geht leise, legt ihre Hand auf Lesjes karierte Schulter, sagt »Lesje«.

Lesje schreit auf und läßt ihren Löffel auf den Tisch fallen. »Oh«, sagt sie, sich umwendend.

»Von hinten darf man nicht kommen«, sagt Dr. Van Vleet. »Hab ich schon vor langem gelernt. Trial and error.«

»Tut mir leid«, sagt Elizabeth. »Ich wollte nur sagen, wie sehr wir uns beide freuen, daß Sie es morgen einrichten können.«

Lesje nickt, bringt es endlich fertig zu sagen: »Ich auch, ich mein, wir freuen uns auch.« Elizabeth lächelt Dr. Van Vleet huldvoll zu und bleibt gerade lang genug neben Martha stehen, um ihr zu sagen, wie nett es doch war, sie wieder mal zu sehen, und hoffentlich bald mal wieder, und es täte ihr leid, aber sie müßte jetzt wieder in ihr Büro zurück.

Sie fühlt sich sehr ruhig. Sie wird zurechtkommen.

In ihrem Büro arbeitet sie den ganzen Nachmittag, diktiert Berichte und füllt Fragebogen aus und tippt ein paar wichtige Briefe, die etwas mehr Aufmerksamkeit verlangen. Man hat die Ausstellung über chinesische Bauernkunst endgültig befürwortet, die nun nach ein bißchen Basisarbeit verlangt; doch China ist heutzutage ein gutes Thema, und die Show sollte leicht an den Mann zu bringen sein.

Kurz vor Dienstschluß deckt sie ihre Schreibmaschine ab und

greift nach Tasche und Mantel. Da wartet noch eine Aufgabe, um die sie sich heute kümmern wird, das hat sie sich selbst versprochen.

Sie geht die Stufen hoch, durch die hölzerne Tür, die nur für Mitarbeiter da ist, den Korridor mit den Metallschubläden entlang. Chris' Arbeitsraum. Ein anderer Mann arbeitet jetzt hier. Er schaut vom Tisch hoch, als Elizabeth auf ihn zukommt.

»Kann ich Ihnen behilflich sein?« fragt er. Klein, mit beginnender Glatze, ganz anders als Chris.

»Ich bin Elizabeth Schoenhof«, sagt Elizabeth. »Ich arbeite in der Planungsabteilung. Ich dachte, vielleicht hätten Sie ein paar Fellreste übrig. Ganz egal, was. Meine Kinder nehmen sie für Puppenkleidung.«

Der Mann lächelt und steht auf, um nachzusehen. Man hat Elizabeth seinen Namen gesagt, aber sie hat ihn vergessen: Nagle? Sie wird nachsehen. Es gehört zu ihrem Job, die Techniker in jeder Abteilung zu kennen, für den Fall, daß sie sie mal für irgendwas braucht.

Während er im Durcheinander seiner Regale hinter dem Tisch herumsucht, schaut sich Elizabeth um. Der Raum hat sich verändert, die Regale sind umgestellt worden. Die Zeit ist nicht stehengeblieben, nichts hier ist gleichgeblieben. Chris ist endgültig verschwunden. Sie kann ihn nicht zurückholen, und zum erstenmal will sie es auch gar nicht mehr. Später wird er sie für diesen Gedanken bestrafen, kein Zweifel, aber im Augenblick hat sie sich von ihm frei gemacht.

Langsam geht sie die Marmorstufen hinab, befühlt eine Handvoll Pelz. Reste. Alles, was von Chris übriggeblieben ist, den sie sich als Ganzes nicht mehr vorstellen kann. An der Tür stopft sie das Bündel in ihre Tasche, dann nimmt sie die U-Bahn nach St. George und weiter nach Castle Frank. Sie marschiert auf der Brücke entlang, bis sie ungefähr die Mitte erreicht hat, über dem schneebedeckten Tal und den unter ihr dahinrasenden Autos. Wie Tante Muriel, so braucht auch sie ihre Beerdigungsrituale. Sie öffnet ihre Tasche und wirft die Pelzstückchen eins nach dem anderen in den leeren Raum.

Lesje sitzt in Elizabeths Wohnzimmer und balanciert eine kleine Tasse auf ihrem linken Knie, in der sich, wie sie vermutet, hervorragender Kaffee befindet. In ihrer rechten Hand hält sie ein Cognacglas, halb gefüllt mit Benedictine und Brandy. Sie hat keine Ahnung, wie sie zu zwei Behältern von Flüssigkeit gekommen ist ohne einen Platz zum Abstellen. Sie ist überzeugt, daß sie ziemlich bald einen oder wahrscheinlich sogar alle beide auf Elizabeths cremefarbenen Teppich verschütten wird. Sie wünscht sich nichts sehnlicher, als von hier fortzukommen.

Aber die anderen spielen ein Spiel, bei dem das Wort »Elch« als Ersatz für irgendein anderes Wort im Titel eines kanadischen Romans verwandt wird. Das Buch muß kanadisch sein. Das ist anscheinend ein Teil des Witzes.

»Was mich und meinen Elch betrifft«, sagt Elizabeth, und alle anderen im Zimmer glucksen.

»Schöne Elche«, sagt die Frau des Mannes von Griechisch-Römisch, die beim Rundfunk arbeitet.

»Ein Elch Gottes«, antwortet der Mann, dessen Name Philip ist. Niemand soll ihn Phil nennen. Elizabeth lacht und fragt Lesje, ob sie noch etwas B & B haben möchte.

»Danke, nein«, sagt Lesje. Sie hofft, daß sie gemurmelt hat, und fürchtet, daß sie es zu laut gesagt hat. Sie braucht eine Zigarette, hat aber keine Hand frei. Sie liest keine Romane, und sie hat keinen einzigen der Titel erkannt, mit denen die anderen, selbst Nate, ja manchmal sogar William, so locker um sich werfen. *Der letzte Elch*, könnte sie sagen. Aber das ist nicht kanadisch.

Das ganze Dinner war so. »Bloß ein paar Freunde«, hatte Elizabeth gesagt. Ganz salopp. Also hat Lesje Hosen und eine lange Wolljacke angezogen, und die beiden anderen Frauen haben natürlich Kleider an. Elizabeth ist ausnahmsweise nicht in Schwarz; sie trägt ein lose fallendes graues Chiffonkleid, das sie jünger und schmaler aussehen läßt als im Museum. Sie hat sogar eine Halskette um mit einem silbernen Fisch. Die andere

Frau steckt in fließendem Violett. Lesje in ihren flotten Streifen kommt sich ungefähr wie eine Zwölfjährige vor.

Sie hat Nate nur einmal vor diesem Abend sehen können. Voller Verzweiflung hatte sie bei ihm zu Hause angerufen; eines der Kinder hatte abgenommen. »Einen Moment.« Dann plötzlich das Krachen des Hörers, der auf den Boden knallte. Er mußte vom Tisch gefallen sein. Ein Ruf: »Dad, ist für dich!«

Sie hatten verabredet, sich unten im Coffeeshop von Lesjes Apartmentgebäude zu treffen. Tollkühn: Was, wenn William?

»Warum lädt sie uns zum Dinner ein?« wollte Lesje wissen, zu der Zeit bereits verzweifelt und wütend. Sie konnte jetzt nicht mehr absagen, es würde komisch wirken. Auch auf William. Und hätte sie gleich zu Anfang nein gesagt, wäre das auch komisch gewesen.

Nate hielt vorsichtig ihre Hand. »Ich weiß nicht«, sagte er. »Ich hab's aufgegeben, mir den Kopf über ihre Motive zu zerbrechen. Ich weiß nie, warum sie irgendwas tut.«

»So nahe sind wir uns eigentlich nicht«, sagte sie. »Weiß sie es?«

»Wahrscheinlich«, sagte Nate. »Sie hat mir vorher nichts davon gesagt, daß sie euch zum Essen einlädt. Ich konnte es ihr also auch nicht ausreden. Sie lädt oft Leute zum Dinner ein; früher hat sie's jedenfalls gemacht.«

»Hast du's ihr gesagt?« Es schien plötzlich etwas zu sein, was er durchaus fertigbringen würde.

»Nicht direkt«, sagte Nate. »Ich nehm an, ich hab dich ein paarmal erwähnt. Ich denk viel an dich. Vielleicht hat sie da was mitbekommen. Sie ist sehr hellhörig.«

»Aber selbst wenn sie's weiß, warum lädt sie mich dann zum Dinner ein?« Es wäre das Letzte, was sie selbst tun würde. Eine alte Freundin von William, eine Zahntechnikerin, schlägt ständig vor, sie sollten doch alle drei mal gemeinsam zum Lunch gehen. Lesje hat stets Einspruch erhoben.

»Ich denk, sie wird dich bloß mal in Augenschein nehmen wollen«, sagte Nate. »Aus der Nähe. Mach dir keine Sorgen, das geht schon alles in Ordnung. Sie wird schon nichts *tun.* Du wirst das Dinner genießen, sie ist eine großartige Köchin, wenn ihr danach zumute ist.«

Nicht daß Lesje darüber Auskunft geben könnte. Vor lauter Befürchtungen und dunklen Ahnungen war sie derart gelähmt, daß sie kaum kauen konnte. Das *Bœuf Bourguignon* hätte auch aus Sand bestehen können, soweit es sie betraf. Elizabeth übersah großzügig die Mengen, die auf Lesjes Teller zurückblieben. Während des ersten Ganges stellte sie Lesje drei gutinformierte Fragen über die Machtverhältnisse in der Wirbeltierpaläontologie, deren wahrheitsgemäße Beantwortung bei Wiederholung an den richtigen Stellen Lesje ihren Job hätte kosten können. Lesje wich ungeschickt aus, und Elizabeth wechselte das Gesprächsthema und ließ sich von der Frau des Mannes von Griechisch-Römisch Funkhausklatsch erzählen.

Während des Desserts konzentrierte sich Elizabeth auf William. Sie fand seine Arbeit im Umweltministerium faszinierend und lohnend. Sie meinte sogar, sie sollte sich wirklich die Mühe machen und all ihre alten Flaschen und Zeitungen zu diesen Dingern da, diesen Behältern schaffen. William unterrichtete sie befriedigt über das Schicksal, dem die Welt entgegensähe, wenn sie es nicht täte, und Elizabeth stimmte sanft zu.

Nate bewegte sich in der Zwischenzeit im Hintergrund, kettenrauchend, stetig, aber ohne sichtbare Wirkung trinkend; er vermied Lesjes Augen, half beim Abräumen des Geschirrs und schenkte Wein nach. Elizabeth dirigierte ihn unauffällig: »Liebes, würdest du mir einen Servierlöffel geben?« »Liebes, könntest du den Kaffee anstellen, wo du schon draußen bist?« Lesje saß da, knabberte am Rand ihres Baisers herum und wünschte, die Kinder wären da. Zumindest hätte sie dann jemand, mit dem sie reden könnte, ohne zu erröten oder zu murmeln und ohne die Gewißheit zu haben, daß, sobald sie den Mund öffnete, auch schon ein taktloser Klops auf das leinene Tischtuch rollen würde. Irgendwas über Selbstmorde oder Hotelzimmer. Doch die Kinder waren zu Freunden geschickt worden, um dort die Nacht zu verbringen. Manchmal, sagte Elizabeth, so sehr man seine Kinder auch liebt, möchte man doch ein bißchen Freizeit unter Erwachsenen haben. Nate war da nicht immer ihrer Meinung, sagte sie, an Lesje gewandt. Er war so ein liebevoller Vater. Am liebsten möchte er die Kinder vierundzwanzig Stunden am Tag um sich haben. »Stimmt's nicht, Lieber?«

Nenn ihn nicht *Lieber,* hätte Lesje am liebsten gesagt. Du kannst mich nicht zum Narren halten. Aber wahrscheinlich war es nur Gewohnheit. Immerhin sind sie seit zehn Jahren verheiratet. Was Elizabeth sorgsam betont hatte. Den ganzen Abend über hatte es Hinweise gegeben auf Nates Lieblingsessen und Nates Lieblingswein und Nates merkwürdige Kleidung. Elizabeth wünscht sich, er würde sein Haar hinten öfters schneiden lassen; früher hat sie das selbst mit der Nagelschere besorgt, aber jetzt kann sie ihn nicht mehr dazu bringen, lange genug stillzuhalten. Nates Verhalten an ihrem Hochzeitstag wurde erwähnt, allerdings nicht erklärt; alle im Raum – das griechisch-römische Paar eingeschlossen – schienen die Geschichte zu kennen. Alle außer Lesje und, natürlich, William, der sich gerade im Badezimmer befand. Wo sich Lesje in dem Moment sehnlichst hinwünschte.

William hat seine Pfeife hervorgeholt, eine Vorstellung, die er eigentlich nur immer in Gesellschaft gibt. »Ich weiß was Besseres«, sagt er. »Jemals Star-Trek gespielt?« Niemand kennt es, und die Regeln werden, noch während William sie umständlich ausbreitet, als zu kompliziert abgelehnt.

»Rettungsboot«, sagt die griechisch-römische Frau.

Nate fragt, ob jemand noch B & B haben möchte. Er selbst macht sich einen Scotch. Möchte sich jemand anschließen?

»Sensationell«, sagt Elizabeth. Sie erklärt, daß dieses Spiel ganz einfach ist. »Wir sitzen alle in einem Rettungsboot«, sagt sie, »und die Vorräte gehen dem Ende zu. Was man nun tun muß, ist, alle anderen davon überzeugen, daß man unbedingt im Rettungsboot bleiben muß, anstatt über Bord geworfen zu werden.« Sie sagt, daß dieses Spiel psychologisch häufig sehr enthüllend sei.

»Ich opfer mich zum Wohle der ganzen Gruppe«, sagt Nate prompt.

»Oh«, sagt Elizabeth mit gespielter Entrüstung. »Das macht er immer. Es liegt an seiner Quäkererziehung. In Wirklichkeit heißt es, daß er nicht belästigt werden möchte.«

»Unitarisch«, sagt Nate. »Ich bin bloß der Meinung, es ist ein übertrieben bösartiges Spiel.«

»Deshalb wird's auch Rettungsboot genannt«, sagt Elizabeth leichthin. »Okay, Nate über Bord. Die Haie haben ihn. Wer möchte anfangen?«

Niemand meldet sich, also zerreißt Elizabeth eine Papierserviette, und sie ziehen Lose.

»Na schön«, sagt der griechisch-römische Mann. »Ich kann morsen. Damit kann ich helfen, uns zu retten. Ich bin handwerklich geschickt. Wenn wir auf einer einsamen Insel landen, dann kann ich uns eine Schutzhütte bauen und so. Ich bin auch ein ziemlich guter Klempner. Ein Handwerker.« Er lächelt. »Es ist immer gut, einen Mann im Haus zu haben.«

Elizabeth und die Rundfunkfrau kommen lachend überein, daß ihm gestattet werden sollte, im Boot zu bleiben.

Elizabeth ist die nächste. »Ich bin eine ausgezeichnete Köchin«, sagt sie. »Aber was noch mehr zählt, ich habe einen äußerst starken Überlebensinstinkt. Wenn ihr versucht, mich über Bord zu werfen, dann nehme ich wenigstens einen von euch mit. Wie klingt das? Ich glaub, wir sollten überhaupt keine Leute aus dem Boot schmeißen«, fügt sie hinzu. »Wir sollten sie aufheben und fressen. Laßt uns Nate wieder reinziehen.«

»Ich bin schon Meilen weg«, sagt Nate.

»Elizabeth benützt Drohungen«, sagt die Frau vom Rundfunk. »Jeder von uns könnte die gleiche Masche anwenden; ich finde, das sollte nicht zählen. Aber wenn wir schon an einen Langzeitplan denken, dann schlage ich vor, daß ich anstatt Elizabeth gerettet werden sollte. Sie ist fast schon über das fruchtbare Alter hinaus, und wenn wir eine Kolonie gründen wollen, dann brauchen wir Babies.«

Elizabeth wird weiß. »Ein paar könnt ich sicher schon noch rausquetschen«, sagt sie.

»Nicht viele«, sagt die Rundfunkfrau strahlend. »Komm schon, Liz, ist doch bloß ein Spiel.«

»Lesje?« sagt Elizabeth. »Sie müssen als nächste über die Planke.«

Lesje öffnet den Mund, schließt ihn dann wieder. Sie spürt, wie sie rot wird. Sie weiß, dies hier ist nicht bloß ein Spiel, es ist irgendeine Art Herausforderung. Trotzdem fällt ihr kein einziger Grund ein, warum ihr erlaubt werden sollte, am Leben zu bleiben. Sie ist keine gute Köchin, und außerdem wird's wohl nicht viel zum Kochen geben. Sie kann keine Hütten bauen. Das mit den Babies hat bereits die Rundfunkfrau gebraucht, und davon abgesehen, hat Lesje ohnehin ein schmales Becken. Wozu ist sie gut? Keines der Dinge, die sie beherrscht, gut beherrscht, ist fürs Überleben notwendig.

Alle starren sie nun an, beunruhigt durch die lange Zeit, die sie braucht, durch ihre offensichtliche Verwirrung. »Wenn wir irgendwelche Knochen finden«, sagt sie schließlich, »dann werd ich in der Lage sein, euch zu sagen, wem sie gehören.« Als ob die Geschichte von Knochen eine Rolle spielte für irgend jemand außer ihr und ein paar anderen Süchtigen. Sie hat es als eine Art Witz gemeint, aber es ist kaum eine geistreiche, schlagfertige Antwort. »Entschuldigt mich«, sagt sie, ihre Stimme ein Flüstern. Vorsichtig stellt sie ihre Tasse auf den beigen Teppich ab, dann ihr Glas. Sie steht auf und wendet sich um, erwischt die Tasse mit der Seite ihres Fußes und stürzt aus dem Zimmer.

»Ich hol ein Tuch«, hört sie Nate sagen.

Sie schließt sich in Elizabeths Badezimmer ein und wäscht sich die Hände mit Elizabeths merkwürdiger brauner Seife. Dann setzt sie sich hin, schließt die Augen, Ellbogen auf den gekreuzten Beinen, die Hände bedecken den Mund. Ist sie wirklich so unbeholfen, so wertlos? Der B & B muß ihr in den Kopf gestiegen sein. Von ihrer Baumkrone aus beobachtet sie einen Ornithomimus, großäugig, vogelähnlich, wie er durch das Gestrüpp läuft auf der Jagd nach einem kleinen Ursäuger. Wie viele Jahre, bis Haare wachsen, wie viele Jahre der Entwicklung, bis lebende Junge zur Welt gebracht werden, bis sie gesäugt werden können? Wie viele für das Herz mit vier Kammern? Sicherlich sind diese Dinge wichtig, sicher sollte ihr Wissen nicht mit ihr sterben. Ihr muß gestattet sein, ihre Nachforschungen fortzusetzen, hier in diesem Wald der frühen Nadelholzbäume und der Zykadazeen mit den ananasartigen Stämmen.

Jedermann hat eine gewisse Anzahl von Knochen, denkt sie in ihrem verzweifelten Wunsch nach Klarheit. Nicht die eigenen, sondern die von jemand anderem, und die Knochen müssen benannt werden, man muß wissen, wie man sie bezeichnen soll, denn was stellen sie sonst dar, sie sind verloren, treiben fort, abgeschnitten von ihrer eigenen Bedeutung, sie hätten genausogut erst gar nicht gerettet zu werden brauchen. Man kann sie nicht alle benennen, es gibt zu viele, die Welt ist voll davon, sie besteht aus ihnen, also muß man eine Auswahl treffen. Alles, was vor dir da war und dahingegangen ist, hat dir seine Knochen hinterlassen, und dafür wirst du dann die deinen hinterlassen, wenn die Reihe an dich kommt.

Das ist ihr Wissen, ihr Feld, wie sie es nennen. Und es ist auch wie ein Feld, man kann durchspazieren und um es herum und sagen: Dies sind die Grenzen. Sie weiß, warum die Dinosaurier viele der Dinge taten, die sie taten, und über den Rest kann sie schlußfolgern, kann wissenschaftliche Vermutungen anstellen. Doch nördlich von ihrem Feld beginnt die Geschichte, und der Nebel deckt alles zu. Es ist, als wäre sie weitsichtig, der entfernte See und seine Ufer und die glatten eingetrockneten Spuren der Saurier, scharf gezeichnet im Mondlicht, ihre eigene Hand dagegen ein verschwommener Schatten. Sie weiß nicht, zum Beispiel, warum sie weint.

ELIZABETH *Samstag, 22. Januar 1977*

Elizabeth liegt im Bett, Arme an den Seiten, Füße zusammen. Das schwache Licht der Straßenlaternen fällt in Streifen durch die Bambusjalousie, bleibt rechteckig auf den Wänden liegen, gebrochen vom Schatten der Topfpflanzen, gekrümmte Finger, die nichts halten und nach nichts greifen. Das Fenster ist unten einen Spalt geöffnet, hochgeschoben, kalte Luft dringt herein. Elizabeth hat es aufgemacht, bevor sie zu Bett ging, sie brauchte Luft.

Elizabeth liegt mit offenen Augen da. In der Küche unter ihr klirrt Nate mit Tellern. Sie nimmt ihn zur Kenntnis, schiebt ihn beiseite. Sie kann durch die dunkle Zimmerdecke hindurchsehen, durch die Querbalken und Lagen von Mörtel und das abgetretene blaue Linoleum, das sie, schlampige Hausbesitzerin, schon längst hätte erneuern müssen, durch die Betten, in denen die Mieter schlafen, eine Mutter, ein Vater, ein Kind, eine Familie, durch die rosa Decke ihres Zimmers und hinaus durch die Sparren des geflickten und undichten Daches in die Luft, den Himmel, dorthin, wo es nichts zwischen ihr und dem Nichts gibt. Die Sterne in ihrer Hülle strahlenden Gases brennen weiter. Der Weltraum ängstigt sie nicht mehr. Sie weiß, daß er unbewohnt ist.

Wohin bist du gegangen? Ich weiß, daß du nicht in dieser Schachtel steckst. Die Griechen sammelten alle Teile des Körpers; sonst konnte sich die Seele nicht von der Welt der Menschen lösen. Zu den glücklichen Inseln. Philip sagte das heute abend, zwischen dem *Bœuf Bourguignon* und dem Baiser mit Schokoladen-Ingwer-Soße. Dann änderte er schnell das Thema, er erinnerte sich, und es war ihm unangenehm, er wußte, er sollte nicht über Begräbnissitten sprechen. Ich lächelte, ich lächelte. Natürlich war es ein geschlossener Sarg. In Trockeneis gebettet, schifften sie ihn nach Norden, starr zwischen den kalten Kristallen, Nebel stieg von ihm auf wie in einem Draculafilm. Heute abend dachte ich, sie haben was vergessen. Ein Teil von ihm ist zurückgeblieben.

Sie konnte sich nicht bewegen; nichtsdestoweniger ließ sie sich von Nate im Taxi zum Zug bringen, wo sie die ganze Strecke bis Thunder Bay wie ein Felsklotz dasaß, und dann der unsagbare Bus. English River. Upsale auf der einen, Bonheur auf der anderen Seite, Osaquan die Straße weiter hoch. Er pflegte auf diese Namen hinzuweisen und die Ironie, die Demütigung, in English River geboren zu sein und dort leben zu müssen. »Die Engländer«, sagten sie immer noch, Schotten, Franzosen, Indianer und was noch so da ist. Der Feind, die Plünderer. Sie gehörte zu den Engländern.

In der Kirche saß sie ganz hinten, kniete, wenn die anderen knieten, stand auf, wenn sie sich erhoben, während Chris, von kümmerlichen Blumen umgeben, durch die Zeremonie geschleust wurde. Glücklicherweise war alles auf englisch, sie konnte folgen. Sie sprachen sogar das Vaterunser, eine leicht abgeänderte Version. Vergib uns unsere Sünden. Unsere Übertretungen. Als sie klein war, glaubte sie immer, das bedeutete, unbefugt die Grundstücke anderer Leute zu betreten. Etwas, was sie nie tat; deshalb mußte ihr auch nicht vergeben werden. So wie wir denen vergeben, die Übertretungen gegen uns begehen. »Verschwindet vom Rasen!« pflegte Tante Muriel den spielenden Kindern nachzurufen, dabei die Vordertür öffnend und sie dann wie einen Mund hinter ihrer Stimme schließend.

Der alte Priester wandte sich der Trauergemeinde zu, hob den Becher, murmelnd, Abscheu im Gesicht. Latein war besser, man konnte sehen, daß er das dachte.

Sie beerdigten Chris allerdings nicht an einer Kreuzung mit einem Pfahl durchs Herz. Sie sagten, er sei durch einen Unfall gestorben. Die Schultern waren gebeugt, die Köpfe gesenkt, seine Mutter in Schwarz in der ersten Reihe mit einem richtigen Schleier. Die anderen Kinder – jedenfalls nahm Elizabeth an, daß sie das waren – neben ihr aufgestellt.

Danach gab es Kaffee im Haus. Die Nachbarn brachten Kuchen. Einer dieser kleinen Bungalows im Norden, auf Fels gebaut, rosa und blau wie ein Kuchen, umgeben von dunklen Fichten. Ein alter Wagen im Schuppen, die Einrichtung aus dem Katalog, die abgenutzten Vorhänge zehn Zentimeter zu kurz. Alles war genauso, wie sie es erwartet hatte. Das sorgfältig erlernte Englisch des Vaters, das dunkle Gesicht der Mutter, faltig vor Kummer und Steifheit. Wir wollten doch nur, daß er eine Chance hatte. Es ging ihm doch gut. Immer ein kluger Junge gewesen. Eine gute Ausbildung, hat die zwölfte Klasse abgeschlossen, ein fester Job. Elizabeth dachte: Scheiße. Ihr habt ihn fortgetrieben. Geprügelt, wenn er nicht so sein wollte wie ihr; direkt in dem Schuppen da. Wir haben einander viel erzählt.

Die Mutter: »Sie sind eine Freundin von ihm? Aus der Stadt, was?« Dann, wie sie befürchtet hatte, das Zurückwerfen des Schleiers, die schlechten Zähne kommen zum Vorschein, das dunkle Gesicht stößt auf Elizabeth zu, ihre Haare verwandeln sich in Schlangen: *Du hast ihn getötet.*

Aber sie hätte es nie bis zum Zug geschafft, nicht mal bis zum Taxi. Chris verschwand ohne ihre Hilfe oder Duldung. Soweit sie weiß, haben seine Eltern, falls sie noch leben, nie von ihr gehört. Und auch ihre Vorstellungen sind alle falsch. Er deutete ihr gegenüber zuerst an, daß er halb Indianer, halb Franzose sei, Métis, diese mystische Mischung; archaisch, eingeboren, authentisch, all das, was sie nicht war, sein Gefühl eines alten Unrechts durchaus berechtigt. Er spottete über sie, über ihre weiße Haut und wahrscheinlich auch über ihr Blut, er schlief mit ihr, als schuldete sie ihm das, und sie ließ sich von ihm dominieren, herumkommandieren. Was sie sonst nicht getan hätte. Dann eines Nachmittags, als sie erschöpft auf seinem verräucherten Bett lagen, waren sie darüber hinaus in das Land der gefährlichen Vertraulichkeiten aufgebrochen, ihre erbärmliche Kindheit, Hunger und ungekämmte Haare hinter den hilflosen Prätentionen ihrer Mutter. Beneide nie jemanden, hatte sie gesagt, bevor du nicht Bescheid weißt. Und jetzt erzähl du.

Es war Zwielicht, zugezogene Vorhänge, wieder und wieder rieb er mit seiner Hand über ihre nackte Schulter, zum erstenmal würde er ihr etwas geben, etwas von sich verraten; er schaffte es kaum, so schwer fiel es ihm. Etwas zog sich in ihr zusammen, diese Anstrengung war nicht das, was sie sich wünschte. Leg nie deinen Panzer ab, hätte sie ihm sagen sollen; er ist da, um dich zu beschützen.

Er war nur zu einem Viertel Franzose und von Indianer keine Spur. Der Rest war finnisch und englisch; der Name seiner Mutter war Robertson. Sie waren nicht mal arm genug, um romantisch zu sein; sie besaßen ein Tabakgeschäft, das gute am Ort, nicht das andere. Nie Trapper gewesen. Die Prügel waren allerdings echt, wenn auch weniger häufig, als er behauptet hatte. Hatte an diesem Punkt ihr Interesse begonnen nachzulassen, war sie so grausam, so snobistisch? Wahrscheinlich.

Trotzdem, sie hat nie gewußt, welche Antwort sie dem Gesicht dieser Mutter geben sollte, das wie ein Mond über ihr hing, ein Mond, ganz aus der Nähe gesehen, kalt und verwüstet. Nein hat sie gesagt, mehr als einmal. Es war Bosheit, Stolz, es war seine eigene verdammte Schuld. Ich war es nicht.

Jetzt, schließlich, zweifelt sie. Und wenn doch? Was, wenn sie ihn im Stich gelassen hätte? Das ist ein Abgrund, den sie umgeht, sie hat ihre Energie zurückgewonnen. Haben Sie vielleicht ein paar Fellreste übrig; meine Töchter machen Puppenkleidung daraus. Dies zu Chris, der keine Reste hatte, keine Reserven, auf die er zurückgreifen konnte, der keine Geschenke zu vergeben hatte. Sie hatte gewußt, was sie tat. Geliebt zu werden, auch gehaßt zu werden, der Mittelpunkt zu sein. Sie hatte, was er wollte, Macht über einen gewissen Teil der Welt: Sie wußte, wie man sich benimmt, welche Gabel man benützt, was zueinander paßt. Er wollte diese Macht haben. Er besaß zwei Krawatten, eine grün, die andere purpur. Sie waren beide unmöglich. In einem T-Shirt sah er besser aus, hatte sie ihm erklärt; was sie besser nicht getan hätte.

Sie verfügte über diese Macht, hatte sie ihn sehen und berühren lassen. Sie ließ ihn seine Unzulänglichkeit fühlen und versprach, was? Eine Umwandlung, ein Berühren der Schulter, einen Ritterschlag. Dann war sie zurückgetreten, hatte ihm gezeigt, daß er nur eine Urlaubsbekanntschaft gewesen war, ein schönes Bild in einer Broschüre, ein Mann im Lendenschurz, der gerade irgendeiner Kokosnuß den Kopf abschlug. Im Dutzend billiger. Sie hatte ihn nackt zurückgelassen.

Sie denkt: Ich hab ihn so behandelt, wie Männer sonst Frauen behandeln. Viele Männer, viele Frauen; aber mich nicht, nie, nicht in diesem gottverfluchten Leben. Es war zu hart für ihn. Empfindet sie nun endlich Mitleid mit ihm, oder ist es Verachtung?

Unten klappert Nate mit dem Geschirr, er spült es ab, das weiß sie, ehe er es in die Geschirrspülmaschine stellt. Sie hat dieses Geräusch oft genug gehört. Sie wendet ihre Augen von den Sternen ab, schaut statt dessen nach unten durch den Fußboden. Nate schlurft herum, Zigarettenstummel im Mundwinkel, in irgendeinem melancholischen Traum verloren. Mondsüchtig, sehnsüchtig. Sie hat ihn den ganzen Abend über beobachtet, während des Essens, das ihr nicht geschmeckt hat, während der Gesellschaftsspiele, sie hat alles mitbekommen, er ist in diese Giraffe verliebt. Kaffee auf dem Teppich, das ist weniger irritierend, sie wird ihn dampfreinigen lassen müssen; außerdem eine Befriedigung. Lesje ist ein Clown. Aber sie ist auch, trotz ihrer Tölpelhaftigkeit und dem Mangel an Stil, eine jüngere Frau, sogar sehr viel jünger als Elizabeth. Elizabeth findet das banal. Ermüdend, voraussagbar. Aber Nate war schon oft genug das, was man allgemein als *verliebt* bezeichnet. Sie wird ihm ihre Erlaubnis geben, Interesse zeigen, behilflich sein, abwarten, bis es vorbei ist. Es ist nicht das erstemal, sie kann das mit der linken Hand erledigen.

(Aber warum das alles? sagt eine andere Stimme. Warum ihn nicht einfach gehen lassen? Wozu die Anstrengung?)

Da ist noch etwas, fällt ihr jetzt ein, und es ist gefährlich. Zuvor wollte er beschützt werden. Er wünschte sich eine Frau, die eine Tür war, durch die er hindurchgehen und die er hinter sich schließen konnte. Alles war in Ordnung, solange sie bereit war, so zu tun, als wäre sie ein Käfig, Nate eine Maus, ihr Herz aus purem Käse. Sie weiß, daß er hoffnungslos sentimental ist. Mutter Erde, Nate ihr Maulwurf, in der Dunkelheit schnüffelnd, während sie ihn wiegt. Ich glaube, es gibt kaum ein Gedicht so lieblich wie ein Baum. Als sie es aufgab, fand er Martha, die es bei weitem nicht so gut konnte.

Doch diesmal möchte er beschützen. Während sie von oben auf seinen Kopf sieht, sein Genick, die Art, wie sich seine Hände bewegen, zielbewußt, ist ihr das klar, auch wenn er selbst es vielleicht nicht weiß.

Elizabeth setzt sich im Bett auf. Ihre Beine und Finger erwachen zum Leben, die Wände mit ihren Schatten rücken wieder an ihren Platz, der Fußboden ist da, die Decke oben wieder zusammengewachsen. Der Raum ist ein Kubus um sie herum, sie ist der Mittelpunkt. Es gibt etwas, das verteidigt werden muß.

Bleib an deinem Platz, Nate. Ich werde diese Leere nicht hinnehmen.

NATE *Samstag, 22. Januar 1977*

Traurig stellt Nate die Teller in die Maschine. Es ist eine Regel: wenn Elizabeth kocht, wäscht Nate ab. Eine der vielen Regeln, abgeleiteten Regeln, Zusätze, Ergänzungen, Errata. Das Zusammenleben mit Elizabeth bringt eine Menge solcher Gesetzmäßigkeiten mit sich, nicht leicht zu verstehen, weil manche davon unausgesprochen bleiben. Wie ein unvorsichtiger Fußgänger erkennt er erst, wenn ihn die Stoßstange trifft, die Pfeife schrillt, die große Hand sich auf seine Schulter legt, daß er eine der Regeln verletzt hat. Unkenntnis des Gesetzes schützt vor Strafe nicht. Er stellt sich vor, daß Lesje ohne Regeln lebt.

Er sieht sich selbst, wie er sich zum Schlüsselloch des Badezimmers hinunterbeugt und flüstert: *Ich liebe dich.* Unwiderrufliche Verpflichtung, obwohl er nicht mal sicher ist, daß Lesje, schon seit einer halben Stunde hinter der Badezimmertür verbarrikadiert, ihn wirklich hören kann. Er ist sich nicht sicher, warum sie so durcheinander war. Er hatte ihr Gesicht gesehen, als sie zur Tür hinausstürzte. Hinter ihr breitete sich der Kaffeefleck auf dem Teppich aus; aber das war's nicht.

Er wollte die Hand durch die Badezimmertür strecken, sie trösten, er dachte daran zu klopfen, entschied sich aber dagegen. Was, wenn sie die Tür öffnete? Wenn er ihr das ins Gesicht sagte, ohne eine Wand zwischen ihnen, dann würde er auch handeln müssen. Obwohl er es wirklich ernst meinte. Er würde in der Luft hängen, in eine Zukunft geschleudert, die er sich jetzt noch nicht vorstellen konnte, während Elizabeth auf der festen Erde unter ihm zurückblieb, die Füße fest auf dem Boden; jedenfalls behauptete sie immer, daß das der Boden sei, ein dunkler Hügel, die Gesichter der Kinder zwei bleiche Ovale neben ihr. Sich von ihm entfernend.

Er denkt an sie (die in diesem Moment wahrscheinlich im

Gästebett ihrer Freundin Sarah herumtoben, in der Dunkelheit, mit unterdrücktem Gelächter) und sieht nicht ihre Alltagsgesichter, sondern zwei kleine Porträts. Im Silberrahmen, Geburtstagspartykleider, die toten Töne eines verblaßten Schwarzweißfotos. Er und Elizabeth besitzen keine solchen Porträts. Seine Kinder bewegungslos, erstarrt. In Bronze gegossen. Er versucht, sich an die Zeit zu erinnern, bevor sie geboren wurden, stellt fest, daß es nicht geht. Er kann nur bis zu dem Punkt zurückdenken, als Elizabeth, sich mühsam durch die Tage bewegend und schließlich schwerfällig aus dem Auto kletternd, das er extra für diese Gelegenheit gekauft hatte, nach vorn über die Kühlerhaube sank; er selbst voller Sorge und verängstigt. In jenen Tagen ließen sie keine Väter auf die Entbindungsstation. Er führte sie zur Aufnahme. Die Schwester blickte ihn mißbilligend an. Da siehst du, was du angerichtet hast. Er brachte Elizabeth in ihr Krankenzimmer, saß da, während sie sich zusammenkrümmte und wieder entspannte, beobachtete, wie sie in einem Rollstuhl den Korridor hinunter verschwand. Es war eine langwierige Geburt. Er saß auf einem mit grünem Vinyl bespannten Stuhl und las alte Exemplare von *Sports Illustrated* und *Parents;* spürte, wie sein Mund trocken wurde. Er brauchte dringend einen Drink, und sie hatten nichts anderes als Kaffee aus der Maschine. Hinter verschlossenen Türen fand ein Erdbeben statt, eine Flut, ein Tornado, der innerhalb von Minuten sein ganzes Leben zerfetzen konnte, und er war davon ausgeschlossen.

Um ihn herum summten Maschinen; er döste vor sich hin. Man erwartete von ihm, daß er sich aufgeregt und glücklich fühlte, das wußte er. Statt dessen ertappte er sich bei Gedanken wie: Und wenn sie beide sterben? Der hinterbliebene junge Vater stand am Rand des Grabes, schmerzzerrissen, während die Frau, die einst so lebensvoll und sinnlich gewesen war, die nach zerdrückten Farnen gerochen hatte, für immer in die Erde gesenkt wurde, ein totgeborenes, talgfarbenes Baby in den Armen. Er lief eine Straße hinunter, irgendeine Straße, trampend, auf dem Weg zu irgendeinem legendären Schiff, sein Bündel auf dem Rücken. Ein gebrochener Mann.

Als er schließlich hineindurfte, war alles vorbei. Ein Baby war da, wo zuvor kein Baby gewesen war. In einem weißen Krankenhausnachthemd lag Elizabeth da, erschöpft, Kissen im Rücken, ein Plastikschild an ihrem Handgelenk. Sie schaute ihn stumpf an, als wäre er ein Vertreter oder vom Einwohnermeldeamt.

»Ist es in Ordnung?« sagte er, wobei ihm sofort auffiel, daß er »es« gesagt hatte, nicht »du« oder »sie«. Er hatte nicht mal gesagt: »War alles in Ordnung?« Mußte wohl; sie war hier, vor ihm, sie war nicht tot. Alle übertrieben da immer.

»Sie haben mir nicht rechtzeitig die Spritze gegeben«, sagte Elizabeth.

Er sah auf das Baby hinab, gewickelt wie eine Wurstrolle, von einem von Elizabeths Armen gehalten. Er fühlte sich erleichtert und dankbar und betrogen. Sie erzählte ihm hinterher mehrfach, daß er ja keine Ahnung hätte, wie es wäre, und damit war sie im Recht, er hatte keine. Aber sie tat so, als wäre das seine Schuld.

Er glaubt, daß sie einander vor der Geburt von Janet näher waren, aber er kann sich nicht entsinnen. Er kann sich nicht entsinnen, was *Nähe* bedeutet, oder vielmehr, was es einst im Zusammenhang mit Elizabeth bedeutet hat. Sie pflegte ihm mitten in der Nacht Omelette zu machen, wenn er mit seinem Lernpensum fertig war, und sie aßen dann gemeinsam im Doppelbett. Ihm ist diese Zeit als eine gute Zeit im Gedächtnis geblieben. Liebesnahrung nannte sie das.

Nate kratzt den Rest vom *Bœuf Bourguignon* in eine Schüssel; er wird alles in den Abfallzerkleinerer tun. Seine Erinnerungslücken fangen an, ihn zu beunruhigen. Es ist nicht nur Elizabeth, so wie sie einmal (schlußfolgert er) gewesen sein muß, was ihm entgleitet. Er liebte sie, er wollte sie heiraten, sie haben geheiratet, und er kann sich nur noch an Bruchstücke erinnern. Fast ein ganzes Jahr Jurastudium ist verschwunden; seine Jugendzeit ist verschwommen. Martha, einst so fest und verläßlich, ist durchsichtig geworden, ihr Gesicht wabert; bald wird sie sich vollkommen aufgelöst haben.

Und die Kinder. Wie haben sie früher ausgesehen, wann

fingen sie an zu laufen, was sagten sie, was empfand er dabei? Er weiß, daß Ereignisse stattgefunden haben, wichtige Ereignisse, von denen er jetzt keine Ahnung mehr hat. Was wird mit diesem Tag geschehen, mit Elizabeths katastrophaler Dinnerparty, deren Überreste nun von den Metallzähnen des Zerkleinerers zu Fetzen zermahlen werden?

Nate läßt die Geschirrspülmaschine anlaufen, wischt sich die Hände an seinen Hosenbeinen ab. Er geht leise zur Treppe, dann fällt ihm ein: Die Kinder sind diese Nacht nicht da. Auch Lesje ist weg, eine Flucht fast direkt aus dem Badezimmer heraus; sie hielt nur kurz an, um sich ihren Mantel zu schnappen, ihr junger Mann im Schlepptau hinterher. Dieser junge Mann mit dem Brötchengesicht, dessen Name Nate im Moment nicht einfallen will.

Statt in seine eigene Schlafkammer zu gehen, seine Zelle, bleibt er vor der Tür der Kinder stehen, dann betritt er ihr Zimmer. Er weiß nun, daß er fortgehen wird; aber statt dessen hat er das Gefühl, als hätten sie ihn verlassen. Hier liegen die Puppen, die verstreuten Malsachen, die Scheren, die verschiedensten Socken und die Kaninchenfellpantoffeln, die sie in der Eile vergessen haben. Jetzt bereits sitzen sie in einem Zug, einem Flugzeug, rasen einer unbekannten Bestimmung entgegen, werden von ihm mit Lichtgeschwindigkeit fortgetragen.

Er weiß, daß sie morgen rechtzeitig zum ausgedehnten, späten Sonntagsfrühstück zurück sein werden, daß morgen so oder so alles und jedes so weitergehen wird wie bisher, daß er am Küchentisch stehen und die Portionen Rühreier auf Toast auf die Teller verteilen wird, für sich selbst und die Mädchen und Elizabeth, die, in ihren blauen Frotteebademantel eingewikkelt, erscheinen wird, das Haar nur flüchtig durchgekämmt. Er wird die Rühreier servieren, und Elizabeth wird ihn bitten, ihr eine zweite Tasse Kaffee einzuschenken, und selbst ihm wird es so scheinen, als passierte nichts.

Und trotzdem kniet er hier; Tränen steigen ihm in die Augen. Er hätte es festhalten sollen, er hätte es viel stärker festhalten sollen. Er nimmt einen von Nancys blauen Pantoffeln auf, streichelt das Fell. Es ist die Möglichkeit seines Todes, die er hier in den Armen wiegt. Seine verlorenen, seine entführten Kinder, von ihm gegangen, als Geiseln festgehalten. Wer hat das getan? Wie konnte er das zulassen?

LESJE *Dienstag, 8. Februar 1977*

Lesje treibt in dem wirbelnden Schnee die Straße hinunter. Autos mit Schneeketten rasseln an ihr vorbei, die Räder in tief ausgefahrenen Spuren; Matsch klumpt sich hinter den Stoßstangen. In der Nacht hat es einen Blizzard gegeben. Sie kümmert sich nicht darum, daß ihre Füße kalt sind: Sie hat keine Füße. Die Bäume, an denen sie vorbeigeht, sind schwer vom Eis. Jeder Zweig glitzert im schwachen Sonnenschein, von innen heraus erleuchtet; die Welt glüht. Lesje streckt ihre Arme aus, spürt, wie das Blut sie durchströmt, um purpurfarben in jeder Hand zu explodieren. Sie weiß, daß der Lichtschauer, den sie sieht, nur ein Handschuh ist. Aber es ist ein verklärter Handschuh, seine Acrylfibern strahlen in ihrem eigenen atomaren Licht. Geblendet kneift sie die Augen zusammen. Sie ist gewichtslos, ganz Poren, das Universum hat sie endlich akzeptiert, nichts Schlimmes kann geschehen. Hat sie sich je so gefühlt?

Es ist erst zwei Uhr. Sie hat das Büro vorzeitig verlassen und Dr. Van Vleet gesagt, sie fühle sich nicht wohl, irgendwas sei im Anzug. In Wirklichkeit ist es Nate, der im Anzug ist: Er hat sie von zu Hause angerufen, mit näselnder Stimme, verloren, er muß sie sehen. In gummibesohlten Schneestiefeln eilt Lesje zur Rettung herbei, eine Krankenschwester, die über das gefrorene Sibirien läuft, von Liebe getrieben. Sie wird ihre Hand auf seine Stirn legen, und wie durch ein Wunder wird er ins Leben zurückkehren. Als sie endlich an seiner Haustür angekommen ist und die Stufen hochstampft, läuft ihr die Nase.

Nate öffnet die Tür, zieht sie schnell herein und schließt die Tür, bevor er sie in die Arme nimmt. Lesje wird gegen seinen braunen wollenen Hausmantel gepreßt, der nach kaltem

Rauch und verbranntem Toast riecht. Sein Mund senkt sich auf ihren; schnüffelnd küssen sie sich. Er hebt sie halb hoch, überlegt es sich dann anders und setzt sie ab.

»Meine Stiefel tropfen«, sagt sie und beugt sich hinunter, um den Reißverschluß aufzumachen. Sie zerrt an ihrem Stiefelabsatz, ihre Augen auf Höhe von Nates Knien. Er trägt Arbeitssocken, oben grau mit roten Streifen und weißem Zehen- und Ferseneinsatz. Aus irgendeinem Grund erfüllen sie diese Socken mit Zärtlichkeit und Lustgefühlen: Ihr Körper ist wieder bei ihr.

Auf Strümpfen schleichen sie den Flur entlang und die Stufen hoch. Nate führt sie an der Hand.

»Hier rein«, sagt er. Obwohl kein Mensch im Haus ist, flüstern sie.

Nate schlägt die Indianerdecke zurück. Lesje kann kaum was erkennen: der Raum ein verschwommener Schatten um sie herum, ihr Blick ist ein enger Lichtstrahl, der auf Tiger gerichtet ist, blaßrote Tiger in einem purpurfarbenen Dschungel. Unter den Tigern liegen geblümte Laken. Wortlos zieht Nate sie aus, hebt ihre Arme, biegt ihre Ellbogen, als zöge er eine Puppe oder ein Kind aus; Lesje steht still. Er streift ihren Pullover über ihren Kopf, er preßt seine Wange gegen ihren Bauch, während er kniet, um ihre Jeans hinunterzuziehen. Lesje hebt erst den einen Fuß, dann den anderen, tritt heraus, gehorsam. Die Luft ist kalt, im Zimmer zieht es von irgendwoher. Sie bekommt eine Gänsehaut. Sanft drängt er sie auf das Bett. Sie sinkt in eine Senke, Blütenblätter ergießen sich über sie.

Er liegt auf ihr, beide nun von Furcht getrieben, die Sonne bewegt sich über den Himmel, die Füße marschieren unerbittlich auf sie zu, das Geräusch einer Tür, die sich bis jetzt noch nicht geöffnet hat, Stiefel auf der Treppe.

Lesje liegt im Bett, den Kopf auf zwei Kissen. Sein Kopf ruht auf ihrem Bauch. Die Welt ist wieder die Welt, sie kann Einzelheiten erkennen, die leuchtenden Schleier sind verschwunden. Trotzdem ist sie glücklich. Ein einfaches Glück, aus dem für sie nichts folgt.

Nate bewegt sich, greift nach einem Kleenex auf dem Nachttisch. »Wie spät ist es?« fragt er. Sie sprechen jetzt mit normaler Stimme.

Lesje schaut auf ihre Uhr. »Ich geh wohl besser«, sagt sie. Sie möchte nicht von Elizabeth oder den Kindern nackt in Nates Bett gefunden werden.

Nate rollt sich auf die Seite, stützt sich auf einen Ellbogen, während sie sich aufsetzt und nach ihrem Slip sucht, der irgendwo zwischen den Blumen verlorengegangen ist. Sie bückt sich, um auf den Boden zu schauen. Zwei Schuhe stehen da auf dem ovalen, geflochtenen Teppich, schwarze Schuhe, Seite an Seite.

»Nate«, sagt sie. »Wessen Zimmer ist das?«

Er blickt sie an, antwortet nicht.

»Das ist Elizabeths Zimmer«, sagt sie.

Sie steht auf und beginnt, sich anzuziehen, sich so schnell wie möglich zu bedecken. Das ist schrecklich, das ist eine Schändung. Sie kommt sich schmierig vor; es ist fast so wie Inzest. Elizabeths Ehemann ist eine Sache, Elizabeths Bett eine ganz andere.

Nate versteht nicht. Er erklärt, daß sein eigenes Bett zu schmal für sie beide ist.

Darum geht's nicht. Sie denkt: Das Bett hatte keine Wahl.

Er hilft ihr, die Tigerbettdecke auszubreiten und die Kissen glattzustreichen. Wie kann sie es ihm klarmachen? Sie weiß nicht, warum sie so außer sich ist. Vielleicht liegt es an dem Gedanken, daß es keine Rolle spielt, daß sie und Elizabeth austauschbar sind. Oder an seinem Gefühl, daß Elizabeths Bett in gewissem Sinne auch immer noch seins ist, er kann darin tun, was ihm gefällt. Zum erstenmal hat Lesje das Empfinden, daß sie Elizabeth Unrecht getan hat, daß sie verbotenes Gelände betreten hat.

Lesje sitzt in der Küche, die Ellbogen auf dem Küchentisch, das Kinn in die Hände gestützt; Nate zündet ihr eine Zigarette an. Er ist verblüfft. Er bietet ihr einen Scotch an, dann eine Tasse Tee. Zigarettenrauch verhängt ihr Gesicht.

Am Kühlschrank ein von einem Kind gemaltes Bild, festgehalten von einer magnetischen Plastiktomate und einem Maiskolben. Ein Mädchen ist darauf abgebildet, die Haare ein gelber Wusch, die Augen von gewaltigen Wimpern eingerahmt, ein irres rotes Grinsen. Der Himmel ist eine blaue Linie am oberen Rand, die Sonne eine berstende Zitrone.

Das gesamte molekulare Material, aus dem die Erde und ihre Atmosphäre jetzt besteht, war auch in der Geburtsstunde der Erde schon da, egal, ob nun diese Geburt durch die Explosion eines größeren Himmelskörpers oder durch Kondensation einer kosmischen Gaswolke vor sich ging. Dieses molekulare Material hat sich lediglich miteinander verbunden, geteilt, wieder verbunden. Ein paar Moleküle und Atome sind in den Weltraum entkommen, aber es ist nichts hinzugefügt worden.

Lesje denkt über diese Tatsache nach, findet sie beruhigend. Sie, Lesje, ist nur ein Abbild dieses Vorgangs. Sie ist kein unveränderlicher Gegenstand. Es gibt keine unveränderlichen Gegenstände. Eines Tages wird sie sich auflösen.

Nate streichelt ihre Hand. Er ist bestürzt, aber sie kann ihn nicht trösten.

»Worüber denkst du nach, Liebes?« sagt er.

NATE *Donnerstag, 28. August 1975*

Nate ist unten im Keller. An der elektrischen Säge bearbeitet er Köpfe, Köpfe und Nacken für Pferde auf vier Rädern. Jedes Pferd wird vorne einen Strick haben. Zieht man an dem Strick, dann wird das Pferd dahinrollen, Kopf und Schwanz werden sich dabei in graziösem Rhythmus bewegen. Das hofft er zumindest.

Während der Arbeit macht er kurze Pausen und wischt sich den Schweiß von der Stirn. Sein Bart ist feucht; alles in allem fühlt er sich wie eine verschimmelte Matratze. Hier unten ist es wesentlich kühler als oben, allerdings genauso feucht. Draußen müssen gut über dreißig Grad sein. Morgens fangen die Zikaden schon vor acht mit ihrem zirpenden Lied an.

»Der reinste Backofen«, bemerkte Nate, als er Elizabeth in

der Küche begegnete. Sie trug ein leichtes blaues Kleid mit einem Schmutzfleck auf dem Rücken, in Höhe ihrer Rippen. »Weißt du, daß du einen Fleck auf deinem Kleid hast?« fragte er. Sie mochte es, wenn man ihr solche kleinen Versehen mitteilte: offene Reißverschlüsse, nicht eingehakte Ösen, Haare auf den Schultern, Etiketten, die am Kragen herausschauten. »Oh, wirklich?« sagte sie. »Ich werd mich umziehen.« Aber sie war dann doch in dem Kleid zur Arbeit gegangen. Sah ihr gar nicht ähnlich, so was zu vergessen.

Nate möchte ein kaltes Bier. Er stellt die Säge ab und wendet sich der Treppe zu; in dem Moment sieht er den Kopf, verkehrt herum in dem rechteckigen, dreckverklebten Kellerfenster, er starrt ihn an. Es ist Chris Beecham. Er muß auf dem Kies draußen liegen, den Hals rechtwinklig verdreht, so daß er seinen Kopf in das Fensterloch runterbekommt. Er lächelt. Nate deutet nach oben, in der Hoffnung, daß Chris kapieren und zur Hintertür gehen wird.

Als Nate die Tür öffnet, steht Chris bereits davor. Er lächelt immer noch. »Ich hab ans Fenster geklopft«, sagt er.

»Ich hatte die Säge laufen«, sagt Nate. Chris gibt keine Erklärung ab, warum er da ist. Nate tritt zurück, um ihn einzulassen, bietet ein Bier an. Chris nimmt an und folgt ihm in die Küche.

»Ich hab den Nachmittag freigenommen«, sagt er. »Zu heiß zum Arbeiten. Ist ja nicht so, daß sie 'ne Klimaanlage hätten.«

Dies ist erst das vierte oder fünfte Mal, daß Nate Chris begegnet. Das erstemal war, als Elizabeth ihn zum Weihnachtsdinner einlud. »Er kennt kaum jemand«, hatte sie gesagt. Es ist eine Angewohnheit von Elizabeth, Leute zum Dinner einzuladen, die kaum jemanden kennen. Manchmal sind diese herumirrenden Küken, für die Elizabeth die Glucke spielt, Frauen, doch häufiger sind es Männer. Nate hat nichts dagegen. Mehr oder weniger billigt er es sogar, obwohl es zu den Dingen gehört, die auch seine Mutter täte, wenn es ihr einfallen würde. So wie es aussieht, neigt sie mehr zu Protestbriefen. Elizabeths Heimatlose sind in der Regel ganz nett, und die Kinder mögen Gäste, besonders um Weihnachten herum. Janet meint, dadurch würde alles mehr wie eine richtige Party wirken.

Chris hatte sich ein bißchen betrunken, erinnert sich Nate. Sie aßen Weihnachtskuchen mit Überraschungen, und Nate fand in seinem ein Auge, ein Plastikauge mit roter Iris.

»Was ist das?« fragte Nancy.

»Ein Auge«, sagte Nate. Gewöhnlich waren es Pfeifen oder kleine einfarbige Figuren. Dies war das erste Jahr, daß jemand ein Auge gefunden hatte.

»Wofür ist das?«

»Ich weiß nicht«, sagte Nate. Er legte es auf den Rand seines Tellers. Irgendwann später nahm Chris es und klebte es sich mitten auf die Stirn. Dann begann er, mit klagender Stimme »The Streets of Laredo« zu singen. Die Kinder fanden das lustig.

Seit damals ist Nate schon mehrfach aus seinem Keller hochgekommen und hat Chris in seinem Wohnzimmer vorgefunden, bei einem Drink mit Elizabeth. Sie saßen weit entfernt einander gegenüber, ohne viel zu reden. Nate hatte sich stets selbst einen Drink gemacht und sich ihnen angeschlossen. Er ließ sich selten die Chance für einen kleinen Drink in Gesellschaft entgehen. Eines hat Nate verwirrt: Obwohl Elizabeth ihre häßlichen Entlein zu festlichen Dinners einlädt, bringt sie doch selten Leute auf einen Drink mit, außer deren Position im Museum ist entweder der ihren gleichgestellt oder höherrangig. Chris paßt in keine dieser Kategorien. Soweit Nate es mitbekommen hat, ist er so eine Art Präparator, ein besserer Hüter toter Eulen. Ein Techniker, kein leitender Angestellter. Nate schließt die Möglichkeit nicht aus, daß Chris der Geliebte von Elizabeth ist – Chris wäre nicht der erste –, aber bis jetzt hat sie ihm immer davon erzahlt. Früher oder später. Er wird darauf warten, bevor er sich eine Meinung bildet. Ihr Verhältnis ist nicht besonders gut, aber es gibt immer noch Möglichkeiten.

Nate macht zwei Flaschen Bier auf, und sie setzen sich an den Küchentisch. Er fragt Chris, ob er ein Glas möchte; Chris sagt nein. Statt dessen will er, daß Nate auf eine Partie Schach, mit zu ihm kommt. Nate ist ziemlich überrascht. Er erklärt, daß er nicht gut Schach spielt, daß er seit Jahren kaum noch gespielt hat.

»Elizabeth sagt, Sie wären gut«, sagt Chris.

»Das liegt daran, daß Elizabeth überhaupt nicht spielen kann«, sagt Nate bescheiden.

Doch Chris besteht darauf. Es wird ihn aufheitern, sagt er. In letzter Zeit hat er sich ziemlich mies gefühlt. Diesem Appell an seine Samariterinstinkte kann Nate nicht widerstehen. Er geht nach oben in ihr Zimmer, um ein sauberes T-Shirt anzuziehen. Als er herunterkommt, läßt Chris eine der Bierflaschen auf dem Küchentisch kreiseln.

»Schon mal Flaschenkreiseln gespielt?«, fragt er. Um ehrlich zu sein, nein, Nate hat es noch nie gespielt.

Sie nehmen den Wagen von Chris, der auf der anderen Straßenseite im Parkverbot steht. Es ist ein alter Chevy Cabrio, der früher mal weiß gewesen sein muß, ein 67er oder 68er Modell. Nates Kenntnisse über Wagentypen lassen nach. Er besitzt kein Auto mehr, hat es verkauft, um seine Säge finanzieren zu können, seine Werkbank, seine Bandschleifmaschine und andere notwendige Geräte.

An Chris' Wagen fehlt der Auspufftopf. Aggressiv nutzt er das aus, donnernd jagt die Maschine bei jeder Ampel hoch. Krachend bahnen sie sich ihren Weg Davenport entlang, ganze Wolken dröhnenden Lärms hinter sich herschleppend; sie sammeln wütende Blicke ein. Das Verdeck des Cabrios ist offen, und die Sonne, gefiltert durch Schichten von Auspuffgasen, knallt ihnen auf die Köpfe. Als sie endlich Winchester und Parliament erreichen und Chris den Wagen abstellt, wieder im Parkverbot, ist Nate wie benebelt. Um eine Unterhaltung in Gang zu bringen, fragt er Chris, ob es hier in der Gegend viel Prostitution gäbe. Er weiß, daß es sie gibt. Chris wirft ihm einen Blick unverhüllter Abneigung zu und sagt ja, viel. »Mich stört's nicht«, sagt er. »Die wissen, daß ich keine Kundschaft bin. Wir schlagen nur zusammen die Zeit tot.«

Nate möchte weg. Er möchte sagen, daß er Kopfschmerzen hat, Rückenschmerzen, jede Art von Schmerzen, die ernst genug ist, um ihn zu befreien. Ihm ist nicht nach Schach zumute bei dreißig Grad im Schatten und mit einem Mann, den er kaum kennt. Aber Chris ist jetzt ganz munter, fast geschäftsmäßig. Er marschiert über die Straße und läßt sie in sein Miethaus ein, marschiert durch den fleckigen, mit Mosaikfliesen belegten Eingang und die Treppen hoch, drei Stockwerke. Nate hängt keuchend zurück. Angesichts solcher Entschlossenheit zögert er, seine kümmerlichen Ausreden anzubringen.

Chris schließt seine Tür auf und geht hinein. Nate stolpert hinterher. In der Wohnung ist es kühler; die Wände sind holzverkleidet, war wohl einst für die Halbreichen gedacht. Obwohl es zwei Räume sind, läßt ein breiter Durchgang zwischen den beiden es wie einer wirken. Es riecht nach Dunkelheit: Ecken und Winkel, trockene Fäule, ein chemischer Geruch. Der Schachtisch ist bereits aufgebaut zwei Stühle stehen daran, in dem Zimmer, in dem auch Chris' Bett steht. Nate erkennt, daß diese Einladung kein Augenblickseinfall war.

»Einen Drink?« Chris holt einen billigen Scotch aus einem Schrank mit Glasfenstern, gießt etwas davon in ein kleines, mit Tulpen verziertes Glas. Marmeladenglas, denkt Nate; vor zehn Jahren gab's die, er erkennt es wieder. Der Scotch ist miserabel, aber Nate trinkt; er möchte keine Ressentiments wecken. Chris will anscheinend aus der Flasche trinken. Er stellt sie neben den Schachtisch, gibt Nate den Deckel einer Erdnußbutterdose als Aschenbecher, nimmt einen weißen und einen schwarzen Bauern vom Tisch und jongliert damit hinter seinem Rücken. Er streckt seine Fäuste nach vorn, gewaltig, mit dikken Knöcheln.

»Links«, sagt Nate.

»Pech«, sagt Chris. Sie setzen sich hin und fangen an. Chris eröffnet mit einem geradezu beleidigenden Versuch eines Schäferzuges, den Nate mit Leichtigkeit kontert. Chris grinst und schenkt Nate einen weiteren Drink ein. Sie beginnen, ernsthaft zu spielen. Nate weiß, daß Chris gewinnen wird, aber sein Stolz verlangt, daß dieser Sieg erst nach angemessener Zeit zustande kommt. Er spielt defensiv, wählt eine bewährte Verteidigung, geht kein Risiko ein.

Chris spielt wie ein Kosak, vorwärtsstürmend, greift Nates vorgeschobenen Bauern an, zieht sich dann in neue verwirrende Positionen zurück. Mit dem Fuß schlägt er ungeduldig auf den Boden, während Nate überlegt. Beide schwitzen. Nates T-Shirt klebt an seiner Haut; er wünscht sich ein offenes Fenster, ein bißchen Zugluft, aber draußen ist es noch heißer als hier drinnen. Nate weiß, daß er mehr von dem schlechten Scotch trinkt, als ihm guttut, aber das Spiel hat ihn gepackt.

Endlich gelingt ihm ein guter Zug. Chris muß entweder seinen Damenbauern schlagen und dabei seinen eigenen Springer opfern, oder er verliert einen Turm. Jetzt könnte Nate sich zurücklehnen und einschüchternd starren, während Chris sorgenvoll seine Möglichkeiten erwägt. Nate sitzt da, doch anstatt zu starren, versucht er, nicht darüber nachzudenken, was er hier eigentlich zu suchen hat, weil sich das ungünstig auf sein Spiel auswirken würde.

Er sieht sich im Zimmer um. Es ist fast leer, schafft es aber doch, den Eindruck von Unordnung zu vermitteln. Es liegt nicht an den Gegenständen im Raum, sondern an ihre Beziehung zueinander. Nichts scheint sich am richtigen Platz zu befinden. Der Tisch neben dem Bett, zum Beispiel, steht ein Stück zu weit entfernt davon.

Und auf dem Tisch, der ansonsten leer ist, liegt etwas; etwas, was er, wie er plötzlich begreift; sehen sollte. Es ist ein kleiner Fisch, Silber, mit blau emaillierten Schuppen. Als er ihn das letztemal sah, hing er an einer Kette um Elizabeths Hals.

Oder ein Fisch, der diesem hier sehr ähnlich ist, er könnte es nicht mit Bestimmtheit sagen. Er sieht Chris an, und Chris starrt ihn an, die Muskeln seines Gesichts wie steifgefroren, die Augen still. Angst durchschießt Nate, die Haare auf seinen Armen stellen sich auf, sein Skrotum zieht sich zusammen, seine Fingerspitzen kribbeln. Er denkt: Chris ist betrunken. Er fragt sich, ob Chris wirklich Indianerblut in sich hat, wie Elizabeth mal andeutet; diesen leichten Akzent hatte er nie richtig einordnen können. Dann ist er über sich selbst entsetzt, daß er auf ein derartiges Klischee zurückgreift. Außerdem hat Chris kaum was getrunken, er selbst hat dreiviertel von diesem Giftgesöff runtergekippt.

Falls er sich nicht täuscht, dann ist er unter dem schäbigen Vorwand eines Schachspiels nur deswegen hierhergeschleppt worden (das ist ihm nun klar), um diesen Gegenstand zu sehen, diese Geisel, die Elizabeth gehören mag oder auch nicht; das ist die begrenzte Alternative. Chris weiß, daß er es weiß. Chris erwartet, daß Nate zuschlägt. Dann wird Chris zurückschlagen, und sie werden sich prügeln. Den Schachtisch umwerfen, sich in den kleinen Staubflocken, die Chris' Fußboden bedecken, herumwälzen.

Nate findet diese Lösung jämmerlich. Die Frage ist: Ist Elizabeth ein weiblicher Hund oder ein menschliches Wesen? Es ist eine Frage der menschlichen Würde. Warum um Elizabeth kämpfen, die, das ist anzunehmen, durchaus ihre eigene Wahl treffen kann? Sie schon getroffen hat. Wer auch immer gewinnt, der Kampf würde nichts klären.

Nate könnte so tun, als hätte er den silbernen Fisch nicht gesehen, aber dafür scheint es zu spät zu sein.

Oder er könnte ihn ignorieren. Aber selbst ihm würde das wie Feigheit vorkommen.

»Haben Sie schon gezogen?« fragt Nate.

Chris schlägt den Damenbauern, starrt Nate an, das Kinn vorgestreckt, angespannt, bereit. Jeden Moment kann er zum Sprung ansetzen. Nate denkt: Vielleicht ist er verrückt. Vielleicht ist er verrückt genug, um so einen Fisch zu kaufen und ihn hierherzulegen. Vielleicht ist er ein verdammter Irrer.

Anstatt den weißen Springer zu schlagen, stößt Nate seinen König um.

»Sie haben gewonnen«, sagt er. Er steht auf, nimmt den Fisch vom Tisch.

»Ich werd ihn für Sie Elizabeth zurückgeben, ja?« sagt er, sanft, liebenswürdig.

Er geht zur Tür, erwartet jeden Augenblick, Fäuste in seinem Kreuz zu spüren, einen Tritt in die Nieren. Er nimmt ein Taxi zurück nach Hause; der Fahrer wartet draußen, während er in ihren Zimmern genügend herumliegendes Kleingeld zusammensucht, um ihn zu bezahlen.

Er legt den silbernen Fisch sorgsam auf die Kommode,

neben seine verstreuten Pennies. Sie hätte es ihm erzählen sollen. Es ist nicht nett, daß sie es ihm verschwiegen hat. Das erstemal hatte sie es ihm erzählt, und sie weinten beide, hielten einander fest umarmt, trösteten sich für eine Verletzung, die wie sie fühlten, beiderseitig war. Dann diskutierten sie ihre Probleme, sie saßen bis vier Uhr früh da und flüsterten über den Küchentisch hinweg. Sie versprachen sich Veränderungen, Reparaturen, Wiedergutmachungen, ganz neue Planungen, eine neue Ordnung. Und auch beim zweiten- und drittenmal. Er ist kein Monster, stets hat er seinen Zorn erstickt, hat ihr verziehen.

Die Tatsache, daß sie ihm diesmal nichts erzählt hat, bedeutet nur eins: Sie will nicht, daß ihr verziehen wird. Oder, anders ausgedrückt, es kümmert sie nicht mehr, ob er ihr vergibt oder nicht. Oder, kommt ihm in den Sinn, sie mag beschlossen haben, daß er nicht das Recht hat, ihr zu verzeihen.

ELIZABETH *Mittwoch, 16. Februar 1977*

Elizabeth sitzt an einem der schwarzmarmornen Tische bei Fran's. Ihr gegenüber sitzt William. Vor ihr liegt eine Waffel, auf der ein Klumpen Vanilleeis schmilzt; über dem Eis breitet sich ein tentakelartiges Muster von teilweise gefrorenem zimtfarbigem Sirup aus. Sie beobachtet, wie der Sirup hinunterrinnt, und hofft, daß die Kellnerin keine Bemerkung über die unberührte Waffel machen wird, wenn sie die Rechnung bringt.

Auf der anderen Seite des Tisches ißt William ein Clubsandwich und trinkt dazu ein Bier. Elizabeth hört nur mit einem Ohr der Unterhaltung zu, die aus einem Bericht Williams über jüngste Forschungen besteht, bei denen man karzinogene Substanzen in geräuchertem Fleisch entdeckt hat. Sie ist jetzt entspannter. William scheint nicht zu bemerken, daß sie im Fran's sind anstatt in irgendeinem versteckten kleinen Café. Die ersten beiden versteckten Cafés, in die sie gegangen waren, waren voll gewesen und laut William gab es sonst nichts in der Gegend.

Eine Gegend, in der sich Elizabeth nicht mehr besonders gut auskennt.

Unter normalen Umständen hätte sie reservieren lassen, aber sie hatte den Eindruck der Zufälligkeit erwecken wollen. Zufällig war sie am Umweltministerium vorbeigekommen auf ihrem Weg zum Einkaufsbummel unwahr: Sie kauft nie in Yonge und St. Clair ein) und hatte sich an ihre kürzliche Unterhaltung erinnert (ebenfalls unwahr). Sie dachte, wie faszinierend es wäre, einfach mal bei William reinzuschauen und etwas mehr über die Arbeit zu hören, mit der er sich gerade beschäftigte (total unwahr), und wenn William nicht zu beschäftigt wäre, dann würde sie sich sehr freuen, wenn er ihr beim Lunch Gesellschaft leisten würde (wahr, aber nicht aus den Gründen, die William vermuten mochte).

William fühlte sich sogar noch wesentlich geschmeichelter, als sie beabsichtigt hatte. Selbst jetzt noch sitzt er mit deutlich sichtbar geschwellter Brust da, während er voller Inbrunst über degenerierten Schinken und das bösartige Geheimleben von Speck referiert. Sie stubst ihre Waffel mit der Gabel an und überlegt, ob sie unter dem Tisch diskret sein Knie drücken soll oder ob es dafür noch zu früh ist. Sie hat sich noch nicht ganz festgelegt, wie es nun weitergehen soll. Entweder wird sie William verführen, um das Gleichgewicht im Universum wiederherzustellen – wie du mir, so ich dir –, oder sie wird ihm reinen Wein über Lesje und Nate einschenken; oder vielleicht beides.

Mit der Gabel nimmt sie ein Stück Eis, hebt es an. Dann legt sie es zurück auf den Teller. Ihr ist eingefallen, warum sie so was nicht mehr essen kann.

Es ist Mai; Elizabeth erwacht wieder zum Leben. Vor zwei Wochen ist ihre Mutter endlich gestorben, nachdem sie länger, als irgend jemand erwarten konnte, im Krankenhausbett dahingeglimmt war. Elizabeth hat diesen Tod durchlebt; sie beobachtete, wie aus einer hängenden Flasche klare Flüssigkeit in den heilen Arm ihrer Mutter tropfte, hielt die heile Hand ihrer Mutter, suchte die heile Hälfte ihres Gesichts nach irgendeiner Bewegung, irgendeinem Zeichen ab. Zwei Tage lang aß und schlief sie nicht, obwohl Tante Muriel und der Arzt erklärten, ihre Mutter würde das Bewußtsein nicht wiedererlangen, was für alle das Beste wäre, und Elizabeth sollte ihre Kräfte schonen. Sie machte die Beerdigung mit, Schritt für Schritt, hörte dem Gottesdienst zu, beobachtete, wie ihre Mutter ein zweitesmal in Flammen aufging. Sie ließ zu, daß Freunde von Tante Muriel ihr die Hand schüttelten und drückten. Tante Muriel hatte die ganze Begräbniszeremonie bis ins letzte Detail geplant, als wäre es eine wichtige Teeparty. Sie kann nicht beurteilen, ob Tante Muriel trauert oder sich freut; ein zufriedener Fatalismus liegt über ihr. Sie hat die Blumen vom Begräbnis auf die Vasen im Haus verteilt – warum sie verschwenden? –, und das Haus stinkt nach Tod.

Tante Muriel kann anscheinend nicht aufhören, darüber zu reden. Elizabeth möchte nicht mehr darüber sprechen. Sie möchte nichts mehr davon hören, nicht mehr daran denken. Nie mehr möchte sie über ihre Mutter nachdenken müssen. In weniger als zwei Monaten wird sie mit der High School fertig sein, und dann wird sie ausziehen. Tante Muriel will, daß sie aufs Trinity College geht und weiterhin im Haus wohnt; sie sagt, für Caroline wäre es besser, was Elizabeth als List ansieht, um sie in die Falle zu locken.

Elizabeth selbst hat keinerlei Ambitionen. Sie will nur eins: Flucht. Noch ist ihr nicht klar, in welcher Form die stattfinden soll. Sie kann sich selbst sehen, wie sie alles plant, einen Job durch die Stellenanzeigen im *Star* findet, sich ein möbliertes Zimmer sucht, packt; Vorkehrungen trifft. Aber sie kann sich auch vorstellen, daß sie im Nachthemd aus der Haustür rennt und für immer in einer Schlucht verschwindet. Beides ist gleichermaßen möglich.

Sie erträgt es nicht mehr, in Tante Muriels Haus zu sein, mit den grauschattigen Chrysanthemen und den fauligen Gladiolen. Das Zimmer, das sie mit Caroline teilt, ist mit kleinen blauen Rosensträußen tapeziert, deren Stiele mit weißem Papier umwickelt sind, Tante Muriels Version der Mädchenzeit; die Möbel sind weiß gestrichen. Auf ihrem Bett hat Caroline ein blaues Kissen aus unechtem Pelz in der Form einer Katze.

In einem Drugstore läßt sich Elizabeth von einem Jungen ansprechen. Nicht zum erstenmal, aber das erstemal seit dem Tod ihrer Mutter; und in einem Drugstore. Zuvor waren es Straßenecken, Kinoeingänge. Dies ist verboten: Tante Muriel duldet nur formelle Tänze in Privatschulen mit den Söhnen ihrer Bekannten. Elizabeth hat nichts übrig für diese Tänze oder für die rosenwangigen, kurzhaarigen Jungen, die man dort trifft. Sie zieht Jungen wie diesen hier vor. Er trägt eine Entenschwanzfrisur und eine rote Lederjacke mit hochgestelltem Kragen; seine schwarzen Augenbrauen berühren sich fast, sein Kinn ist zerkratzt, er hat sich beim Rasieren geschnitten. Sein kürzerer Freund steigt aus dem Auto aus, murmelt ihm was zu und lacht, während Elizabeth einsteigt.

Der Wagen ist mit Plastikwürfeln und pausbäckigen Engelspuppen geschmückt. Elizabeth mag solche Autos. Gefahr lauert in ihnen, aber sie weiß, daß sie sie kontrollieren kann. Sie genießt die verborgene Kraft ihrer eigenen Hände; sie weiß, daß sie immer rechtzeitig aufhören kann. Es erregt sie und befriedigt sie, daß sie bis an die äußerste Grenze gehen kann. (Außerdem ist da noch was anderes. Diese Jungen, jeder Junge, jeder Mund und jedes Paar Arme enthalten eine Möglichkeit; irgendeine Eigenschaft, über die sie nur Vermutungen anstellen kann, irgendeine Hoffnung.)

Sie fahren eine Zeitlang herum, gehen dann auf eine Waffel zu Fran's. Essen gehört immer dazu. Elizabeth würgt ihre Waffel in einem Tempo herunter, als hätte sie nie zuvor eine gesehen, der Junge raucht, beobachtet sie aus zusammengekniffenen Augen. Er heißt Fred oder so ähnlich und besucht Jarvis. Sie erzählt ihm, wo sie wohnt, und er gibt sich Mühe, nicht beeindruckt zu sein. Elizabeth glaubt genau zu wissen, was Tante Muriel und ihre Prätentionen wert sind. Was sie nicht davon abhält, sie zur Schau zu stellen. Tante Muriel verkörpert einen Schrecken unter dem Elizabeth genug gelitten hat, aber in zunehmendem Maße wird sie auch nützlich.

Sie fahren noch ein bißchen herum, parken in einer ruhigen Nebenstraße. Der Duft von Old-Spice-Rasierwasser füllt den Wagen. Elizabeth wartet darauf, daß der Lederarm kommt, herüber, von oben nach unten. Sie hat keine Zeit für lange Vorbereitungen, das Herumgefummel mit Haken und Verschlüssen, an ihrer Brust; sie will sich nicht langsam Stück für Stück hergeben. Sie steckt voller Energie, ohne zu wissen, von welcher Art, Ärger, Wut, Trotz. Ein Autozusammenstoß wäre mehr nach ihrem Geschmack, zusammengequetschte Zeit. Gewalt, Metall auf Metall.

Er verheddert sich im Steuerrad. Ungeduldig, bedenkenloser als er, öffnet sich die Wagentür, zieht ihn herunter, auf das nasse Gras. Der Rasen vor irgendeinem Haus. »He«, sagt er. Er ist nervös, schaut zu den Fenstern hoch.

Sie möchte schreien, einen gewaltigen, rauhen Schrei, der die Dunkelheit erschüttert, der die kalten Krebsaugen in diesen Steinhäusern eiligst an die Fenster bringt; irgend etwas, das ihr die Kehle wieder frei macht. Sie möchte die tote Hand loslassen, die sie immer noch hält.

Sie küßt diesen Mund, der nur jetzt für sie existiert, wehrt nicht ab und zieht nicht weg, als die Hände über sie hinweggehen, sie hebt sich ihm bereitwillig entgegen. Er stöhnt, zögert. Eine Minute lang ist sie dann dicht am Schrei: Sie hat Schmerz erwartet, aber nicht von dieser Art und so stark. Trotzdem grinst sie mit zusammengebissenen Zähnen; sie triumphiert. Sie hofft, daß sie blutet, wenigstens ein bißchen; Blut würde das hier zu einem Ereignis machen. Als er erschlafft, greift sie nach unten, um nachzusehen.

Er versteht nicht, kniet neben ihr, zieht sich an, zieht ihren Rock herunter, entschuldigt sich! Schwer bringt er's raus, tut ihm wirklich leid, er konnte nicht anders, er hat's nicht gewollt. Als wäre sie ein Fuß, auf den er getreten ist, als hätte er lediglich geniest.

Einen Block vor dem Haus steigt sie aus dem Wagen. Es ist später als sie dachte. Der Rücken ihres Mantels ist naß, und sie streicht wirkungslos darüber, ehe sie ihren Schlüssel rausholt. Sie ist überzeugt davon, daß Tante Muriel auf der untersten Stufe der Treppe stehen wird, in ihrem pulverblauen Morgenrock, anklagend, bösartig, triumphierend. Elizabeth hat ihr eine Geschichte über abendliche Chorproben erzählt, die unglaublicherweise schon ein paarmal funktioniert hat. Doch noch nie ist sie so lange ausgeblieben. Wenn Tante Muriel da ist, wenn sie die Wahrheit herauskriegt, dann kann sich Elizabeth nicht vorstellen, was sie tun wird. Sie kann sich keine wirkliche Bestrafung vorstellen – Wutanfall, Verbannung, Enterbung –, die ihrer Furcht entspricht. Wenn sie in sicherer Entfernung von Tante Muriel ist, dann fallen ihr spöttische und vulgäre Bemerkungen ein, die sie zu ihr sagen könnte, doch sie weiß genau, daß sie in ihrer Gegenwart stumm sein wird. Stünde Tante Muriel auf dem Scheiterhaufen, sie würde als erste jubeln; doch wer hatte die Macht, sie dort hinzubringen? Tante Muriel jagt ihr Angst und Schrecken ein, weil sie hemmungslos ist. Andere Leute haben Grenzen, die sie nicht überschreiten, aber für Tante Muriel existieren solche Grenzen nicht. Daneben fürchtet Elizabeth, daß es auch in ihr solche Grenzen nicht gibt.

Doch als sie die Haustür aufschließt, ist niemand in der Diele. Sie läuft über den Teppich und die Stufen hoch, vorbei an der Einlegearbeit der Großvateruhr oben am Treppenabsatz, vorbei an den chinesischen Vasen auf ihren dünnen Podesten im oberen Stockwerk; sie preßt die Schenkel zusammen, das Blut sickert sanft in ihre Kleidung. Sie wird diese Sachen selbst waschen müssen, heimlich, sie in aller Stille trocknen. Sie möchte, daß Tante Muriel es weiß, möchte ihr den Beweis dieser Schändung vor Augen führen; gleichzeitig wird sie alles tun, um eine Entdeckung zu verhindern.

Sie öffnet die Tür zu dem Zimmer, das sie sich mit Caroline teilt. Das Deckenlicht brennt. Caroline liegt auf dem Boden zwischen ihren Betten. Sie hat eine Mohairdecke vom Fuße ihres Bettes ausgebreitet und liegt darauf, die Arme über der Brust gefaltet, Augen offen und stur auf die Decke gerichtet. Über ihrem Kopf und zu ihren Füßen befinden sich die Silberkandelaber von dem Mahagonibüfett von unten. Neben ihr steht eine Flasche mit Zitronenmöbelpolitur. Die Kerzen in den Kandelabern sind zu Stummeln heruntergebrannt, erloschen. Sie muß schon seit Stunden so daliegen.

In dem Augenblick, wo Elizabeth sie sieht, weiß sie, daß sie dies oder etwas Ähnliches erwartet hat. Caroline ist nicht ins Krankenhaus gegangen; sie hatte gesagt, sie möchte ihre Mutter nicht sehen. Sie weigerte sich, an der Beerdigung teilzunehmen, und merkwürdigerweise zwang Tante Muriel sie nicht dazu. Elizabeth bemerkte all das, aber nur aus den Augenwinkeln. Caroline war in letzter Zeit so schweigsam gewesen, es war leicht, sie gar nicht zur Kenntnis zu nehmen.

Früher, vor langer Zeit, lief Elizabeth in der Pause durch die Mädchenhälfte des Schulhofs, ihre Arme untergehakt in einer Kette anderer Mädchen. *Wir halten für keinen an.* Das war das Spiel: Man konnte für keinen anhalten. Elizabeth hielt Carolines Arm fest in ihrem; sie mußte Caroline in der Kette bei sich haben, damit sie nicht niedergerannt wurde. Caroline war jünger, sie hatte Schwierigkeiten mitzuhalten. Elizabeth war für sie verantwortlich. Doch Elizabeth hat nun schon seit Jahren ihre gesamte Energie darauf konzentriert, sich selbst zu retten. Sie hat keine mehr übrig gehabt, um Caroline zu retten.

Sie fällt auf die Knie, streicht Carolines Haare aus der Stirn über den starren Augen. Dann zieht sie einen der gekreuzten Arme weg und legt ihren Kopf auf Carolines Brust. Caroline ist noch am Leben.

Die Ambulanz und die Tragbahre waren gekommen und wieder verschwunden. Erst dann hatte sich Elizabeth auf die Mosaikfliesen im Badezimmer des zweiten Stockes gekniet, vor das klauenfüßige Klo, und hatte ihren »Fran's Special« erbrochen, Eiscreme, Zimtsirup und alles andere. Ihre Buße. Ungefähr die einzige, zu der sie je in der Lage gewesen war. Wäre sie religiös gewesen, hätte sie zu den von Tante Muriel verachteten Katholiken gehört, dann hätte sie eine Kerze für Carolines Seelenruhe anzünden können. Doch Caroline schien das bereits selbst erledigt zu haben.

Im Krankenhaus erklärte man, sie hätte nichts von der Möbelpolitur getrunken. Die offene Flasche war ein Zeichen, Carolines letzte Botschaft, eine Andeutung, wohin sie verschwunden war, denn praktisch befand sie sich nicht mehr in ihrem Körper.

Elizabeth beobachtet, wie William sein Clubsandwich aufißt und sich Apfelkuchen und eine Tasse Kaffee bestellt. Seine Krawatte gefällt ihr nicht. Jemand mit Williams Chorknabenteint sollte nicht Beige und Kastanienbraun tragen. Wenn Lesje mit einem Mann zusammenlebt, der einen derartig schlechten Geschmack in Krawatten hat, dann ist sie es kaum wert, besiegt zu werden.

William scheint nicht bemerkt zu haben, daß Elizabeth nichts ißt; er erklärt, warum buntes Toilettenpapier um so vieles schlimmer ist als weißes. Elizabeth weiß, daß es ihr kaum Vergnügen bereiten wird, mit ihm zu schlafen oder ihm auch nur die Enthüllung zu unterbreiten, um deretwillen sie hier ist. Vielleicht sollte sie sich gar nicht die Mühe machen. Sie ist erstaunt, was für einen Aufwand manche Leute treiben, nur um sich abzulenken. Sie staunt über sich selbst.

LESJE *Mittwoch, 16. Februar 1977*

Lesje katalogisiert gewaltige Schildkröten aus der frühen Kreidezeit. *Reptilia,* schreibt sie. *Chelonia, Neurankylidae. Genus & Species, Neurankylus baueri, Gilmore. Fundort:* Fruitland, New Mexico, USA. *Geologie:* Frühe Kreidezeit, Fruitland-Schiefer. *Material:* Rückenschild & Plastron.

Was für eine Schande, nach so vielen Jahren des Friedens ausgerechnet in Fruitland ausgegraben zu werden, denkt Lesje. Sie ist nie in Fruitland gewesen, aber sie stellt sich kleine Souvenirbuden vor, wo Plastikfrüchte verkauft werden: Anstecknadeln aus Weintrauben, magnetische Tomaten. Oder da es die Vereinigten Staaten sind, werden wahrscheinlich Collegestudenten, als riesige Pfirsiche oder Äpfel verkleidet, durch die Menschenmenge spazieren. Wie in Disneyland.

Ein Blatt Papier ist auf dem Rückenschild befestigt, auf dem eine Nummer steht, mit schwarzer Tinte geschriebene Zahlen, und sie überträgt diese Nummer auf die Karteikarte. Sie weiß, sobald sie mit den größeren Exemplaren fertig ist, wartet ein ganzes Tablett mit Rückenschildfragmenten auf sie. Sie wird es an den Lagerregalen vorbei hoch zu ihrem Büro fahren, vorbei an den Sandgebläsen und Zahnarztbohrern, die zur Reinigung der Fossilien verwendet werden; wenn sie damit fertig ist, wird sie wieder alles hinunterschaffen und in die Lagerregale einordnen. Danach kommen dann die Fischohrknochen aus dem Miozän dran. Es gibt Hunderte von Fischohrknochen, Hunderte von Schildkrötenfragmenten, Hunderte von sortierten Wirbeltierteilen, Knöcheln, Klauen, Hunderte von Zähnen. Versteinerungen. Tausende von Kilo schwer, eingeschlossen in die Formen der einst Lebenden. Manchmal fragt sie sich, ob die Welt wirklich noch mehr Fischohrknochen aus dem Miozän nötig hat. An Tagen wie diesem fragt sie sich, ob ihr Job nicht nur, wirklich, aus gehobener Karteiarbeit besteht.

Als sie sich in dem Kämmerchen ihres Büros mit den Fragmenten und den leeren Karten niedergelassen hat, läutet das Telefon. Eine weitere Schulklasse, die eine Führung wünscht. Lesje schiebt sie in ihren Terminkalender ein. Schulführungen sieht sie längst nicht mehr mit Vergnügen entgegen. Früher mal dachte sie, sie könnte ihnen was beibringen. Jetzt weiß sie, daß zumindest ein Kind dabei sein wird, das unbedingt was auf die Dinosaurier werfen will – ein Kaugummipapier, einen Flaschenverschluß, ein Steinchen –, um zu demonstrieren, daß es keine Angst hat. Säugetierjunge, ihre alten Feinde verspottend. »Geht nicht so dicht ran“, wird sie sagen. Wenn ihr alle Knöpfe auf einmal drückt, dann könnt ihr überhaupt nichts hören.

Soll sie sich im Labor eine Tasse Fertigkaffee machen, ihn zurück in ihre fensterlose Klause tragen und länger arbeiten, bis sie mit dem Tablett fertig ist? Oder soll sie, ausnahmsweise mal, pünktlich Schluß machen?

Sie späht durch die Tür des großen Büros, das sich ans Labor anschließt. Dr. Van Vleet ist bereits fort, hat sich seine feuchten Gummischuhe über seine ausgetretenen schwarzen Schuhe gezogen und ist wie eine gebeugte Tweedente in den Februarmatsch hinausgeschlurft. Lesje hat ihre Arbeit immer sehr ernst genommen – sie möchte sie wirklich gut machen –, aber in letzter Zeit irritiert sie einiges daran. Niemand wird wahrscheinlich je wieder einen Blick auf die Miozän-Fischohrknochen werfen, sobald sie erst einmal das Tablett an seinem Platz abgestellt hat. Außer ihr, die es an irgendeinem Tag heimlich wieder herausziehen wird, um die Symmetrie und Größe zu bewundern, um sich die gigantischen Fische mit ihrem Knochenpanzer vorzustellen, die wie riesige Gelenke durch die urtümlichen Ozeane glitten.

Sie macht noch eine Karte fertig, schließt dann den Karteikasten und holt ihren Mantel. Sie schlürft hinein, sucht in ihrer Umhängetasche nach Geld, Auf dem Heimweg wird sie kurz bei Ziggy's hineinschauen und irgendwas Gutes zum Dinner kaufen, was Gutes für William. Seitdem sie den Verdacht hegt, daß sie ihn eventuell verlassen wird, ist sie sehr besorgt um ihn. Sie kauft ihm Überraschungen, Sardinen in der Dose, Venusmuscheln, solche Sachen. Schnüffelt er, dann bringt sie ihm Pillen, Zitronen und Kleenexpakete. Es ist, als wollte sie sichergehen, daß er in guter Verfassung ist, wenn sie ihn weiterreicht, ihn eintauscht. Schau, wird sie zu ihm sagen. Schau doch nur, wie gesund du bist. Du brauchst mich nicht.

Sie weiß allerdings noch nicht, wie sie es ihm beibringen wird oder wann. Nate will nichts überstürzen, wegen der Kinder. Er meint, er wird eine Wohnung mieten oder, noch besser, eine Haushälfte, damit auch Raum für seine Maschinen ist, und dann so nach und nach dort einziehen. Er wird den Kindern erzählen, es sei eine Werkstatt. Bis jetzt hat er noch nicht angedeutet, wann Lesje zu ihm ziehen soll; nur daß er es möchte. Irgendwann. Wenn die Kinder sich daran gewöhnt haben. Manchmal schauen sie sich gemeinsam die Stellenanzeigen an und versuchen zu entscheiden, wo er oder möglicherweise sie beide schließlich leben werden.

Lesje freut sich auf diese Zeit – es wäre schön, mit ihm in einem neutralen Bett zu sein ohne Angst vor sich öffnenden Türen –, glaubt aber nicht wirklich daran. Den tatsächlichen Umzug zum Beispiel kann sie sich nicht vorstellen. Bettlaken und Handtücher zusammenfalten, ihre Poster herunternehmen (meist welche vom Museum, mit Tesafilm an die Wand geheftet), ihr weniges Geschirr in Pappkartons packen, auch die Bratpfanne, die ihre Mutter ihr geschenkt hatte, als sie von daheim wegging. Wenn sie wirklich umziehen würde, dann müßte sie es sich auch vorstellen können. (Und wo wird William sein? Im Büro? Wird er mit verschränkten Armen dabeistehen, um aufzupassen, daß sie keines seiner Bücher einpackt oder den Duschvorhang, den er gekauft hat, oder das Kochbuch über *Biologisches Essen*, das sie benutzen?)

Nate hat diesen zukünftigen Umzug nicht mit Elizabeth diskutiert, obwohl er andere Dinge mit ihr durchgesprochen hat. Elizabeth weiß Bescheid über sie. An einem Abend, während er gerade ein Bad nahm, haben er und Elizabeth eine vernünftige Unterhaltung darüber geführt. Es ist eine alte Angewohnheit von Elizabeth, mit ihm zu reden, wenn er in der Badewanne liegt, erzählte Nate ihr. Obwohl Lesje der Gedanke etwas stört, daß die beiden gemeinsame Angewohnheiten haben, fragte sie: »War sie wütend?«

»Kein bißchen«, sagte Nate. »Sie war sehr froh darüber. Sie freut sich, daß ich jemanden gefunden hab, der zu mir paßt.«

Aus irgendeinem Grund ärgert Lesje Elizabeths Billigung mehr, als es ein Wutausbruch getan hätte.

»Sie meint allerdings«, sagte Nate, »daß du es William erzählen solltest. Sie denkt, es wäre ein bißchen unehrlich, es nicht zu tun. Sie findet, es wäre auch ihr gegenüber fair. Und sie...«

»Das geht sie nichts an«, sagte Lesje, selbst überrascht von ihrer eigenen Heftigkeit. »Warum sollte sie sich drum kümmern, was ich William erzähle?«

»Sie sind ganz gute Freunde geworden«, sagte Nate milde. »Sie scheinen ziemlich häufig miteinander zu lunchen. Sie sagt, es bringt sie William gegenüber in eine schwierige Position, weil sie es weiß und er nicht.«

Lesje hat von dieser Freundschaft noch nichts gehört, von diesen Lunches. Sie fühlt sich ausgeschlossen. Warum hat William nichts davon erwähnt? Obwohl er ihr selten erzählt, mit wem er zum Lunch geht. Das konnte nur eine Bedeutung haben, hatte sie geglaubt: daß er, genau wie sie, überhaupt selten zum Lunch ginge. Sie sieht auch die Drohung hinter der

Botschaft; denn eine Botschaft war es. Elizabeth der Absender, Nate nur der ahnungslose Überbringer. Wenn sie es William nicht bald sagt, dann wird Elizabeth es ihm sagen.

Doch sie war einfach nicht in der Lage, irgendwas zu sagen. Bis jetzt hat sich noch keine Gelegenheit ergeben, sagt sie sich selbst. Was soll sie tun? Ein Cribbagespiel mit der Bemerkung unterbrechen: »William, ich habe ein Verhältnis«?

Sie schlendert die Straße entlang, Kopf gesenkt, im Arm die Tüte mit Kartoffelsalat und Brathähnchen, die sie bei Ziggy's gekauft hat. William hat ihr einmal gesagt, sie gehe wie ein Teenager. Aber er auch, also nehmen sie sich nichts.

Als sie in die Wohnung kommt, sitzt William am Kartentisch. Er hat eine Partie Solitär vor sich ausgebreitet, schaut aber zum Fenster hinaus.

»Ich hab'n bißchen was bei Ziggy's eingekauft«, sagt Lesje fröhlich. William antwortet nicht, was nichts Neues ist. Sie geht durch die Kochnische, stellt die Tüte auf dem Büfett ab, und weiter ins Schlafzimmer.

Sie sitzt auf dem Bett und zieht ihre Lederstiefel aus, als William im Türrahmen auftaucht. Sein Gesicht hat einen merkwürdigen Ausdruck, als hätten seine Muskeln einen Krampf. Er kommt auf sie zu, klobig.

»Stimmt was nicht, William?« sagt sie; aber er stößt sie zurück auf das Bett, den Unterarm quer über ihre Brust, sein Ellenbogen bohrt sich neben ihr Schlüsselbein. Seine andere Hand zerrt am Reißverschluß ihrer Jeans.

William hat schon immer gern ein bißchen herumgebalgt. Sie fängt an zu lachen, hört wieder auf. Dies ist was anderes. Sein Arm drückt gegen ihre Kehle, schneidet ihr die Luft ab. »William, das tut weh«, sagt sie; dann: »Hör auf, William, du sollst *aufhören*!«

Er hat ihr die Jeans halb über die Schenkel gezerrt, bevor ihr in den Sinn kommt, daß William versucht, sie zu vergewaltigen.

Unter Vergewaltigung hat sie sich immer etwas vorgestellt, was die Russen den Ukrainern antaten, etwas, was die Deutschen, heimlicher und verstohlener, den Juden antaten; was die

Schwarzen in Detroit machten, in dunklen Gassen. Aber nicht an etwas, das William Wasp aus einer guten Familie in London, Ontario, ihr je antun könnte. Sie sind Freunde, sie diskutieren über aussterbende Arten und Umweltverschmutzung, sie kennen einander schon seit Jahren. Sie leben zusammen!

Was soll sie jetzt tun? Wenn sie ihn abwehrt, ihn in die Eier tritt, dann wird er nie wieder ein Wort mit ihr sprechen. Sie ist ziemlich sicher, daß sie es könnte: Ihr Knie befindet sich genau in der richtigen Position, er ist über sie gebeugt, fummelt an ihrem Nylonslip. Aber wenn sie ihn weitermachen läßt, dann besteht die Möglichkeit, daß sie nie wieder mit ihm sprechen wird. Es ist absurd, und William, keuchend und schnaufend und mit den Zähnen knirschend, ist ebenfalls absurd. Aber sie weiß, wenn sie anfängt zu lachen, wird er sie schlagen.

Das ist erschreckend; er tut ihr mit Absicht weh. Vielleicht hat er das schon immer tun wollen, aber nie den geeigneten Vorwand dafür gefunden. Was hat er jetzt für einen Vorwand?

»William, hör auf«, sagt sie; aber William zerrt und reißt, schweigend, unbarmherzig, zwängt seinen Körper zwischen ihre Knie. Endlich wird sie selbst wütend. Wenigstens könnte er ihr eine Antwort geben. Sie klemmt ihre Beine zusammen, spannt ihre Nacken- und Schultermuskeln an und läßt William gegen ihren Körper hämmern. Er zieht sie nun an den Haaren, gräbt seine Finger in ihre Arme. Dann schließlich stöhnt er auf, wird naß, erschlafft.

»Fertig?« sagt sie kalt. Er ist nur noch totes Gewicht. Sie schiebt sich unter ihm vor, knöpft ihr Hemd zu. Sie zieht ihre Jeans und den Slip ganz aus und wischt sich damit die Schenkel ab. Mit rötlichen Augen beobachtet William sie vom Bett aus.

»Es tut mir leid«, sagt er.

Lesje hat Angst, daß er anfängt zu heulen. Dann wird sie ihm verzeihen müssen. Ohne zu antworten, geht sie ins Badezimmer und stopft ihre Kleidung in den Wäschekorb. Sie wickelt sich ein Handtuch um die Hüften. Alles, was sie will, ist eine heiße Dusche, sonst nichts.

Sie lehnt ihre Stirn gegen das kalte Glas des Spiegels. Hier kann sie nicht bleiben. Wohin soll sie gehen, was hat sie getan?

Ihr Herz rast, ihre Arme und Brüste sind zerkratzt, sie bekommt kaum Luft. Der Anblick, wie sich William plötzlich in einen ganz anderen verwandelte, hat sie schockiert. Sie weiß nicht, wer die Schuld daran hat.

ELIZABETH *Mittwoch, 16. Februar 1977*

Elizabeth hat einen schlechten Traum. Die Kinder sind verschwunden. Sie sind noch Babies, beide, und durch Sorglosigkeit, in einem Moment der Unachtsamkeit, hat sie die Kinder irgendwo verloren. Oder sind sie gestohlen worden. Ihre Kinderbettchen sind leer, auf der Suche nach ihnen läuft sie durch fremde Straßen. Die Straßen sind einsam und verlassen, die Fenster dunkel; auf dem Boden liegt kein Schnee, keine Blätter an den Hecken, der Himmel über ihr würde voller Sterne sein, wenn sie nur aufschauen könnte. Sie würde rufen, aber sie weiß, daß die Kinder ihr nicht antworten können, selbst wenn sie sie hören können. Sie befinden sich in einem der Häuser, eingewickelt; selbst ihre Münder sind mit Decken verhüllt.

Sie wälzt sich herum, zwingt sich aufzuwachen. Sie blickt sich im Zimmer um, undeutlich und verschwommen der Schrank, ihre Pflanzen, Lichtstreifen durch die Jalousie; sie vergewissert sich, daß sie hier ist. Ihr Herz beruhigt sich, ihre Augen sind trocken. Es ist ein alter Traum, ein alter Bekannter. Kurz nach Nancys Geburt hatte sie ihn zum erstenmal. Zu der Zeit wachte sie wild schluchzend auf, und Nate tröstete und besänftigte sie. Er führte sie ins Kinderzimmer, damit sie den Atemzügen lauschen und sehen konnte, daß alles in Ordnung war. Er dachte, sie träumte von ihren eigenen Kindern, doch schon damals hatte sie gewußt, obwohl sie es ihm nicht erzählte, daß die verlorenen Babies ihre Mutter und Caroline waren. Sie hat sie beide verdrängt, so gut sie konnte, aber sie kommen trotzdem zurück, nehmen die Form an, die sie am meisten quält.

Sie möchte nicht wieder einschlafen; sie weiß, daß sie dann wahrscheinlich denselben Traum noch einmal träumen wird.

Sie steigt aus dem Bett, sucht ihre Pantoffeln und den Morgenmantel und geht hinunter, um sich eine warme Milch mit Honig zu machen. Beim Kinderzimmer lauscht sie kurz, öffnet dann die Tür einen Spalt, nur um sich zu vergewissern. Reine Gewohnheit. Wahrscheinlich wird sie das für den Rest ihres Lebens tun, selbst dann noch, wenn die Kinder wirklich schon längst weg sind. Sie wird diesen Traum weiterhin träumen. Nichts hört je auf.

VIERTER TEIL

LESJE

Mittwoch, 9. März 1977

Lesjes Messer knirscht über das Porzellan. Es gibt Roastbeef, und das ist ein bißchen zäh. Ihre Mutter hat nie verstanden, mit Roastbeef umzugehen. Lesje schneidet und kaut; niemand redet, was nicht ungewöhnlich ist. Um sie herum schwebt dieses Geräusch, an das sie sich von ihrer Kinderzeit her erinnert, ein hohler Ton wie ein leises Echo in einer Höhle.

Bis zur letzten Minute hatten sie nicht gewußt, daß sie kommen würde: Nichtsdestoweniger hat ihre Mutter die guten Teller hervorgeholt, die mit den rosafarbenen Rosen und dem Goldrand, die Lesjes Großmutter gehört haben. Die anderen guten Teller haben blaue Linien mit Silberrändern und Darstellungen von schottischen Schlössern; sie gehörten der anderen Großmutter. Die Fleischteller. Lesjes Eltern bekamen sie, weil ihr Vater, trotz seiner Vergehen, der einzige Sohn war. Ihre Tante hat die Milchteller bekommen, was sie ihnen nie verziehen hat. Es gibt noch einen dritten Satz Teller für wochentags, den ihre Eltern selbst gekauft haben: feuerfestes Steingut. Sie sind in neutralem Braun gehalten, und Lesje fühlt sich damit am wohlsten.

Ihre Mutter bietet ihr eine zusätzliche Portion Yorkshirepudding an. Lesje bedient sich, was ihre Mutter zum Lächeln bringt; ein mildes, kummervolles Lächeln. Nur auf alten Fotos hat sie Haarflechten um ihren Kopf gewunden, Lesje kann sich nicht entsinnen, sie je damit gesehen zu haben, aber sie wirkt, als wären die Zöpfe noch da, als schimmerten sie durch ihre matronenhafte Dauerwelle hindurch, die sie alle zwei Monate erneuern läßt. Ein rundliches Gesicht, sauber geordnete Gesichtszüge. Auch Lesjes Vater ist rundlich, was Lesjes Größe und Magerkeit zu einem Familienrätsel macht. In ihren Teenagerjahren hatte ihr die Mutter immer gesagt, sie würde schon noch voller werden, wenn sie erst älter sei, um sie über den Mangel an Busen hinwegzutrösten. Aber sie ist nicht voller geworden.

Lesjes Mutter ist erfreut, daß sie so unerwartet zum Dinner gekommen ist; in letzter Zeit ist Lesje nicht gerade häufig erschienen. Aber sie ist auch verwirrt: Sie wirft schnelle forschende Blicke über den Tisch auf Lesje, während Lesje ihren Yorkshirepudding runterschlingt; sie hofft auf Erklärungen, später in der Küche. Aber Lesje kann nichts erklären. Da sie ihren Eltern nie so richtig mitgeteilt hat, daß sie mit William zusammenlebt (obwohl ihre Mutter es erraten hat), kann sie nun schlecht sagen, daß sie ausgezogen ist und jetzt mit jemand anderem zusammenlebt. Eine Heirat ist ein Ereignis, eine Tatsache, man kann darüber am Eßtisch reden. Auch über eine Scheidung Sie schaffen einen Rahmen, einen Anfang, ein Ende. Ohne sie bleibt alles amorph, ein endloser Mittelgrund, der sich wie eine Prärie auf beiden Seiten eines jeden Tages erstreckt. Obwohl sie sich und ihre Habe von einem Ort zum anderen bewegt hat, fehlt Lesje das Gefühl, daß irgend etwas geendet und etwas anderes begonnen hat.

Sie hat ihrer Mutter erzählt, daß sie umgezogen ist. Auch, daß sie ihr eigenes Geschirr noch nicht ausgepackt habe, was der Wahrheit entspricht und ihr als Vorwand dient, sich so überraschend zum Dinner einzuladen. Doch sie hat den Eindruck vermittelt, als hätte der Umzug am gleichen Tag stattgefunden, während in Wirklichkeit schon drei Wochen vergangen sind, seitdem sie den Wagen gemietet und ihre Besitztümer in Pappkartons gestopft hat. Sie hat es tagsüber erledigt, als William nicht da war, und ohne vorherige Ankündigung. Die Mitteilung, daß sie ausziehe, hätte nach einer Erklärung verlangt, und sie wollte da nicht reingezogen werden.

Es ist erstaunlich, wie schnell sich ihr gemeinsames Leben mit William aus den Schubladen vertreiben und von den Wänden reißen ließ und wie wenig Platz es einnahm. Sie trug die Kartons selbst zum Fahrstuhl, nichts davon war sonderlich schwer, und packte sie in den Transporter, der überhaupt nicht nötig gewesen wäre, ein Kombiwagen hätte es auch getan. Dann lud sie alles wieder aus und trug es die morschen Stufen des Hauses hoch, das sie gemietet hatte. Es ist ein verrottendes Reihenhaus in der Beverly Street, nichts Besonderes, aber sie hat nur einen Tag gesucht und das erstbeste genommen, das billig und groß genug für Nates Maschinen war. Es gehörte einem Bauunternehmer, der es irgendwann in ein gepflegtes Stadthaus verwandeln wollte; also war er bereit, es ihr billig zu überlassen, solange sie keinen Mietvertrag verlangte.

Sie spürte, sie mußte raus, bevor William sich entschuldigte. Wenn er sich entschuldigte – und sie war sicher, er würde es früher oder später tun –, säße sie in der Falle.

Am Tag, nachdem diese Sache passiert war – sie wußte nicht, wie sie es nennen sollte, und hatte sich schließlich entschlossen, es in Gedanken als *den Vorfall* zu bezeichnen –, ging William früh weg. Lesje hatte die Nacht im Badezimmer hinter verschlossener Tür verbracht, zusammengerollt auf der Badematte und mit Handtüchern zugedeckt. Das war übertrieben gewesen, er hatte keinen Versuch unternommen einzudringen.

Der Gedanke, daß er ungeduscht und unrasiert zur Arbeit erschien, löste eine leichte Freude bei ihr aus; peinliche Sauberkeit war einer seiner Fetische. Als sie die Wohnungstür zufallen hörte, wagte sie sich hinaus, zog sich frische Sachen an und ging ebenfalls zur Arbeit. Sie wußte nicht, was sie tun oder denken sollte. War er gewalttätig, würde er es wieder versuchen? Sie widerstand der Versuchung, Nate anzurufen und ihm *den Vorfall* zu beschreiben. So schlimm war's schließlich auch nicht gewesen, sie ist nicht verletzt worden, sie ist nicht wirklich vergewaltigt worden, zumindest rein technisch gesehen nicht. Außerdem, wenn sie es Nate erzählte, dann würde sie ihn unter Druck setzen, irgendwas zu unternehmen; zum Beispiel auf der Stelle mit ihr zusammenzuziehen. Das wollte sie nicht. Sie wünschte, daß Nate dann einzog, wenn er dazu bereit war, wenn er mit ihr zusammen sein wollte und nicht wegen irgend etwas, das William beinahe getan hatte.

Nach der Arbeit ging sie eine Weile spazieren, trank bei Murray's eine Tasse Kaffee und rauchte dazu eine Zigarette, bummelte die Bloor Street hinunter und sah sich die Schaufenster an. Schließlich ging sie heim, und William saß im Wohnzimmer, rotbackig, fröhlich, als wäre nichts geschehen. Er begrüßte sie freundlich und stürzte sich in eine Diskussion über die Kalorienwerte, erzeugt durch die kontrollierte Fermentierung bestimmter Flüssigkeiten.

Dieses Verhalten war erschreckender als Unfreundlichkeit oder Wut. Hatte William den ganzen Vorfall vergessen? Wo war er hergekommen, dieser Ausbruch reinsten Hasses? Sie konnte ihn nicht fragen, aus Angst, ihn erneut zu provozieren. Sie blieb lange auf, las ein Buch über Ichthyosaurier, bis William zu Bett gegangen war. Dann schlief sie auf dem Wohnzimmerteppich.

»Noch etwas Kartoffelbrei, Lesje?« sagt ihre Mutter. Lesje nickt. Sie ißt heißhungrig. Das ist die erste richtige Mahlzeit seit drei Wochen. Sie kampiert in dem fast leeren Haus, schläft auf Decken, die sie auf dem Schlafzimmerfußboden ausgerollt hat, ißt mitgebrachtes Essen, Teegebäck, Hamburger, Brathähnchen. Die Knochen und Krusten wirft sie in eine grüne Mülltüte; einen Abfalleimer hat sie noch nicht. Sie hat auch keinen Ofen und keinen Kühlschrank. Sie ist noch nicht dazu gekommen, das zu kaufen, teilweise auch deshalb, weil sie in einem Umschlag eine Monatsmiete für William zurückgelassen hat, worunter ihr Konto gelitten hat. Und außerdem hat sie das Gefühl, daß größere häusliche Anschaffungen wie diese, wenn auch nur aus zweiter Hand, mit Nate geteilt werden sollten. Ein Ofen ist eine ernste Verpflichtung.

Lesje ißt Apfelkuchen und fragt sich, was Nate wohl tut. Als ihr Vater sagt: »Was macht das Knochengeschäft?« lächelt sie ihn etwas mühsam an. Wenn man eine neue Gattung von Dinosauriern entdeckte, könnte man sie nach sich selbst benennen.

Aliceosaurus, hat sie früher mal geschrieben, als sie übte, ihren Namen ins Englische zu übertragen. Mit vierzehn war es ihr Ehrgeiz, eine neue Gattung von Dinosauriern zu entdecken und sie *Aliceosaurus* zu nennen. Sie machte den Fehler, das ihrem Vater zu erzählen; er hielt es für ausgesprochen komisch und zog sie damit monatelang auf. Sie ist sich nicht sicher, welchen Ehrgeiz sie jetzt hat.

Lesje hilft ihrer Mutter, die Teller zusammenzustellen und sie in die Küche hinauszutragen. »Ist alles in Ordnung, Lesje?« sagt ihre Mutter, sobald sie außer Hörweite ihres Vaters sind. »Du siehst dünn aus.«

»Ja«, sagt Lesje. »Ich bin bloß müde vom Umzug.«

Ihre Mutter scheint sich damit zufriedenzugeben. Aber es ist eben nicht alles in Ordnung. Nate besucht sie an den Abenden in ihrem neuen Haus, und sie schlafen miteinander auf ihren ausgebreiteten Decken, die harten Dielen gegen ihren Rücken gepreßt. Das ist schön, aber bis jetzt hat er nichts davon gesagt, wann er einziehen wird. Sie fängt an, sich zu fragen, ob er es je tun wird. Warum sollte er? Warum sollte er sein Leben in Unordnung bringen? Er sagt, er muß es nach und nach den Kindern beibringen, sonst könnten sie verstört reagieren. Lesje findet, daß sie selbst bereits verstört ist, aber das kann sie Nate nicht sagen.

Sie scheint auch nicht in der Lage zu sein, es sonst jemandem zu sagen. Bestimmt nicht Trish oder Marianne. Sie sitzt mit ihnen im Coffeeshop des Museums, rauchend, angespannt, immer dicht davor, mit allem herauszuplatzen. Aber sie kann nicht. Ihr ist bewußt, daß, von außen betrachtet, Williams Benehmen, der Vorfall (den man auch als peinliches Versagen ansehen könnte), ihre eigene Flucht und ihr bedingungsloses Verhältnis mit Nate naiv wirken mögen, tölpelhaft, vielleicht sogar lächerlich. *Gauche,* würde Marianne denken, ohne es natürlich laut zu sagen, oder, ein neuer englischer Ausdruck, den sie sich in letzter Zeit angewöhnt hat: *dick.* Sie würde Lesje gute Ratschläge erteilen, so als wollte sie sich neu einkleiden. Sie würde Verhandlungen vorschlagen, Druck ausüben, Tricks, lauter Sachen, die Lesje nicht liegen. Du willst, daß er mit dir zusammenzieht? Versuch's mal mit Aussperren. Warum sich eine Kuh halten, wenn's die Milch umsonst gibt? Lesje möchte nicht der Gegenstand solch amüsierten, flüchtigen Mitgefühls sein. Ihr fällt auf, daß sie keine engen Freundinnen hat.

Sie überlegt, ob sie mit ihrer Mutter reden kann, sich ihr anvertrauen könnte. Sie bezweifelt es. Ihre Mutter hat eine ruhige Heiterkeit kultiviert; sie mußte das wohl. Julia mit fünfundfünfzig, denkt Lesje, obwohl ihre Mutter nie eine Julia gewesen ist; sie war kein Frühlingsgewächs gewesen, wie die Tanten sagten. Ihr Vater hatte keine Balkone erstiegen, sie waren nicht durchgebrannt; sie hatten die Straßenbahn zum Standesamt genommen. Lesje hat *Romeo und Julia* in der High School gelesen; die Lehrerin dachte, es würde ihnen gefallen, weil es von Teenagern handelte, und sie waren schließlich selbst Teenager. Lesje hatte sich nicht wie ein Teenager gefühlt. Sie wollte Schwemmlandebenen und Mergelablagerungen und Wirbeltieranatomie studieren und hatte dem Stück kaum Beachtung geschenkt, außer daß sie die Ränder der Seiten mit den Zeichnungen gigantischer Farne verzierte. Doch wie hätten sich die Montagues und die Capulets benommen, wenn Romeo und Julia am Leben geblieben wären? Ungefähr so wie ihre Verwandten, vermutet sie. Spitze Bemerkungen bei Familientreffen, Ressentiments, Themen, über die nicht gesprochen werden durfte, diese oder jene Großmutter heulend oder tobend in einer Ecke. Julia wäre wie Lesjes Mutter unzugänglich geworden, kompakt, rundlich, hätte sich zu einer Kugel zusammengerollt.

Lesjes Mutter möchte, daß Lesje glücklich ist, und wenn Lesje nicht glücklich ist, dann möchte sie, daß sie wenigstens so tut. Lesjes Glück ist die Rechtfertigung ihrer Mutter. Lesje hat das schon immer gewußt und verfügt über ausreichendes Training, um, wenn schon nicht glücklich, so doch unerschütterlich zufrieden zu wirken. Immer beschäftigt. Aber während sie jetzt neben ihrer Mutter steht, die Teller mit dem zeitlosen Geschirrtuch trocknet, auf dem auf einer Seite unten blau eingestickt *Glas* steht, spürt sie, daß sie nicht mehr die Kraft hat, dieses Erscheinungsbild aufrechtzuerhalten. Statt dessen möchte sie heulen, und sie wünscht sich, daß ihre Mutter die Arme um sie legt und sie tröstet.

Wegen William möchte sie getröstet werden. Der Verlust von William, dem vertrauten William, schmerzt trotz allem. Nicht wegen William selbst, sondern weil sie ihm schlicht und einfach vertraut hat, sorglos, ohne nachzudenken. Sie vertraute ihm wie einem Bürgersteig, sie vertraute ihm, das zu sein, was er schien, und sie wird nie wieder fähig sein, das bei jemand anderem zu tun. Es ist nicht die Gewalttätigkeit, sondern der Verrat seiner unschuldigen Oberfläche, der so schmerzt; obwohl vielleicht gar keine Unschuld vorhanden war, vielleicht hatte sie sich das nur eingebildet.

Aber ihre Mutter in ihrer Abgeschlossenheit würde nie in der Lage sein, gemeinsam mit Lesje zu trauern. Sie würde lediglich abwarten, bis Lesje zu heulen aufhört, ihr mit dem Geschirrtuch die Augen trocknen und dann all die Dinge anführen, die Lesje sich selbst auch schon vorgebetet hat: *In Wirklichkeit ist ja gar nichts Schlimmes passiert. Du bist besser dran ohne ihn. Es war die einzige Möglichkeit. Alles wird sich zum Besten wenden.*

Ihre Großmütter hätten das nicht getan. Sie hätten mit ihr getrauert, alle beide; sie hatten das Talent dafür. Sie hätten geweint, gewehklagt, gejammert. Sie hätten ihre Arme um sie gelegt und sie hin und her gewiegt, ihr übers Haar gestrichen, lauthals heulend, lächerlich, als hätte sie nie wiedergutzumachenden Schaden erlitten. Vielleicht hat sie das.

NATE *Mittwoch, 9. März 1977*

Im Keller lehnt sich Nate an seine Werkbank, befühlt die Stiele der Pinsel, die er in der Kaffeebüchse mit Varsol aufweichen läßt. Schon immer wollte er hier unten bessere Lichtverhältnisse schaffen. Jetzt lohnt es sich nicht mehr. In dem schwachen gelblichen Licht kommt er sich wie ein riesiges Insekt vor, weiß und halbblind, das sich seinen Weg durch Tast- und Geruchssinn sucht. Farbdämpfe und feuchter Zement, seine vertraute Atmosphäre. Er dreht an seinem kleinen roten Schraubstock, preßt damit einen geklebten und trocknenden Schafskopf zusammen, Teil einer Maria-mit-dem-Lamm-Figur zum Ziehen. Der Entwurf des Schafes hat ihm keine Schwierigkeiten bereitet, aber die Maria macht Schwierigkeiten. Er bringt keine Gesichter zustande. Ein Sonnenhut, denkt er.

Er sollte eigentlich zusammenpacken. Er hat die Absicht zu packen, er hat die Absicht gehabt zu packen. Mit dem Fahrrad hat er einen Stapel Pappkartons vom Supermarkt heimgefahren und eine Rolle starker Schnur gekauft. Er sammelt Zeitungen zum Einwickeln, schon seit einiger Zeit; seit zwei Wochen stapeln sie sich in einem säuberlichen Stoß am Fuß der Kellertreppe. Er hat sogar etwas Schmirgelpapier und eine Schachtel mit Nägeln und Schrauben zu Lesje geschafft und die Sachen dort im vorderen Zimmer als Unterpfand seiner guten Absichten liegen lassen. Er hat ihr erklärt, daß er schrittweise vorgehen möchte. Zuerst wird er Elizabeth sagen, daß er beschlossen hat, mit seiner Werkstatt in einen größeren, helleren Raum umzuziehen. Sie wird überrascht sein, daß er sich das leisten kann, aber er wird damit durchkommen. Dann wird er den Kindern das gleiche erzählen. Wenn sie sich daran gewöhnt haben, ihn nicht mehr ständig um sich zu haben, dann wird er, langsam und allmählich, aufhören, in dem einen Haus zu schlafen, und anfangen, in dem anderen Haus zu schlafen. Den tatsächlichen Bruch möchte er so vollziehen, daß sie es gar nicht merken, hat er gesagt.

Er beabsichtigt voll und ganz, diesen Plan auszuführen, allerdings mit einem feinen, aber entscheidenden Unterschied, den er nicht glaubt mit Lesje besprechen zu müssen: Er möchte warten, bis Elizabeth ihn auffordert oder ihm sogar befiehlt auszuziehen. Es wird ihm später eine Menge Schwierigkeiten ersparen, wenn er ihr den Eindruck vermitteln kann, sie hätte diese Entscheidung selbst getroffen. Im Moment ist ihm jedoch noch nicht klar, wie er das bewerkstelligen soll.

In der Zwischenzeit muß er mit Lesjes offensichtlichen und zunehmenden Depressionen fertig werden. Sie hat keinen

Druck auf ihn ausgeübt, keinen in Worte gefaßten Druck. Nichtsdestoweniger bekommt er kaum noch Luft. Seit drei Wochen nun rennt er die Kellerstufen hoch, sobald er die Kinder von der Schule heimkommen hört, benimmt sich fröhlich und sorglos und macht ihnen warme Milch und Erdnußbuttersandwiches. Er erzählt ihnen Witze, kocht ihr Essen, liest ihnen immer länger werdende Gutenachtgeschichten vor. Gestern abend sagten sie, sie wären müde, und würde er bitte das Licht ausmachen. Verletzt wollte Nate seine Arme ausbreiten und hinausschreien: *Ich werd nicht mehr lange bei euch sein!* Aber schließlich geht es ja darum, gerade dieses Theater zu vermeiden. Er löschte das Licht, gab ihnen einen Gutenachtkuß und ging ins Badezimmer, um sich einen heißen Waschlappen über die Augen zu legen. Sein Spiegelbild verblaßte bereits, das Haus vergaß ihn, er war nebensächlich. Er trocknete sich die Augen und machte sich auf die Suche nach Elizabeth.

Auch das gehört zu seinem Plan. Er gibt sich Mühe, mindestens alle zwei Tage eine harmlose Plauderei mit ihr in Gang zu bringen, aus der sich für sie Chancen, Möglichkeiten ergeben sollen. Vielleicht wird sie ihn während einer dieser Unterhaltungen entlassen. Sie sitzen in der Küche und reden über dies und jenes, während sie Tee trinkt und er Scotch. Vor noch nicht allzulanger Zeit hätte sie ihn abends gemieden; sie wäre ausgegangen oder hätte in ihrem Zimmer gelesen. Von ihr stammt die Behauptung, daß sie sich nichts mehr zu sagen hätten. Aus irgendwelchen Gründen, die sie für sich behält, scheint sie nun die Möglichkeit zu begrüßen, seine Meinung über Einkäufe, Reparaturen, die Fortschritte der Kinder in der Schule zu hören. Diese Tatsache allein bringt ihn zum Schwitzen. Sie hat ihn ein paarmal ziemlich nebenbei gefragt, wie es mit seiner Freundin liefe, und er hatte unverbindlich geantwortet.

Nach diesen Plaudereien, in deren Verlauf er die Zähne zusammenbeißen muß, um nicht ständig auf die Uhr zu schauen, springt er auf sein Fahrrad und strampelt fieberhaft Ossington runter und Dundas entlang, um Lesje noch zu erwischen, bevor sie zu Bett geht. Zweimal wäre er fast überfahren worden; einmal hat er einen Hydranten gerammt und war zerschrammt und blutend angekommen. Lesje hatte halbausgepackte Kartons auf der Suche nach Heftpflaster durchsucht, während sein Blut auf das schmierige Linoleum tropfte. Er weiß, daß diese Fahrten gefährlich sind, aber er weiß auch, daß sich Lesje zurückgestoßen und elend fühlt, wenn er nicht rechtzeitig da ist. An verschiedenen Abenden, als er zu erschöpft für die Fahrt war, hatte er statt dessen angerufen. Ihre Stimme klang klein, entfernt. Er erträgt es nicht, sie so dahinschwinden zu hören.

Egal, wie erschöpft er ist, er muß mit ihr schlafen oder zumindest den Versuch dazu unternehmen, seinen guten Willen zeigen; sonst hat sie das Gefühl, er macht einen Rückzieher. Vom Fußboden sind seine Knie aufgeschrammt, seine schlimme Bandscheibe macht sich bemerkbar. Er möchte sie bitten, ein Bett oder wenigstens eine Matratze zu besorgen, aber er kann das schlecht tun, ohne die Hälfte beizusteuern, und im Augenblick hat er nicht genug Geld.

Nachdem er Lesje besänftigt hat, radelt er wieder heim. Dort klappert er in der Küche mit Tellern herum, während er einen kleinen Nachtimbiß aus Leber und Zwiebeln brät. Er singt Seemannsshanties oder legt eine Platte auf, die alten Travellers oder Harry Belafonte aus den frühen Sechzigern. Er hat diese Schallplatten aufgehoben, nicht weil er die Musik selbst so besonders mag, sondern weil sie ihn an eine Zeit erinnern, als sie ihm gefallen haben. Vor seiner Heirat vor allem anderen; als noch alles möglich zu sein schien.

Er weiß, daß Elizabeth hören kann, was in der Küche vor sich geht. Sie ist allergisch gegen die Travellers oder Harry Belafonte, überhaupt gegen jede Art von Krach in der Nacht, und vom Geruch gebratener Leber wird ihr schlecht. Er hat das zu Anfang ihrer Ehe herausgefunden und darauf verzichtet, ein Kompromiß Sie hält sehr viel von Kompromissen. Er hofft nun, daß sein offener Mangel an Kompromißbereitschaft sie davon überzeugen wird, daß sie ihn satt hat.

In Wirklichkeit ist ihm nicht nach Singen zumute, auch nicht nach Essen. Um Mitternacht hat er für gewöhnlich dröhnende Kopfschmerzen. Aber er zwingt sich zum Singen, klopft mit dem Messer den Takt gegen seinen Teller und brüllt zusammen mit Harry, den Mund randvoll mit teilweise gekautem Fleisch. »I see great big black Tarantula«, bellt er. Dann sehnsuchtsvoll: »Come back, Liza, come back, girl, wipe de tear from yo' eye...« Damals, in der Ära von Chris, hatte er dieses Lied mit geradezu lächerlicher Sentimentalität gesungen. *Liza* war Elizabeth, und er wollte, daß sie zurückkam.

Er läßt den Teller im Ausguß oder, wenn er besonders wagemutig ist, direkt auf dem Küchentisch stehen unter Mißachtung von Elizabeths handgeschriebenem Schild:

Mach sauber, was du dreckig machst!

Dann schwankt er die Treppen hoch, würgt vier Aspirin mit Kodein runter und kracht ins Bett.

Normalerweise würde ein solches Benehmen schnelle Resultate bringen. Eine kühle Aufforderung, der, falls er ihr nicht nachkam, ein Frontalangriff folgte, in dessen Verlauf ihm mit einer Stimme von ruhiger Kälte alles vorgehalten wurde, bei Chauvinismus angefangen über arrogante Selbstsüchtigkeit bis hin zum Sadismus. In den ersten Jahren überzeugten ihn diese Argumente. Seine Unfähigkeit, sich zu beklagen, sich mit Talent und Gefühl zu beklagen, war ein Nachteil: Wenn sie ihn aufforderte, eine ihrer Angewohnheiten anzuführen, die für ihn ähnlich widerlich wäre und die sie dann natürlich auf der Stelle aufzugeben bereit wäre, fiel ihm nichts ein. Er war daran gewöhnt zu glauben, daß jedermanns Zorn über die eigene Unterdrückung gerechtfertigt war; jeder schien zornig, nur er nicht. Er war ja auch wirklich nicht unterdrückt. Auf Parties während der wilden sechziger Jahre hatte man ihn ein weißes Schwein genannt, ein männliches Schwein, ja sogar – aufgrund seines Nachnamens – ein faschistisches deutsches Schwein. Anstatt seine unitarische Vergangenheit zu beschwören, seinen längst verstorbenen Mennonitengroßvater, dem man wegen seines Namens 1914 die Fenster seiner Käsefabrik eingeworfen hatte, seinen im Krieg gefallenen Vater, fand er es einfacher, wegzugehen und sich in der Küche ein neues Bier zu holen. Noch hatte er Elizabeth je klargemacht, daß das Haus ihm ebenso gehörte wie ihr; er glaubte nicht wirklich daran. Außer in Restaurants aß er keine Leber mehr, und die Harry-Belafonte-Platten spielte er nur dann, wenn Elizabeth nicht zu Hause war. Die Kinder mochten sie.

Diesmal hat Elizabeth auf seine Übertretungen nicht reagiert. Wenn er sie am nächsten Morgen zufällig sieht, ist sie ruhig und heiter. Sie fragt ihn sogar, ob er gut geschlafen hat.

Nate weiß, daß er dieses Doppelleben nicht viel länger durchhalten kann. Er wird Magengeschwüre bekommen, er wird implodieren. Eine zusammenhangslose Wut steigt allmählich in ihm hoch, nicht nur auf Elizabeth, sondern auch auf die Kinder: Was für ein Recht haben sie, ihre Krallen in ihn zu schlagen, ihn zurückzuhalten? Auch auf Lesje, die ihn zwingt, schmerzhafte Entscheidungen zu treffen. Seine Wut ist nicht fair, das weiß er. Es widerstrebt ihm, unfair zu sein. Heute wird er den ersten Schritt machen, jetzt.

Er kniet neben dem Stapel alter Zeitungen. Er wird zuerst die kleinen Handwerkzeuge einwickeln und verpacken und die Kartons wegschaffen, einen nach dem anderen, fest verschnürt auf dem Gepäckträger seines Fahrrads. Für die größeren Maschinen und die noch nicht fertiggestellten Spielsachen wird er einen Lastwagen mieten müssen. Die Frage, wie er das bezahlen soll, schiebt er vorläufig beiseite.

Er nimmt einen Hohlmeißel auf, läßt seine Hand um den Griff gleiten. In den frühen Tagen der Euphorie, als er gerade seinen Job aufgegeben hatte und noch daran glaubte, er kehre irgendwie zur Würde, zur Weisheit und Einfachheit des Handwerkers zurück, verbrachte er viel Zeit damit, spezielle Griffe für seine Werkzeuge zu schnitzen. In einige schnitt er seine Initialen ein; in andere dekorative Bänder, Blumen und Blätter oder geometrische Motive, entfernt indianisch. An diesen Meißel hier hat er eine Hand gearbeitet, so herausgeschnitzt, als hielten die hölzernen Finger den Griff, und jedesmal, wenn er den Meißel aufnahm, lag eine andere Hand in der seinen. Es machte ihm Spaß, seine Werkzeuge zu benutzen, er fühlte sich sicher, verwurzelt, als wären sie durch sein eigenhändiges Schnitzen schon alt geworden.

Er kniet, hält die schmale hölzerne Hand, versucht, sich an dieses Vergnügen zu erinnern. Halten, festhalten. Doch die Werkzeuge treiben von ihm fort, sind nicht mehr wichtig, wie Spielzeuge, mit denen er einmal gespielt hat. Die Plastikmaschinenpistole, der Männerhut, den er mit heruntergezogener Krempe so trug, als wäre er ein Tropenhelm.

Er legt den Hohlmeißel auf ein Stück Zeitungspapier und rollt ihn von der unteren Ecke des Papiers her ein. Dann, während er dabei die Schlagzeilen liest, rollt er systematisch die anderen Meißel ein, die Schraubenzieher, die Feilen, legt die eingewickelten Werkzeuge nebeneinander auf den Boden des ersten Kartons. Alte Ereignisse blitzen auf, schwärzen ihm die Finger: der Pakistani, den man auf die U-Bahn-Schienen gestoßen hat, er erinnert sich daran. Ein gebrochenes Bein. Das Kind, das sich strangulierte, weil es als Bestrafung von seiner Mutter gezwungen war, auf einem Bein mit einem Strick um den Hals dazustehen. Klatsch über Margaret Trudeau, wochenlang. Eine Bombenexplosion in einem Metzgerladen in Nordirland. Die Kluft zwischen dem englischen und dem französischen Kanada verbreitert sich. Ermordeter portugiesischer Schuhputzjunge; Säuberung von Torontos Nuttenviertel. Sprachverordnungen in Quebec: griechischem Krämer in einem rein griechischen Distrikt wird untersagt, ein Coca-Cola-Schild in Griechisch aufzustellen. Er blättert die Zeitungen durch, entsinnt sich seiner Reaktionen, als er sie zum erstenmal las.

Dann hört er mit dem Einwickeln ganz auf. Er hockt auf dem Kellerboden, eingefangen von alten Geschichten, die ihn über die Zeit hinweg als langgezogenes verwaschenes Geheul aus Wut und Schmerz anfallen. Und er erkennt: Was anderes war nicht zu erwarten! Zeitungen bestehen aus destillierter Sinnlosigkeit. Wann immer seine Mutter zu irritierend wird, zu optimistisch, möchte er ihr einfach sagen: »Lies die Zeitungen.« Purer Wahn, der Glaube, daß irgend etwas geändert werden kann, jemals. Selbstverständlich liest sie die Zeitungen. Sie schneidet sogar Artikel aus und sammelt sie.

Er ist in einen Leitartikel vertieft, der vor der schleichenden

Balkanisierung Kanadas warnt, als die Kellertür aufgeht. Er blickt auf: Elizabeth steht oben auf dem Treppenabsatz, ihr Gesicht im Schatten, das Licht ist hinter ihrem Kopf. Nate steht langsam auf. Der Meißel, den er gehalten hat, den er einwickeln wollte, klirrt auf den Boden.

»Du bist früh zurück«, sagt er. Er kommt sich vor, als sei er dabei ertappt worden, wie er jemanden im Keller vergräbt.

Elizabeth hat eine Strickjacke um die Schultern gelegt. Sie zieht die Jacke enger zusammen; langsam und ohne zu sprechen steigt sie die Treppen hinab. Nate weicht bis zur Werkbank zurück.

»Sieht aus, als würdest du packen«, sagt Elizabeth. Jetzt kann er erkennen, daß sie lächelt.

»Na ja, ich hab grad ein paar Werkzeuge aussortiert«, sagt Nate. Jetzt, wo die Zeit gekommen ist, möchte er heftig, irrational alles abstreiten. »Um sie einzulagern«, sagt er.

Elizabeth steht am Fuß der Treppe und betrachtet den Raum, die schmuddeligen Fenster, die Lumpen, die Haufen von Sägemehl und Spänen, die er nie zusammenfegt.

»Wie gehen die Geschäfte?« fragt sie. Schon seit langer Zeit hat sie diese Frage nicht mehr gestellt. Es interessiert sie nicht; so gut wie nie kommt sie hier herunter. Alles, was sie an seiner Arbeit interessiert, ist die halbe Miete.

»Großartig«, lügt er. »Alles bestens.«

Elizabeth sieht ihm in die Augen. »Ist es nicht langsam an der Zeit, daß wir damit aufhören?« sagt sie.

ELIZABETH *Mittwoch, 9. März 1977*

Elizabeth zieht ihre Strickjacke fester um ihre Schultern, über ihren Rücken. Ihre Arme sind verschränkt, ihre Hände sind um die Wolle zu Fäusten geballt. Zwangsjacke. Sie steht im Flur, beobachtet die Haustür, als erwarte sie, daß jemand hereinkäme. Doch sie rechnet nicht damit, daß jemand hereinkommen wird. Türen sind etwas, durch die Leute hinausgehen, auf ihre eigene Art und Weise. Die Türen schließen sich hinter ihnen, und sie bleibt zurück, schaut auf den Platz, wo sie eben noch gewesen sind. Bewußt, halb bewußtlos, halb gewissenlos. Zum Teufel mit ihnen allen.

Nate ist eben durch diese Tür hinausgegangen, einen Pappkarton unterm Arm. Er hat den Karton auf der Veranda abgesetzt, damit er zurückkommen und die Tür sorgsam schließen konnte, ganz sorgsam. Jetzt strampelt er los, um seine dürre Freundin zu vögeln, was er schon seit Wochen macht, ohne es zuzugeben. Diesmal nimmt er ein paar Feilen und Meißel mit. Elizabeth hofft, er kann was damit anfangen.

Bei normalem Ablauf der Dinge hätte sie gegen diese Liaison nichts einzuwenden gehabt. Sie ist kein hungriger Hund; wenn sie einen bestimmten Knochen nicht will, dann kann ihn ruhig jemand anders haben. Solange Nate seinen Teil zum Haus und den Kindern beiträgt oder zumindest das, was sie umständlich als seinen Anteil ausgehandelt haben, dann kann er sich soviel Abwechslung gönnen, wie er nur will. Bowling, Modellflugzeuge bauen, Rumschlafen, ihr ist das alles gleich. Aber sie mag es nicht, für dumm verkauft zu werden. Jeder Schwachkopf konnte sehen, daß er am Packen war; warum machte er sich die Mühe, es zu leugnen? Und was seine dümmliche Vorstellung mit der mitternächtlich gebratenen Leber und den Harry-Belafonte-Platten betrifft, das würde ein Zweijähriger durchschauen.

Sie wendet sich von der Tür ab und geht in die Küche, ihr Gang schleppend, ihr Körper plötzlich schwer. Sie war ruhig, sie freut sich darüber, wie ruhig sie war, aber jetzt fühlt sie sich, als hätte sie eine ganze Flasche Aspirin geschluckt. Kleine Löcher glühen rot in ihrem Magen, fressen sich ihren Weg in ihr Fleisch. Eine Flasche voller Sterne. Alles, was sie wollte, war ein offenes Geständnis, und das hatte sie erreicht. Er hat zugegeben, daß er plant, mit seiner Werksatt von ihrem Keller an einen unbestimmten Ort umzuziehen. Sie wissen beide, wo dieser Ort liegt, doch im Moment hat sie der Versuchung widerstanden, noch mehr aus ihm herauszuholen.

Sie beschließt, sich eine Tasse Kaffee zu machen, überlegt es sich dann aber wieder anders. Keine Säure mehr heute abend.

Statt dessen gießt sie kochendes Wasser über einen Geflügelsuppenwürfel und rührt mechanisch um, während sie darauf wartet, daß er sich auflöst.

Sie geht die Zukunft durch, Schritt für Schritt. Von diesem Punkt aus führen zwei Wege weiter. Er wird nach und nach verschwinden, ohne weiteren Druck. Oder sie kann den Vorgang abkürzen, indem sie ihm sagt, er soll gehen. Einen dritten Weg gibt es nicht. Jetzt wird er nicht mehr bleiben, selbst wenn sie ihn darum bittet.

Also wird sie ihm sagen müssen, er soll gehen. Wenn sie schon sonst nichts aus dem Schiffbruch bewahren kann, dann will sie wenigstens das Gesicht wahren. Sie werden ein zivilisiertes Gespräch führen, und sie werden beide zu dem Schluß kommen, daß es so für die Kinder das beste ist. Danach wird sie in der Lage sein, diese Unterhaltung vor ihren Freundinnen zu wiederholen, ihre Freude über diese Lösung all ihrer Probleme mitzuteilen und dabei ruhige Selbstsicherheit und Beherrschtheit ausstrahlen.

Natürlich sind da die Kinder, die wirklichen, nicht die Phantasiekinder, die sie als Pfand in die Verhandlungsrunden einbringen werden. Die wirklichen Kinder werden nicht der Meinung sein, daß dies das beste für sie ist. Sie werden es furchtbar finden, und Nate wird den Vorteil haben, sagen zu können: *Eure Mutter hat mich aufgefordert zu gehen.* Aber sie will nicht verlassen werden, sie weigert sich, gegen ihren Willen verlassen zu werden. Sie weigert sich, pathetisch zu sein. Ihre Märtyrermutter, schluchzend in einem Sessel. Sie weiß, daß sie in diese Position manipuliert worden ist, von Nate – von Nate! – , und sie verabscheut den Gedanken ungemein. Es ist so, als würde man in einer komplizierten, raffinierten Partie Schach vom Weltmeister im Sackhüpfen geschlagen. Aber ihr bleibt keine Wahl.

Sie wird eine Diät machen, später, wenn er tatsächlich fort ist. Das ist Teil des Rituals. Sie wird sich aufputzen, vielleicht eine neue Frisur, und alle werden sagen, wieviel besser sie jetzt aussieht als vor der Trennung von Nate. Sie findet diese Taktiken armselig und mißbilligt sie bei anderen. Doch was sonst könnte sie tun? Trips nach Europa kann sie sich nicht leisten, einen religiösen Trip? Einen jüngeren Liebhaber hat sie schon gehabt; sie hat keine Eile, das zu wiederholen.

Sie wiegt sich leicht auf dem Stuhl hin und her, ihre Hände um die Ellbogen gelegt. Sie fröstelt. Sie möchte, daß Chris zurückkommt. Sie wünscht sich irgend jemanden, bloß ein Paar Arme, die nicht leer sind, wie die ihrer Wolljacke. Die Risse zwischen den Brettern des Tisches weiten sich; graues Licht steigt zwischen ihnen auf, kalt. Trockenes Eis, Gas, sie kann es hören, ein zischendes Geräusch, das sich auf ihr Gesicht zubewegt. Es frißt die Farben auf. Sie zieht die Hände vom Tisch weg, verkrampft sie in ihrem Schoß. Die Adern in ihrem Nacken schwellen. Finger ziehen ihre Haare über ihre Kehle.

Sie ist an diesen Stuhl gefesselt, sie kann sich nicht bewegen, etwas Eiskaltes kriecht ihren Rücken hoch. Ihre Augen flakkern, huschen durch das Zimmer auf der Suche nach etwas, das sie retten könnte. Etwas Vertrautes. Der Ofen, ein Topf darauf, die schmutzige Bratpfanne, das Schneidebrett beim Ausguß. Der zerfranste und geschwärzte Ofenhandschuh. *Mach sauber!* Der Kühlschrank. Nancys angeheftetes Gemälde aus der ersten Klasse, ein lächelndes Mädchen, der Himmel, die Sonne. Freude, hatte sie gedacht, als sie es befestigt hatte.

Sie starrt das Bild an, preßt die Hände zusammen, und für einen Augenblick scheint die Sonne. Aber das ist kein freundliches Lächeln, Bösartigkeit liegt in diesem Gelb, in diesen Haaren. Auch das Blau des Himmels ist eine Illusion, die Sonne färbt sich schwarz, ihre Tentakeln krümmen sich wie brennendes Papier. Hinter dem Himmel kommt nicht weißes Email zum Vorschein, sondern die Finsternis des Weltraums. Schwärze, durchschossen von feurigen Blasen. Irgendwo dort draußen treibt der zusammengefallene Körper, nicht größer als eine Faust, zerrt an ihr mit ungeheurer Anziehungskraft. Unwiderstehlich. Sie fällt darauf zu, der Raum füllt ihre Ohren.

Etwas später ist sie in der Küche. Um sie herum tickt das Haus, die Heizung summt, warme Luft seufzt durch die Ventile. Von oben kommt Fernsehgekicher; sie kann das Wasser in den Rohren hören, eins der beiden Kinder rennt sorglos vom Badezimmer durch den Flur. Bis jetzt schafft sie es immer noch zurückzukehren. Sichgehenlassen würde Tante Muriel dazu sagen. Mach dich nützlich! Sie konzentriert sich auf den gelben Kreis oben am Rand der Tasse, zwingt ihre Finger, sich zu entkrampfen, sich vorwärtszubewegen. Sie hebt die Tasse auf und wärmt ihre kalten Hände daran. Flüssigkeit schwappt in ihren Schoß. Sie nippt, wartet ab. Als ihre Hände nicht mehr zittern, macht sie sich ein Stück Toast und streicht Erdnußbutter drauf. Sie wird einen Schritt nach dem anderen machen. *Zurück zur Erde.*

Sie sucht nach dem Filzstift, mit dem sie die Einkaufslisten schreibt und beginnt, Zahlen zu notieren. In einer Spalte die Miete, die Versicherung, Strom und Heizung, die monatliche Lebensmittelrechnung. Kleidung für die Kinder und Schulsachen. Zahnarztrechnungen: Janet wird einen Zahnorthopäden brauchen. Katzenfutter. Sie haben keine Katze, aber sie wird verdammt noch mal eine besorgen und sie Nate auf die Rechnung setzen. Ersatz für ihn. Reparaturen. Sie wird endlich das Dach machen lassen und die Verandatreppe.

In die andere Spalte trägt sie die Miete der Untermieter ein. Sie möchte nicht unfair sein, nur genau, und sie ist bereit, die Miete gegen die Hypothek aufzurechnen.

Schon fühlt sie sich wohler. Das ist es, was sie braucht: kleine Ziele, Pläne, etwas, womit sie sich beschäftigen kann. Andere Frauen stricken. Sie kann sogar einen Hauch von dieser Leichtigkeit spüren, die sie hofft später ihren Bekannten beschreiben zu können. Und so schlecht ist es ja vielleicht wirklich nicht. Befreit von den Regeln der anderen Seite, von diesem ständigen schmerzerfüllten Blick, der schlimmer ist als Genörgel. Mit Nate zu leben war, als würde man mit einem riesigen Spiegel zusammenleben, in dem ihre Fehler vergrößert und verzerrt auftauchten. Fliegenaugen. Sie hat mitansehen müssen, daß sie ständig am Maßstab seines häuslichen Standards von East York gemessen wurde, an seiner pflichtgetreuen nonnengesichtigen Mutter mit ihren fürchterlichen Reformhausmahlzeiten und ihrem schwachen Duft von alter Wolle und Lebertranöl. Davon wird sie nun befreit sein. Es wird bedeuten, daß sie montags die Abfalltüten selbst hinaustragen muß, aber damit kann sie leben, denkt sie.

LESJE *Donnerstag, 7. April 1977*

Lesje hat Schwierigkeiten mit dem Aufstehen morgens. In jener prähistorischen Ära, als sie noch mit William zusammenlebte, konnte sie sich auf ihn verlassen. Er achtete darauf, pünktlich im Büro zu sein. Er stand auch gerne auf. Er nahm eine kräftige Dusche, rubbelte sich mit irgendeinem mittelalterlichen Flagellationsinstrument ab und tauchte rosig wie eine Gummiente wieder auf, um in der Küche nach Cornflakes und Milch zu stöbern; dabei trocknete er sich den Kopf mit einem Handtuch ab und unternahm Streifzüge ins Schlafzimmer, um Lesje anzustoßen und ihr die Decke von den Beinen zu ziehen.

Aber jetzt, allein in dem kleinen, eisigen Haus, muß sie sich an die kalte Luft zwingen, einen Fuß nach dem anderen unter den Decken hervorstreckend, ein Lungenfisch, vertrieben aus seinem stehenden Tümpel. Das unmöblierte Haus, in dem nichts von den kahlen Wänden auf sie zurückstrahlt, saugt das bißchen Energie auf, über das sie noch verfügt. Sie hat das Gefühl, sie verliert an Gewicht, und das Haus nimmt zu.

Manchmal, während sie ihren Fertigkaffee mit Milchpulver und trockene Kekse runterwürgt, geht sie zur Wohnzimmertür, um über die kleinen Häufchen Sägemehl nachzudenken, die Nate nun produziert. Das Wohnzimmer, sagt er, ist der einzige Raum im ganzen Haus, der groß genug ist, um seine Maschinen aufzunehmen. Obwohl noch keine dieser Maschinen tatsächlich aufgetaucht ist; er hat lediglich einige Handwerkzeuge und ein paar Pferdchen rübergebracht und sogar einige Stunden dort drinnen gefeilt und geschmirgelt. Die Häufchen Sägemehl beruhigen sie. Sie bedeuten, daß Nate zumindest theoretisch dabei ist, einzuziehen. Daß er das Haus langsam in Besitz nimmt.

Er hat ihr sehr sorgfältig erklärt, warum er immer noch in dem Haus schläft, das sie in Gedanken als Elizabeths Haus bezeichnet. Lesje hat zugehört, sie hat versucht zuzuhören, aber sie versteht nicht. Sie hat das Gefühl, daß sie in irgendwas Verdrehtes und Komplexes hineingestolpert ist, spinnwebenhaft, hoffnungslos verwickelt. Sie ist nicht in ihrem Element. Wenn es nach ihr ginge, dann würde alles konkret, gradlinig ablaufen. Sie selbst hat gradlinig gehandelt. Sie liebt Nate; deshalb hat sie William verlassen, um mit Nate zusammenzuleben. Warum ist dann Nate noch nicht gekommen, um mit ihr zu leben?

Er behauptet, er sei gekommen. Er hat sogar ein paar Nächte hier geschlafen, und als sie ihn nach der zweiten dieser Nächte morgens in der Küche herumhumpeln sah, jedesmal aufstöhnend, wenn er sich aufrichtete, da hat sie nachgegeben, ihr Budget noch ein bißchen ausgequetscht und eine gebrauchte Matratze gekauft. Was dem Bau eines Vogelhauses ähnelte: Damit konnte man den Vogel nicht zum Einzug bewegen.

»Dies ist mein wirkliches Zuhause«, sagt Nate. Und einmal, als sein Kopf auf ihrem Bauch ruhte: »Ich möchte ein Kind von dir haben.‹ Schnell verbesserte er es in »mit dir« und sagte dann: »Ich möchte, daß wir gemeinsam ein Kind haben.« Doch Lesje hatte der Inhalt so getroffen, daß sie gar nicht auf die Formulierung achtete. Sie möchte nicht unbedingt ein Baby, jedenfalls nicht gerade jetzt. Sie weiß nicht, ob sie sich dem gewachsen fühlt, aber Nates Wunsch hat sie gerührt. Er betrachtete sie nicht nur als begehrenswert, sondern auch als akzeptabel. Sie richtete sich auf und hob seinen Kopf, umarmte ihn dankbar.

Was sie sich nicht erklären kann, ist die Kluft zwischen dem, was er über seine Gefühle sagt, und dem, was er tatsächlich tut. Sie kann seine Liebesbeteuerungen – die sie glaubt! – nicht in Einklang bringen mit der schlichten Tatsache seiner Abwesenheit. Seine Abwesenheit ist Beweis, ist empirisch. Sie hat sich jetzt zu Stein verhärtet, ein kleiner schwerer Klumpen, den sie überall in ihrem Magen mit sich herumschleppt.

Sie steigt die grauen Stufen des Museums hoch, geht an den Kontrolleuren vorbei, eilt die Treppe zur Halle der Wirbeltierevolution hoch, ihren täglichen Weg entlang: der menschliche Schädel, die säbelzahnige Katze in ihrer Teerhöhle, die beleuchteten Szenen aus dem Unterwasserleben mit den hungrigen Mosasauriern und den dem Untergang geweihten Ammoniten. Die Tür, die zu ihrem Büro führt, erreicht man durch diesen Teil des prähistorischen Seebodens. Die meisten anderen Büros im Museum haben gewöhnliche Türen; sie ist froh, daß diese hier wie ein Felsen getarnt ist. Wenn sie schon nicht in einer Höhle leben kann, was sie im Augenblick vorziehen würde (Meditation, Brot und Wasser, keine Komplikationen), so ist dies das Nächstbeste.

Sie kommt jetzt immer zu spät, aber dafür bleibt sie auch länger, manchmal bis halb acht oder acht, unermüdlich katalogisierend, mit zusammengekniffenen Augen über Schildchen und Karten gebeugt, ihr Denken auf Tibiae konzentriert, Mittelfußknochen, Bruchstücke der realen Welt. Sie findet es entspannend, diese Betrachtung der Details; es bringt dieses kleine Geräusch in ihrem Kopf zum Schweigen, die Furcht vor dem Unbestimmten, das in ihren Gedanken herumspukt. Außerdem schiebt sie damit die Rückkehr in ihr leeres Haus hinaus.

An den Abenden, wo sie allein ist, stöbert sie herum. Sie öffnet den Schrank in dem winzigen zusätzlichen Schlafzimmer und starrt auf die vier zurückgelassenen Kleiderbügel aus Draht, sie denkt, sie sollte etwas wegen der angenagten Tapetenfetzen und des Mäusedrecks auf dem Fußboden unternehmen. Sie versucht, sich selbst dazu zu bringen, nützliche Dinge zu tun, wie zum Beispiel die gelbe Mineralablagerung hinten an der Kloschüssel mit einem Schälmesser abzukratzen; aber mit größerer Wahrscheinlichkeit wird sie sich eine halbe Stunde später dabei ertappen, daß sie noch am gleichen Platz sitzt und nichts gemacht hat, nur in den leeren Raum starrt. Sie erkennt nun, daß ihr Leben mit William, so ziellos es ihr auch erschienen war, doch zumindest seine tägliche Routine gehabt hat. Routine hält einen zusammen. Ohne Routine treibt sie dahin, gewichtslos. Vor zehn Uhr kann sie nie mit Nate rechnen.

Durch die geöffnete Tür nickt sie Dr. Van Vleet zu, der zurücknickt. Bis jetzt hat er noch kein Wort über ihr Zuspätkommen verloren. Sie hofft, daß nach seiner Pensionierung sein Nachfolger ähnlich tolerant sein möge, auch in anderen Dingen.

Als sie durch die Tür ihres Kämmerchens tritt, sitzt Elizabeth Schoenhof darin.

Lesje ist darauf nicht vorbereitet. Sie hat die Cafeteria vermieden, die Damentoilette, die Elizabeth wahrscheinlich benutzt, jede Ecke, in der diese Begegnung eventuell stattfinden könnte, und sie hat angenommen, daß auch Elizabeth ihr aus dem Wege ging. Sie fühlt sich nicht schuldig, und sie hat nichts zu verbergen. Sie glaubt nur nicht, daß sie einander irgend etwas zu sagen haben.

Und jetzt sitzt Elizabeth hier in Lesjes Stuhl und lächelt gnädig, als wäre es ihr Büro und Lesje nur zu Besuch. Ihre Handtasche liegt auf dem Schreibtisch, ruht auf einem Tablett mit Aalfragmenten, ihr Pullover ist über die Stuhllehne drapiert. Sie sieht aus, als wollte sie sagen: »Kann ich etwas für Sie tun?«

Statt dessen sagt sie: »Ich habe diese Anforderungsformulare selbst gebracht. Der normale Postweg dauert so lange.«

Es gibt keinen anderen Stuhl im Büro; der Platz reicht dafür nicht aus. Elizabeth scheint den ganzen verfügbaren Raum auszufüllen. Lesje weicht gegen eine Wandkarte zurück, auf der die geologischen Zeitalter in Farbblöcken markiert sind. Dinosaurier, hundertzwanzig Millionen Jahre in lohfarbenem Gelb; der Mensch, ein Tüpfelchen in Rot. Sie ist ein Fleckchen, ein Molekül, ein in der Zeit verirrtes Ion. Aber Elizabeth auch.

Sie wirft einen Blick auf das Blatt Papier, das Elizabeth ihr gereicht hat. Sie wollen irgendwas für den Ausstellungskasten in der U-Bahn, vorzugsweise ein Bein oder einen Fuß. Sie wird es mit Dr. Van Vleet besprechen müssen, die Exemplare heraussuchen und ausschildern.

»In Ordnung«, sagt sie. Elizabeth muß die Heizung hochgedreht haben. Lesje schwitzt; sie wünscht sich verzweifelt, ihren Mantel ausziehen zu können, hat aber das Gefühl, wenn sie sich in diesem Augenblick umdreht, verliert sie etwas. Außerdem braucht sie den Mantel als Isolation zwischen ihr und Elizabeth.

»Ich dachte, wir sollten die Dinge besprechen«, sagt Elizabeth, immer noch lächelnd. »Ich meine, wir sollten zusammenarbeiten. Es ist im Interesse aller, finden Sie nicht?«

Lesje weiß, daß sie von Nate redet, nicht von fossilen Füßen. Doch ihre Tonlage deutet mehr auf irgendein mildtätiges Projekt hin, ein Wohltätigkeitskonzert, einen Ramschbazar. Lesje stellt sich Nate nicht als ein Wohltätigkeitsprojekt vor, und sie verspürt nicht die geringste Lust, über ihn zu reden. »Natürlich«, sagt sie.

»Nate und ich haben immer versucht zusammenzuarbeiten«, sagt Elizabeth. »Wir haben es geschafft, gute Freunde zu bleiben. Ich finde, so ist es immer noch am besten, Sie nicht auch? Wir sprechen oft alles durch, wenn er in der Badewanne liegt.« Sie läßt ein gemütliches, intimes Lachen hören. Offensichtlich möchte sie, daß Lesje denkt, sie selbst wäre eines der Hauptthemen dieser Badewannengespräche.

Lesje weiß ganz sicher, daß Elizabeth und Nate schon seit Monaten nicht mehr in solcher Intimität über irgend etwas geredet haben. Außer er lügt. Würde er lügen? Sie merkt, daß sie ihn nicht gut genug kennt, um das zu wissen.

Als Elizabeth fünfzehn Minuten später hinausgeht, immer noch lächelnd, kann sich Lesje an nichts entsinnen, was tatsächlich gesagt worden ist. Sie zieht ihren Mantel aus und hängt ihn auf, dann geht sie ins Labor und macht sich eine Tasse Fertigkaffee. Sie ist sich nicht einmal sicher, ob Elizabeth überhaupt was gesagt hat, nicht eindeutig, nicht direkt. Aber ihr sind zwei Eindrücke vermittelt worden. Der eine ist, daß Nate von Elizabeth wegen Unfähigkeit gefeuert worden ist oder gerade gefeuert wird und daß sie selbst ihn aus diesem Grund nun haben kann. Das heißt, wenn sie ihn will. Der andere ist der, daß sie eben einen Job bekommen hat, um den sie sich nicht beworben hat. Offensichtlich soll sie, Lesje, nun eine Art Gouvernante sein – wenn sie das kann. Elizabeth, so scheint es, hat das Gefühl, sie braucht etwas mehr Zeit für sich selbst. »Es wird den Kindern so guttun«, hat Elizabeth gesagt, »mit jemandem mit so ungewöhnlichen Interessen zusammenzukommen«.

Lesje glaubt, sie hat damit etwas Komplizierteres, weniger Neutrales ausdrücken wollen. So was wie *Ausländer.* Nicht gerade dreckiger Ausländer, so wie in der vierten Klasse die älteren irischen Mädchen sich um sie sammelten, wenn sie über den Schulhof ging. »Pfuu-iiie!« sagten sie und hielten sich die Nasen zu, während Lesje schwach, beschwichtigend lächelte. Wisch dir das Grinsen vom Gesicht, oder wir wischen's dir ab. Sie könnte eine Wäsche gebrauchen.

Elizabeth ist zu Haute Wasp für so was. Eher schon wie *fremdländisch,* jemand aus der Fremde, von außerhalb des eigenen Landes. Interessant, wohlgemerkt; als spielte sie Geige und tanzte Volkstänze, so ähnlich wie *Fiddler on the Roof.* Zur Erheiterung der Kinder.

Lesje sieht ein, daß sie das Falsche studiert hat. Moderne Säugetiere, das wär was Nützliches. Das Verhalten der Primaten. Sie entsinnt sich, irgendwann mal was über die Augenlider von Affen gelesen zu haben. Der dominierende Affe starrt, die anderen senken ihre Augen, zeigen ihre farbigen Lider. So wird Mord und Totschlag vermieden.

Morgen, wenn sie weniger deprimiert ist, wird sie Marianne danach fragen; Marianne versteht was vom Verhalten der Primaten. Oder Dr. Van Vleet oder sonst jemanden. Sicherlich weiß praktisch jeder mehr über solche Dinge als sie.

ELIZABETH *Mittwoch, 13. April 1977*

Elizabeth liegt im Bett, die Indianerdecke bis zum Kinn hochgezogen. Das Fenster ist unten einen Spalt geöffnet; sie hat es so gelassen, als sie heute morgen zur Arbeit ging, und das Zimmer ist kalt und feucht. Sie schaut auf die Uhr neben dem Bett und überlegt, ob sich die Anstrengung lohnt, aufzustehen, sich anzuziehen und bloß wegen einer Stunde oder so noch mal ins Büro zu gehen. Wahrscheinlich nicht.

Auf ihrem linken Arm liegt ein Kopf. Williams Kopf. Williams Kopf liegt auf ihrem Arm, weil sie eben miteinander geschlafen haben. Zuvor hatten sie Lunch, einen langgezogenen, teuren Lunch im Courtyard Café, mit Gurkensuppe und Bries und vielen Zwischentönen. Und zwei Flaschen Weißwein, der wahrscheinlich für die Zwischentöne verantwortlich war. William seufzte unermüdlich und zuckte mehrfach mit den Schultern, als übte er die Ausdrucksweisen unterdrückter Melancholie ein. Er berichtete ihr von einer kürzlich abgeschlossenen Studie über die Auswirkungen von Nahrung, die ausschließlich aus ungekochtem Fleisch besteht, wie es von den Eskimos praktiziert wird, doch mit dem Herzen war er nicht bei der Sache. Obwohl sie auf ihr gemeinsames Problem anspielten, sprachen sie nicht direkt darüber. Im Stich gelassen zu werden ist schmerzhaft.

Elizabeth sagte (allerdings nur einmal), daß sie froh darüber sei, daß Nate jetzt endlich einige seiner Konflikte auszuräumen schiene und daß es für sie eine Erleichterung sei, daß er ihr nicht mehr so viel, na ja, zwischen den Füßen herumkroch. Das richtete William auch nicht gerade auf. Beim geeisten Schokoladenschaum mit Armagnac streichelte Elizabeth seine Hand. Sie blickten einander in die Augen, ein bißchen mit verzogenem Mund: Jeder war der Trostpreis des anderen. Es war nur logisch; außerdem hatte Elizabeth das Gefühl, sie schuldete ihm eine gute Nummer. Zumindest teilweise war sie dafür verantwortlich, daß Lesje ihn so plötzlich sitzengelassen hatte. Den Auszug hatte sie nicht vorausgesehen. Sie hatte eine Konfrontation beabsichtigt, dann eine Aussöhnung, und nach der Aussöhnung wäre Lesje natürlich auf Ehre und Gewissen verpflichtet gewesen, auf Nate zu verzichten. Dann hätte Elizabeth ihre Zeit damit verbringen können, Nate zu trösten anstatt William.

In früheren Tagen hatte es zwischen Nate und ihr so funktioniert, und sie hatte sorgfältig darauf geachtet, nie von ihren Liebhabern zu sprechen, bevor sie nicht bereit war, sie aufzugeben. Theoretisch zumindest. Aber weder William noch Lesje hatten sich plangemäß benommen. Sie weiß nicht genau, was wirklich passiert ist. Auch deswegen ist sie mit William zum Lunch gegangen, um Näheres herauszufinden, aber William möchte nicht darüber reden.

Mit William zu schlafen war nicht unangenehm, obwohl es auch nicht gerade beeindruckend war. Als würde man mit einem großen und mittelmäßig aktiven Stück Philadelphiaschmelzkäse schlafen. Emulgiert. Es ist nicht so, daß William nicht seine Geheimnisse hätte. Er ist wahrscheinlich genauso geheimnisvoll wie jedes andere Objekt im Universum: eine Flasche, ein Apfel. Nur gehört sein Geheimnis eben nicht zu der Art, die Elizabeth für gewöhnlich reizt. Bei näherem Hinsehen ist er gar nicht so milde. Sie denkt daran, wie er mit den Zähnen geknirscht hat, und ist sich sicher, daß er ansehnliche Energiereserven, ja selbst Gewalttätigkeit in sich verborgen trägt wie mexikanische Springbohnen in einer Baumwollschachtel.

Aber sie mag keine Schachteln, deren Inhalt sie erraten kann. Wozu William öffnen? Schließlich enthält er keine Überraschungen. Chris war ein gefährliches Land gewesen, voller Hinterhalte und Guerillas, der Mittelpunkt eines Strudels, ein dämonischer Liebhaber. Vielleicht war William für eine andere dasselbe: Elizabeth ist alt genug, um zu wissen, daß, was für eine Frau ein dämonischer Liebhaber ist, für eine andere ein ausgetretener Schuh sein kann. Sie neidet Lesje die Faszination nicht, die Nate anscheinend auf sie ausübt, da sie dergleichen bei ihm nie erlebt hat. Sie ist nicht auf die beteiligten Personen neidisch, sondern auf die Sache selbst. Sie wünscht, sie könnte es selbst wieder fühlen, für irgend jemanden, ganz egal für wen.

William bewegt sich, und Elizabeth schlängelt ihren Arm unter seinem Kopf hervor.

»Das war Spitze«, sagt er.

Elizabeth zuckt leicht zusammen. *Spitze.*

»Für dich auch?« fragt er besorgt.

»Natürlich«, sagt sie. »Hast du das nicht gemerkt?«

William grinst, beruhigt. »Teufel auch«, sagt er, »da kann Lesje nicht mithalten.«

Elizabeth findet diese Bemerkung extrem geschmacklos.

Man vergleicht nicht die Liebhaber oder die Geliebten miteinander, nicht in Anwesenheit von Beteiligten. Nichtsdestoweniger lächelt sie. »Ich muß mich beeilen«, sagt sie. »Ich muß mich im Büro noch mal sehen lassen und du, nehm ich an, wahrscheinlich auch.« Außerdem: In einer Stunde kommen die Kinder aus der Schule. Aber das erwähnt sie nicht.

Sie ist nicht gerade wild darauf, daß William sie von hinten sieht, aber sie kann ihn schlecht daran hindern. Sie steigt aus dem Bett, hakt ihren Büstenhalter ein und zieht ihren Magenta-Unterrock über den Kopf. Als sie ihn heut morgen auswählte, dachte sie, daß etwas in der Art passieren könnte.

»Du bist verdammt sexy«, sagt William ein bißchen zu herzhaft; dieser Ton deutet auf einen Schlag aufs Hinterteil. »Vollschlank.«

Elizabeth schaudert vor Irritation. Idiotisch; manchmal benimmt sie sich ausgesprochen idiotisch. *Zieh deine verdammten Jockeyshorts an und raus aus meinem Bett.* Sie lächelt ihm huldvoll über die Schulter zu, und dann läutet die Türglocke.

Normalerweise würde Elizabeth nicht mitten am Tag halbnackt zur Tür gehen. Die Nachbarn tratschen, sie reden mit ihren Kindern; irgend jemand mag gesehen haben, wie sie zusammen mit William hineingegangen ist. Doch jetzt im Augenblick möchte sie aus dem Zimmer raus.

»Wahrscheinlich der Stromableser«, sagt sie. Sie weiß selbst nicht, ob das sein kann. Seit er daheim arbeitet, kümmert sich stets Nate um solche Kleinigkeiten. »Bin gleich wieder da.« Sie zieht ihren blauen Morgenmantel über, bindet den Gürtel zusammen und eilt auf unbehaglich nackten Füßen die Treppe hinunter. Die Glocke läutet erneut, als sie die Türkette löst.

Tante Muriel steht auf der Veranda, schaut voller Abscheu auf den abblätternden weißen Schaukelstuhl, die gebrochene Treppe, auf die winzigen Rasenflächen vor den Nachbarshäusern mit den verdorrten Überresten der Gärten des letzten Sommers. Sie trägt einen weißen Velourhut in der Form eines umgedrehten Topfes und weiße Handschuhe, als wäre sie auf dem Weg zur Osterkirche, und eine Nerzstola, an die sich Elizabeth von vor fünfundzwanzig Jahren erinnert. Tante Muriel wirft nichts weg und verschenkt nichts.

Noch nie hat Tante Muriel Elizabeth besucht. Sie hat sich entschlossen, die Existenz von Elizabeths verrufener Adresse zu ignorieren, so als wohnte Elizabeth in überhaupt keinem Haus, sondern materialisiere lediglich zu jedem Besuch in Tante Muriels Eingangshalle und löse sich zum Abschied wieder auf. Doch nur, daß Tante Muriel etwas noch nie getan hat, heißt noch nicht, daß sie es auch nie tun wird. Elizabeth weiß, sie sollte nicht überrascht sein – *wer sonst?* –, doch sie ist es. Sie spürt, wie ihr die Luft wegbleibt, als hätte ihr jemand eine Faust in den Solarplexus gerammt, und sie preßt sich die Hand über dem Morgenmantel auf den Bauch.

»Ich bin hierhergekommen«, sagt Tante Muriel, mit einer kleinen Pause vor dem *hier*, »weil ich der Meinung bin, ich sollte dir sagen, was ich von dem halte, was du getan hast. Nicht, daß es dir irgend etwas bedeuten wird.« Sie marschiert vorwärts, und Elizabeth muß notgedrungen zurücktreten. Tante Muriel, nach Mottenkugeln und Politur duftend, marschiert in ihr Wohnzimmer.

»Du bist krank«, sagt Tante Muriel, dabei nicht Elizabeth anschauend, sondern das perfekt eingerichtete Zimmer, das sofort anfängt zu schrumpfen, zu verblassen, das unter ihrem Blick staubig wird. Krankheit dürfte die einzige Entschuldigung dafür sein, mitten am Tag den Morgenmantel anzuhaben, und eine kümmerliche noch dazu. »Du siehst nicht gut aus. Das überrascht mich nicht.« Tante Muriel selber sieht auch nicht gerade strahlend aus. Elizabeth fragt sich kurz, ob vielleicht irgendwas mit ihr nicht in Ordnung ist, verwirft aber den Gedanken sofort wieder. Mit Tante Muriel ist nie etwas nicht in Ordnung. Sie stampft durch das Zimmer, inspiziert die Sessel und das Sofa.

»Möchtest du dich nicht setzen?« sagt Elizabeth. Sie hat sich entschieden, wie sie die Sache anpacken wird. Süßlich und lokker, nichts enthüllen. *Laß dich nicht reizen.* Tante Muriel würde nichts besser gefallen, als sie zu provozieren.

Tante Muriel läßt sich auf dem Sofa nieder, legt aber weder ihre Nerzstola noch die Handschuhe ab. Sie holt keuchend Luft, vielleicht ist es auch nur ein Seufzer, als wäre allein die

Anwesenheit in Elizabeths Haus schon zuviel für sie. Elizabeth bleibt stehen. *Beherrsche sie durch Größe.* Keine Chance.

»In meiner Auffassung«, sagt Tante Muriel, »zerstören Mütter von kleinen Kindern nicht eine Familie aus Selbstsucht. Ich weiß, heutzutage wird das von vielen getan. Aber es gibt auch noch so etwas wie unmoralisches Benehmen und so etwas wie Anstand.«

Elizabeth kann und will Tante Muriel gegenüber nicht zugeben, daß Nates Auszug nicht ausschließlich ihre Entscheidung gewesen ist. Außerdem, wenn sie sagt: »Nate hat mich verlassen«, dann wird sie zu hören bekommen, daß das ihre Schuld sei. Ehemänner verlassen keine Ehefrauen, die sich anständig benehmen. Daran besteht kein Zweifel. »Woher weißt du es?« fragt sie.

»Janie Burroughs Neffe Philip arbeitet im Museum«, sagt Tante Muriel. »Janie ist eine alte Freundin von mir. Wir sind gemeinsam zur Schule gegangen. Ich muß mich um meine Enkelkinder kümmern; ich wünsche, daß sie ein anständiges Zuhause haben.«

Philips Verwandtschaft mit Janie Burroughs hatte Elizabeth ganz vergessen, als sie letzte Woche am Lunchtisch ihr geistreiches, leichtherziges Resümee ihrer häuslichen Situation zum besten gab. Eine inzestuöse Stadt.

»Nate hat sie an den Wochenenden«, sagt sie schwach und weiß sofort, daß sie einen ernsten taktischen Fehler gemacht hat; sie hat zugegeben, daß etwas, wenn schon nicht Falsches, so doch Unzulängliches darin liegt, wenn Väter nicht zu Hause wohnen. »Sie haben ein anständiges Zuhause«, sagt sie schnell.

»Das bezweifle ich«, sagt Tante Muriel. »Das bezweifle ich sehr.«

Elizabeth fühlt, wie sie den Boden unter den Füßen verliert. Wenn sie nur angezogen wäre, ohne einen Mann in ihrem Schlafzimmer, dann würde sie sich in einer viel besseren strategischen Situation befinden. Sie hofft, William besitzt so viel Verstand, sich da oben still zu verhalten, aber bei seiner Begriffsstutzigkeit hat sie eigentlich keinen Grund, sich darauf zu verlassen. Sie glaubt, ihn im Badezimmer herumplantschen zu hören.

»Ich glaube wirklich«, sagt Elizabeth mit Würde, »daß Nates und meine Entscheidungen nur uns etwas angehen.«

Tante Muriel ignoriert das. »Ich war nie mit ihm einverstanden«, sagt sie. »Das weißt du. Aber irgendein Vater ist immer noch besser als gar keiner. Du solltest das besser begreifen als sonst jemand.«

»Nate ist nicht tot, verstehst du«, sagt Elizabeth. Eine Hitzewoge steigt in ihr hoch, bleibt in ihrer Brust hängen. »Er ist immer noch sehr lebendig, und er liebt die Mädchen über alles. Aber rein zufällig lebt er mit einer anderen Frau zusammen.«

»Die Menschen eurer Generation wissen gar nicht, was es heißt, Opfer zu bringen«, sagt Tante Muriel, aber ohne Schwung, so als hätte die ständige Wiederholung dieses Gedanken sie schließlich müde gemacht. »Ich habe mich jahrelang aufgeopfert.« Sie erwähnt nicht, wofür. Es ist ganz offensichtlich, daß sie kein Wort von dem gehört hat, was Elizabeth eben gesagt hat.

Elizabeth muß sich mit einer Hand an der Anrichte abstützen. Sie schließt kurz die Augen; hinter ihren Lidern liegt ein Netzwerk von Streifen. Bei allen anderen kann sie sich darauf verlassen, daß zwischen der Oberfläche und dem Inneren ein Unterschied besteht. Die meisten Leute üben Imitationen ein; sie selbst tritt seit Jahren mit Imitationen auf. Wenn irgendein Grund dafür besteht, dann kann sie eine Ehefrau, eine Mutter, eine Angestellte, eine pflichtgetreue Verwandte imitieren. Das Geheimnis besteht darin, zu entdecken, um welche Imitation sich der andere gerade bemüht, und ihn dann in dem Glauben zu unterstützen, daß er es gut hinbekommen hat. Oder das Gegenteil: *Ich durchschau dich.* Aber Tante Muriel kennt keine Imitationen; entweder das, oder sie ist eine derartig vollkommene Imitation, daß sie schon wieder echt ist. Sie ist ihre Oberfläche. Elizabeth kann sie nicht durchschauen, weil es nichts und nirgendwo was zu sehen gibt. Sie ist undurchsichtig wie ein Felsen.

»Ich werde Nathanael aufsuchen«, sagt Tante Muriel. Sie und Nates Mutter sind die einzigen Menschen, die ihn Nathanael nennen

Plötzlich weiß Elizabeth, was Tante Muriel im Sinn hat. Sie wird zu Nate gehen und ihm Geld anbieten. Sie ist bereit, für das äußerliche Bild eines normalen Familienlebens zu bezahlen, selbst wenn es Unglück und Elend bedeutet. Was für sie identisch ist mit einem normalen Familienleben; sie hat nie vorgegeben, glücklich zu sein. Sie wird ihn dafür bezahlen, daß er zurückkehrt, und Nate wird glauben, Elizabeth habe sie geschickt.

In einem grauen Wollkleid steht Tante Muriel im Wohnzimmer neben dem Kinderklavier. Elizabeth, zwölf Jahre, hat gerade ihren Klavierunterricht beendet. Die Klavierlehrerin, die hoffnungslose, hühnerbrüstige Miß MacTavish, kämpft sich in der Eingangshalle in ihren marineblauen Trenchcoat, wie sie es nun schon seit vier Jahren jeden Dienstag tut. Miß MacTavish gehört zu den Privilegien, von denen Tante Muriel ständig sagt, daß sie Elizabeth zuteil werden. Tante Muriel wartet auf das Schließen der Haustür, lächelt dann Elizabeth zu, ein beunruhigendes Lächeln.

»Onkel Teddy und ich«, sagt sie, »sind der Meinung, daß unter den gegebenen Umständen du und Caroline uns anders als Tante Muriel und Onkel Teddy nennen solltet.« Sie beugt sich nach vorn, befingert Elizabeths Notenblätter. *Bilder einer Ausstellung.*

Elizabeth sitzt immer noch auf dem Klavierstuhl. Nach jedem Unterricht soll sie noch eine halbe Stunde üben. Sie faltet die Hände im Schoß und starrt zu Tante Muriel hoch, das Gesicht ausdruckslos. Sie weiß nicht, was kommt, aber sie hat bereits gelernt, daß die beste Verteidigung gegen Tante Muriel Schweigen ist. Sie hat sich tiefes Schweigen um den Hals gehängt wie Knoblauchketten gegen Vampire. *Mürrisch* nennt Tante Muriel sie.

»Wir haben euch nach dem Gesetz adoptiert«, fährt Tante Muriel fort, »und deshalb finden wir, ihr solltet Mutter und Vater zu uns sagen.«

Elizabeth hat nichts dagegen, Onkel Teddy Vater zu nennen. Sie kann sich kaum an ihren eigenen Vater erinnern, und das, was ihr noch in Erinnerung geblieben ist, gefällt ihr nicht sonderlich. Manchmal erzählte er Witze, daran entsinnt sie sich noch. Caroline hortet seine spärlichen Weihnachtskarten; Elizabeth wirft ihre weg, sie sieht nicht einmal mehr auf den Aufgabeort, um festzustellen, wo er sich gerade herumtreibt. Aber Tante Muriel? *Mutter?* Sie bekommt eine Gänsehaut.

»Ich hab schon eine Mutter«, sagt sie höflich.

»Sie hat die Adoptionspapiere unterschrieben«, stellt Tante Muriel mit unverhülltem Triumph fest. »Sie schien froh zu sein, die Verantwortung loszuwerden. Natürlich haben wir ihr etwas dafür bezahlt.«

Elizabeth kann sich nicht mehr daran erinnern, wie sie auf die Neuigkeit reagierte, daß ihre wirkliche Mutter sie an Tante Muriel verkauft hatte. Sie glaubt, sie versuchte, den Klavierdeckel zuzuschlagen, als Tante Muriels Finger noch auf den Tasten lagen; sie hat vergessen, ob es geklappt hat oder nicht. Es war das letztemal, daß sie sich so reizen ließ.

»Mach daß du rauskommst.« Elizabeth hört sich das sagen, hört sich das schreien. »Komm nie wieder, komm nie wieder!« Mit dem Ausbruch ihrer Stimme strömt ihr das Blut in den Kopf. »Du verschimmelte alte Sau!« Sie möchte *Fotze* sagen, gedacht hat sie es oft genug, aber ihr Aberglaube hält sie zurück. Spricht sie dieses letzte Zauberwort aus, dann wird sich Tante Muriel sicherlich in etwas anderes verwandeln; wird anschwellen, schwarz werden, wie verbrannter Zucker blubbern, tödliche Dämpfe ausstoßen.

Tante Muriel hievt sich mit starrem Gesicht hoch, und Elizabeth packt den nächsten Gegenstand in ihrer Reichweite und schleudert ihn nach dem widerlichen weißen Hut. Sie verfehlt, und eine ihrer wunderschönen Porzellanschalen kracht gegen die Wand. Aber endlich, endlich hat sie Tante Muriel, die den Flur hinunterflüchtet, Angst eingejagt. Die Tür öffnet sich, schließt sich: ein Knall, befriedigend, endgültig wie ein Schuß.

Elizabeth stampft mit dem nackten Fuß auf, triumphierend. Revolution! Tante Muriel ist so gut wie tot; sie wird sie nie wieder sehen müssen. Sie führt einen kleinen Siegestanz um ihren Kiefernstuhl herum auf, umarmt sich selbst. Sie fühlt sich wild, sie könnte ein lebendes Herz herausreißen und auffressen.

Doch als William herunterkommt, vollständig bekleidet und das Haar gebürstet, findet er sie unbeweglich auf dem Sofa zusammengerollt.

»Wer war das?« fragt er. »Ich dachte mir, ich bleib lieber oben.«

»Eigentlich niemand«, sagt Elizabeth. »Meine Tante.«

Nate hätte sie getröstet, selbst jetzt noch. William lacht, als wären Tanten an sich komisch. »Hat sich nach einem kleinen Kampf angehört«, sagt er.

»Ich hab eine Schale nach ihr geworfen«, sagt Elizabeth. »Es war eine gute Schale.«

»Du könntest es mit Pattexkleber versuchen«, sagt William praktisch. Elizabeth betrachtet das keiner Antwort wert. Kayos Schale, die nie nachgeahmt werden kann. Eine Schale, gefüllt mit nichts.

LESJE *Freitag, 29. April 1977*

Lesje sitzt in einem Labormantel, der schmutziger als gewöhnlich ist, im unteren Labor, neben den langen hölzernen Lagerregalen. Sie trinkt eine Tasse Fertigkaffee, mehr beabsichtigt sie zum Lunch nicht einzunehmen. Scheinbar sortiert und beschriftet sie ein Tablett mit Zähnen, kleine Ursäugerzähne aus der frühen Kreidezeit. Sie benützt ein Vergrößerungsglas und eine Tabelle, obwohl sie gerade diese Zähne in- und auswendig kennt: das Museum hat eine Monographie veröffentlicht, an deren Herausgabe sie mitgearbeitet hat. Aber sie hat Konzentrationsschwierigkeiten. Anstatt in ihrem Büro sitzt sie hier, weil sie hofft, daß jemand sie in ein Gespräch verwickelt.

Zwei Techniker befinden sich im Raum. Theo ist drüben bei der Sandgebläsemaschine und bohrt mit einem Zahnarzthaken an einem Kieferknochen herum. In der Mammalogie, wo die Knochen echt sind, werden keine Zahnarzthaken verwandt.

Sie haben eine ganze Gefriertruhe voller toter Leiber, Kamele, Elche, Fledermäuse, und wenn sie soweit sind, das Skelett zusammenzubauen, dann reißen sie das meiste Fleisch herunter und bringen die Knochen in den Käferraum, wo fleischfressende Insekten die restlichen Fleischfetzen abnagen. Der Käferraum stinkt nach verwesendem Fleisch. Auf der anderen Seite der Tür sind ein paar Bilder von nackten Frauen an Karteikästen geklebt. Die Techniker dieser Abteilung arbeiten bei Rock- und Countrymusik aus dem Radio. Lesje fragt sich, ob der einsame Theo auch lieber dort sein würde.

Gregor, der Künstler der Abteilung, beschmiert einen Knochen mit Ton; es könnte der Knochen eines Ornithopods sein. Obwohl es Gregor wahrscheinlich egal ist, um was es sich handelt. Sein Job besteht darin, eine Gußform davon zu machen und dann einen Gipsabdruck zu nehmen. So werden langsam und Stück für Stück ganze Skelette reproduziert. Im neunzehnten Jahrhundert, weiß Lesje, machte Andrew Carnegie Abdrücke von seinem eigenen privaten Dinosaurier, *Diplodocus carnegiei*, und präsentierte die Nachbildungen den gekrönten Häuptern Europas. Heutzutage kann sich niemand mehr so was leisten; selbst wenn noch ein paar gekrönte Häupter übriggeblieben wären..

Lesje zerbricht sich den Kopf, was sie zu den Technikern sagen könnte, nicht über *Diplodocus carnegiei,* das wär zu wenig; etwas womit man eine Unterhaltung in Gang bringen könnte. Aber sie hat keine Ahnung, was die interessieren könnte. Sie erledigen ihren Job und verschwinden jeden Abend punkt fünf in ihr anderes Leben, das für sie fremd und unergründlich ist. Sie weiß, daß für die anderen das Museum nicht so wesentlich ist wie für sie. Gregor könnte genausogut in einem Kunstladen arbeiten, oder Theo könnte Zement von Ziegeln kratzen oder Farbe von alten Messinggriffen. Vielleicht möchten sie auch hier drinnen Bilder von nackten Frauen ankleben.

Nichtsdestoweniger wünscht sie sich sehr, daß einer, irgendeiner von ihnen zu ihr sagte: »Komm mit auf ein Bier.« Sie würde sich gemeinsam mit ihnen im Fernsehen Baseballspiele anschaun, Kartoffelchips essen und aus der Flasche trinken. Sie würde ihre Hände halten, sich mit ihnen auf dem Teppich wälzen, vielleicht auch ganz nebenbei mit ihnen schlafen und dem nicht mehr Bedeutung beimessen als irgendeiner anderen gesunden Betätigung wie schwimmen oder einmal um den Block laufen. Alles wäre freundlich und friedlich und ohne Zukunft. Sie wünscht sich Aktionen, Aktivitäten ohne Bedeutung und ohne versteckte Strafen.

Sie denkt mit Nostalgie an ihr Leben mit William, das ihr nun einfach und fröhlich und teenagerhaft erscheint. Das Schöne an William war, daß sie sich nicht ernsthaft darum gekümmert hatte, was er von ihr dachte. Damals hatte sie etwas weniger Zweidimensionales gewollt. Nun hatte sie es. Es stimmt, daß sie William nicht geliebt hat, obwohl sie zu der Zeit keine Möglichkeit hatte, das festzustellen. Sie liebt Nate. Sie ist sich nicht mehr sicher, ob sie für die Liebe geschaffen ist.

Vielleicht war es nicht einmal Nate selbst, der sie zu Anfang angezogen hat, sondern Elizabeth. Chris und Elizabeth. Sie hat Elizabeth angeschaut und eine Erwachsenenwelt gesehen, wo Entscheidungen Konsequenzen hatten, bedeutsame, irreversible.

William hat sie nie mit dem Gedanken an Entscheidungen verbunden, William war etwas mit einem offenen Ende. Sie muß geglaubt haben, sie könnte eine Million Jahre mit William zusammenleben, und nichts in ihr würde sich wirklich ändern. Offensichtlich hat William es nicht so empfunden. William hatte wie ein Geizhals mit seinem Sparstrumpf Dinge investiert, wenn sie nicht hinsah, so daß sein Ausbruch von Gewalttätigkeit sie vollkommen überraschte. Aber sie ist nun über William und seine Wut hinaus. William war nur einen Augenblick lang quälend.

Nate dagegen ist fast die ganze Zeit über quälend. Ihre beiden Hände haltend, sagt er: »Du weißt, wie wichtig du für mich bist.« Wenn sie doch möchte, daß er sagt, er würde für sie töten, für sie sterben. Wenn er das nur sagen würde, sie würde alles für ihn tun. Doch *wie wichtig* bedeutet Maßnehmen, impliziert die Frage: *Wie* wichtig? Für sie ist Nate absolut, doch für ihn existiert sie auf einer Skala relativ wichtiger Dinge. Sie kann nicht genau sagen, wo auf dieser Skala sie einzuordnen ist; es schwankt.

An den Abenden sitzt sie an ihrem neuerworbenen Tisch neben dem Ofen und dem asthmatischen Kühlschrank, für den sie im Goodwill-Laden viel zuviel bezahlt hat, und brütet vor sich hin. Als sie noch mit William zusammenlebte, hat er meistens das Brüten besorgt.

»Was ist los, Liebes?« sagt Nate. Sie weiß nicht, was sie darauf antworten soll.

Sie streckt ihre Tasse Kaffee so lang wie möglich, doch die Techniker sagen nichts. Gregor pfeift leise vor sich hin, Theo bohrt lediglich herum. Mit dem Gefühl der Niederlage trägt sie ihr Tablett nach oben in ihr Büro. Um vier hat sie eine Schulführung, wieder mal in die dämmrige Knopfdruck-Kreidezeit, wieder und wieder herum um die Farnpalmenbäume mit tausend Kindern, während ihre Stimme den Text runterspult. Dann wird sie zurück ins Haus gehen.

Sie muß früh da sein, denn dies ist das erste Wochenende, das Nates Kinder gemeinsam mit ihnen verbringen. Die ganze Woche hat sie sich schon davor gefürchtet.

»Aber sie haben doch gar keinen Platz zum Schlafen«, sagte sie.

»Sie können sich von ihren Freundinnen Schlafsäcke borgen«, sagte Nate.

Lesje sagte, sie hätten nicht genug Teller. Nate sagte, die Kinder würden kaum ein formelles Dinner erwarten. Er würde das Kochen besorgen, sagte er, und die Kinder würden abwaschen. Sie würde überhaupt keine zusätzliche Arbeit machen müssen. An dem Punkt hatte Lesje das Gefühl, ausgeschlossen zu sein, sagte aber nichts. Statt dessen zählte sie das Tafelsilber und machte sich stöhnend über den festgebackenen Schmutz auf dem Fußboden her. Als sie noch mit William zusammen war, hätte sie höhnisch über derlei Skrupel gelacht. Aber sie wollte nun mal nicht, daß die Kinder heimgingen und Elizabeth berichteten, sie hätte kein Tafelsilber, und die Fußböden wären dreckig. Bei William hatte sie sich nicht darum gekümmert, was er von ihr hielt, aber sie macht sich verzweifelt Gedanken darüber, wie sie in den Augen von zwei kleinen Mädchen wirken wird, die sie nicht mal kennt und die zu mögen sie eigentlich keine Veranlassung hat. Genau wie die Kinder keinen besonderen Grund haben, sie zu mögen. Wahrscheinlich nehmen sie an, sie hätte Nate gestohlen. Sie hassen sie wahrscheinlich deswegen. Sie fühlt sich im voraus verdammt, nicht wegen irgend etwas, das sie wirklich getan hat, sondern aufgrund ihrer zweifelhaften Stellung im Universum.

Am Donnerstag ist sie zu Ziggy's gegangen und hat dort eine ganze Tüte voller Delikatessen gekauft: süßes englisches Shortbread in der Dose, zwei Sorten Käse, gehackte Leber, Früchtebrötchen, Schokolade. Sie ißt fast nie Früchtebrötchen oder Schokolade, aber sie hat die Sachen voller Verzweiflung aus den Regalen gefischt: Sicherlich ist es das, was Kinder mögen. Sie merkte, daß sie keine blasse Ahnung davon hatte, was Kinder mochten. Die meisten mochten Dinosaurier; damit waren ihre Kenntnisse erschöpft.

»Das ist doch nicht notwendig, Liebes«, sagte Nate, als sie den Inhalt ihrer Ziggy-Tüte auf den Küchentisch entleerte. »Mit Erdnußbuttersandwiches sind sie genauso glücklich.«

Lesje rannte nach oben, warf sich auf ihre Matratze und heulte schweigend, den Geruch von alten Klamotten, alter Füllung, Mäusen einatmend. Das war auch so was: Die Kinder würden diese Matratze sehen.

Nach einer Weile kam Nate herein. Er setzte sich und streichelte ihren Rücken. »Du weißt, wie wichtig es für mich ist, daß ihr gut miteinander auskommt«, sagte er. »Wenn du Kinder hättest, dann würdest du das verstehen.«

Lesjes Magen zog sich zusammen: Sie konnte es spüren, ein Wall von Muskeln und mittendrin eine hohle Stelle. Er sah sich selbst und die Kinder und auch Elizabeth in einer engbegrenzten kleinen grünen Oase, wo solche Dinge wie Verständnis möglich waren. Draußen in der Wüste, isoliert, allein, kinderlos und aus eigener Schuld jung, mußte sie zur Strafe stehen und eine Pantomime beobachten, die sie nicht entziffern konnte.

Nate hatte keine Ahnung, daß er grausam war. Er kam sich hilfreich vor. Er streichelte ihren Rücken: sie konnte sich vorstellen, daß er auf die Uhr schaute, um zu sehen, ob er es schon lange genug getan hatte.

Multituberculata, murmelt Lesje vor sich hin. Ein tröstliches Wort. Sie möchte getröstet werden; sie fühlt sich nicht getröstet. Sie fürchtet sich vor diesem Abend. Sie fürchtet schon die Vorstellung, an ihrem eigenen gebrechlichen Tisch zu sitzen mit dem unzulänglichen Tafelsilber und den billigen Tellern, sie sieht sich selbst ungeschickte Konversationsversuche machen oder bloß auf ihre Hände starren, während zwei Augenpaare sie beobachten und beurteilen. Drei Augenpaare.

ELIZABETH *Samstag, 14. Mai 1977*

Elizabeth sitzt in der unterirdischen Dämmerung der Pilot Tavern, atmet den Geruch der leicht abgestandenen Pommes frites ein, beobachtet die Schatten. Sie hat mehrere Abende mit Chris hier verbracht, vor langer Zeit. Für sie war es ein guter Platz, weil es unwahrscheinlich war, jemanden zu treffen, den Elizabeth kannte. Jetzt ist sie aus dem gleichen Grund hier.

Der Kellner hatte die Bestellung entgegennehmen wollen, aber sie hatte erklärt, daß sie noch auf jemanden wartet. Was auch stimmt. Sie hat ihren Kindern einen Gutenachtkuß gegeben, Doughnuts und Coke für den Babysitter hingestellt, ein Taxi angerufen, und dann ist sie hierhergefahren, bloß damit sie in der Pilot Tavern sitzen und warten kann. Jetzt schon tut es ihr leid. Aber sie hatte die Karte aufgehoben, die Visitenkarte, sie in das Fach ihrer Tasche gesteckt, wo sie ihr Wechselgeld und die Ausweispapiere aufbewahrt. Sie weiß, daß sie solche Sachen nur dann aufhebt, wenn sie beabsichtigt, irgendwann einmal davon Gebrauch zu machen. Ein verfügbarer Körper, in ihrem Gedächtnis gespeichert.

Noch kann sie wieder gehen, aber was dann? Sie müßte wieder heim, den Babysitter bezahlen und dann allein in diesem Haus daliegen, das leer, aber nicht leer ist, auf das kaum hörbare Atemgeräusch ihrer Kinder lauschend. Wenn sie wach sind, kann sie es ertragen. Obwohl sie nicht gerade großartige Gesellschaft abgeben. Nancy liegt regungslos auf ihrem Bett, hört sich Schallplatten an oder liest wieder und wieder die gleichen Bücher: *The Hobbit, Prince Caspian.* Janet lungert bei Elizabeth herum, bietet ihre Hilfe an: Sie will Karotten schälen, den Tisch abräumen. Sie jammert über Bauchschmerzen und ist erst dann zufrieden, wenn Elizabeth ihr etwas Gelusil oder Phillips-Magnesium-Milch aus Nates hinterlassenen Flaschen gibt. Nancy dagegen windet sich aus Elizabeths Armen, vermeidet Umarmungen und Gutenachtküsse. Manchmal denkt Elizabeth, die Kinder benehmen sich eher schuldbewußt als traurig.

Was soll sie sagen? Daddy ist nicht direkt fortgegangen, er ist bloß weg. Mami und Daddy lieben euch beide. Eure Schuld ist es nicht. Ihr wißt doch, er ruft jeden Abend an, wenn er daran denkt. Und ihr habt ihn an den Wochenenden gesehen, ein paarmal schon. Doch sie und Nate sind übereingekommen, daß sie den Kindern gegenüber die Trennung nicht erwähnt, bis er selbst eine Möglichkeit gehabt hat, mit ihnen darüber zu sprechen, ein Gespräch, das er bis jetzt immer hinausgeschoben hat. Was kaum eine Rolle spielt. Die Kinder sind schließlich nicht dumm, sie wissen, was los ist. Sie wissen es so genau, daß sie noch nicht einmal Fragen stellen.

Der Mann in dem braunen Anzug beugt sich über den Tisch; er ist größer, als sie ihn in Erinnerung hat, und er trägt auch keinen braunen Anzug mehr. Sein Anzug ist hellgrau, dazu eine Krawatte mit großem weißem Rautenmuster, das in der Dunkelheit zu leuchten scheint. Er wirkt jetzt wohlhabender.

»Na, da sind Sie ja«, sagt er und läßt sich auf dem Stuhl ihr gegenüber nieder, seufzt, wendet den Kopf nach dem Kellner.

Als sie anrief, hatte er sich nicht an sie erinnern können. Sie mußte ihre Begegnung in der U-Bahn-Station erwähnen, ihr

Gespräch über Immobilien. Dann war er zu überschwenglich gewesen: »Selbstverständlich! Selbstverständlich!« Sie fand seine Vergeßlichkeit demütigend. Und dann sein Lachen, dick wie Soße, als wüßte er genau, was sie von ihm wollte.

Er kann es kaum wissen. Sie wünscht sich nichts als Vergessen. Nur für den Moment, aber vollkommen: eine Nacht ohne Sterne, eine Straße, die geradewegs auf einen Abgrund zuläuft. Ein klares Ende. *Endstation.* Vor ihrem Anruf war sie sicher, daß er ihr das bieten könnte. Vielleicht kann er es. Seine Hände liegen auf dem Tisch, plump, dunkelbehaart, praktisch.

»Bin unterwegs gewesen«, sagt er. »Grad erst vorgestern zurückgekommen.« Der Kellner erscheint, und er bestellt sich einen Rum mit Coke, fragt dann Elizabeth, was sie möchte. »Einen Scotch mit Soda für die Lady.« Er erklärt, wie erschöpft er ist. Das einzige, was die Monotonie der langen Autofahrten unterbricht, die er machen muß, ist sein CB-Funk. Man kann da ein paar ganz hübsche Unterhaltungen reinkriegen. Spielerisch bittet er Elizabeth, mal zu raten, wie sein Funkrufname lautet. Elizabeth zögert. »Der Koloß«, sagt er und lächelt ein wenig schüchtern.

Elizabeth glaubt sich daran zu erinnern, daß er bei ihrer ersten Unterhaltung noch geflogen anstatt gefahren war. Was auch immer, jedenfalls ein Handlungsreisender. Jemand muß wohl die Sachen verkaufen, sagt sie sich; nichtsdestoweniger ist sie auf dem besten Weg, Teil eines abgestandenen Witzes zu werden. Sicherlich kann sie was Besseres auftreiben. Aber sie will gar nicht. Besser als das hier ist Philip Burroughs, sind die Freunde von Freundinnen, die Ehemänner von Freundinnen, maßgeschneidert, berechenbar. Dieser Mann hat einen Koffer voller Unterhöschen mit Schlitzen, ein Heiligenschein zartseidiger Lust. *Karneval.* Er wird keine Umstände machen, er wird nicht zuerst seine Uhr abnehmen und sie auf den Nachttisch legen, sein Unterhemd zusammenfalten, nach Pfefferminz duften, nach Tabletten, die gegen Magengeschwüre gelutscht werden. Er ist selbstbewußt, er lehnt sich zurück, atmet ungesagte Versprechungen. Für andere mag er berechenbar sein, für sie nicht; noch nicht.

Die Drinks kommen, und Elizabeth stürzt ihren wie Medizin hinunter; sie hofft, daß Lustgefühle wie eine Wüstenblume zwischen ihren Schenkeln aufblühen werden. Der Mann im grauen Anzug lehnt sich über den Tisch und teilt ihr in vertraulichem Tonfall mit, daß er daran denke, sein Haus zu verkaufen. Seine Frau hat was Neues im Sinn, etwas weiter nördlich, etwas größer. Wüßte sie vielleicht jemand, der Interesse hätte? Das Haus, daß er verkaufen will, ist renoviert, und alle Zimmer sind mit Teppichboden ausgelegt. Er glaubt, er kann sich den Umzug leisten; er hat neue Artikel in seine Kollektion aufgenommen. Scherzartikel.

»Scherzartikel?« sagt Elizabeth. Ihr Körper sitzt auf der mit Plastikkissen überzogenen Bank wie ein Sandsack; schwer, trocken, leblos.

»Für Geburtstagsparties«, sagt er. Miniaturhelicopter. Trillerpfeifen, weiche Plastikschädel, Monster, Spielzeugarmbanduhren. Solche Sachen. Er erkundigt sich nach ihren Kindern.

»Um die Wahrheit zu sagen, mein Mann und ich, wir haben uns getrennt«, sagt sie. Vielleicht wird diese Mitteilung die Raubtierreaktion hervorrufen, die angeblich durch die Worte *getrennt* und *geschieden* bei verheirateten Männern wachgerufen werden. Doch es scheint ihn lediglich nervös zu machen. Er schaut sich um, tut so, als suche er den Kellner. Es kommt Elizabeth in den Sinn, daß er genausowenig Wert darauf legt, mit ihr gesehen zu werden wie sie mit ihm. Kann es sein, daß er animmt, sie sei hinter ihm her, möchte ihn für den häuslichen Gebrauch haben? Grotesk. Aber es wäre beleidigend, ihm das zu sagen.

Sie überlegt, ob sie versuchen könnte, ehrlich zu sein. *Das einzige, woran ich interessiert bin, ist eine Nacht. Wenn möglich bloß eine Stunde, und reden brauchst du nicht mit mir. Ohne Haken und Ösen, ich will das Durcheinander nicht noch vergrößern. Ich möchte dich nicht in meinem Leben haben; aus diesem Grund hab ich dich angerufen.*

Aber er fängt an, ihr von einer Operation zu erzählen, die er vor zwei Monaten hatte, eine Warzenentfernung. Um einiges schmerzhafter, als man sich gemeinhin vorstellt. Es hat keinen Sinn, sie kann sich die Niederlage genausogut eingestehen. Die Zeiten für so was sind vorbei: aufgabeln im Park, Gefummel im Kino. Sie hat vergessen, wie das funktioniert, den Trick. Den unbedingten Willen.

»Ich glaub, ich muß allmählich gehen«, sagt sie höflich. »Vielen Dank für den Drink. Es war ein Vergnügen, Sie wiederzusehen.« Sie legt sich die Pulloverjacke um die Schultern und steht auf.

Er sieht sehr enttäuscht aus. »Die Nacht ist noch jung«, sagt er. »Noch einen Drink?«

Als Elizabeth ablehnt, steht er auf. »Ich bring Sie in jedem Fall nach Hause.«

Elizabeth zögert, nimmt dann an. Wozu ein Taxi bezahlen? Durch die warme Luft spazieren sie zum Parkplatz. Er legt eine Hand an ihren Ellbogen, eine merkwürdig altmodische Geste. Vielleicht könnten sie einen Foxtrott hinlegen unter den Parkplatzlaternen. Ihr großer Abend.

In seinem Wagen gibt sich Elizabeth nicht mehr die Mühe, Konversation zu machen. Sie sagt ihm, wo sie wohnt, und steuert halbaufmerksames Gemurmel bei, während er über die schlechte Qualität von Hotelessen klagt, vor allem in Thunder Bay. Sie ist stocknüchtern; kalt. Das einzig Gute: Sie ist glatt aus der Sache wieder herausgekommen, nichts ist passiert. Er wird gemerkt haben, daß sie nicht interessiert ist. Er hört auf zu reden und schaltet den CB-Funk an, fummelt an der Einstellung herum. Stakkatostimmen knacken und verschwimmen.

Bevor er ihre Straße erreicht, biegt er in eine Sackgasse ein und hält den Wagen abrupt an. Die Scheinwerfer beleuchten einen schachbrettartigen Zaun, ein schwarzer Pfeil; dahinter ein hoher Drahtzaun. Irgendeine Fabrik.

»Das ist nicht meine Straße«, sagt Elizabeth. Am Anfang des Abends hätte sie diese Aktion begrüßt.

»Stell dich nicht dumm«, sagt er. »Wir wissen beide, weshalb du hier bist.« Er langt nach unten und nimmt das Mikrofon aus der Halterung. »Wir werden ihnen einen Kick gönnen«, sagt er. »Zehn-vier, zehn-vier, laß mich auch mal ran.«

Elizabeth sucht nach dem Auslöseknopf der Sicherheitsgurte, doch bevor sie ihn betätigen kann, fällt er auf sie. Elizabeth, deren Kopf vom Gewicht seinen Mundes zurückgepreßt wird, japst nach Luft. Ein Knie ist zwischen ihren Schenkeln, schiebt ihren Rock hoch; sein Rumpf quetscht sich gegen das Handschuhfach. Etwas Kaltes und Metallisches drückt sich gegen ihre Kehle, und sie merkt, daß es das Mikrofon ist.

Er strampelt mit den Beinen, stöhnt; sein Ellbogen knallt gegen die Scheibe. Elizabeth kämpft gegen das Ersticken. *Er hat einen Herzanfall.* Sie wird hier eingeklemmt sitzen, unter dem Körper, bis man über das Mikrofon ihre Schreie hört und sie ausgraben kommt.

Doch nach weniger als einer Minute sackt sein Gesicht gegen ihren Hals, und er liegt bewegungslos. Elizabeth zerrt ihren linken Arm hoch, schafft sich so ein Luftloch.

»Mann«, sagt er, sich von ihr herunterwälzend. »Irre Sache.«

Elizabeth zieht ihren Rock über die Knie. »Ich geh nach Hause«, sagt sie. Sie hört, daß ihre Stimme zittert, obwohl sie nicht glaubt, daß sie Angst hat. Idiotisch, mehr erwartet zu haben.

»He, willst du denn nicht?« sagt der Mann. Wie eine Spinne kriecht seine Hand an ihrem Oberschenkel hoch. »Ich bin gut«, sagt er. »Entspann dich und genieß es.« Seine linke Hand hält das Mikrofon, als erwartete er, sie finge an zu singen.

»Nimm die Hand da weg«, sagt Elizabeth. Sie kommt sich vor, als hätte sie ein seriös aussehendes Paket geöffnet, und ein Springteufelchen ist herausgehüpft. Sie hat noch nie was für diese Art Späße übrig gehabt.

»Zum Teufel, ich wollt ja bloß ein bißchen nett sein«, sagt er und zieht die Hand zurück. Er hängt das Mikrofon wieder ein. »Jeder will schließlich etwas Spaß haben.«

»Verschwind aus dem Kanal«, sagt eine Stimme im Funkradio. »Piß oder laß 'n andern auf'n Topf.«

»Ich lauf heim«, sagt Elizabeth wieder.

»Kann ich unmöglich zulassen«, sagt der Mann. »Nicht in dieser Gegend.«

Er sitzt da, die Hände auf den Knien, Kopf gesenkt; er schaut das Lenkrad an. »Im Handschuhfach hab ich 'n Schluck«, sagt er. »Gönn dir einen, trink auf mich. Wollen uns beide einen genehmigen.« Seine Stimme ist tonlos.

»Nein danke, wirklich nicht«, sagt Elizabeth, wieder in die alte Höflichkeit gepreßt. Sie öffnet den Sicherheitsgurt; diesmal macht er keine Bewegung, sie daran zu hindern. Traurigkeit strahlt wie Hitze von ihm aus, jetzt erkennt sie es, es war schon vorher da. Wenn sie weg ist, wird er wahrscheinlich heulen. Auf irgendeine verrückte, beschränkte Art wollte er ihr wohl wirklich Vergnügen bereiten. Wessen Schuld ist es, daß sie kein Vergnügen empfindet?

Draußen sind Bäume, der Wind, dann Häuser. Sie geht bis zur ersten Kreuzung, sucht nach den Straßenschildern. Hinter sich hört sie Motorengeräusch, aber er wendet nicht, fährt nicht an ihr vorbei. Wer lacht da? Irgendwas ist ihr in der Kehle steckengeblieben. In Wirklichkeit lacht niemand.

NATE *Donnerstag, 7. Oktober 1976*

Nate sitzt draußen auf der Veranda, schaukelt sacht in dem Schaukelstuhl, den Elizabeth vor fünf Jahren auf einer Farmversteigerung in der Nähe von Lloydtown für fünfzehn Dollar gekauft hat. Noch bevor er den Wagen verkauft hatte. Er mußte ihn weiß streichen, um den Riß in der Lehne zu verdekken, die durch Draht zusammengehalten wurde. Für die Veranda ist er gut genug, sagte sie. Der gleiche Schaukelstuhl, unbeschädigt und bespannt, hätte mindestens fünfzig Dollar gekostet, erklärte sie ihm. Nach fünf Jahren in Wind und Wetter bräuchte der Stuhl einen neuen Anstrich. Aber wenn er's macht, wird Elizabeth es gar nicht merken. An Möbeln ist sie nicht mehr interessiert.

Er versucht, an nichts zu denken, und vermeidet es, die Straße hinunterzuschauen, wo Elizabeth bald in der späten Nachmittagssonne auftauchen wird. Sie wird auf ihrem Heimweg von der Bushaltestelle durch das Herbstlaub auf ihn zukommen. Er wartet auf sie, er muß mit ihr reden. Das ist eine derart lang vergessene Empfindung, daß sie ihm fast neu erscheint. Sein Körper im Stuhl kommt ihm so eckig wie der Stuhl selbst vor, sein Rücken angespannt. Irgend etwas wird geschehen, es ist der Anfang von etwas, die Dinge sind im Begriff, sich zu verändern, und er ist sich nicht sicher, ob er darauf vorbereitet ist.

Vor sechs Tagen sagte sie, sie müßte sich mit ihm mal unterhalten. Er erwartete einen Vortrag über irgendeine Tätigkeit: den Abwasch, die Wäsche, wer was von wem wäscht, wer was zusammenfaltet, wie die Gegenstände sich vom Fußboden wieder an ihren alten Platz zurückbewegen sollten. Darauf liefen ihre kleinen Unterhaltungen normalerweise hinaus. *Seinen Teil beitragen.* Er hatte seine Verteidigung bereits vorbereitet: Wenn er Sachen erledigte, von denen sie gar nicht bemerkte, daß er sie getan hatte, woher will sie dann wissen, ob er seinen Teil beiträgt oder nicht? Er hatte herumgetrödelt, sich einen Drink eingeschenkt, nach seinen Zigaretten gesucht, bevor er sich widerwillig ihr gegenüber an den Küchentisch setzte.

Doch statt dessen sagte sie ihm ohne Umschweife, daß sie sich mit Chris nicht mehr traf. Unter den Regeln, die sie vereinbart hatten, ging es ihn nichts mehr an, wen sie traf. Er wollte sie daran erinnern, an ihren Teil der Übereinkunft. »Mach, was du willst«, wollte er sagen. Warum belästigte sie ihn mit so was?

»Ich möchte, daß du mir einen Gefallen tust«, sagte sie, bevor er sprechen konnte. Elizabeth verlangte zwar Gerechtigkeit, aber selten Gefälligkeiten, nicht von ihm, nicht in letzter Zeit. »Falls Chris herkommen sollte, dann möchte ich nicht, daß du ihn ins Haus läßt.«

Nate starrte sie an. Nie zuvor hatte sie ihm so was gesagt, wahrscheinlich deswegen nicht, weil sie es nicht nötig gehabt hatte. Ihre Art, Liebhaber abzulegen, war für gewöhnlich endgültig. Er wußte nicht, was sie ihnen erzählte, aber sie verschwanden so plötzlich, so vollkommen von der Bildfläche, als hätte sie ihnen einen Zementblock an die Füße gebunden und sie im Hafenbecken versenkt. Er hegte den Verdacht, daß sie mit ihm gerne das gleiche getan hätte – sicherlich hing er ihr zum Hals heraus –, aber daß die Kinder sie daran hinderten.

Er wollte fragen, ob etwas nicht stimmte: Bestand die Möglichkeit, daß Chris zum Haus kommen würde? Warum? Aber sie würde nur wiederholen, daß ihr Leben ihr Leben sei. Früher war es ihrer beider gemeinsames Leben gewesen.

Das ist es, was er möchte, was er wiederhaben möchte. Dieses Bild eines gemeinsamen harmonischen Lebens wie auf einer Weihnachtskarte aus den vierziger Jahren, ein Kaminfeuer, Strickzeug im Korb, aufgeklebter Schnee, das war von ihnen beiden schon vor so langer Zeit beiseite geschoben worden, daß er es ganz vergessen hatte. Jetzt war es wieder da, eine Möglichkeit, eine Chance in der Gegenwart. Vielleicht wünschte sich auch Elizabeth das, vielleicht war sie bereit, es noch einmal zu versuchen. Er spürte, er mußte jetzt entschieden handeln. Oft genug hatte sie ihn beschuldigt, er sei nicht in der Lage, entschieden zu handeln. Also hatte er sich mit Martha zum Lunch verabredet.

Martha war entzückt. An einem Ecktisch im Café Jurgens – ihre Wahl – hielt sie seine Hand und erzählte ihm, wie wunderbar es doch sei, ihn einfach so zu sehen, ganz spontan, außerhalb der festgelegten Stunden. Unglücklich sah er zu, wie sie ein gegrilltes Hummersandwich verspeiste und dazu zwei Whisky Sour trank. Hinter ihr hing eine vergrößerte Fotografie von, war es Venedig?

»Du bist heute so still«, sagte Martha. »Hat's dir die Sprache verschlagen?«

Nate brachte ein Lächeln zustande. Er versuchte ihr beizubringen, daß er sie nicht mehr sehen konnte, und er wollte es so elegant und ruhig wie möglich tun. Im Grunde genommen wollte er es eigentlich gar nicht tun, obwohl ihr Verhältnis in letzter Zeit an einem toten Punkt angelangt war. Doch er kam an der Tatsache nicht vorbei, daß ohne Chris ein Ungleichgewicht herrschte. Auch Martha mußte nun über Bord geworfen werden; sonst konnte es ihm passieren, daß er am Ende mit ihr zusammenlebte. Was er nicht wollte. Es wäre für alle am besten, wenn er sich mit Elizabeth vertragen könnte; für die

Kinder ganz bestimmt. Er fühlte sich elend, aber schließlich war es für eine gute Sache. Er würde einen klaren Bruch versuchen. Er hoffte, daß sie ihn nicht anschreien würde. Früher hatte er so was als ihre Vitalität bezeichnet.

Aber sie schrie nicht. Sie ließ seine Hand los und senkte den Kopf, starrte die Kanten ihres Sandwiches an. Er glaubte eine Träne in die Mayonnaise fallen zu sehen.

»Du brauchst einfach mehr, als ich dir bieten kann«, sagte Nate, sich eilfertig herabsetzend. »Jemand, der...«

»Dieses Miststück«, sagte Martha. »Hat sie's endlich geschafft, ja? Lang genug hat sie ja daraufhingearbeitet.«

»Wie meinst du das?« fragte Nate. »Wirklich, das hat überhaupt nichts mit Elizabeth zu tun, ich mein nur...«

»Wann wirst du dich endlich abnabeln, Nate?« sagte Martha fast flüsternd. Sie hob den Blick, sah ihm gerade ins Gesicht. »Ich möchte wetten, sie bindet dir auch noch deine gottverdammten Schnürsenkel.«

Von links ein plötzliches, donnerndes Geräusch, fast wie eine Explosion. Nate reißt die Augen auf. Da vor ihm, wo er es seit einem Jahr nicht mehr gesehen hat (»Mach, was du willst«, hatte er ihr erklärt, »nur zwing mich nicht, dabei zuzusehen«), steht das alte weiße Cabrio von Chris, diesmal mit hochgeklapptem Verdeck. Nate erwartet, daß Elizabeth aussteigt und den Weg hochgerauscht kommt, überschwenglich liebenswürdig wie stets, wenn sie was bekommen hat, was sie wollte und er nicht. Er glaubt nicht wirklich daran, daß Chris verbannt worden ist, nicht auf Dauer; dafür geht das mit ihm schon zu lange, dafür ist sie zu sehr hinter ihm her. Sie werden wieder neu anfangen, wahrscheinlich sind sie überhaupt immer noch am Anfang.

Aber Chris steigt alleine aus. Er kommt die Treppe hoch, stolpert leicht über die eine Stufe, die Nate reparieren wollte; Nate ist entsetzt, wie runtergekommen er aussieht. Dunkle, waagrechte Ränder unter den Augen, als hätte man ihn mit einem Gürtel quer über das Gesicht geschlagen. Das Haar wirr, die Hände hängen schwer aus den Ärmeln der zerknitterten

Cordjacke. Er starrt auf Nate hinunter, das hoffnungslose herausfordernde Starren eines Betrunkenen, der um etwas Kleingeld bettelt.

»Hallo«, sagt Nate schwach. Er bewegt sich, um aufzustehen, damit sie sich auf gleicher Höhe befinden, aber Chris kauert sich hin, hockt sich auf die Hacken. Er riecht nach Whiskyflaschen, alten Socken, leicht fauligem Fleisch.

»Sie müssen mir helfen«, sagt er.

»Sind Sie Ihren Job losgeworden?« fragt Nate. Eine alberne Frage vielleicht, aber was soll er zu dem abgelegten Liebhaber seiner Frau sagen? Ganz sicher kann er ihn nicht voller Selbstgerechtigkeit von der Veranda weisen, nun, wo er schon mal hier sitzt. Er sieht so niedergeschlagen aus, vernichtet; sicherlich kann nicht nur Elizabeth allein für so einen Schiffbruch verantwortlich sein.

Chris lacht ein bißchen. »Hab gekündigt«, sagt er. »Hab's nicht mehr ertragen, im gleichen Gebäude mit ihr zu sein. Ich hab nicht geschlafen. Sie will mich nicht mal mehr sehen.«

»Was kann ich tun?« fragt Nate. Soll heißen: *Was erwartest du von mir?* Aber er möchte ganz ehrlich helfen; jeder, der solches Elend mit ansehen muß, würde helfen wollen, obwohl ihn seine eigene reflexartige Sympathie anwidert. Die verdammten Unitarier. Er sollte Chris seiner Mutter übergeben; sie würde ihm beibringen, die positiven Seiten des Lebens zu sehen, statt ständig auf die düsteren zu blicken. Sie würde seinen Namen auf eine Liste setzen, und ein paar Wochen später würde ihm die Post ein Päckchen bringen – Seifenreste aus Motels, ein Dutzend Paar Kindersocken, einen gestrickten Brustwärmer.

»Bringen Sie sie dazu, mich anzuhören«, sagt Chris. »Bei mir hängt sie einfach auf. Sie will mich nicht mal anhören.«

Jetzt erinnert sich Nate an das ferne Läuten des Telefons mitten in der Nacht, so gegen zwei oder drei Uhr morgens, an Elizabeths Halbmondaugen in der Frühe. Mindestens seit einem Monat geht das schon so.

»Ich hab nicht den geringsten Einfluß auf Elizabeth«, sagt Nate.

»Sie respektiert Sie«, sagt Chris. »Auf Sie wird sie hören.« Er schaut hinunter auf den Verandaboden, dann mit plötzlichem Haß auf Nate. »Mich respektiert sie nicht.«

Für Nate ist es eine Enthüllung, daß Elizabeth ihn respektiert. Abgesehen davon glaubt er es sowieso nicht; es ist ein Schachzug, den Elizabeth gegen Chris anwendet, der zu naiv ist, um ihn zu durchschauen.

»Machen Sie ihr klar«, sagt Chris grimmig, »daß sie mit mir zusammenleben muß. Ich will sie heiraten. Sagen Sie ihr, sie muß einfach.«

Irre, denkt Nate. Das ist total irre. Erwartet Chris wirklich von ihm, daß er seiner eigenen Frau befiehlt, mit einem anderen Mann durchzubrennen? »Sie sehen so aus, als könnten Sie einen Drink gebrauchen«, sagt er. Er hat selber einen nötig. »Kommen Sie rein.«

Auf der Diele, Chris hinter ihm, fällt ihm Elizabeths Bitte ein. Laß ihn nicht ins Haus. Es war eine Bitte, erkennt er nun, keine kühle Forderung. Sie hat nicht auf Chris verzichtet; sie ist geflohen, weil sie Angst vor ihm hat. Es gehört schon einiges dazu, um Elizabeth so weit zu bringen, daß sie um ihre eigene Sicherheit fürchtet. Sie muß glauben, daß er sie angreifen, daß er sie verprügeln wird. Die Vorstellung von Elizabeth in diesem Griff, weißes Fleisch, das sich in diesen Fäusten windet, machtlos, wimmernd, wirkt nur für einen Augenblick erotisch. In Nates Nacken kribbelt es. Er hatte die Küche angesteuert mit den Messern und Fleischspießen, geht nun aber mit einer zu abrupten Wendung ins Wohnzimmer.

»Scotch?« fragt er.

Chris sagt nichts. Er lehnt im Türrahmen, lächelnd: ein Rattenlächeln, die Lippe über gelben Zähnen hochgezogen. Nate verspürt keine große Lust, ihm den Rücken zuzuwenden, wenn er in die Küche geht, um Gläser zu holen, aber schließlich kann er schlecht rückwärts laufen. Filmszenen spulen vor ihm ab: er selbst niedergeschlagen mit einem Messingleuchter oder mit einer von Elizabeths schweren Schalen, bewußtlos im Flur zurückgelassen; die Kinder gekidnappt, als Geiseln festgehalten, in Chris' Zweizimmerversteck verbarrikadiert und in

Furcht und Schrecken, während Chris über sein Schachbrett gebeugt dasitzt wie das Phantom in der Oper und die Polizei mit Megaphon Anweisungen aus Türeingängen brüllt; Elizabeth nackt und zerschunden in einen Abwasserkanal geworfen, ein Bettlaken um ihren Hals geknotet. All das wäre zu verhindern gewesen, alles nur seine Schuld; hätte er nur nicht...

Noch während er seiner eigenen Schuld nachhängt, möchte Nate irgendwas für Chris tun, ihm etwas geben, etwas zu essen, was? Ein Busticket nach irgendwohin, Mexiko, Venezuela, das hat er sich selbst schon oft gewünscht. Er möchte die Hand ausstrecken, Chris am Arm berühren; er sucht nach irgendeiner Maxime, trivial, aber magisch, nach einer Parabel der Hoffnung, die Chris von einer Sekunde zur anderen wiederherstellen wird, um ihn breitschultrig zurückzuschicken, dem Leben entgegen. Gleichzeitig weiß er, wenn Chris eine Bewegung, nur eine einzige Bewegung in Richtung der Treppe macht, die zu der geschlossenen Tür führt, hinter der die Kinder noch vor einer halben Stunde hingebungsvoll Admiral gespielt haben, dann wird er ihn anspringen und mit dem Kopf gegen das Treppengeländer knallen. Er wird ihn umbringen. Ohne jedes Bedauern wird er ihn umbringen.

Schritte auf der Veranda, resolut, gleichmäßig; das Klicken der Haustür. Elizabeth. Jetzt wird es zur Explosion kommen, Chris wird sich auf sie stürzen wie ein Elch in der Brunft, Nate wird sie beschützen müssen. Sonst wird sie den Gehweg hinunter verschwinden, Arsch voran, über Chris' Schulter geworfen, Stifte und Schlüssel aus ihrer Handtasche fallend. Vielleicht würde ihr das gefallen, denkt Nate. Sie pflegte anzudeuten, daß er selbst nicht zupackend genug wäre.

Aber »Raus« ist alles, was sie sagt. Sie steht hinter Chris in der Diele, vom Wohnzimmer aus kann Nate sie nicht sehen. Chris hat sich umgewandt, sein Gesicht fällt zusammen, wirft Ringe wie Wasser, in das ein Stein geworfen wird. Als Nate die Diele erreicht, ist er verschwunden. Nur Elizabeth ist da, die Lippen zusammengepreßt in dieser angespannten Linie des Mißvergnügens, ihre Lederhandschuhe herunterzerrend, Finger für Finger.

Während er sie beobachtet, beim Gedanken an Chris, der über die Straße davonschleicht wie ein Versprengter einer geschlagenen Armee, weiß Nate, daß er selbst sie in irgendeiner vagen Zukunft wird verlassen müssen.

LESJE *Mittwoch, 22. Juni 1977*

Lesje, ihr Tablett balancierend, steuert auf einen leeren Tisch zu, der von anderen leeren Tischen umgeben ist. Es fällt ihr nicht mehr leicht, mit Marianne und Trish zum Kaffee hinunterzugehen oder sich ihnen beim Lunch anzuschließen. Sie sind immer noch ganz freundlich, aber sie sind auch vorsichtig. Sie kann sich an dieses Gefühl erinnern und hat dafür Verständnis: Diejenigen, die sich mitten in einer Krise befinden, schleppen das Unglück mit sich herum; sie sind ansteckend. Man betrachtet sie als Kuriositäten und redet über sie, wenn sie nicht anwesend sind, aber ihre Gegenwart bringt einen zum Schweigen. Auf Marianne und Trish wirkt sie wie statische Elektrizität.

Dr. Van Vleet ist nicht da; er kriegt jedes Jahr Heuschnupfen, den er mit Kräuterheilmitteln bekämpft, die seine Frau ihm zubereitet. Lesje fragt sich, ob sie lang genug mit Nate zusammenleben wird, um Kräuterheilkunde zu lernen und ihn damit zu versorgen. Oder mit sonst jemanden. Sie versucht, sich Nate in der Strickjacke eines alten Mannes mit V-Ausschnitt vorzustellen, wie er in der Sonne döst, aber es geht nicht. Dr. Van Vleet sagt oft »in meinen Tagen«. Lesje überlegt, ob er auch damals wußte, daß es seine Tage waren. Sie selbst hat nicht das Gefühl, daß sie auf die Zeit, die sie gerade durchlebt, besondere Besitzansprüche erheben könnte.

Sie wünscht sich, Dr. Van Vleet möge da sein. Er hört sich Klatsch nie an, er hätte nichts von ihrem sogenannten Privatleben mitbekommen. Er ist der einzige Mensch, den sie kennt, der bereit wäre, sie mit amüsierter väterlicher Nachsicht zu behandeln, was sie im Augenblick sehr nötig hätte. Er verbessert ihre Aussprache, sie lacht über seine Epigramme. Wenn er ihr jetzt am Tisch gegenübersitzen würde, dann könnte sie ihm irgendeine Frage stellen, etwas Technisches, und dann bräuchte sie über nichts anderes nachzudenken. Die Futter- und Fortpflanzungsgewohnheiten des Pteranodons zum Beispiel. Mehr ein Gleitflieger als ein freier Flieger, wie erhob er sich in die Lüfte? Wartete er einfach auf eine leichte Brise, um sich von seinen fast vier Meter breiten Schwingen hochtragen zu lassen? Manche vermuten, daß er wegen seiner unglaublich zarten Knochenstruktur nirgendwo landen konnte, weder zu Wasser noch zu Land. Und wenn es so war, wie vermehrte er sich dann? Für einen Moment erhascht Lesje einen Blick auf warme, ruhige Meere, sanfte Winde, die gewaltigen, pelzbedeckten Pteranoda treiben wie Flocken weißer Baumwolle hoch oben dahin. Solche Visionen sind immer noch möglich, aber sie halten nicht lange an. Unvermeidlich sieht sie darauf eine spätere Phase: der Gestank sterbender Seen, tote Fische an schlammbedeckten Ufern, die riesigen Schwärme dahinschwindend, gestrandet, ihre Zeit vorbei. Dieser plötzliche Anblick ist die Steinwüste von Utah.

Sie setzt sich hin, mit dem Rücken zu den anderen Tischen. Elizabeth ist da; gleich, als sie hereinkam, hat Lesje sie entdeckt. Noch vor ein paar Monaten wäre sie wieder hinausgegangen, aber jetzt ergibt das keinen Sinn mehr. Wie Gammastrahlen, so wird Elizabeth weiterexistieren, ob Lesje sie nun sehen kann oder nicht. Eine dunkle, ziemlich kräftige Frau ist bei ihr. Beide schauen sie Lesje an, als sie vorbeigeht, nicht lächelnd, aber auch nicht feindlich. Als wären sie Touristen und sie eine touristische Attraktion.

Als Nate vollständig bei ihr einzog, zumindest so vollständig, wie er es je tun wird, darüber war sich Lesje im klaren, hätte Elizabeth sich verlassen und verraten fühlen müssen und sie selbst sich, wenn schon nicht siegreich, so doch wenigstens den Konventionen entsprechend zufrieden. Statt dessen scheint es genau umgekehrt zu sein. Lesje wünscht sich, daß Elizabeth in irgendeinen entlegenen Winkel der Vergangenheit verschwände und dort für immer bliebe, aber sie weiß, daß ihre Wünsche kaum Wirkung auf Elizabeth haben werden.

Sie zieht den Deckel von ihrem Joghurt ab und steckt den

Strohhalm in die Milchtüte. Zumindest ißt sie besser, seit Nate eingezogen ist. Nate bringt sie dazu, vernünftiger zu essen. Er hat einige Kochtöpfe mitgebracht, und gewöhnlich kocht er; dann überwacht er, was sie ißt. Es stört ihn, wenn sie ihren Teller nicht leer macht. Das Essen, das er kocht, ist wahrscheinlich recht gut, ganz bestimmt besser, als es bei ihr der Fall wäre, und sie schämt sich fast zuzugeben, daß sie wenigstens ab und zu einen wahnsinnigen Appetit auf Betty Crocker Fertignudeln hat. Sie hat sich so lange von bequemen Fertiggerichten ernährt, daß ihre Geschmacksnerven sicherlich abgestumpft sind. In diesem Punkt, ebenso wie in vielen anderen, scheint sie es ihm einfach nicht recht machen zu können.

Ihre Reaktionen beispielsweise. *Reaktionen* ist Nates Ausdruck. Er findet diese ihre Reaktionen nicht direkt enttäuschend, aber überraschend, als könnte höchstens ein Barbar oder ein Analphabet solche Reaktionen zeigen. Er wird nicht mal wütend. Er erklärt es ihr lediglich, wieder und wieder; er nimmt an, wenn sie nur verstehen kann, was er sagt, dann wird sie zwangsläufig auch mit ihm übereinstimmen.

Zum Beispiel. Wenn Elizabeth anruft, was recht häufig der Fall ist, um zu fragen, ob die Kinder ihre Socken oder ihre Gummistiefel oder ihre Zahnbürsten oder ihre Slips in Lesjes Haus vergessen haben, dann ist sie stets höflich. Worüber also kann Lesje sich beklagen? Die Wahrheit ist, daß sie von Elizabeth überhaupt nicht angerufen werden möchte. Vor allem nicht im Büro. Sie will nicht mitten in der Kreidezeit von Elizabeth aufgeschreckt werden, die wissen möchte, ob Lesje nicht zufällig einen rot-weißen Handschuh gesehen hat. Es regt sie auf, und schließlich hat sie es fertiggebracht, das, wenn auch sehr linkisch, zu sagen.

Aber die Kinder vergessen nun mal Sachen, sagte Nate. Elizabeth mußte wissen, wo diese Sachen waren. Es gab keinen unbegrenzten Vorrat von diesen Sachen.

Vielleicht, wagte sich Lesje vor, könnten die Kinder damit aufhören, Sachen zu vergessen.

Nate sagte, es seien Kinder.

»Vielleicht könntest du sie anrufen«, sagte Lesje, »oder sie könnte dich anrufen. Anstatt mich.«

Nate führte an, daß er noch nie sonderlich gut darin gewesen sei, Zahnbürsten und Gummistiefel im Auge zu behalten, nicht mal seine eigenen. Es gehörte einfach nicht zu seinen Talenten.

»Zu meinen auch nicht«, sagte Lesje. Oder war ihm das noch nicht aufgefallen? An Sonntagabenden, wenn die Kinder für ihre Rückkehr alles zusammenpackten, sah das Haus aus, als hätte eine Bombe eingeschlagen. Sie gab sich Mühe, aber da sie nicht wußte, was die Kinder mitgebracht hatten, wie konnte sie da sichergehen, daß sie auch die richtige Menge von Sachen wieder mitnahmen?

Nate sagte, da keiner von ihnen beiden in diesen Dingen sonderlich tüchtig war im Gegensatz zu Elizabeth, die über langjährige Praxis verfügte, wäre es nur vernünftig, daß Elizabeth anrief, wenn von besagten Sachen irgendwas verschwunden war. Lesje konnte bloß noch zustimmen.

Manchmal waren die Kinder am Freitag zum Dinner da, wenn Lesje vom Museum heimkam und außer Nate niemand vorzufinden erwartete. »Könntest du sie bitten, sie uns nicht so plötzlich auf den Hals zu schicken?« fragte sie nach dem vierten Mal.

»Was meinst du damit?« sagte Nate traurig.

»Ich mein, ist Freitag nicht ein bißchen spät, um Bescheid zu geben?«

»Sie hat mir's am Dienstag gesagt.«

»*Mir* hat niemand was gesagt«, antwortete Lesje.

Nate gab zu, daß es ihm entfallen war: aber selbst dann gab es bessere Arten, die Dinge auszudrücken. *Auf den Hals schicken* fand er ziemlich plump, abgenützt. »Und ich hab das Dinner gemacht«, schloß er logisch. »Es hat dir keine Umstände gemacht, oder?«

»Nein«, sagte Lesje. Sie fühlte sich im Nachteil; sie besaß keine Übung in dieser Art von Dialog. Zumindest in ihrer Gegenwart hatten ihre Eltern nie ihr Verhalten und ihre Motive diskutiert, und ihre Großmütter hatten überhaupt nie über irgendwas diskutiert. Sie beschränkten sich auf Monologe, versonnene Erinnerungen von ihrer ukrainischen Großmutter, bissige Kommentare von ihrer jüdischen. Ihre Unterhaltungen mit William hatten sich auf den Austausch von Fakten konzentriert, und selbst ihre seltenen Meinungsverschiedenheiten hatten mehr dem Gezänk von Kindern geähnelt: *Ich will aber. Das hast du doch gemacht.* Sie war es nicht gewöhnt, auszudrücken, was sie empfand oder warum, oder warum jemand sich anders benehmen sollte. Sie wußte, sie war nicht subtil; oft klang sie grob, wenn sie lediglich genau sein wollte. Ausnahmslos fühlte sie sich nach solchen Unterredungen wie ein Ungeheuer. Es war ja nicht so, daß sie was gegen die Kinder hatte oder sie nicht mochte, wollte sie erklären. Sie wollte doch bloß gefragt werden.

Aber das konnte sie nicht sagen; wenn sie es tat, dann würde er dieses andere Gespräch auf den Tisch bringen:

»Ich möchte das Gefühl haben, daß ich mit dir leb«, hatte sie gesagt. »Nicht mit dir und deiner Frau und den Kindern.«

»Ich werd versuchen, sie dir, so gut es geht, aus dem Weg zu halten«, hatte Nate mit derartiger Niedergeschlagenheit gesagt, daß sie augenblicklich einen Rückzieher gemacht hatte.

»Ich mein ja nicht, daß sie nicht *herkommen* sollen«, hatte sie großzügig gesagt.

»Ich möchte ihnen das Gefühl geben, daß dies hier auch ihr Haus ist«, hatte Nate geantwortet.

Lesje ist sich nicht mehr sicher, wessen Haus es ist. Es würde sie nicht überraschen, einen gnädigen Anruf von Elizabeth zu bekommen, in dem ihr mitgeteilt wird, daß Elizabeth und die Kinder am nächsten Tag einziehen, und sie möchte doch bitte das Gästezimmer vorbereiten und sich darum kümmern, daß alle verirrten Socken und Stiefel zusammengetragen werden. Nate würde keinen Einspruch erheben. Er meint, sie sollten beide versuchen, es für Elizabeth leichtzumachen, was nach Ansicht von Lesje nur bedeutet, daß sie alles tun müssen, was Elizabeth wünscht. Er sagt oft, seiner Meinung nach benimmt sich Elizabeth sehr anständig. Er hat das Gefühl, auch er benimmt sich sehr anständig. Er scheint nicht auf die Idee zu kommen, daß auch Lesje irgendwelche besonderen Anstrengungen zu machen brauche, um ebenso anständig zu sein. Sie ist ja nicht direkt betroffen.

»Wir haben uns«, sagt er. Lesje muß zugeben, daß dies der Wahrheit entspricht. Sie haben einander, was *haben* auch immer bedeuten mag.

Lesje saugt den Rest Milch auf und legt die leere Tüte auf das Tablett. Sie drückt ihre Zigarette aus und beugt sich nach vorn, um ihre Umhängetasche aufzunehmen, als eine durchdringende Stimme sagt: »Entschuldigen Sie.«

Lesje schaut auf. Die dunkelhaarige Frau, die mit Elizabeth zusammengesessen hat, steht neben ihr.

»Sie leben mit Nate Schoenhof zusammen, nicht wahr?« sagt sie.

Lesje ist zu verblüfft, um irgendwas zu sagen. »Darf ich mich setzen?« sagt die Frau. Sie trägt ein rotes Wollkostüm mit dem dazu passenden Lippenstift.

»Ich hätt's selber fast getan«, sagt sie unbeteiligt, so als spräche sie über einen Job, den sie nicht bekommen hat. »Ich bin die vor Ihnen. Aber bei mir hat er immer gesagt, er könnte niemals seine Familie verlassen.« Sie lacht, als amüsierte sie sich über einen etwas einfältigen Scherz.

Lesje fällt nichts ein, was sie dazu sagen könnte. Das muß Martha sein, die Nate beiläufig erwähnt hat. Sie hörte sich unbedeutend an. Lesje hatte sich eine ungefähr einen Meter fünfzig große Maus vorgestellt. Die wirkliche Martha sieht nicht unbedeutend aus, und Lesje fragt sich jetzt, ob sie selbst nicht irgendwann in der Zukunft zu einem ähnlich blassen Schatten abgewertet wird. Natürlich hatte Nate ihr gegenüber nicht Marthas große Brüste und den auffällig schönen Mund erwähnt, warum sollte er.

»Irgendwelchen Ärger mit *ihr*?« sagt Martha, mit dem Kopf deutend.

»Wem?« fragt Lesje.

»Keine Sorge, sie ist eben raus. Queen Elizabeth.«

Lesje möchte nicht in eine Verschwörung hineingezogen

werden. In Gegenwart dieser Person etwas gegen Elizabeth zu sagen, wäre Nate gegenüber unloyal. »Sie benimmt sich sehr anständig«, sagt sie. Dagegen kann niemand etwas haben.

»Ich verstehe, er hat mit *Ihnen* eine Gehirnwäsche veranstaltet«, sagt Martha und lacht wieder. »O Gott, die beiden lieben dieses Wort.« Sie grinst Lesje an, ein rotes Zigeunerinnengrinsen. Plötzlich mag Lesje sie, sogar sehr. Sie lächelt schwach zurück.

»Lassen Sie sich von denen nicht unterkriegen«, sagt Martha. »Wenn man sie richtig warm werden läßt, dann reden sie einen schwindlig. Schlagen Sie zurück. Zeigen Sie ihnen, was 'ne Harke ist.« Sie steht auf.

»Ich danke Ihnen«, sagt Lesje. Sie ist dankbar, daß jemand, überhaupt irgend jemand, ihr so viel Mitgefühl entgegenbringt.

»Nichts zu danken«, sagt Martha. »Es gibt nicht viel, wo ich als Expertin gelten kann, aber glauben Sie mir, auf der ganzen Welt bin ich die größte lebende Autorität für *die beiden.*«

Für mindestens fünfzehn Minuten fühlt sich Lesje beschwingt. Sie ist gerechtfertigt; ihre eigenen Wahrnehmungen, denen sie in zunehmendem Maße zu mißtrauen begonnen, die sie sogar verleugnet hatte, treffen möglicherweise zu. Doch als sie in ihrem Büro die Unterhaltung noch einmal durchgeht, fällt ihr auf, daß Martha dabei vielleicht einen oder zwei Hintergedanken gehegt hat.

Außerdem: Martha hat nicht gesagt, gegen was sie zurückschlagen soll oder wie. Offensichtlich hat Martha selbst zurückgeschlagen. Und es muß die schlichte Tatsache berücksichtigt werden, daß Martha gegenwärtig nicht mit Nate zusammenlebt.

NATE *Freitag, 8. Juli 1977*

Nate ist auf dem Weg zu seinem Haus; seinem früheren Haus. Er kann nicht glauben, daß er nicht mehr dort wohnt. Shaw Street hoch, vorbei an Yarmouth, vorbei an Dupont, die Eisenbahnschienen, die Fabrik, in der irgend ein Produkt hergestellt wird, das er nicht kennt; er hat sich nie die Mühe gemacht zu fragen. Stahlträger, irgendwas in der Art, etwas, was er nicht braucht. Es ist ein heißer Tag, schwül, wie man so sagt; die Luft ein warmer Brei.

Den Morgen hat er damit verbracht, die Läden abzuklappern, die seine Spielsachen führen, Yorkville, Cumberland, die untere Bayview Avenue, die Boutiquenviertel, in der Hoffnung, daß irgendwas verkauft worden war und er seinen Anteil kassieren könnte, wenigstens so viel, um ihn über Wasser zu halten. Einmal Maria mit dem Lamm. Sein Anteil; zehn Dollar. Er fragt sich, ob irgendeiner der Ladeninhaber ihn hinhält; sie müssen spüren, daß er verzweifelt ist, und Verzweiflung, das weiß er, erzeugt Verachtung. Während er in den niedlichen Läden mit ihren Ginghamschürzen und flickenartigen Stuhlbezügen wartete, ihren Teewärmern in der Form von Hennen, Eierwärmern in der Form von Küken, der Lorbeerseife aus den Staaten, all den ländlichen Prätentionen, da empfand er ein bißchen von dem Abscheu seiner Mutter. Die Leute gaben Geld für dieses Zeug aus, eine Menge Geld. Leute gaben Geld für seine Spielsachen aus. Gab es nichts Besseres, Sinnvolleres? Es ist sein Lebensunterhalt, dachte er. Wieder falsch, das ist es noch nicht mal. Er hatte auf eine vielversprechende Karriere verzichtet, jeder sagte, sie sei vielversprechend, obwohl niemand sagte, was sie versprach. Er wollte ehrliche Dinge tun, er wollte sein Leben ehrlich leben, und alles, was er nun davon hat, ist Sägemehlgeschmack im Mund.

Aber über den Zehner ist er froh. Er trifft sich mit den Kindern in seinem alten Haus. Sie werden die drei langen Häuserblocks hoch nach St. Clair laufen, Nancy vornweg, als gehöre sie nicht zu ihnen, und Janet dicht neben ihm, aber ohne ihm die Gunst ihrer Hand zu gewähren; vor kurzem hat sie beschlossen, daß sie zu alt zum Händchenhalten ist. Das ist ihre Art, ihren Ärger über ihn zu zeigen, den sie sonst verbergen. Bußfertig wird er ihnen je ein Eis kaufen, und dann werden sie zu dem italienischen Bäcker gehen, um den Kuchen für Elizabeth zu holen. Er wird dafür bezahlen, und das war dann der Zehner. Obwohl er noch ein bißchen Wechselgeld von dem Fünfer übrig haben wird, den er von Lesje geborgt hat.

Er kann die Herstellung eines Lammes, das Malen und Lakkieren nicht mitihrer Folgen verbinden: Elizabeths Geburtstagskuchen. Er kann keine Tätigkeit, die ihm einfällt, mit keiner Folge, die er sich vorzustellen vermag, in Verbindung bringen. Die Bäume, an denen er vorbeigeht, mit ihren in der Hitze schlaffen Blättern, die Häuser mit ihren fleckigen Rasenflächen oder den mit Tomatenpflanzen vollgestopften Gärten wirken abgeschnitten, wie eine Kollektion von Einheiten, nicht wirklich miteinander verbunden. Die Blätter sind nicht mit den Bäumen verbunden, die Dächer nicht mit den Häusern; man braucht bloß zu pusten, und alles fällt ab, eine Lego-Stadt. Sein Körper fühlt sich so ähnlich an. Es gibt da ein Spielzeug, das er mal gemacht hat, sein Lieblingsstück von vor ein paar Jahren, Drechselarbeit, ein hölzerner Mann aus Ringen, die über einen Mittelstab rutschen. Der Kopf wird draufgeschraubt und hält den Mann zusammen. Ein Clownslächeln hat er ihm gegeben. So ist sein Körper, starre Fragmente, die von seinem Rückgrat und seinem aufgeschraubten Kopf zusammengehalten werden. Ein Mann aus Einzelteilen. Vielleicht braucht er eine Salztablette.

Er hatte gedacht, sich durch den Einzug bei Lesje von der Notwendigkeit befreien zu können, an zwei Orten zugleich sein zu müssen. Aber er verbringt in seinem alten Haus fast immer noch soviel Zeit wie in dem neuen. Lesje soll das nicht wissen, aber sie benimmt sich, als wüßte sie es ohnehin. Er müßte zwei Garnituren Kleidung haben, zwei Identitäten, eine für jedes Haus; es ist das Fehlen dieses Extrakostüms oder Extrakörpers, was ihn auseinanderreißt. Er wußte im voraus, zumindest theoretisch, daß Trennung schmerzlich ist; er ahnte nicht, daß sie auch buchstäblich sein würde. Er ist getrennt worden, er ist getrennt. Verstümmelt. Er gehört nirgends mehr dazu. Sein eigenes Haus stößt ihn zurück, ist voller Raben, die *niemals mehr* krächzen. Es ist dieser Schmerz in ihm, sentimental, unerträglich, der Lesje auf die Nerven geht und den Elizabeth ignoriert.

Elizabeth benimmt sich sehr anständig, bis zu einem gewissen Grad. Sie ist kalkuliert, betont höflich. Wann immer er kommt, um die Kinder abzuholen, bittet sie ihn herein und bietet ihm Tee an oder, entsprechend der Tageszeit, einen *Aperitif:* Cinzano, Dubonnet. Sie weiß, daß er solche Sachen nie trinkt, aber sie reibts ihm unter die Nase, behandelt ihn wie einen Gast in seinem eigenen Haus. Das nicht sein eigenes Haus ist. Er möcht wetten, daß es noch ein paar von seinen Flaschen, halbvoll oder so, in seinem Küchenschrank oder unten in der Kieferanrichte gibt – Elizabeth trinkt kaum was, sie wird sie nicht ausgetrunken haben –, aber er kann ihr das Spiel nicht verderben, indem er danach fragt. Und so hockt er auf der Kante eines seiner früheren Stühle, nippt an einem Drink, den er nicht mag, aber auch nicht ablehnen kann, während Elizabeth ihm die letzten Neuigkeiten von den Kindern erzählt – ihre Noten, neue Hobbies –, als hätte er seit einem Jahr nicht mehr mit ihnen gesprochen. Als wäre er ein Onkel, ein neuer Schuldirektor. *Ich bin ihr Vater!* möchte er brüllen. *Ich habe das nicht vergessen,* würde sie antworten, *aber du tust es manchmal.* Es ist eine ihrer Grundannahmen, so tief verwurzelt, daß sie sich gar nicht erst die Mühe macht, darüber zu reden, daß er seine Kinder vernachlässigt.

Er weiß, er sollte ein Geburtstagsgeschenk für Elizabeth besorgen; bis jetzt hat er das immer getan. Selbst wenn sie nicht damit rechnet, die Kinder erwarten es bestimmt. Aber Lesje würde es ahnen, zum Teil, weil er das Geld dafür von ihr borgen müßte, und dann würde es Ärger geben. Er will keinen Ärger, er verspürt nicht die geringste Sehnsucht nach noch mehr Ärger von dieser Sorte. Lesje ist einfach nicht in der Lage, Elizabeth als einen Faktor, eine Bedingung zu sehen, etwas, das ertragen werden muß wie ein Schneesturm; moralisch neutral. So sollte nach Nates Meinung Elizabeth gesehen werden. Statt dessen besteht sie darauf, sie zu betrachten als – was? – ihren eigenen privaten Kobold, eine Mischung aus Drachenlady und Staubsauger. Nate selbst versucht, objektiv zu sein. Dabei hätte er eher brand, wütend zu sein, als Lesje.

Er möchte ihr klarmachen, daß sie alles viel zu ernst nimmt; aber wie kann er das, wenn zu den Dingen, die sie so ernst nimmt, er selbst gehört? Elizabeth hat schon vor langer Zeit aufgehört, das zu tun, und er ist nicht mal sicher, ob er es noch fertig bringt. Aber Lesje kann es, sie kann überhaupt nicht anders. Ihm fällt niemand ein, der ihm je so intensiv zugehört hätte; selbst seinen Banalitäten, seinen wahllosen Kommentaren. Fast so, als würde er eine Fremdsprache sprechen, mit der sie kaum vertraut ist. Sie glaubt, er weiß Dinge, die zu lernen für sie vorteilhaft wäre; sie sieht ihn als älter an. Was ihm schmeichelt, ihn gleichzeitig aber auch tief beunruhigt: Totale Offenheit kann er nicht riskieren, er kann seine Verwirrung oder seine sorgfältig gehütete Verzweiflung nicht vor ihr ausbreiten. Er hat ihr nie erzählt, daß er Nacht für Nacht zitternd in Telefonzellen gestanden hat, daß er ihre Nummer gewählt und wieder aufgelegt hat, wenn sie abnahm. Feigheit, Mangel an Kaltblütigkeit.

In dem Schlafzimmer, das er in Gedanken allmählich als ihr gemeinsames Zimmer sieht, scheint sie nur für ihn wie ein dünner weißer Mond. Er hat gesehen, wie schön sie ist, und dadurch hat er sie schön gemacht. Doch was, wenn sie die Wahrheit entdeckt? Das, was er für die Wahrheit hält? Daß er Flickwerk ist, ein Zinnmann, sein Herz ausgestopft mit Sägemehl.

Er stellt sie sich vor, wie sie auf ihn wartet, irgendwo anders, auf einer Insel, subtropisch, ihr langes Haar weht in der Seebrise, eine Hibiskusblüte an einem Ohr. Wenn er Glück hat, dann wartet sie, bis es geschieht, bis er dorthin gelangt, um bei ihr zu sein.

(Obwohl am Strand, in diskreter Entfernung und trotz seiner verzweifelten Bemühungen, stets eine weitere Hütte steht. Er versucht, sie auszuschließen und zu vertreiben, aber auch dies ist eine Eingeborenenhütte. Für die Kinder und, selbstverständlich für Elizabeth. Wer sonst sollte für sie sorgen?)

Elizabeth hat sich die Schuhe ausgezogen und bürstet sich die Haare. Sie steht vor dem Schrank mit seinem eichengerahmten Spiegel. Die Luft ist feucht, hängt bewegungslos im Zimmer, obwohl das Fenster weit geöffnet ist. Die Sohlen ihrer Füße fühlen sich weich und geschwollen an. Sie hofft, daß sie nie Krampfadern bekommen wird.

In dem Glasoval kann sie hinter ihrem eigenen Gesicht, das ihr in dem gedämpften Licht hart und aufgedunsen erscheint, den Schatten ihres Gesichts sehen, wie es in zwanzig Jahren sein wird. Vor zwanzig Jahren war sie neunzehn. In weiteren zwanzig Jahren wird sie neunundfünfzig sein.

Heute ist ihr Geburtstag. Krebs. In der Skorpiondekade, wie ihr irgendein pompöser kleiner Angeber bei der letzten Museumsweihnachtsparty erklärt hat. Jemand aus der Textilbranche, Blumenmuster und Kräutertee. Seit gestern hat sich die Erde einmal gedreht, und nun ist sie neununddreizig. Jack Bennys Alter, das Witzalter. Wenn sich jemand nach ihrem Alter erkundigt, und sie sagt es, dann wird man automatisch annehmen, daß sie versucht, witzig zu sein, und außerdem auch noch lügt. Jack Benny ist natürlich tot. Nicht nur das, ihre Kinder wissen nicht mal mehr, wer Jack Benny war. Vor diesem Geburtstag hat ihr ihr Alter nie was ausgemacht.

Sie leert ihr Glas zur Hälfte. Sie trinkt Sherry, schon seit geraumer Weile. Dumm, so was zu tun, dumm, so was zu trinken; doch seit Nate weg ist, weist die Bar Lücken auf. Sie trinkt nicht gleichmäßig, so wie Nate es tut, und sie vergißt, die Vorräte wieder aufzufüllen. An diesem Tag hat sie zuvor schon den Rest einer Flasche Scotch geleert. Eine weitere Hinterlassenschaft von ihm.

Die Kinder bestanden darauf, für sie eine Geburtstagsparty zu geben. obwohl sie versucht hat, sie davon abzuhalten. Als Nate noch hier lebte, feierten sie ihren Geburtstag morgens, ganz schlicht, nur mit Geschenken. Parties seien für Kinder, hatte sie ihnen erklärt, und Nate hatte sie dabei unterstützt. Doch diesmal hatten sie sich nicht davon abbringen lassen. Sie schienen zu glauben, es würde sie aufheitern. Das Ganze war als Überraschung gedacht, aber sie wußte, was kommen würde, als Nancy aufgeregt und bemüht beiläufig vorschlug, sie sollte doch nach dem Lunch ein Nachmittagsschläfchen halten.

»Aber ich bin nicht müde, Liebling«, sagte sie.

»Doch, bist du. Hast ganz dicke Ringe unter deinen Augen.«

Bitte, Mutter«, sagte Janet. In letzter Zeit nennt Janet sie »Mutter« statt »Mum«. Elizabeth überlegt, ob dieser Ton einer müden, überlegenden Gereiztheit ihr nachempfunden ist.

Sie stieg die Stufen zu ihrem Zimmer hoch, wo sie sich aufs Bett legte, Scotch trank und *English Tapestry Through the Ages* las. Wenn sie eine Überraschung vorbereiteten, dann mußte sie wohl überrascht sein.

Um fünf brachte ihr Janet eine Tasse ungenießbaren bitteren Tees und befahl ihr, nach unten zu kommen, wenn sie drei Pfeiftöne hören würde. Auf Zehenspitzen schlich sie zum Badezimmer, um den Tee wegzukippen; auf dem Rückweg konnte sie sie in der Küche streiten hören. Sie cremte ihr Gesicht ein und zog eine schwarze Baumwollbluse an, dazu die Perlennadel, die Janet, wie sie wußte, für elegant hielt. Als sie Nancys schwache Pfiffe hörte, straffte sie ihre Mundwinkel, riß die Augen weit auf und steuerte die Stufen hinunter, sich am Geländer festhaltend. Nackt, die Treppen hinabsteigen, in verführerischer Pose. Dann schon eher betrunken, die Treppen hinabsteigen. Aber sie war nicht wirklich betrunken. Beschwipst, nannte Onkel Teddy das.

Sie hatten in der Küche Kerzen angezündet und rosa und blaue Paierstreifen mit Teddybären drauf über die Wände gespannt. »Happy Birthday, Mami«, Schrillte Nancy. »Das ist eine Überraschung!«

Janet stand neben dem Kuchen, die Hände sittsam gefaltet. Der Kuchen stand auf dem Tisch. In einer Ecke hatte er drei Kerzen und in der gegenüberliegenden neun. »Hätten wir neununddreißig draufgetan, hätten wir nicht alle anzünden können«, sagte Nancy. Auf dem Kuchen stand in makelloser Bäkkerschrift, umgeben von Brautgebinden aus rosafarbenen Zukkerrosen, »Herzlichen Glückwunsch, Mutter«.

Elizabeth, die nicht damit gerechnet hatte, gerührt zu sein, setzte sich auf einen der Küchenstühle und lächelte krampfhaft. Dies war der Schatten all der Geburtstagsparties, die nie für sie veranstaltet worden waren. Ihre eigene Mutter hatte sie entweder vergessen oder in ihrer Geburt keinen Grund zum Feiern gesehen, obwohl Tage nach dem Ereignis ein paar reuevolle Geschenke kamen. Tante Muriel dagegen hatte stets daran gedacht, es aber lediglich zum Anlaß für die Übergabe eines größeren, teuren Geschenks gemacht, etwas, das bereits im voraus Schuld ausstrahlte, bereits im voraus danach schrie, zerkratzt, verloren, gestohlen zu werden. Ein Fahrrad, eine Uhr. Nicht eingepackt.

»Danke, Liebes«, sagte sie und umarmte die Kinder eins nach dem anderen. »das ist der wunderschönste Geburtstag, den ich je gehabt hab.« Sie blies die Kerzen aus und packte ihre Geschenke aus, brach in Freudenrufe aus über den Maiglöckchen-Talkum-Puder von Janet und das Geschicklichkeitsspiel von Nancy, bei dem man drei weiße Kugeln und drei schwarze Kugeln in die zugehörigen Löcher schütteln mußte. Nancy ist gut in solchen Geschicklichkeitsspielen.

»Wo ist dein Geschenk von Dad?« erkundigte sich Nancy. »Er sagte, er würde dir was schenken.«

»Ich glaub, er hat es dieses Jahr einfach vergessen, Liebling«, sagte Elizabeth. »Ich bin sicher, es wird ihm später schon wieder einfallen.«

»Das versteh ich nicht«, sagte Janet nachdenklich. »Er hat uns das Geld für den Kuchen gegeben.«

Nancy brach in Tränen aus. »Das sollten wir nicht verraten!« Sie lief aus dem Zimmer; Elizabeth hörte sie heulend die Treppe hochlaufen.

»Sie war in letzter Zeit ziemlich unter Streß«, sagte Janet mit dieser Erwachsenenstimme, die Elizabeth so schwer erträglich fand. Ruhig ging sie Nancy nach, ließ Elizabeth allein zurück mit einem ungegessenen Kuchen und einem kleinen Haufen zusammengeknüllten Geschenkpapiers.

Elizabeth schnitt den Kuchen an und füllte zwei Teller, trug sie dann nach oben, darauf vorbereitet, zu streicheln und zu trösten. Sie betrat das Kinderzimmer und setzte sich hin, rieb Nancys feuchten Rücken, sie lag mit dem Gesicht nach unten auf dem Bett. Es war viel zu heiß. Sie fühlte, wie sich der Schweiß auf ihrer Oberlippe sammelte, in den Höhlungen ihrer Kniekehlen.

»Sie gibt bloß an«, sagte Janet. Sie saß auf dem anderen Bett und nagte an einer Zuckerrose. »In Wirklichkeit hat sie gar nichts.«

Elizabeth beugte ihren Kopf hinunter zu Nancy, als die schluchzenden Laute allmählich verstummten.

»Was ist denn, Liebes?«

»Du und Dad, ihr liebt euch nicht mehr.«

Oh, verdammt noch mal, dachte Elizabeth. Er hat das eingebrockt. Ich sollte ihn damit fertig werden lassen. Sie einfach in ein Taxi stecken und rüberschicken. Ich weiß, ihr seid unglücklich darüber, daß euer Vater nicht mehr hier bei uns lebt«, sagte sie vorsichtig, korrekt. »Wir waren der Meinung, es wäre besser für uns alle, wenn wir eine Zeitlang getrennt leben würden. Euer Vater liebt euch beide sehr. Euer Vater und ich, wir werden einander auch immer lieben, denn wir sind eure Eltern, und wir beide lieben euch. Und du, Nancy, setzt dich jetzt hin und ißt euren tollen Kuchen wie ein gutes Mädchen.«

Nancy setzte sich auf. »Mummy«, sagte sie, »wirst du sterben?«

»Irgendwann schon, Liebling«, sagte Elizabeth. »Aber nicht gerade jetzt im Moment.«

Janet setzte sich auf der anderen Seite von Elizabeth nieder. Sie wollte umarmt werden, also umarmte Elizabeth sie.

Mummy. Mumie. Eine vertrocknete Leiche in einem vergoldeten Kasten. *Mum,* schweigend. *Mama,* Kurzform für Mammarien, Brustdrüsen. Ein Baum, dessen hungriger Mund zusammengepreßt ist. Wenn du nicht wolltest, daß Bäume an deiner süß fließenden Brust saugen, warum hast du dir dann Kinder angeschafft? Jetzt schon bereiten sie die Flucht vor, den Verrat, sie werden sie verlassen, sie wird zu ihrem Hintergrund werden. Sie werden über sie reden, während sie mit ihren Liebhabern im Bett liegen, sie werden sie als Erklärung für alles benützen, was sie an sich selbst unnormal oder schmerzlich finden. Jagt sie ihnen genügend Schuldgefühle ein, dann werden sie an den Wochenenden kommen und sie besuchen. Ihre Schultern werden absacken, sie wird Schwierigkeiten mit den Einkaufstüten bekommen, sie wird *Meine Mutter* werden, mit einem Seufzer ausgesprochen. Sie wird ihnen Tassen mit Tee bereiten, und ohne Absicht, aber unfähig, damit aufzuhören, wird sie ihre Nase in alles stecken, sich wie ein kleines Messer in ihre Leben bohren.

Sie will es jetzt nicht; aber sie tut es auch jetzt schon. Diese vorsichtigen Fragen über das andere Haus: Was haben sie zum Dinner bekommen? Wie lange sind sie aufgeblieben? Haben sie sich gut amüsiert? Und die gleichermaßen vorsichtigen Antworten. Sie spüren, daß es eine Falle ist. Sagen sie, sie mögen das andere Haus, den anderen Haushalt, dann ist sie verletzt; sagen sie das Gegenteil, dann wird sie ärgerlich. »War ganz in Ordnung«, sagen sie, vermeiden dabei ihren Blick, und sie verachtet sich selbst, weil sie ihnen so was zumutet, sie dazu bringt, sich ausweichend und unaufrichtig zu benehmen. Sie möchte, daß sie glücklich sind. Zur gleichen Zeit möchte sie von Verletzungen, Grobheiten hören, damit sie in tugendhaftem Zorn entflammen kann.

Sie bürstet ihr Haar, ihr Gesicht im Spiegel eine flache Platte. Bleiern. Sie macht es ihm zu leicht, er hat es zu einfach. Er ist ja nicht derjenige, der ihnen die Nasen putzen muß und mitten in der Nacht aufwacht, weil seine Kinder im Schlaf schreien. Würde sie ihm das auch nur andeuten, dann wird er glauben, sie wolle ihn emotional erpressen. Sie kippt ihr Glas runter; rötlichbraune Flüssigkeit gleitet ihre Kehle hinab.

Gegen Lesje hat sie gar nichts. Soll er doch bumsen mit wen er mag, was kümmert es sie? Es ist seine Freiheit, die sie nicht ertragen kann. Frei wie ein gottverdammter Vogel, während sie ans Haus gekettet ist, in dieses Haus eingesperrt ist, während das Dach leckt und die Grundmauern bröckeln und die Erde sich dreht und die Blätter wie Schnee vom Kalender fallen. Im Inneren ihrer Knochen schwelt dunkles Metall.

Sie setzt sich auf den Rand ihres Bettes, starrt auf ihre gekreuzten Handgelenke hinunter, auf die blauen Adern, die sich verzweigen und verästeln. Jede Sekunde ein Pulsschlag, Countdown. Sie könnte sich niederlegen, mit Kerzen über ihrem Kopf und zu ihren Füßen. Neununddreißig Stück davon. Sie könnte die Zeit anhalten. Die Uhr über ihrer Pulsader.

Mit Anstrengung dreht sie die Hand. Es ist halbzwölf.

Sie guckt ins Kinderzimmer. Sie schlafen beide, atmen gleichmäßig. Sie geht zurück den Flur entlang, sie will ins Bett gehen; statt dessen merkt sie, wie sie sich die Schuhe anzieht. Sie weiß nicht, was sie vorhat.

Elizabeth steht in der heißen Nacht vor Nates neuem Haus, Nates altem Haus, das sie niezuvor gesehen hat. Obwohl sie natürlich die Adresse und die Telefonnummer hatte. Für Notfälle. Vielleicht ist dies ein Notfall. Das Haus ist dunkel bis auf ein schwaches Licht im oberen Stock. Das Schlafzimmer.

Sie hat es sehen wollen, das ist alles. Es in ihren Kopf hineinbringen, damit sie an seine Existenz glauben kann. (Ein verkommenes Ding, Slum; wahrscheinlich Küchenschaben. Diese Schäbigkeit freut sie; das Haus ist viel schlechter als ihr eigenes.) Aber sie geht ruhig die Haustreppe hoch und drückt die Türklinke herunter. Sie ist sich nicht im klaren darüber, was sie tun wird, wenn sie aufgeht. Die Stufen hochschleichen, die Schlafzimmertür aufreißen wie in einem antiken Melodram? Doch die Haustür ist fest verschlossen.

Sie haben sie ausgesperrt. Sie ignorieren sie, kichern in ihrem Schlafzimmer, während sie hier unten in der Nacht steht, beiseite geschoben, unsichtbar. Sie will ein Zeichen hinterlassen: einen Ziegelstein durchs Fenster, ihre Initialen an der Tür? Sie hat nichts zu schreiben dabei. Soll sie den Müllkübel umkippen, ein bißchen Abfall auf die Veranda streuen, schreien? Schaut mich an, hier bin ich, so leicht werdet ihr mich nicht los.

Aber sie kann nicht schreien; man hat ihr die Stimme gestohlen. Alle Kraft, über die sie noch verfügt, ist negativ.

Plötzlich denkt sie: Was, wenn sie aus dem Fenster schauen und mich hier unten stehen sehen? Ihr Gesicht ist gerötet, die Haut unter ihrer Bluse naß und kribbelnd; die Haare kleben ihr im Nacken. Schlampig, ein schlampiges Klischee. Sie werden lachen. Sie wendet sich abrupt von dem Haus ab und beginnt, nach Norden zu gehen, wieder nüchtern, wütend auf sich selbst, daß sie sich hat hinreißen lassen, diese schäbige, leere Straße aufzusuchen.

Schlimmer noch: Wo sind die Kinder? Eingeschlossen im Haus, allein. Sie hat sie noch nie so allein gelassen. Sie denkt an Brände, an mörderische Einbrecher, dunkle Silhouetten am offenen Fenster. Grobe Fahrlässigkeit. Doch wenn die Kinder sterben, dann wird es irgendwie Nates Schuld sein. An ihrem Geburtstag; eine obskure Rache.

Allein der Gedanke daran versetzt sie in Panik. Sie versucht, statt dessen an den Kuchen, die Kerzen zu denken. *Kleine Nancy Etticoat in einem weißen Pettycoat mit einer roten Nase.* Und Nancy, wie sie auf das Bild der schmelzenden Frau im *Kleinen Rätselbuch* schaut und sagt: *Bin ich das?* Erfreut, sich in einem Buch wiederzufinden. Damals war sie noch viel kleiner.

»Wenn du alle Kerzen auf einmal ausbläst, dann geht dein Wunsch in Erfüllung«, sagte Nancy. Sie versteht noch nichts von den Wünschen, ihren Gefahren. *Je länger sie lebt, desto kleiner wird sie. Die Kerzenfrau.*

FÜNFTER TEIL

NATE *Samstag, 3. September 1977*

Das ist es. Mehrere Monate lang ist Nate dem aus dem Weg gegangen. Alles, aber auch wirklich alles andere würde er lieber tun. In einer kurzen Vision sieht er sich auf einem Balsafloß den Amazonas hinuntertreiben, während um ihn die Fieberdämpfe aufsteigen. Ein Krokodil, oder wäre es ein Alligator, hebt seinen Kopf aus dem trüben grünen Wasser, stinkt wie eine tote Schlange, greift ihn fauchend an. Wuchtig stößt er einen Stock zwischen die weit aufgerissenen Kiefer, dreht ihn, und das Tier ist hilflos, fällt zurück, während er gelassen weitertreibt, sonnenverbrannt und ausgemergelt, aber noch nicht am Ende, noch längst nicht am Ende. Er wünscht, er hätte eben in dem kleinen Scharmützel nicht seinen Tropenhelm verloren. Er ist unterwegs, um irgendwas zu entdecken, vielleicht hat er es auch bereits entdeckt. Eine unbekannte Zivilisation. In seiner Gesäßtasche steckt eine zusammengefaltete, wasserfleckige Karte, der einzige Hinweis, falls ihn die vergifteten Pfeile erwischen. Er wird im Delirium aufgefunden werden. Wenn er nur Lima erreichen kann. Vergeblich versucht er, sich zu erinnern, auf welcher Seite von Südamerika Lima wirklich liegt. Ein Wunder von Durchhaltevermögen, werden sie sagen.

Doch die Strömung, der unvermeidbare Strudel erwischt ihn schließlich, und er wird entlanggewirbelt, ohne jede Kontrolle, irgendeinem Abgrund entgegen, den er undeutlich wahrnehmen kann. Er versucht, nicht in Panik zu geraten, obwohl er spürt, wie seine Augen zucken und den Raum zum Flackern bringen wie einen alten Film. Er konzentriert sich auf seinen Adamsapfel. Nur nicht schlucken, sie würde es sofort bemerken. Er streckt seine Beine und schlägt sie dann wieder übereinander, links über rechts, der erste Griff bei einem Pfadfinderknoten. Außer dem verdammten Tee gibt's nichts zu trinken, nicht mal ein Bier, und er weiß mit absolut gottverdammter Gewißheit, daß Elizabeth das mit Absicht macht. Sie hat sich überlegt, daß ihn das aus der Fassung bringen würde, und sie hat recht, recht, recht.

Es ist die Erwähnung von Rechtsanwälten, die ihn verwirrt hat. Bei den ersten Worten – »mein Anwalt«, sagte sie und »dein Anwalt« – begann er flach zu atmen. Er weiß Bescheid, schließlich war er selbst mal Anwalt. Wer sollte besser als er wissen, daß dahinter kein Geheimnis, keine okkulte Macht steckt? Alles nur Papier und Wortgeklingel. Aber obwohl die ganze Struktur nur Fassade ist, sie kann sein Leben ruinieren.

»Können wir nicht ohne Anwälte auskommen?« fragt er, und Elizabeth lächelt.

Sie hat sich auf dem Sofa niedergelassen, hat mit demonstrativer Bequemlichkeit die Beine untergeschlagen. Er dagegen sitzt auf einem Kiefernstuhl mit harter Lehne, von dem, wie er bemerkt, das Sitzkissen entfernt worden ist, seit er das letztemal hier war. Sein Hintern schmerzt, Knochen gegen Holz, sein Rückgrat schmerzt, dieser Stuhl war für ihn schon immer zu niedrig.

»Man bekommt keine Scheidung ohne Anwälte«, sagt sie.

Nate beginnt zu erklären, daß es tatsächlich einen Weg gibt, ohne Anwälte auszukommen, aber sie unterbricht ihn. »Das wäre wohl kaum fair«, sagt sie. »Du kennst das Gesetz, ich nicht. Ich glaub, ich brauche etwas Schutz.«

Nate ist verletzt. Schutz vor ihm? Es geht um den Unterhalt der Kinder. Sie sollte eigentlich wissen, daß er alles tun wird, was in seiner Macht liegt.

Sie hat ein Blatt Papier, das sie ihm hinüberreicht. Sie hofft, er erkennt, daß sie versucht hat, mehr als fair zu sein. Sie redet über Zahnarztrechnungen, während Nate sich mit Mühe auf die schwarzen Zahlen vor ihm konzentriert. Die Kinder sind oben und sehen in ihrem Zimmer fern. Elizabeth hat sie hinauf geschickt. Mehrere Wochen lang hat sie ihn nicht ins Haus gelassen, wenn er kam, um die Kinder abzuholen. Er hatte sich draußen rumdrücken müssen, einmal im Regen wie ein Perverser oder ein Zeitschriftenvertreter, darauf wartend, daß sie mit ihren pathetischen kleinen Übernachtungskoffern in der Haustür auftauchten. Das war ein Teil ihres Feldzugs, ein Teil des Drucks, um ihn in die Ecke zu drängen, in der er nun hockt. Als er heute hereinkam, dachte Nate im ersten Moment, er zöge wieder ein. *Zu Hause.*

Eines muß er Elizabeth ganz deutlich klarmachen: Er wird es nicht dulden, daß sie die Kinder als Waffe gegen ihn einsetzt. (Ihr etwas *klarmachen,* ein Witz. Welche Macht hat er denn, woher soll er wissen, was sie ihnen sagt, wenn er nicht da ist?)

»Mami sagt, Familien mit nur einem Elternteil müssen härter arbeiten und fester zusammenhalten«, hat ihm Nancy letzte Woche gesagt.

»Ihr seid keine solche Familie«, hat Nate geantwortet. Elizabeth benahm sich, als sei er tot. Aber er war noch nicht tot, und er würde auch nicht sterben, bloß um ihr in dem Punkt entgegenzukommen. Nicht so wie Chris. In den letzten paar Wochen hatte er eine wachsende Verwandtschaft zu Chris empfunden einschließlich dieser tödlichen Verzweiflung. »Du hast zwei Eltern und wirst immer zwei haben.«

»Nicht wenn Mami stirbt«, sagte Nancy. Nate möchte mit Elizabeth darüber reden, über dieses Thema, das schon mehr als einmal aufgetaucht ist. Hat sie Tabletten geschluckt, sich die Handgelenke aufgeschlitzt, haben die Kinder so was gesehen? Nate glaubt es nicht, er glaubt nicht, daß sie so weit gehen würde, nur um ihm eins auszuwischen. Sie sieht nicht gut aus, verquollen und bleich, aber gepflegt angezogen und, soweit er feststellen kann, ohne Bandagen und Narben.

Er weiß, was passieren wird, wenn er die seelische Verfassung der Kinder mit ihr zu diskutieren versucht. Er kann ihre höhnische Reaktion vorausahnen: Welches Recht hat er, Kommentare dazu abzugeben? Er hat sich davongemacht. Sie führt sich auf, als wäre er auf Blumen gebettet, als lebte er in einem Harem, während er in Wirklichkeit fast sein gesamtes Leben damit verbringt, Geld zusammenzukratzen. Die Rezession ist noch nicht vorbei. Vielleicht, denkt er, Elizabeths sauber getippte Liste vor Augen, sollte er das mal erwähnen. In den ersten paar Jahren glaubten die Leute, die Wirtschaftskrise würde schnell vorbeigehen, aber jetzt haben sie sich auf einen langen Belagerungszustand eingerichtet. Sie sind nicht mehr bereit, achtzig Dollar für seine Giraffen oder Pferde zu zahlen, ganz egal, wie liebevoll handgearbeitet sie sind. Und was den Harem angeht, Lesje spricht kaum noch mit ihm. Sie behauptet, er würde die Scheidung bewußt hinauszögern.

»Es ist nur eine Formalität«, erklärt er ihr. »Hat überhaupt nichts zu bedeuten.«

»Für dich mag es nichts zu bedeuten haben«, sagte sie, »aber Elizabeth denkt, sie ist immer noch mit dir verheiratet. Was sie ja auch ist.«

»Nur auf dem Papier«, sagte Nate.

»Wenn es dir nichts bedeutet, warum es dann nicht tun und es hinter sich bringen?« fragt Lesje. Nate glaubt, daß sie in dieser Frage eine geradezu ungesunde Besessenheit entwikkelt. Eine unbedeutende Frage, nebensächlich, sagt er ihr. Schon mehrmals hat er ihr zu erklären versucht, daß Beziehungen, die zehn Jahre (elf? zwölf?) gehalten haben, nicht einfach abrupt abzubrechen sind. Elizabeth ist die Mutter seiner Kinder. Es stimmt, daß sie ihn gebeten hat, herüberzukommen und beim Aufhängen der neuen Vorhänge im Kinderzimmer behilflich zu sein, und es stimmt auch, daß er hingegangen ist; vielleicht hätte er es nicht tun sollen. Aber das war vor anderthalb Monaten; er versteht nicht, warum Lesje immer wieder damit anfängt. Sie lieben einander, erklärt er ihr; wen kümmert es da, was in den Karteien des Standesamts steht? Aber Lesje wendet sich im Bett von ihm ab, rollt sich zusammen. Oder sie bleibt lange im Museum, oder sie bringt dicke Wälzer heim, voller Diagramme von fossilen Zähnen, und liest sie am Küchentisch, bis sie glaubt, daß er eingeschlafen ist.

»Dinosaurier sind tot«, sagte er eines Tages zu ihr, um die Stimmung aufzuheitern. »Aber ich bin noch am Leben.«

»Bist du sicher?« sagte sie mit einem jener Blicke, die er als Tiefschlag empfand. Als wäre er ein kleiner Haufen Hundescheiße.

Das ist es, diese Wüste, dieses wachsende Fiasko, was ihn schließlich in Elizabeths champignonfarbenes Wohnzimmer getrieben hat. In ihr Netz.

Er hat ein plötzliches Bedürfnis, aufzustehen, sich hinüberzubeugen, seine Hände um ihren Hals zu legen und zuzudrükken. Darin würde eine gewisse Befriedigung liegen. Seine Mutter hat sich neuerdings angewöhnt, davon zu reden, daß Männer die Rechte der Frauen wahren und schützen sollten; rein theoretisch sieht Nate das ein. Er hat genug von ausgebeuteten Näherinnen und Küchenhilfen, von den Karriereschwierigkeiten der Studentinnen, von Vergewaltigungen gehört. Doch in konkreten Fällen wie dem seinen sieht er die Notwendigkeit nicht. Ganz offensichtlich ist er derjenige, der Schutz benötigt.

Er nimmt Zuflucht zu einem erheiternden Spielchen aus seinen High-School-Tagen, als er an seinen Lehrern stille Metamorphosen erprobte. *Hokuspokus,* und Elizabeth ist ein riesiger weißer Schwamm. *Presto, Presto,* und sie ist ein großer Vanillepudding. *Abrakadabra,* ein Satz Mammutzähne. *Kapoff,* und sie hat die Beulenpest. Die Mutter seiner Kinder japst, wird fleckig und purpurn, schwillt an und platzt. Er wird den Teppich reinigen lassen, ihren Teppich, und damit gut.

»Bist du nicht auch der Meinung?« sagt Elizabeth.

Seine Augen zucken von dem Blatt Papier weg; er zwingt sich, sie anzuschauen. Augenkontakt mit der Jury, hatte man ihnen beigebracht, sei immer eine gute Sache. Er weiß, es ist gefährlich zu sagen: »Selbstverständlich«, also wird er wohl zugeben müssen, daß er nicht zugehört hat.

»Wegen der Zahnarztrechnungen?« fragt er hoffnungsvoll.

Elizabeth schenkt ihm wieder ihr tolerantes Lächeln. »Nein«, sagt sie. »Die Schuldfrage. Der Scheidungsgrund. Ich sagte, es wird wohl besser sein, wenn ich mich von dir scheiden lasse, als umgekehrt, da es nicht sehr gut wäre, Chris als Scheidungsgrund anzugeben.«

Nate möchte fragen, warum nicht, da es unwahrscheinlich

ist, daß Chris sich dadurch gestört fühlt. Während er bei Lesje gewisse Schwierigkeiten voraussehen kann. Aber er weiß, es wäre eine taktlose Frage. Außerdem ist dieser Punkt im Gesetz nicht eindeutig. Selbst wenn Elizabeth schwören würde, daß sie Ehebruch begangen hat, wäre ihre Aussage durch nichts belegbar, nur durch Hörensagen.

Sie sagt, es wäre schlecht für die Kinder, wenn man die ganze Angelegenheit wieder ans Licht zerren würde. Sie hat recht, natürlich hat sie recht; heutzutage scheint für die Kinder alles schlecht zu sein.

»Ich weiß nicht«, sagt Nate langsam. »Vielleicht sollten wir diese Gründe überhaupt nicht verwenden. Vielleicht sollten wir Zerrüttung angeben. Das würde auch den Kern der Sache etwas besser treffen, findest du nicht?«

»Na ja, wenn du drei Jahre warten willst...« Elizabeth zuckt die Schultern. »Mir ist das alles gleich, solange ich die Unterhaltszahlungen bekomme.« Sie sagt irgendwas von nachdatierten Schecks, und Nate nickt vage. Er sitzt im Schraubstock, und die Zunge wird enger, langsam, unerbittlich. Was wird aus ihm rausspritzen? Truthahnsaft, Kleingeld, Münzen? Egal, was er tut, ihm wird das Fell über die Ohren gezogen. Gibt er sein Einverständnis zu einem schnellen Ehebruchfall, dann wird Lesje was dagegen haben, mit hineingezogen zu werden. »Ich hab schließlich deine Ehe nicht zerstört, oder hast du das vergessen?« hat sie wenigstens einmal zu oft gesagt. Aber sie wird auch was dagegen haben, drei Jahre zu warten.

Nate wünscht sich verzweifelt, in Kalifornien, Nevada zu wohnen, überall, nur nicht in diesem kirchenverseuchten Land, wo man mit zusammengekniffenen Arschbacken herumrennt. Alles die Schuld von Quebec. Die Ehe, die ein Sieb sein sollte, durchlässig, ist eine Hummernfalle mit Fleisch als Köder. Wie ist er da hineingetappt? Er kann sich nicht mehr erinnern. Vergeblich krabbelt er herum, sucht nach einem Ausweg.

Kann er, könnte er Elizabeth fragen, ob sie in letzter Zeit mit irgend jemandem geschlafen hat? Das heißt mit irgend jemandem, der noch am Leben ist? Wie soll er das ausdrücken? Er kann es nicht, er wagt es nicht.

Elizabeth sitzt mit untergezogenen Beinen da, ihr Rock (neu, mauvefarben, impulsiv an einem Jammertag gekauft) breitet sich um sie herum aus. Sie hat das Gefühl, daß diese Positur den Effekt nachlässiger Gelockertheit erzeugt. Sie möchte ruhig erscheinen, heiter wie ihr Lieblingssteinbuddha in der orientalischen Abteilung. Es wird ihr eine gewisse Überlegenheit verleihen.

Sie wünscht sich, nicht nur heiter zu erscheinen, sie wünscht sich, heiter zu sein. Manchmal glaubt sie, das erreicht zu haben; zu anderen Zeiten wieder denkt sie, es handelt sich vielleicht nur um Unbeweglichkeit. Ist die Statue ein Buddha oder ein Stück Stein? Zum Beispiel: Im Augenblick scheint sie an Männern nicht interessiert zu sein. Sie probiert es immer noch, begutachtet Fremde in der U-Bahn, stellt sich verschiedene Mitglieder des Museumspersonals in exotischen Stellungen vor, aber der Funke springt nicht über. Sie hat aufgehört, Dinnereinladungen anzunehmen: Sie ist nicht länger gewillt, sich derartig langweilen zu lassen, nur um zu essen. Wenn sie die zermahlene Leber verstorbener Gänse hinunterschlingen will, die gerupften Leichen von Vögeln, wild oder domestiziert, die Pankreas junger Kälber, dann kann sie sich das auch selber kaufen.

Früher war sie nie gelangweilt. Sie versuchte immer, abzuschätzen, was der Mann als nächstes machen würde, und versuchte dann, es umzulenken. Doch jetzt weiß sie schon, was kommt, und hat nicht die geringste Lust, sich die Mühe zu machen, all die plumpen Schmeicheleien zu durchlaufen, die ihr der allgemeinen Vorstellung entsprechend das bringen werden, was sie sich angeblich zu wünschen hat. Zu einem Tango gehören zwei, und Walzer tanzt niemand mehr. Dieser Parodie, das gestreichelte Knie im Courtyard Cafe, würde sie eher noch einen Südländer vorziehen, jemand mit überhaupt keinem Vokabular, einen ledernen Schatten, eine direkte Frage in einer Seitenstraße. Ja oder nein.

(Wie Chris. Ja oder nein. Ja, sagte sie und dann, nach langer

Zeit, nein. Es war die Pause dazwischen, die ihn fertiggemacht hat. Der wirkliche Grund, warum sie Chris bei der Scheidungsprozedur nicht erwähnt haben möchte, hat nichts mit dem Gesetz, mit Nate oder selbst mit den Kindern zu tun. Sie will nicht, daß er ins Spiel gebracht wird. Sein Name, in diesem Ritual ausgesprochen, könnte ihn veranlassen, im Zeugenstand zu materialisieren, bleich anklagend oder – noch schlimmer – in Fragmenten: sein Kopf beobachtet sie mit einem käsigen Grinsen, sein Körper ist noch verkrampft im Todeskampf. Sie hat ihn sicher unter die Erde gebracht, sie will keine Auferstehung.)

Am liebsten würde sie hier ungestört in diesem friedlichen Zimmer sitzen, an dem Biskuit knabbern, das bis jetzt noch unberührt auf ihrem Teller liegt, friedliche Gedanken denken und die Dinge sich von selbst in Ordnung bringen lassen. Was nicht so einfach ist. Aus langjähriger Erfahrung weiß Elizabeth, daß die Dinge Hilfe brauchen. Außerdem schlafen ihr bei ihrer lässigen Pose die Beine ein. Doch sie möchte ihre Haltung nicht verändern, sie möchte sich nicht bewegen. Dadurch könnte Nate auf die Idee kommen, daß auch er sich bewegen kann, daß es ihm freisteht, aufzustehen und jederzeit hinauszuspazieren. Sie weiß – wer besser als sie? – , daß es immer diese Freiheit gibt, diesen Ausweg. Entweder das eine oder das andere. Nate dagegen hat diese Tatsache nie entdeckt.

Sie haben angefangen, über Geld zu reden, die Einzelheiten ihrer Liste zu diskutieren. Punkt für Punkt führt sie ihn die Seite hinunter. Sie hat sich das bis zum Schluß aufgehoben, bis sie sicher ist, daß er deutlich erkannt hat, daß ihre Karten auf dem Tisch liegen. Ihre Asse. Will er die schnelle Lösung, dann diktiert sie die Bedingungen. Will er die drei Jahre warten, dann hat sie genügend Zeit zum Taktieren, und außerdem kann sie ja jederzeit ihre Zustimmung zurückziehen und ihn zwingen, fünf Jahre zu warten. Ihr kommt es jetzt in erster Linie darauf an, ihm deutlich zu machen, daß ihr völlig egal ist, wie er sich entscheidet. In gewisser Weise trifft das durchaus zu. Schließlich ist es nicht so, daß sie darauf brennt, jemand anderen zu heiraten.

Er erklärt ihr, daß er, wie sie ja weiß, nur sehr wenig Geld hat, um genau zu sein, so gut wie keins, aber daß er alles Menschenmögliche tun wird. Sie deutet an, daß sein Geldmangel nicht ihr Problem ist. Ganz gleich, ob er nun eine Million Dollar hat oder zehn, die Kinder werden weiterhin essen, Kleidung tragen, zum Zahnarzt gehen und mit Spielsachen spielen. Sie brauchen Taschengeld und Unterrichtsstunden. Janet möchte Tanzstunden nehmen, Nancy läuft seit einem Jahr Schlittschuh, und Elizabeth sieht nicht ein, warum sie das aufgeben sollten.

»Natürlich könnte ich sie mit meinem Gehalt auch allein ernähren«, sagt sie. »Realistisch betrachtet könnte ich das, obwohl wir uns in gewissen Dingen einschränken müßten.« Sie denkt daran, hinzuzufügen: *Die Katze müßten wir dann ins Tierheim geben,* entscheidet aber, daß das ein bißchen zu weit gehen würde. Zum einen ist die Katze, obwohl mehrfach versprochen, noch gar nicht angeschafft worden, und eine Katze, die nur theoretisch existiert, ist keine gute Geisel. Und wäre sie schon da, dann würden die Kinder es ihr nie verzeihen, wenn sie die Katze fortschaffte. Nate hin oder her. Aber sie wird ihm die Rechnung schicken, wenn sie sterilisiert werden muß. »Aber ich dachte, wir wären übereingekommen, daß du dich soweit wie möglich beteiligst. Die Kinder brauchen die Gewißheit, daß sie von beiden Eltern geliebt werden.«

Nate ist ärgerlich. »Du glaubst wohl wirklich, bloß weil ich kein gottverdammtes Geld habe, deswegen lieb ich meine Kinder nicht?« sagt er. »Das ist doch einfach zu plump.«

»Die Kinder werden dich hören«, sagt Elizabeth sanft. »Vielleicht bin ich eine plumpe Person. Vermutlich glaube ich nur, wenn man jemanden wirklich liebt, dann ist man auch bereit, Opfer zu bringen.« *Opfer.* Das ist direkt aus Tante Muriels Lehre. Sie bewegt die Beine. Es gefällt ihr gar nicht, Tante Muriels Sätze aus ihrem eigenen Mund zu hören, selbst wenn sie daran glaubt. Tante Muriel hätte allerdings das Wort *Liebe* weggelassen.

Sie merkt, daß der Satz zweideutig klingt: Sie kann damit die Kinder ebenso wie sich selbst gemeint haben. Möchte sie, daß

Nate sie liebt und Opfer für sie bringt? Wahrscheinlich schon. Es ist schwer, auf den Tribut derjenigen zu verzichten, die ihn einst so bereitwillig gebracht haben; schwer, ihn nicht zu fordern. Sie liegt in einem Bett, damals noch nicht ausschließlich ihres, Nate streichelt sie, Schultern, Brüste, Bauch, die Schwangerschaftsstreifen von den Kindern, er liebt es, sie zu betasten, und immer wieder die Schenkel. Er ist immer rücksichtsvoll, er wartet auf sie. Ist es so richtig, gefällt ihr das? Alles, was sie zu der Zeit damals denken konnte, war: Mach doch endlich weiter.

Sie versucht, sich zu erinnern, ob sie ihn je geliebt hat, und kommt zu dem Schluß, daß sie es getan hat, allerdings auf eine Weise, die nicht ausreichte. Nate war ein guter Mann, und sie erkannte seine Güte an, obwohl sie eine leichte Verachtung nicht unterdrücken konnte. An ihrem Hochzeitstag, was hatte sie da empfunden? Sicherheit, Erleichterung: Endlich war sie außer Gefahr. Sie würde eine Hausfrau werden, sie würde ein Heim schaffen. Selbst damals war ihr das unwahrscheinlich vorgekommen. Was sonst war noch geschehen außer der üblichen Erosion, der Abnutzung, dem Absterben von Zellen? Sie hatte ein Heim geschaffen, aber sie konnte nicht ganz daran glauben, konnte es nicht auf solide Grundmauern stellen. Und Sicherheit war nicht das einzige, was sie sich wünschte. »Du hast dich immer gerne in den Slums herumgetrieben«, sagte Tante Muriel, als sie Nate heiratete, aber das stimmte nicht. Die Herumtreiberei war gefährlich, und das war Nate nicht.

Jedenfalls nicht in der üblichen Bedeutung.

Von Tante Muriel hat sie in letzter Zeit nichts gehört; sie erwartet, nie wieder etwas von ihr zu hören. Das sollte siegreiche Gefühle in ihr auslösen. *Glücklich und glorreich.* Tante Muriel muß sie nun entweder vollkommen ignorieren oder so tun, als hätte sich diese letzte unvorstellbare Szene, die knappe Rettung ihres weißen Velourtopfhutes, nie ereignet. Durchaus möglich, daß Elizabeth wie gewöhnlich einen Telefonanruf bekommen wird, in dem Tante Muriel das Datum für den Neujahrsbesuch verkündet. Sie kann sich nicht vorstellen, hinzugehen. Genauso wenig kann sie sich vorstellen, nicht hinzugehen. Wieder mal wird sie auf dem rutschigen rosafarbenen Chesterfield sitzen, umgeben von polierten Oberflächen, dem Flügel, dem Silbertablett, ihr gegenüber Tante Muriel mit ihren kieselsteinfarbenen Augen, und um sie herum gähnt die Vergangenheit, eine Höhle voller drohender Echos.

»Was genau stellst du dir vor, welche Opfer soll ich bringen?« sagt Nate, immer noch zornig. Soll heißen: *Man kann doch keinen Stein zum Bluten bringen.*

»Nate«, sagt sie, »ich weiß, wie schwer das alles für dich ist. Glaub mir, auch für mich ist es schwer. Aber wir wollen doch versuchen, es so ruhig wie möglich zu betrachten. Ich will dich ja schließlich nicht quälen«, fügt sie hinzu. »Das kannst du mir glauben.«

Was mehr oder weniger wahr ist. Sie will Nate nicht quälen: Die Quälerei ist ein Nebenprodukt. Sie versucht bloß zu gewinnen. Während sie ihn anschaut, ihn beobachtet, wie er wieder auf seinen Stuhl zurücksinkt, weiß sie, daß sie gewinnen wird, sie kann es gar nicht vermeiden zu gewinnen. Sie wird gewinnen, und sie hofft, daß sie sich dann besser fühlt.

LESJE *Samstag, 3. September 1977*

Lesje befindet sich im Wohnzimmer, im Spätjura, wo sie einen von den Iguanodons ausgetretenen Pfad entlangläuft. Sie trägt ihre Adidas und einen marineblauen Pulli, auf dem in roter Schrift *Klein ist schön* steht. Das war Williams Vorstellung von einem hübschen Geburtstagsgeschenk; ihm war dabei nicht in den Sinn gekommen, daß die Schrift quer über ihre Brust laufen würde. Sie hat ihn nicht oft getragen. Ihr Fernglas in dem Lederetui hat sie über die Schulter gehängt. Es schlägt ihr hart gegen die Hüfte.

Hinter ihr ist nichts, vor ihr nichts als der sumpfige Pfad. Auf jeder Seite dichtes geschlossenes Unterholz; Feuchtigkeit tropft von den Farnwedeln, es ist heiß wie in einem Dampfbad, ihre Haut brennt. Der See ist Meilen entfernt. Sie hört auf zu laufen, geht nur noch. In einiger Entfernung vor ihr, wo freier Raum, Buschwerk und heißes Sonnenlicht sein werden, wie sie weiß, kann sie die heiseren Schreie der kreisenden Pterodaktylen, der Flugsaurier, hören, die Aas suchen. Nirgendwo sonst möchte sie sein, doch diesmal ist sie nicht hier, um zu forschen; dafür kennt sie das Gelände schon zu gut. Diesmal ist es bloß Flucht.

Sie bricht das ab, erhebt sich vom Stuhl, geht mit ihrer leeren Tasse zurück in die Küche, Sägemehlspuren hinter sich herziehend. Er sollte mal zusammenfegen. Sie setzt den Wasserkessel auf, gibt braunes Kaffeepulver in ihre Tasse.

Es ist Samstag, und ausnahmsweise ist sie allein. Dafür besteht ein guter Grund: Nate ist drüben in Elizabeths Haus, und endlich sprechen sie über die Scheidung. Seit langem schon wollte sie das, also ist es unfair von ihr, sich darüber zu ärgern, daß sie nicht mit dabei ist. Ausgeschlossen wie ein Kind, dessen Eltern die Tür geschlossen haben, um wichtige Angelegenheiten zu besprechen, Dinge, für die sie, wie sie meinen, noch zu jung ist. Sie möchte gern auf Zehenspitzen hinschleichen, ihr Ohr an das Schlüsselloch pressen. Sie würde gern spionieren. Sie möchte hören, was über sie gesagt wird. Falls was über sie gesagt wird.

Aber es geht sie nichts an. Jetzt allerdings, wo's angefangen hat, wird's weitergehen. Elizabeth hat ihn am Haken. Sie wird mehr und immer mehr Konferenzen dieser Art fordern, mehr Verhandlungen. Jahrelang könnte sich das so hinziehen.

Sie gießt kochendes Wasser in ihre Tasse, gibt Sahne aus einer Schale hinzu. Sie möchte das in Wirklichkeit gar nicht trinken, aber irgendwas muß sie ja tun. Um die Zeit totzuschlagen, fängt sie an, Elizabeth zu klassifizieren, mittlerweile schon eine recht vertraute Übung. Wenn sie Elizabeth in einem Regal hätte als hübsche Verknöcherung, dann würde die Beschriftung lauten: *Rasse: Chondrichthyes; Gattung: Selachii; Familie: Squalidae; Species: Elizabetha.* Heute klassifiziert sie Elizabeth als Hai; an anderen Tagen als riesige Kröte aus der Jurazeit, primitiv, kauernd, giftig; oder als Kopffüßler, ein gigantischer

Tintenfisch, weich und tentakelbewehrt, mit einem verborgenen scharfen Schnabel.

Lesje weiß, daß wissenschaftliche Objektivität Schwindel ist. Sie hat die Geschichten von Raub und Rache gelesen, von Beweisen, die ein Wissenschaftler dem anderen gestohlen hat, von den großen Dinosaurierjägern, die gegenseitig ihre Arbeiter bestachen und den Ruf des anderen untergruben. Sie weiß, daß die Leidenschaft für die Wissenschaft genauso ist wie jede andere Leidenschaft. Nichtsdestoweniger wünscht sie sich, daß wissenschaftliche Objektivität existieren möge und daß sie ein wenig davon besäße. Dann könnte sie es auf ihr eigenes Leben anwenden. Sie würde philosophisch und weise werden, sie wäre in der Lage, sich mit Elizabeth auf eine erwachsenere Art und Weise auseinanderzusetzen, würdevoller als dieses geheime Spiel, das letzten Endes kaum besser war als jugendliche Pöbelei.

Sie wird mit der Situation einfach nicht fertig. Und, wie es scheint, Nate auch nicht. Obwohl er sich jetzt private Wutanfälle erlaubt – immerhin eine Verbesserung gegenüber früher, als er sich grundsätzlich weigerte, Elizabeth zu kritisieren –, verwandelt er sich in ihrer Gegenwart, wenn es um Geld oder die Besuche der Kinder geht, in Knetgummi. Er sagt, er tut es bloß für Lesje, er möchte die Scheidung nicht gefährden. Er ist ständig knapp bei Kasse, aber Elizabeth bekommt ihren Unterhaltsscheck jeden Monat pünktlich auf die Minute. Er hat sich angewöhnt, kleine Beträge von Lesje zu borgen, fünf Dollar, zehn Dollar. Wie kann sie sich da weigern, wie kann sie ihm Zigaretten und hin und wieder einen Kasten Bier verweigern, wenn er so offensichtlich in aller Stille verrückt wird? Er tut ihr leid. Sie möchte nicht, daß er ihr leid tut. Und er möchte es ebenfalls nicht. Also sagt sie nichts und leiht ihm das Geld.

Vor einer Woche brachte Lesje wieder das Thema Kind auf den Tisch, ein Kind für sie, für sie beide. Sie tippte es nur vorsichtig an; aber vielleicht, bevor sie zu alt würde, vielleicht wäre jetzt die richtige Zeit dafür?

Nate zögerte. Jetzt könnte er es sich kaum leisten, sagte er.

»Aber schließlich war es doch deine Idee«, sagte Lesje. Sie kam sich vor, als hätte sie sich ihm angeboten und wäre zurückgewiesen worden. War sie unattraktiv? Genetisch unzulänglich?

Nate erklärte, daß er einen Wunsch, ein Verlangen ausgedrückt hätte, als er ihr sagte, er möchte ein Kind mit ihr zusammen haben, und keinen praktischen Vorschlag, der sofort in die Tat umgesetzt werden müßte.

Lesje, die selbst solche Unterschiede nie gemacht hatte, versuchte zu verstehen. Wahrscheinlich hatte er recht. Elizabeths Kinder lebten von Nates Einkommen, eben dem, was er halt zusammenkratzen konnte, und sie und Nate lebten von ihrem Einkommen. Sie konnte dieses Arrangement schlecht sabotieren, indem sie selbst ein Kind zur Welt brachte. Sie ist sich auch nicht absolut sicher, daß sie wirklich ein Kind will, sie nimmt es lediglich übel, daß ihr von Elizabeth eins verweigert wird.

Vielleicht, denkt Lesje, könnte sie sich einer Diskussionsgruppe anschließen. Sie hat von solchen Gruppen gehört, sie liest davon im Familienteil der Zeitungen, die Nate jeden Abend mit nach Hause bringt. Sie halten im Erdgeschoß von Kirchen Veranstaltungen ab und bieten denen Bandagen an, die von den Schrapnells explodierender Familien verwundet wurden. Vielleicht sollte sie hingehen und mit so einer Gruppe Tee trinken und Plätzchen essen und sich dabei über Elizabeth das Maul zerreißen. Aber sie weiß, sie kann es nicht. In Gruppen ist sie ein hoffnungsloser Fall, sie hat Angst, was sie sagen könnte. In jeder Gruppe von Behinderten wird sie immer die am wenigsten Behinderte sein oder zumindest so tun. Außerdem haben die Gruppen Namen wie »Die zweite Runde« und sind für verheiratete Paare gedacht, und sie ist nicht verheiratet.

Sie vermutet, wenn sie unabhängig genug wäre und über ausreichende Charakterstärke verfügte, dann wäre ihr das egal, ja, sie würde es sogar begrüßen. Viele Frauen nehmen nicht mehr die Namen ihrer Ehemänner an, und sie haben etwas dagegen, »meine dieses« oder »meine jenes« genannt zu werden, und wenn Nate sie irgend jemand vorstellt, was ja nicht gerade häufig vorkommt, dann läßt er das besitzanzeigende Wort weg. Er sagt einfach ihren Namen, sogar ohne Fräulein davor, und das gefällt ihm. Er ist froh, sagt er, daß ihr Name nicht Frau Schoenhof ist. Möge Gott verhüten, daß sie in irgendeiner Weise seiner Mutter oder seiner Frau ähnelt. Doch anstatt sich dabei wie eine selbständige Einheit zu empfinden, worauf es ja abzielt, wie Nate behauptet, kommt sie sich dabei wie eine Null vor. Zwar entsetzt sie ihr Konservatismus, von dem sie bis jetzt nichts geahnt hat, aber trotzdem möchte sie zu etwas gehören, deutlich sichtbar für alle dazugehören; sie möchte klassifizierbar sein, ein Mitglied einer Gruppe. Da gibt es bereits eine Gruppe der Frau Schoenhofs: eine ist Nates Mutter, die andere ist die Mutter seiner Kinder. Lesje ist die Mutter von niemandem; offiziell ist sie gar nichts.

Ganz sicher war sie nicht schon immer so, an dieses ständige innere Gejammer angeschlossen, kritisierend, neidisch. Vielleicht hat sie zuviel über Elizabeth nachgedacht. *Wenn du die Fratze zu lange machst,* sagten sie in der Schule, *dann bleibst du so.* Wenn sie nicht aufpaßt, wird sie sich in Elizabeth verwandeln. Manchmal denkt sie, Nate ist ein unbegreifliches Stück Situationskomik, das Elizabeth auf ihre Kosten veranstaltet, aus irgendwelchen unauslotbaren Gründen, die nur sie kennt. Also lach gefälligst, sagt sie sich. Aber sie kann nicht.

Es hat keinen Sinn, sollte sie ihm sagen. Es ist zwecklos. Aber das stimmt nicht: Es hat einen Sinn, es hat einen Zweck. An manchen Tagen, manchen Minuten. Von Zeit zu Zeit.

Tatsache ist, daß sie süchtig ist nach dem Bild, das Nate von ihr hat. Manchmal, wenn er sie berührt, dann fühlt sie sich nicht nackt, sondern bekleidet mit irgendeinem undefinierbaren Kleidungsstück, das sich wie eine schimmernde Wolke um sie herum ausbreitet. Mit einem Gefühl, das der Panik sehr nahe war, hat sie erkannt, daß das Bild, welches er von ihr entworfen hat, nicht mit der Wirklichkeit übereinstimmt. Er erwartet von ihr, daß sie heiter und ruhig ist, ein Zufluchtsort; er erwartet Freundlichkeit von ihr. Er glaubt wirklich, daß sie so ist, unter der Oberfläche, und wenn er nur tief genug in ihr schürft, dann wird er das auch ausgraben. Mittlerweile sollte ihm klar sein, daß sie ganz anders ist. Nichtsdestoweniger möchte sie so sein; sie möchte dieses schöne Phantom sein, dieser knochenlose Geist, den er heraufbeschworen hat. Manchmal will sie das wirklich.

Lesje geht unruhig über den Küchenfußboden hin und her, der gewischt werden müßte. Nicht, daß er sauber anders aussehen würde. Weiße Klumpen in ihrem Kaffee, der Ausguß ist zugepflastert mit Tassen und Löffeln, ähnlich verklumpt. Sie sollte ein Bad nehmen. Statt dessen stellt sie die Tasse zu den anderen in den Ausguß und geht hinaus, verschließt die Tür hinter sich.

Auf dem aufgeheizten Bürgersteig geht sie nach Süden, dann westlich durch Straßen mit zerbröckelnden roten Ziegelsteinmauern, absackenden Veranden, alten Häusern, schief und überfüllt. Die Gegend wird ihr immer vertrauter; sie ähnelt fast dem Land der Großmütter. Das Haus ihrer kleinen Großmutter stand in dieser Straße, oder wenn's nicht diese Straße war, dann eben die nächste; ihre rundliche Großmutter lebte ein paar Blocks weiter westlich, näher bei der Kirche mit dem Golddom, aber in der gleichen Art von Haus.

Seit dem Jahr, als ihre beiden Großmütter starben und sie die Besuche hier einstellte, hat sie nicht mehr oft an diese Straßen gedacht. Sie konnte sich an die Großmütter selbst erinnern, wie sie aussahen, an gewisse Zimmer in ihren Häusern, aber nicht an die Häuser selbst. Es war, als hätte man diesen Distrikt sauber aus dem Stadtplan herausgeschnitten. Aber jetzt möchte sie die Häuser wiederfinden, die wirklichen Häuser. Sie werden eine Art von Existenzbeweis sein, da die Großmütter, die der echte Existenzbeweis waren, nicht mehr da sind.

Sie bleibt stehen. Sie ist in einer schmalen Straße, die von Bäumen, parkenden Autos und Kindern, die zwischen ihnen spielen und aufs Pflaster hinausrennen, überfüllt ist. Die Häuser wirken kleiner, als sie erwartet hat; einige sind gestrichen worden, strahlend blau, gelb, der Mörtel zwischen den Ziegelsteinen sorgfältig mit anderer Farbe ausgemalt. Sie erkennt überhaupt nichts wieder; wenn sie ihre Großmütter finden will, dann muß sie woanders suchen. Neue Leute wohnen jetzt hier, aus anderen Ländern. Auch sie werden Geld machen und sich allmählich nach Norden vorschieben. Das hier ist keine feste Wohngegend, nicht für die Ewigkeit gedacht, wie sie als Kind immer geglaubt hatte, sondern eine Raststätte, ein Camp. In irgendeiner fernen Zukunft werden sich Archäologen durch den Schutt wühlen und die aufeinanderfolgenden Schichten freilegen. *Die Schwarzen haben ihn nun,* sagte ihre Großmutter; womit sie den Krämerladen meinte.

Hätten ihre Großmütter länger gelebt, dann wären sie vielleicht ebenfalls nach Norden umgezogen. In jedem Fall hätten sie ihre schwarzen Kleider abgelegt, Tagesausflüge zu den Niagarafällen gemacht, Dauerwellen und Hosenanzüge getragen. Assimiliert. Jetzt aber sind sie festgelegt, ausgestopft und aufgestellt in ihrem Kopf, ihrem eigenen zerstörten und dunklen Hintergrund entrissen. Anachronismen, die letzten ihrer Art.

Den Segen einer Mutter, das ist es, was wir damals hatten. Das war wichtig. Wenn ein junger Mann in den Krieg zieht, dann muß er den Segen einer Mutter haben. Ich war die erste, die bei Eaton's gearbeitet hat, die anderen waren alle Engländer. Es gefiel ihnen gar nicht. Ich antwortete gar nichts, wenn sie sagten, was das denn überhaupt für ein Name wär. Ich hab meinen Mund gehalten, und ich bin gut genug damit gefahren. Was uns damals niemand nehmen konnte: Wir hatten die Blumenkränze um unseren Kopf und die Tänze. Sie versuchen, es jetzt wieder nachzumachen, aber es ist nicht das gleiche.

Zu der Zeit hatte sich Lesje beim besten Willen nicht vorstellen können, daß ihre Großmutter jemals schlank, geschweige denn jung gewesen war. Sie schien schon immer das gewesen zu sein, was sie jetzt auch war, faltig, melancholisch, nach Achselschweiß und Möbelpolitur riechend. Auch die andere Großmutter hatte getanzt, zumindest behauptete sie das. Sie hatte Taschentücher erwähnt; Lesje hatte nicht begriffen, also zog sie schließlich ein zerknittertes Kleenex aus ihrem Ärmel und wedelte damit in der Luft herum. Alles, was Lesje sich dabei hatte vorstellen können, war ihre Großmutter in ihrem gegenwärtigen Alter, grotesk und lächerlich in ihren winzigen schwarzen Stiefeln herumhüpfend und winkend, die Hände voller Kleenextücher.

Ein Mann, dunkel und klein, streift vorbei und sagt etwas, das Lesje nicht versteht; es hört sich nicht freundlich an. Sie hat keine Ahnung, wo sie ist, sie muß sich orientieren. Die Sonne geht unter, dort ist also Westen, in Richtung der goldenen Kirche, die sie immer nur von außen gesehen hat und die sie nie betreten durfte. Auch in einer Synagoge ist sie vor dem Begräbnis nie gewesen. Sie wendet sich um, versucht, ihren Weg zurückzuverfolgen.

Sie hatte nie richtig zugehört, die Geschichten ihrer Großmütter langweilten sie, als Bekehrungsversuch empfand sie all das, als Versuch, sie auf die eine oder die andere Seite zu ziehen. Sie war ungeduldig mit ihnen und ihren Klagen und ihrem Gezänk, mit ihren Geschichten, die so fremdländisch klangen und die, genau wie ihre endlosen Geschichten über Kriege und Leiden und Schrecken, über aufgespießte Kinder, nichts mit ihr zu tun hatten. Das alte Land, archaisch und schrecklich; nicht so wie hier. Jetzt möchte sie diese Stimmen wiederhören; selbst das Getratsche, selbst die Wutanfälle. Sie möchte mit Blumen um den Kopf tanzen, sie möchte bestätigt, geweiht werden, ganz gleich, von wem. Sie möchte den Segen einer Mutter. Obwohl sie sich nicht vorstellen kann, daß ihre eigene Mutter so was tun würde.

Da liegt das Problem. Sie weiß inzwischen, daß die Leute sich nicht so benehmen, wie sie es sich wünscht. Was also soll sie tun, ihre Wünsche ändern?

Mit zehn Jahren wollte sie ins Museum gehen, nicht wie an den Samstagmorgen immer mit einer Großmutter, sondern mit beiden. Eine würde ihre rechte Hand halten, eine ihre linke. Sie erwartete von ihnen nicht, daß sie miteinander sprechen würden, oft genug hatte sie aus ihren Mündern gehört, daß sie eher sterben würden, als das zu tun. Doch gegen gemeinsames Spazierengehen gab es keine Regel. Alle drei würden sie zusammen dahinspazieren, langsam wegen ihrer fetten Großmutter, die Steinstufen zum Museum hoch, sie selbst in der Mitte, und dann hinein unter die goldene Kuppel. Anders als bei den Dinosauriern war das eine Sache, die wirklich möglich war; als sie schließlich einsah, daß es nie möglich sein würde, vergaß sie es.

Was Nate angeht, so ist es einfach. Sie wünscht sich nur, daß sie beide anders wären. Nicht sehr viel anders, ein bißchen würde schon genügen. Die gleichen Moleküle, nur anders angeordnet. Sie wünscht sich nichts weiter als ein Wunder, denn alles andere wäre hoffnungslos.

NATE *Freitag, 25. November 1977*

Nate hat es sich in einer Ecke der Bar vom Selby-Hotel bequem gemacht, trinkt Bier und sieht fern. Es ist Freitagabend und sehr laut, man kann kaum was verstehen. Es ist eine kritische Sendung über Polizeiwillkür, und drei politische Schriftgelehrte analysieren erbarmungslos die neuesten Schmutzflecken auf der Weste der »Mounties«. Die haben unter der Vorspiegelung, separatistische Terroristen zu sein, Drohbriefe verschickt, eine Scheune niedergebrannt und Post gestohlen. Es gibt Hinweise darauf, daß ein ehemaliger hoher Nachrichtendienstler als Doppelagent für den CIA gearbeitet hat. Der Premierminister behauptet, nichts davon gewußt zu haben, und außerdem ist er der Meinung, es gehöre nicht zu seinen Aufgaben, solche Dinge zu wissen. Das sind alte Nachrichten, die mit nicht gerade neuen Weisheiten garniert werden. Nate raucht und beobachtet skeptisch das Stirnrunzeln und Grinsen der geisterhaften Köpfe.

Seine Mutter sammelt Unterschriften für einen Protestbrief, wie gewöhnlich. Es wird eine Menge Gequatsche geben, und nichts wird geschehen. Er mag diese Gelehrten auf der Mattscheibe nicht, weil sie so tun, als würde was geschehen; er verachtet ihre Ernsthaftigkeit und ihre müde Entschlossenheit. Im Moment möchte er viel lieber die Eishockeyergebnisse hören, obwohl die *Leafs* wie gewöhnlich in lausiger Form sind. Um ihn herum steigt Rauch auf, Gläser klirren, Stimmen quä len sich durch Routinegespräche, Verlassenheit breitet sich aus, so weit das Auge reicht.

Martha kommt herein und steht unsicher am anderen Ende der Bar. Nate hebt einen Arm, um ihren Blick einzufangen. Sie sieht ihn und kommt lächelnd auf ihn zu.

»Lange nicht gesehn«, sagt Martha. Das ist pure Ironie, da Nate Martha jetzt jeden Tag im Büro sieht. Heute abend hat er sie zum Essen eingeladen. Er schuldet ihr etwas. Sobald sie ihm gegenübersitzt, wird ihm klar, daß er einen Fehler gemacht hat; er hätte nicht das Selby vorschlagen sollen. Früher haben sie oft hier zusammen getrunken. Er hofft, daß Martha nicht rührselig wird.

Bis jetzt deutet nichts darauf hin. Sie stemmt ihre Ellbogen auf den Tisch. »Gott, meine Füße sind im Arsch«, sagt sie.

Nate deutet das so, wie er diese Direktheit, ihr Bestehen auf dem Jargon, immer gedeutet hat: Es ist eine Fassade für andere, feinfühligere Dinge. Er glaubt, daß sie mit ihrem Haar was gemacht hat, obwohl er Schwierigkeiten hat, sich an ihre frühere Frisur zu erinnern. Sie ist dünner geworden. Ihre Brüste ruhen auf ihren verschränkten Armen, sie lächelt ihm zu, und er spürt einen Hauch von Begehren. Gegen seinen Willen. An den Stiefeln kann's nicht liegen, Martha hat immer Stiefel getragen.

Er bestellt noch zwei Bier und erinnert sich selbst daran, daß dieses Dinner reine Routine ist. Ohne Martha oder mit Martha gegen sich hätte er nie und nimmer den Job bekommen, nicht mal den untergeordneten Job, den er jetzt hat. Junge Rechtsanwälte, jüngere Anwälte als er – es hat ihn erschreckt, plötzlich zu sehen, um wieviel jünger –, gibt es jetzt im Dutzend billiger, und die Firma hatte sicher wenig Interesse, ihn nach seinem Absprung wieder einzustellen. Außerdem ist er eingerostet, er hat eine Menge vergessen, Dinge, von denen er einmal glaubte, er müßte sich nie mehr an sie erinnern. Aber er braucht verzweifelt Geld, er wußte nicht, was er sonst hätte machen sollen.

Er ist Martha dankbar dafür, daß sie ihn nicht ausgelacht, ihn nicht verhöhnt hat. Sie sagte nicht einmal: *Ich wußte, daß du zurückkommst.* Sie hatte ihn angehört, als wäre sie eine Krankenschwester oder eine Sozialarbeiterin; dann sagte sie, sie würde sehen, was sie tun könnte.

Was er bekommen hat, ist nicht das, was er sich selbst ausgesucht hätte. Er macht die Rechtshilfefälle, *Erste Hilfe auf juristisch.* Die Kanzlei gilt als politisch engagiert, und daher übernimmt sie mehr als den üblichen Anteil an Rechtshilfefällen; da kommt mehr zusammen, als Adams, Prenitt und Stein bewältigen können. Nate ist der Ersatzmann der Kanzlei, der Springer. Er bekommt Teilzeitgehalt für etwas, was sich zum Vollzeitjob entwickelt hat. Ihm werden die unwichtigen Fälle zugeschoben, die sonst niemand haben will, weil bei ihnen das Scheitern absehbar ist, die Diebe, Einbrecher und Fixer: der Prozeß, dann in den Knast, wieder ein Prozeß, wieder in den Knast. Er weiß, daß es ein Kreislauf ist.

Er hat seine Aktentasche und die beiden Anzüge wieder zum Leben erweckt; beim Durchwühlen des großen Koffers ganz hinten im Schrank seines alten Zimmers fragte er sich, warum er diese Sachen nie weggeworfen hatte. Jetzt putzt er seine Schuhe wieder und säubert seine Fingernägel; der permanente Rand schwarzer Farbe ist fast schon verschwunden. An den Morgen atmet er den antiseptischen Geruch von Gefängnissen, den Geruch von Zellen, eingesperrtem Fleisch, säuerliche Luft, die viel zu oft schon ein- und ausgeatmet worden ist; den Geruch von Langeweile und Haß. Er lauscht den Lügen seiner Klienten, beobachtet, wie ihre Augen den seinen ausweichen, weiß, daß sie ihn und seine polierten Schuhe und seinen Glauben an sie verachten.

Sie wissen nicht, daß er nicht an sie glaubt. Er geht mit ihnen vor Gericht, tut, was er kann, Vergleiche, schließt schäbige kleine Kuhhändel mit den Staatsanwälten ab. Er hört dem Berufstratsch zu, den Witzen der anderen Anwälte, die er einmal so widerlich gefunden hat; seit kurzem beteiligt er sich daran. Manchmal gewinnt er einen Fall, und sein Klient wird freigesprochen, aber nicht oft. Und selbst das löst kein Triumphgefühl aus. Die Banalität der Kleinkriminalität, vor allem die Absurdität zerrt an ihm. Es scheint keinerlei Verbindung zu geben zwischen dem, was mit diesen Männern geschieht, und dem, was sie getan haben: zwei Radios und eine Stereoanlage, in einer dunklen Seitenstraße gefixt, den Inhalt einer Schublade irgendeiner alten Lady.

Seine Mutter würde sagen, seine Klienten seien Produkte ihrer Umwelt, was zweifellos wahr ist. Kulturschock, daran leiden sie; der Punkt, an dem ein Satz von unsinnigen Regeln mit einem anderen blindlings zusammenstößt. Seine Mutter schafft es, diese Ansicht mit ihrem Glauben an die menschliche Würde und den freien Willen in Übereinstimmung zu bringen, zumindest für ihren eigenen Hausgebrauch. Nate kommt über diesen logischen Widerspruch nicht hinweg. Er beurteilt diese Leute nicht, genauso wenig, wie er sich als Instrument der Gerechtigkeit fühlt. Er erledigt einen Job. Er könnte ebensogut für die Geheimpolizei arbeiten. Den Mountie-Fall würde er gern machen: Die Kanzlei vertritt eine kleine Zeitung vom äußersten radikalen Rand, deren Redaktion damals durchsucht und verwüstet wurde. Aber Stein übernimmt das selbst, natürlich.

Der Kellner knallt ihre beiden Bier auf den Tisch und Martha bestreut ihres mit Salz. »Und wie läuft's?« erkundigt sie sich. Sie trinkt, auf ihrer Oberlippe bleibt ein Schaumschnurrbart zurück. Das hat er mal geliebt, die Art, wie sie ihr Bier hinunterstürzt. Zärtlichkeit durchströmt ihn, bleibt einen Augenblick hängen, ist verschwunden.

Auf dem Bildschirm, den er, aber nicht sie sehen kann, taucht jetzt René Lévesque auf, gestikulierend, schulterzukkend, erklärend; traurige Augen blinzeln aus seinem zerknitterten Schauspielergesicht. Irgendwas über die Wirtschaftslage, soweit Nate verstehen kann. Mittlerweile behaupten sie, sie hätten nie Separation im Sinn gehabt, nicht einfach so. Nate ist von ihm enttäuscht; die ganze Angelegenheit ist bis jetzt ein einziger Antiklimax gewesen. Verpaßte Chancen, Kompromisse und Finten, genau wie der Rest des Landes. Überall eine Welt der Unfreiheit. Nur ein Narr konnte etwas anderes angenommen haben, und Lévesque ist kein Narr. (Wie Nate: nicht mehr.) Er sieht immer weniger wie ein Clown aus. Eher wie eine Schildkröte: Weisheit hat ihn runzelig gemacht, ihm einen nützlichen Panzer gegeben.

»He, Träumer«, sagt Martha. Ihre erste Andeutung, daß sie mal ein Liebespaar gewesen sind: Es ist ihr altes Wort. Nate sieht sie an.

»Großartig«, sagt er, »denk ich.« Er möchte soviel Begeisterung wie möglich zum Ausdruck bringen. Martha möchte offensichtlich unbedingt glauben, daß ihr Eingreifen, ihre gute Tat ihn glücklich gemacht hat. Er weiß, daß sie sich für ihn Mühe gegeben hat. Er weiß nicht, warum.

Martha liefert ihm dafür keine Anhaltspunkte. »Immer runter mit dem Zeug«, sagt sie und leert ihr Glas.

Im Speisesaal des Selby, der zu schäbig für seine Ansprüche und zu teuer für seine Reserven ist, essen sie Leber, und Martha redet von der Kanzlei; wer gekommen ist, wessen Ehe gerade zerbricht, wer es mit wem hat. Wie üblich weiß Martha alles darüber; sie berichtet wohlwollend darüber. »Besser sie als ich«, sagt sie oder: »Na, ich wünsch ihm Glück.« Nate läßt sich bei ihr in die vertraute Bequemlichkeit sinken, so als würde er dem Atmen eines großen Tieres mit warmen Flanken lauschen.

Er möchte sich in sie hineinwühlen, seinen Kopf unter ihren Arm schieben und die Augen schließen, aber Martha behandelt ihn wie einen Freund, einen alten Freund, vertrauenswürdig und neutral. Sie benimmt sich, als könnte sie sich nicht entsinnen, je geweint, ihn jemals geschlagen oder angeschrien zu haben, und Nate denkt wieder einmal über die Schamlosigkeit der Frauen nach. Ihren Mangel an Scham. Sie glauben daran, daß alles, was sie tun, in dem Augenblick gerechtfertigt ist, warum sich also schuldig fühlen? Nate beneidet sie darum. Er selbst weiß, daß er Martha nicht so gut behandelt hat, wie er wollte, aber auch das scheint sie ganz vergessen zu haben.

Beim Dessert, Kirschkuchen, beschreibt Martha ihre neuesten Hobbies: Sie sammelt Spenden für Nellies Frauenhaus, und am Dienstag- und Donnerstagabend geht sie zum Jogaunterricht. Nate kann sich Martha, üppig, aber nicht gerade graziös, nur schwer in einem schwarzen Trikot vorstellen, zu einer Brezel verkrümmt, noch kann er glauben, daß sie sich mit den geschlagenen Frauen, die bei Nellie Unterschlupf suchen, identifiziert. Mit sportlicher Betätigung hat sie nie viel anzufangen gewußt, und Theorien, politische Fragen, wie sie es nannte, ließen sie kalt. Er weiß es: Einmal hat er vergeblich versucht, sie dazu zu bringen, sich ein Fahrrad zu kaufen, und wenn er davon redete, was in Quebec auf dem Spiel stand oder in Israel oder in Kambodscha, sagte sie, in den Fernsehnachrichten hörte sie davon schon mehr als genug. Aber da ist sie nun, fleischgewordene Unwahrscheinlichkeit, sitzt ihm gegenüber, stochert in ihrer Kuchenkruste und spricht über die Reform der Vergewaltigungsparagraphen.

Nate sagt sich, daß es typisch für Martha ist, sich irgendeiner Sache nach deren Gipfelpunkt zu verschreiben. Wie seine Mutter: Christadelphianer, Vegetarier, autogenes Training, Esperanto, Experten für Ufos, Unitarismus, alles vorbei. Das war schon immer Elizabeths Meinung von Martha, die, soweit Nate es beurteilen konnte, auf Marthas Garderobe beruhte. Frei nach Elizabeth befindet sich die Frauenbewegung auf dem Rückzug; und das Interesse an östlichen Kulturen ist längst auch nicht mehr das, was es einmal war. Doch nichts davon scheint Martha zu kümmern. Sie kommentiert Nates Aussehen: Er schaut aus, als würde er unter Sauerstoffmangel leiden, sagt sie. Nur sehr wenige Leute atmen richtig. Er sollte es mal ein bißchen mit Vollatmung versuchen und einer vereinfachten Version des Grußes an die Sonne. Martha garantiert ihm höchstpersönlich, daß es bei ihm Wunder wirken wird.

Dann springt sie zurück zur Justiz. Sie hat sehr bestimmte Ansichten über das Familienrecht; wenn sie genügend Geld sparen könnte, dann würde sie sogar selbst Jura studieren und Rechtsanwältin werden, um praktische Arbeit auf diesem Gebiet leisten zu können. Was das Studium angeht, das wäre ein Klacks, da sie ohnehin schon eine ganze Menge von dem Zeugs weiß; Gott weiß, daß sie genug davon heruntergetippt hat. Nate zwinkert. Ihm wird nun klar, daß er Martha zwar nicht für ausgesprochen dämlich hält, aber sicher auch nicht für sonderlich helle. Obwohl es durchaus wahrscheinlich ist, daß sie inzwischen besser über die Juristerei Bescheid weiß als er. Es könnte gehen, sie könnte vielleicht sogar ganz gut sein. Im Familienrecht.

Aber Nate kommt sich vernachlässigt vor. Er hat Tage,

Wochen, Monate seines Lebens gelebt, ohne auch nur einmal an Martha zu denken. Seine Hände bewahren nur noch eine ganz schwache Erinnerung an die Innenseite ihrer Schenkel, ihr Geschmack ist von seiner Zunge geschwunden, er kann sich nicht mal mehr an ihr Schlafzimmer erinnern: Welche Farbe haben die Vorhänge? Trotzdem ist er gekränkt, daß er selbst so leicht, so schnell vergessen worden ist. War er so unwichtig? Er sagt sich selbst, daß Martha wahrscheinlich keinen neuen Mann im Ärmel hat, einen, der für sie die gleiche Bedeutung hat, die er einst hatte; sonst würde sie nicht so am Jurastudium interessiert sein.

Er bezahlt die Rechnung, und sie gehen zum Ausgang, Martha vor ihm. Sie trägt ihren Mantel über dem Arm, und er beobachtet ihre Hüften unter ihrem Bahnenrock aus Tweed. Wird sie ihn vielleicht noch zu sich einladen? Sie könnten im Wohnzimmer sitzen und ein paar Drinks nehmen. Sonst nichts. Er überlegt: Natürlich sollte er nicht annehmen. Es ist Freitagabend, die Kinder werden da sein, Lesje erwartet ihn. Er hat ihr nicht gesagt, wohin er geht; nur daß er noch etwas Gerichtsarbeit erledigen müßte. Martha zum Essen auszuführen gehört gewissermaßen zur Arbeit, aber das wäre zu schwierig zu erklären gewesen.

Auf der Straße jedoch bedankt sich Martha bei ihm, entläßt ihn. »Bis zum Montag dann«, sagt sie. »Wieder in der alten Tretmühle.« Sie geht zur Straßenecke, in ihren Stiefeln, winkt ein Taxi heran. Er beobachtet, wie eins anhält, sie die Tür öffnet, einsteigt. Er würde gern wissen, wohin sie fährt, aber sie wird in jedem Fall dorthin gehen, ob er es nun weiß oder nicht. Die Welt existiert auch ohne ihn. In der Theorie hat er sich das oft genug vorgebetet; er hat es lediglich nie mit letzter Sicherheit gewußt. Und daraus folgt, daß sein Körper ein Gegenstand im Weltraum ist und daß er eines Tages sterben wird.

Jetzt kann er sich erinnern, daß er diese Erkenntnis schon einige Male zuvor gehabt hat. Er steht da, wo sie ihn zurückgelassen hat. Er hat keine Lust, nach Hause zu gehen.

Tante Muriel liegt im Krankenhaus. Was an sich schon unglaublich genug ist. Zuerst, daß ihr überhaupt jemals irgendwas fehlen sollte. Elizabeth hat ihre Tante nie als menschliches Wesen aus Fleisch und Blut gesehen; eher als etwas, das vom Hals bis zu den Knien aus warzigem Kautschuk besteht, undurchdringlich und unzerstörbar. Und zweitens, wenn ihr etwas fehlt, was Elizabeth immer noch bezweifelt, daß dann Tante Muriel sich überwinden konnte, es auch zuzugeben. Nichtsdestoweniger befindet sie sich im Krankenhaus, genau im Prinzessin-Margaret-Krankenhaus, und Elizabeth ist zu ihr gerufen worden. Trotz ihres Schwurs, Tante Muriel nie wieder zu sehen, hat sie es nicht gewagt, sich zu weigern.

Sie sitzt auf dem Besucherstuhl neben dem hochgestellten Bett, während Tante Muriel in einer eisblauen Bettjacke und von der hochgekurbelten Lehne gestützt sich beklagt. Sie schütten hier noch zusätzlich Chlor ins Wasser, sie kann es herausschmecken. Sie erinnert sich noch sehr gut an die Zeit, als Wasser noch Wasser war, aber vermutlich würde Elizabeth den Unterschied gar nicht merken. Zu Anfang hat sie nicht mal ein Einzelzimmer bekommen. Kann Elizabeth sich etwas Derartiges vorstellen? Sie mußte sich ein Zimmer teilen, teilen mit einer schrecklichen alten Frau, die nachts pfeifend nach Luft rang. Tante Muriel ist überzeugt davon, daß die Frau im Sterben lag. Sie hat kaum Schlaf gefunden. Und jetzt, wo sie endlich ihr Privatzimmer hat, beachtet sie kein Mensch. Sie muß läuten und läuten, manchmal sogar dreimal, bis die Schwester erscheint. Sie alle lesen Krimis, sie hat sie dabei ertappt. Die Nachtschwester stammt aus Westindien. Das Essen ist gräßlich. Sie mag keine Roten Bete, immer bestellt sie das andere Gemüse auf der Speisekarte, aber sie bringen ihr immer Rote Bete. Manchmal glaubt Tante Muriel, daß man ihr das mit Absicht antut. Sie wird mit Doktor MacFadden sprechen, morgen. Wenn sie schon wegen einer kleinen Erholungspause und ein paar Tests hierbleiben muß, und das ist es, was er behauptet, dann kann er zumindest dafür sorgen, daß sie es bequem hat. Nicht einen einzigen Tag in ihrem Leben ist sie krank gewesen, in Wirklichkeit ist auch jetzt alles mit ihr in Ordnung; sie ist einfach nicht an Krankenhäuser gewöhnt.

Elizabeth glaubt ihr das. Sie verbindet ihre eigenen Krankenhausaufenthalte mit der Geburt von Kindern, und das hat Tante Muriel selbstverständlich nie mitgemacht. Elizabeth kann sie sich bei einer Geburt nicht vorstellen, ganz zu schweigen von den dafür nötigen Voraussetzungen. Es ist schwierig, sich bildlich auszumalen, wie Onkel Teddy mit dem fliehenden Kinn, diese elastikgepanzerten Barrikaden stürmt, diese kartoffelkeimfarbigen Schenkel entblößt; schwierig, sich vorzustellen, daß Tante Muriel dies zuläßt. Obwohl sie es aus Pflichtgefühl vielleicht getan haben mochte.

Tante Muriel hat ihr Petit-Point-Kissen mit ins Krankenhaus gebracht. Es trägt das gleiche Motiv, das sie seit Jahren macht: Stiefmütterchen in einem Korb. In vergangenen Zeiten hat es sich über die verschiedensten Stühle und Sofas in Tante Muriels Haus ausgebreitet als Beweis dafür, daß ihre Hände nicht müßig sind. Auf der Krankenhausbettdecke wirkt es fehl am Platz. Tante Muriel hebt es an, während sie redet, läßt es fallen.

Elizabeth sitzt auf dem Besucherstuhl. Sie hat Blumen mitgebracht, Chrysanthemen, einen Topf anstatt Schnittblumen; sie dachte, Tante Muriel würde vielleicht lieber etwas haben, was noch wuchs, aber Tante Muriel erklärte auf der Stelle, Chrysanthemen hätten einen zu starken Duft. Wußte Elizabeth denn nicht mehr, daß sie den Geruch von Chrysanthemen nicht ertragen kann?

Vielleicht erinnert sie sich daran; vielleicht hat sie es aus Bequemlichkeit vergessen. Sie hatte gemeint, sie sollte irgendwas mitbringen, irgendeine Gabe, denn Tante Muriel liegt im Sterben; auch in diesem Augenblick ist sie dabei zu sterben. Elizabeth als nächste Verwandte hatte es als erste erfahren.

»Es ist überall«, sagte Doktor MacFadden in seinem Halbgeflüster. »Es muß als Darmkrebs angefangen haben. Der Dickdarm. Ich vermute, sie hat eine ganze Zeitlang schon beträchtliche Schmerzen gehabt, bevor sie mich aufgesucht hat. Sie sagte stets, sie wär stark wie ein Pferd. Nur das Blut hat ihr Angst eingejagt.«

Beträchtliche Schmerzen, natürlich. Sie würde wochenlang die Zähne zusammenbeißen, ehe sie sich das Zugeständnis abrang, einen Dickdarm zu besitzen, der sich als Verräter entpuppte. Und Tante Muriel mußte von der Erkenntnis ebenso überrascht worden sein wie Elizabeth, daß sie tatsächlich bluten konnte. Aber Angst? Sicherlich ein Fremdwort in Tante Muriels Vokabular. Elizabeth starrt auf sie herunter, mitleidlos, ungläubig. Solch bösartige Vitalität kann nicht sterben. Hitler lebte noch nach der Entdeckung seiner verschmorten Zähne weiter und auch Tante Muriel gehört zu den Unsterblichen.

Aber sie ist geschrumpft. Das einst kompakte und feste Fleisch hängt auf den Knochen; der Puder, den Tante Muriel weiterhin aufgelegt hat, ist in kleinen Rinnen schlaffer Haut eingebacken. Ihre Kehle ist eine Höhlung über der jungfräulichen Schleife ihrer Bettjacke, ihr bugartiger Busen ist verwelkt. Ihre Farbe, einst ein selbstbewußtes Beige, ist zu dem verwaschenen Weiß schmutziger Zähne verblaßt. Ihre Augen, früher leicht hervorstehend wie die eines Pekinesen, werden immer weiter in die Tiefen ihres Kopfes gesaugt. Sie fällt in sich hinein, sie schmilzt wie die Hexe in *Der Zauberer von Oz,* und bei diesem Anblick erinnert sich Elizabeth: Dorothy hat nicht gejubelt, als die Hexe sich in ein Häufchen braunen Zuckers verwandelte. Sie war entsetzt.

Bis jetzt hat man Tante Muriel noch nichts gesagt. Doktor MacFadden ist der Meinung, sie gehört nicht zu denjenigen, auf die sich solch eine frühzeitige Enthüllung positiv auswirkt. Elizabeth hat so diskret wie nur irgend möglich das wahrscheinliche Datum zu erforschen versucht. Wie lange kann man erwarten, daß Tante Muriel, äh, ja, noch durchhält? Doch er blieb vage. Es hinge von sehr vielen Faktoren ab. Manchmal gab es erstaunliche Umschwünge. Sie würden sie weiterhin schmerzfrei halten und ihr, falls nötig, Beruhigungsmittel geben, und natürlich hoffte man, daß sie genügend moralische Unterstützung von ihrer Familie erhalten würde.

Womit Elizabeth gemeint war, die jetzt gerade ihre Motive untersucht, warum sie überhaupt hier ist. Sie hätte der alten

Hexe vor langer Zeit sagen sollen, sie könnte sich zum Teufel scheren, und es dann dabei belassen. Für ihre Gegenwart gibt es nicht mal eine praktische Entschuldigung: Sie kennt den Inhalt von Tante Muriels Testament, der sich kaum noch ändern wird. Ein paar tausend für die Kinder, wenn sie einundzwanzig sind, und der Rest für Timothy Eatons aufgedunsenes Warzenschwein von einer Kirche. Elizabeth ist es gleichgültig. Sie hat Übung darin, gleichgültig zu sein.

Ist sie aus Schadenfreude gekommen? Vielleicht. Rachegefühle fluten durch ihren Kopf. Sie wird Tante Muriel sagen, daß sie sterben muß. Tante Muriel wird es nicht glauben, aber allein schon die Andeutung dieser Möglichkeit wird einen Wutausbruch zur Folge haben. Oder sie wird ihr drohen, sie woanders als an ihrem eigenen Friedhofsplatz zu beerdigen. Sie wird sie verbrennen lassen und sie über Center Island verstreuen, wo die Italiener Fußball spielen. Sie wird sie in ein Marmeladenglas stecken und im Regent's Park vergraben; schwarze Füße werden auf sie treten. Das wird ihr den Rest geben.

Elizabeth billigt das nicht, diese Rachegefühle, nichtsdestoweniger existieren sie. Sie starrt auf Tante Muriels Hände, die sich gegen die blaue Bettjacke pressen; Elizabeth kann sie nicht berühren.

Die Frau, die ihren Arm packte, an jenem Tag draußen in Eaton's College Street, als sie gerade vom Besuch des Weihnachtsmärchens eines Theaters aus Toronto kamen, ein besonderes Zugeständnis von Tante Muriels Seite, *Toad of Toad Hall.* Neben ihnen klingelte und sang das Sally-Ann-Sextett. Der schäbige braune Stoffmantel und dieser Geruch ihres Atems, süßlich und säuerlich. Die Frau trug nur einen Handschuh; die nackte Hand lag auf Elizabeths Arm. Elizabeth war elf. Caroline war bei ihr. Beide trugen sie blaue Tweedmäntel mit Samtkragen und den dazu passenden Samthüten, was nach Tante Muriels Meinung die standesgemäße Bekleidung für Stadtausflüge war.

Die Frau weinte. Elizabeth konnte nicht verstehn, was sie sagte; ihre Stimme war unklar. Auf ihrem blauen Tweedarm krampfte sich die Hand zusammen, lockerte sich wieder wie eine noch zuckende tote Katze. Elizabeth nahm Carolines Hand und zog sie fort. Dann rannte sie. *Das war Mutter,* sagte Caroline. *Nein, war sie nicht.* Maple Leaf Gardens hinter sich, außer Atem: *Sag nicht, daß sie das war.*

Das war Mutter, sagte Caroline. Elizabeth schlug sie in den Magen, und Caroline krümmte sich zusammen, fiel auf den Gehsteig, schreiend. *Steh auf,* sagte Elizabeth. *Du kannst laufen, wir gehen heim.* Caroline kauerte auf dem Gehsteig, laut heulend, treu.

Das ist es, was Elizabeth nicht verzeihen kann. Sie kann sich ihren eigenen Verrat nicht verzeihen. Tante Muriel darf damit nicht so einfach davonkommen. Sie muß, zu Elizabeths Bestem, sichtbar leiden. Endlich.

»Du hörst mir nie zu«, sagt Tante Muriel.

»Wie bitte?« sagt Elizabeth. Selbst Tante Muriels Stimme ist anders. Nicht länger anklagend, sondern weinerlich.

»Du hörst mir nie zu«, wiederholt Tante Muriel. »Und ich hab alles für dich getan.«

Nicht alles, denkt Elizabeth, aber sie kann jetzt nicht streiten.

»Ich sagte, du hast ja keine Ahnung. Du glaubst, ich wär hart zu ihr gewesen, aber ich hab ihr Geld gegeben, all die Jahre. Nicht dein Onkel Teddy.«

Elizabeth merkt, daß Tante Muriel von ihrer Mutter redet. Sie möchte nicht zuhören, sie möchte nicht eine weitere Genealogie ihrer Wertlosigkeit hören.

»Nie hab ich es auch nur eine Woche versäumt. Niemand hat es mir gedankt«, sagt Tante Muriel. »Natürlich hat sie immer alles vertrunken. Ich hab's ihr trotzdem gegeben; ich wollte sie nicht auf dem Gewissen haben. Ich glaub nicht, daß du verstehst, was das bedeutet.«

Elizabeth kann ohne diese Information auskommen. Sie würde den Gedanken vorziehen, daß ihre Mutter vollkommen mittellos gewesen ist, man hat ihr Unrecht getan. eine Heilige unter den Straßenlaternen. Selbst als sie älter war, als sie gewußt hatte, daß sie herausfinden konnte, wo sich ihre Mutter aufhielt, hatte sie darauf verzichtet. Ihre Mutter, so wie Wolken oder Engel, lebte von Luft oder wahrscheinlich – wenn sie die materiellen Aspekte berücksichtigte – von Onkel Teddy. Die Vorstellung der beiden Schwestern, die sich treffen, die sich vielleicht berühren, stört sie.

»Hast du sie getroffen?« fragt Elizabeth. »Hast du mit ihr gesprochen?«

»Ich habe meiner Bank Anweisungen gegeben«, sagt Tante Muriel. »Sie haßte mich. Sie weigerte sich, mich zu sehen, sie rief mich an, wenn sie betrunken war, und sagte... Aber ich tat meine Pflicht. Es war das, was Vater sich gewünscht hätte. Deine Mutter war immer sein Liebling.«

Zu Elizabeths Entsetzen fängt Tante Muriel an zu weinen. Tränen sickern aus ihren geschwollenen Augen; ein übernatürlicher Vorgang, eine blutende Statue, ein Wunder. Elizabeth beobachtet es distanziert. Sie müßte eigentlich jubeln. Endlich bekommt Tante Muriel die Asche ihres Lebens zu kosten. Aber Elizabeth jubelt nicht.

»Du glaubst, ich weiß es nicht«, sagt Tante Muriel. »Ich weiß, daß ich sterbe. Alle hier sterben.« Sie nimmt ihren Stickrahmen hoch, sticht danach mit einer dicken Nadel, schiebt das Wissen um ihre eigenen Tränen beiseite; sie macht sich gar nicht die Mühe, sie aus dem Gesicht zu wischen. »Du wußtest es«, sagt sie, jetzt anklagend. »Und du hast mir nichts gesagt. Ich bin kein Baby.«

Elizabeth haßt Tante Muriel. Sie hat sie immer gehaßt, und sie wird sie immer hassen. Sie wird ihr nicht vergeben. Das ist ein alter Schwur, ein Axiom. Nichtsdestoweniger.

Nichtsdestoweniger, dies ist nicht Tante Muriel. Die Tante Muriel aus Elizabeths Kindheit ist zerschmolzen und hat an ihrer Stelle diese alte Hülse zurückgelassen, diese alte Frau, die nun ihre klobige Stickarbeit sinken läßt und mit geschlossenen, weinenden Augen mit ihren Händen über die Krankenhausdecke tastet.

Elizabeth möchte von dem Besucherstuhl aufstehen und gehen, aus dem Zimmer laufen, sie allein hier zurücklassen. Sie hat das verdient.

Nichtsdestoweniger beugt sie sich nach vorn und nimmt Tante Muriels blinde Hände. Verzweifelt klammern sich die plumpen Finger an sie. Elizabeth ist kein Priester: Sie kann keine Absolution erteilen. Was hat sie anzubieten? Nichts Aufrichtiges. Neben ihrer eigenen verbrannten Mutter hat sie gesessen, hat nichts gesagt, nur die eine heile Hand gehalten. Die eine heile zarte Hand. Die zerstörte Hand, immer noch schön, ganz anders als die geäderten und gefleckten Stummel, die sie nun in ihren Händen hält, die sie mit den Daumen besänftigend streichelt, so wie sie bei Krankheit die Hände ihrer Kinder gestreichelt hat.

Übelkeit schüttelt sie. Nichtsdestoweniger, nichtsdestoweniger; sie flüstert: Ist schon gut. Ist schon gut.

NATE *Samstag, 15. April 1978*

In der U-Bahn donnert Nate nach Osten durch den vertrauten Tunnel, sein Gesicht leichenhaft in dem gegenüberliegenden Fenster; oben drüber ein Poster, auf dem sich ein Büstenhalter in einen Vogel verwandelt. Er fährt zu seiner Mutter, um die Kinder abzuholen. Sie haben dort übernachtet; er hat den Morgen allein mit Lesje verbracht. Seit er zu dem, was jedermann als *Arbeit* bezeichnet, zurückgekehrt ist, hat sie mehr als einmal angedeutet, daß sie sich in letzter Zeit nicht mehr gerade oft sehen. Sie meint allein.

An diesem Morgen waren sie allein, aber es hat sich nichts Außergewöhnliches ereignet. Sie aßen gekochte Eier, und dann las er die Freitagabendzeitung im vorderen Zimmer im Sonnenschein zwischen den müßig herumstehenden Maschinen und halbfertigen Schaukelpferden. Er hatte geglaubt, er könnte an den Abenden und den Wochenenden mit den Spielsachen weitermachen, aber er ist immer viel zu müde. Das ist es nicht allein. Er kann die beiden Dinge in seinem Kopf nicht miteinander vereinbaren, Körperverletzung hinter dem Speicher an der Front Street East, Jerry die Giraffe mit ihrem entrückten Lächeln. Die Realität ist entweder das eine oder das andere, und Tag um Tag verblassen die Spielzeuge, verlieren Blut. Jetzt sieht er sie schon als Museumsstücke, putzig und malerisch, handgearbeitet, hundert Jahre alt. Bald schon werden sie ganz verschwunden sein, und dieses Zimmer wird sich mit Papieren füllen.

Lesje wollte das ganze Wochenende, aber er konnte sich Elizabeth gegenüber nicht durchsetzen, die seit kurzem unerbittlich auf mehr Zeit für sich pocht. Nate fragt sich ohne größeres Interesse, was sie damit wohl anfängt. Er hofft, daß sie sich mit einem Mann trifft, was das Leben leichter machen würde. Für ihn. Außerdem hätte er sich sowieso nicht Elizabeth gegenüber, sondern auf Kosten der Kinder durchgesetzt. Und so gesehen kann er nicht hart bleiben, was Lesje einfach nicht begreift. Ihre Blindheit, ihre Weigerung, zu erkennen, daß diese Zwangslage ihre gemeinsame Zwangslage ist, nicht seine oder ihre, macht ihn wütend. Es ist eine schlichte und offensichtliche Tatsache, daß er vieles von dem, was er tut, für sie tut, oder, anders ausgedrückt, wenn es sie nicht gäbe, dann müßte er vieles nicht tun. Er hat versucht, ihr das zu erklären, aber sie scheint anzunehmen, daß er sie irgendeiner Sache beschuldigt. Sie starrt zum Fenster hinaus, auf die Wand, auf jede nur erdenkliche Stelle außer auf die, die sich zwischen seinen Ohren befindet.

Zum Glück gibt es seine Mutter. Nate hat das Gefühl, daß seine Mutter stets bereit ist, die Kinder zu nehmen, ja in Wirklichkeit sogar auf derartige Chancen wartet. Immerhin ist sie ihre Großmutter.

Nate steigt in Woodbine aus, geht die Treppe hinauf und taucht im schwachen Aprilsonnenschein auf. Er geht nach Norden zu der Straße mit den schlechtgebauten Kästen, die seine Kindheit enthalten. Das Haus seiner Mutter ist ein Kasten wie die anderen auch, schmuddelig-beige geputzt. Das Haus erinnert wieder an gewisse Radioprogramme, an den Kinderfunk. Die Frau im Haus nebenan hat eine Statue auf ihrem Rasen, einen als Jockey gekleideten Negerjungen, der eine Kutscherlampe hält. Diese Statue ist eine Quelle ständiger Irritation für Nates Mutter. Nate zieht sie manchmal auf, indem er diese

Statue mit dem seelenvollen Gemälde des Negerjungen vorn auf der Unitarierkirche gleichsetzt. Katholiken der unteren Schichten, sagt er, haben Gipsabdrücke von Maria und Jesus auf ihrem Rasen; vielleicht ist die Nachbarin eine Unitarierin der Unterschicht. Nates Mutter hat das nie sonderlich komisch gefunden, aber Nate wäre auch enttäuscht gewesen, wenn sie darüber gelacht hätte.

Er läutet an der Tür, zündet sich eine Zigarette an, während er wartet. Seine Mutter in ihren ausgefransten türkisfarbenen Schlafzimmerslippern, die sie seit mindestens zehn Jahren trägt, öffnet schließlich die Tür. Die Kinder sind unten im Keller und spielen Verkleiden, sagt sie, während er seine Seemannsjacke auszieht. Sie bewahrt einen Pappkarton da unten für sie auf. In dem Karton befinden sich einige wenige Kleidungsstücke, die nicht mehr gut genug waren, um irgendwelchen Hilfsorganisationen gestiftet zu werden: Abendkleider aus den späten Dreißigern, ein Samtumhang, ein langer Magentaunterrock. Jedesmal, wenn er diese Sachen sieht, ist Nate aufs neue überrascht von der Tatsache, daß seine Mutter einst auf Parties ging, tanzte, daß ihr der Hof gemacht wurde.

Seine Mutter hat Tee gemacht und bietet Nate eine Tasse an. Er fragt, ob sie vielleicht ein Bier im Haus hat. Sie hat keins. Nur für ihn kauft sie Bier, das weiß er, und diesmal kommt sein Besuch etwas plötzlich. Er beklagt sich nicht und verfolgt das Thema auch nicht weiter; sie wirkt etwas müder und abgespannter als sonst. Er sitzt mit ihr am Küchentisch, trinkt Tee und vermeidet den Blick auf ihre Karte von den Willkürakten dieser Welt, auf der sich die Sternchen wie die Mäuse vermehren. Bald werden die Kinder ihre Kostüme zusammengestellt haben und nach oben kommen, um sich bewundern zu lassen, was der Sinn des ganzen Spieles ist.

»Elizabeth hat mir erzählt, daß du wieder zu Adams, Prewitt und Stein zurückgegangen bist«, sagt seine Mutter.

Nate fühlt sich von einer Verschwörung umgeben. Woher weiß Elizabeth das? Er hat ihr nichts gesagt, diese Niederlage hatte er nicht eingestehen wollen. Kommt das von Martha, funktioniert dieses Nachrichtennetz noch? Elizabeth pflegte seine Mutter nie anzurufen; aber vielleicht – Verrat! – ruft seine Mutter Elizabeth an. Genau so was würde sie aus Prinzip tun. Obwohl sie sich nie nahegestanden haben. Nur sehr langsam scheint sie die Tatsache zu akzeptieren, daß er und Elizabeth sich getrennt haben. Sie hat zwar nichts davon gesagt, aber er merkt deutlich, daß sie es als schlecht für die Kinder ansieht. Zum Beispiel erwähnt sie Lesje nie. Er wünschte, sie würde protestieren, kritisieren, damit er sich verteidigen könnte, ihr erzählen könnte, zu was für einem Termitenleben ihn Elizabeth gezwungen hat.

»Ich bin so froh«, sagt seine Mutter; ihre prozellanblauen Augen strahlen, als hätte er gerade einen Preis gewonnen. »Ich war immer der Meinung, daß du dafür geschaffen bist. Du mußt jetzt viel glücklicher sein.«

Nates Kehle wird von erschrockenem Zorn zusammengepreßt. Ist ihr denn nicht klar, kann denn nicht jeder Idiot sehen, daß er genötigt, gezwungen ist, daß er gar keine andere Wahl hat? Das Gewicht ihres idealen Sohnes lastet auf seiner Brust, eine Gipsfigur, die ihn zu erwürgen droht. Der Engel der Unterdrückten. Sie erteilt jedem für alles und jedes Absolution, für jedes Verbrechen, entbindet von jeder Verantwortung, außer sich selbst, außer ihn.

»Bin ich nicht«, sagt er. »Ich bin verdammt noch mal *nicht dafür geschaffen.* Ich mach's, weil ich das Geld brauch.«

Ihr Lächeln verschwindet nicht. »Aber du tust das Richtige«, sagt sie strahlend. »Du fängst endlich was an mit deinem Leben.«

»Ich hab vorher auch was mit meinem Leben angefangen«, sagt Nate.

»Kein Grund, laut zu werden, mein Lieber«, sagt seine Mutter mit gekränkter Selbstzufriedenheit. Er haßt ihn, diesen Ton, der ihm das Gefühl vermitteln soll, der ihm das Gefühl vermittelt, als wäre er ein keulenschwingender Affe, der sich an die Brust schlägt. Jahre moralischer Selbstgefälligkeit begraben ihn wie Schnee, wie eine Lage Wolle nach der anderen. Unerträgliche Selbstgefälligkeit von ihnen allen, von Elizabeth, von seiner Mutter, sogar von Lesje. Sie klagt, aber ihre

Klagen sind selbstgefällig, alles abgesicherte Wetten. Er kennt diese stillschweigende Gleichung, er ist darin geschult: *Ich leide, also bin ich im Recht.* Aber er leidet auch, können sie das denn nicht sehen? Was muß er denn tun, sich den Kopf von den Schultern schießen, bevor sie ihn ernst nehmen? Er denkt an Chris, wie er zerfetzt auf der Totenbahre seiner Matratze gelegen hat, betrauert von zwei Polizisten. *Ernst.* Nicht, daß er so was tun würde.

»Wenn du es genau wissen willst«, sagt Nate, trotz allem mit leiserer Stimme, »ich haß jede einzelne Minute.« Wobei er gleichzeitig überlegt, ob er das wirklich tut, er leistet gute Arbeit, so gut, wie es in derartigen Fällen möglich ist.

»Aber du hilfst doch den Menschen«, sagt seine Mutter verblüfft, als wäre er nicht in der Lage, einen ganz elementaren geometrischen Grundsatz zu begreifen. »Geht es nicht um Rechtshilfe? Sind sie nicht arm?«

»Mutter«, sagt er mit neu gesammelter Geduld, »jeder, der glaubt, er kann den Leuten wirklich helfen, noch dazu in meiner Branche, ist ein totaler Esel.«

Seine Mutter seufzt. »Du hattest schon immer schreckliche Angst davor, ein Esel zu sein«, sagt sie. »Selbst als Kind.«

Nate schreckt auf. Stimmt das? Er versucht, sich an Beispiele zu erinnern.

»Ich nehme an, du hältst mich auch für einen Esel«, sagt seine Mutter. Unerbittlich lächelt sie weiter. »Ich vermute, ich bin auch einer. Bloß glaub ich, daß jeder ein Esel ist.«

Nate ist auf diesen Grad von Zynismus nicht vorbereitet, noch dazu von seiner Mutter. Sie hat an die unbegrenzte Vervollkommnung der Menschheit zu glauben; tut sie das nicht? »Aber warum machst du dann das alles?« sagt er.

»Was alles?« fragt sie ein bißchen geistesabwesend, so als hätte sie diese Unterhaltung schon einige Male zuvor mit ihm geführt.

»Die koreanischen Dichter, die verkrüppelten Veteranen, all das.« Er macht eine große Handbewegung, die ihre rotbesternte Karte einschließt.

»Nun ja«, sagt sie und nippt an ihrem Tee, »ich mußte

schließlich irgendwas tun, um überhaupt weiterleben zu wollen. Während des Krieges, weißt du. Direkt nachdem du geboren wurdest.«

Was meint sie damit? Sicherlich ist das nur metaphorisch gemeint, sie redet nur von der Langeweile des Hausfrauendaseins oder etwas Ähnlichem. Aber sie macht es ganz klar. »Ich überlegte mir damals verschiedene Möglichkeiten, Schluß zu machen«, fährt sie fort, »aber dann dachte ich, und wenn es nicht klappt? Ich hätte mich ja auch, verstehst du, zum Krüppel machen können. Und dann fängt man an, drüber nachzudenken, wer einen wohl finden wird. Es war direkt nach dem Tod deines Vaters, direkt nachdem ich das Telegramm bekommen hatte, aber das war's nicht allein. Ich glaube, ich wollte einfach nicht mehr in so einer Welt leben.«

Nate ist entsetzt. Er kann sich nicht, er kann sich einfach nicht seine Mutter als mögliche Selbstmörderin vorstellen. Es paßt nicht zu ihr. Und nicht nur das, sie hat ihn kein einziges Mal erwähnt. Hätte sie ihn so leichtfertig aufgeben, ihn einfach in einem Korb zurücklassen und sich heiter ins Unbekannte davonmachen können? Sein Vater ist schon schlimm genug, aber immerhin starb er durch einen Unglücksfall. Unverantwortlich, eine schlechte Mutter, sie konnte so doch nicht sein. Als mögliches Waisenkind steht er am Rande des Abgrunds, der sich plötzlich vor ihm geöffnet hat.

»Zuerst probierte ich's mit Stricken«, sagt seine Mutter mit einem kleinen Lachen. »Ich strickte Socken. Du weißt ja, alles ein Teil der Kriegsanstrengung. Aber es beschäftigte mich nicht genügend. Außerdem hatte ich sowieso das Gefühl, ich sollte vielleicht lieber was Nützlicheres als Stricken tun. Als du alt genug warst, fing ich bei den Kriegsveteranen an, und so führte dann eins zum anderen.«

Nate starrt seine Mutter an, die jedoch genauso aussieht wie immer. Es ist nicht nur die Enthüllung an sich, sondern die unerwartete Ähnlichkeit mit ihm selbst, die ihn entsetzt. Er hat sie stets solcher Verzweiflung für unfähig gehalten, und jetzt erkennt er, daß er sich immer auf diese Unfähigkeit verlassen hat. Und was nun, was kommt als nächstes?

Aber seine Kinder kommen dazwischen, klappern in zehfreien, hochhackigen Schuhen die Kellerstufen herauf, in Samt und Seide gehüllt, ihre Münder mit einem längst vergessenen Lippenstift seiner Mutter rot gemalt, ihre Augenbrauen schwarz gestrichelt. Er applaudiert heftig, erleichtert durch ihre Gegenwart, ihre unkomplizierte Freude.

Und trotzdem denkt er: *Bald werden sie Frauen sein,* und diese Erkenntnis jagt wie eine Nadel durch ihn hindurch. Sie werden Büstenhalter verlangen und sie später zurückweisen, ihn sowohl für das eine wie für das andere verantwortlich machen. Sie werden seine Kleidung kritisieren, seinen Job, seine Redewendungen. Sie werden das Haus verlassen, um mit mürrischen, pickeligen jungen Männern zusammenzuleben; oder sie werden Zahnärzte heiraten und sich für weiße Auslegeteppiche und Samtvorhänge begeistern. So oder so, sie werden ein Urteil über ihn fällen. Mutterlos, kinderlos, so sitzt er am Küchentisch, der einsame Wanderer unter den kalten roten Sternen.

An der Haustür küßt er seine Mutter wie üblich, der obligatorische flüchtige Kuß. Sie benimmt sich, als ob nichts geschehen wäre, als hätten sie sich nur über etwas unterhalten, was er ohnehin längst gewußt hat.

Sie beginnt, die Tür zu schließen, und plötzlich wird er damit nicht fertig, kann dieses langsame Schließen der Tür nicht ertragen. Er flankt über das niedrige Eisengeländer der Zementveranda, setzt über die flache Hecke auf den Rasen der Nachbarin. Er macht einen Bocksprung über den schwarzen Jockey und springt über die nächste Hecke und die nächste, landet auf vom Winter gelbem Gras, glitschig durch den geschmolzenen Schnee; seine Absätze sinken ein, Matsch spritzt an seine Hosen. Hinter sich hört er den Chor, die Armee müder weiblicher Stimmen: *kindisch.* Zum Teufel mit ihnen. Er fliegt dahin, über Hundescheiße, in die feuchten Krokusbeete von irgend jemandem, wieder hoch. Seine Kinder rennen den Bürgersteig entlang, lachend, rufend: »Daddy! Wart auf mich!«

Er weiß, daß er bald landen wird; schon fängt sein Herz an zu hämmern. Aber wieder springt er ab, auf diesen nichtexistierenden Ort zu, an dem er so gerne sein möchte. In der Luft zwischen Himmel und Erde.

LESJE *Dienstag, 30. Mai 1978*

Lesje hält ein Blatt Papier in der Hand. Sie hat es schon vier- oder fünfmal zu lesen versucht, aber irgendwie scheinen sich ihre Augen nicht darauf einstellen zu können. Was natürlich albern ist, denn genau solche Blätter erhält sie fast jeden Tag mit ihrer Post. Es ist ein Brief, mit blauem Filzstift auf liniertem Notizblockpapier geschrieben, adressiert an *Dinosaurier,* zu Händen des Museums.

Sehr geehrte Herren,
Ich bin in der sechsten Klasse und unser Lehrer hat uns eine Aufgabe über Dinosaurier gestellt und ich möchte wissen, ob Sie mir die folgenden Fragen mit Beispielen beantworten können.

1) Was bedeutet Dinosaurier
2) Warum wird es Mesozoikum genannt
3) Verfolge die geologischen Entwicklungen, die in diesem Zeitalter in Nordamerika stattgefunden haben; bitte Karten beifügen
4) Was ist ein Fossil
5) Warum sind keine Dinosaurier-Fossile in Ontario gefunden worden?

Bitte schicken Sie die Antworten sehr bald, da ich die Aufgabe am 15. Juni abgeben muß.

Hochachtungsvoll, Linda Lucas

Alles an diesem Brief ist Lesje vertraut. Sie weiß, daß er von einem pfiffigen Kind geschrieben wurde, das viel von Abkürzungen hält und lieber eine fertige Antwort abschreibt, als sie sich selbst in einem Buch zusammenzusuchen. Sie erkennt sogar die Fragen wieder, die nur leicht umformuliert worden sind, zuerst vom Lehrer und dann wesentlich drastischer von der Schülerin, die aber immer noch fast identisch sind mit einigen der Fragen aus der Museumsbroschüre über Dinosaurier, an der sie selbst mitgearbeitet hat. Auch der Lehrer scheint Abkürzungen zu schätzen.

Normalerweise würde sie lediglich mehrere vervielfältigte Blätter zusammenheften und einen formalen Brief beilegen. *Besten Dank für Ihr Interesse. Wir hoffen, daß beiliegende Fakten Ihnen behilflich sein werden, die von Ihnen benötigten Informationen zu finden.* Heute jedoch stellt sie beim Anblick der runden naiven Druckbuchstaben fest, daß sie wütend ist. Sie hat etwas gegen das, was der Brief andeutet: daß Dinosaurier zu langweilig sind, um dafür viel Zeit zu opfern, daß sie selbst dafür da ist, um ausgebeutet zu werden. Das Fehlen einer Briefmarke und eines Antwortumschlags stört sie. *Mach Deine Hausaufgaben selbst* möchte sie am liebsten mit rotem Stift quer über die saubere blaue Blockschrift schmieren. Aber das kann sie nicht. Die Beantwortung dieser Briefe gehört zu ihrem Job.

Sie liest den Brief erneut, und die Wörter schwimmen davon. Warum wird es Mesozoikum genannt? Die richtige Antwort, diejenige, die der Lehrer haben will, steht auf dem Faktenblatt. *Meso,* Mitte, *zoon,* Lebewesen. Nach dem Paläozoikum, vor dem Känozoikum. Aber existiert das Mesozoikum? Als es existierte, hatte es keinen Namen. Die Dinosaurier wußten nicht, daß sie im Mesozoikum lebten. Sie hatten keine Ahnung davon, daß sie sich nur in der Mitte von etwas befanden. Sie beabsichtigten nicht auszusterben; ihrem Gefühl nach würden sie ewig leben. Vielleicht sollte sie die Wahrheit schreiben: *Das Mesozoikum gibt es nicht wirklich. Es ist nur ein Wort für einen Ort, an den man sich nicht mehr begeben kann, weil er nicht mehr existiert. Es wird Mesozoikum genannt, weil wir es so nennen.* Und einen empörten Brief eines in die Enge getriebenen Lehrers riskieren: Was für eine Antwort ist *das?*

Ihre Hände zittern, sie braucht eine Zigarette. Sie kann mit diesem Brief nichts anfangen, im Moment fehlen ihr die Antworten, sie weiß überhaupt nichts. Sie würde den Brief liebend gern zusammenknüllen und in den Papierkorb werfen, doch statt dessen faltet sie ihn ordentlich in der Mitte zusammen, damit sie die Schrift nicht zu sehen braucht, und legt ihn neben ihre Schreibmaschine. Sie zieht ihren Regenmantel an, knöpft ihn sorgfältig zu und bindet den Gürtel rum.

In ihrer Schreibtischschublade hat sie Brot und Käse. Das wollte sie zum Lunch essen, doch statt dessen wird sie hoch zu Murray's gehen. Sie wird sich einen Einzeltisch suchen und die Büroangestellten beobachten, wie sie ihr Essen runterschlingen, und die atemlosen, suppenbespritzten Kellnerinnen. Sie muß aus dem Museum raus, und wenn's bloß für eine Stunde ist.

Letzte Nacht hat sie mit Nate Krach gehabt, zum erstenmal bis aufs Messer, nachdem die Kinder nach oben schlafen gegangen waren, oder, wahrscheinlicher, nicht schliefen. Das kam noch dazu: Die Kinder waren da, und es war ein Wochentag. Sie hatten vereinbart, daß die Kinder nicht während der Woche kommen würden, aber Nate erhielt in letzter Minute einen Anruf von Elizabeth. Seit neuestem kamen ihre Anrufe immer in letzter Minute.

»Ihre Tante ist gerade gestorben«, erzählte ihr Nate, als sie heimkam und die Kinder Makkaroni und Käse essend und Scrabble spielend am Küchentisch vorfand. »Elizabeth meinte, die Kinder würden besser die Nacht hier verbringen. Sie möchte nicht, daß die Kinder etwas von ihrer Reaktion mitbekommen und sich aufregen.«

Die Kinder schienen keineswegs mitgenommen, und Lesje war überzeugt davon, daß es Elizabeth ähnlich ging. Sie sagte nichts, bis die Kinder die Teller abgewaschen und Nate ihnen was vorgelesen und sie ins Bett gebracht hatte. Sie waren alt genug, um selber zu lesen, aber Nate sagte, das sei eine Tradition.

Als er wieder herunterkam, verkündete er, daß er das Gefühl habe, er sollte zur Beerdigung gehen.

»Warum?« sagte Lesje. Es war Elizabeths Tante, nicht seine; die Beerdigung ging ihn nichts an.

Nate sagte, er glaube, er sollte Elizabeth etwas unterstützen. Das Begräbnis würde sie ziemlich mitnehmen, sagte er.

»Nach allem, was du mir erzählt hast«, sagte Lesje, »haßte sie ihre Tante.«

Nate sagte, das sei zwar richtig, doch hätte die Tante eine wichtige Rolle in Elizabeths Leben gespielt. Seiner Meinung nach hinge die Bedeutung von irgend etwas für irgend jemanden nicht von der positiven Qualität ab, sondern nur vom Eindruck, von der Intensität, und die Tante habe eine Intensität verkörpert.

»Ich habe Neuigkeiten für dich«, sagte Lesje. »Elizabeth braucht keine Unterstützung. Elizabeth braucht Unterstützung so nötig wie eine Nonne Titten. Ich hab noch nie jemand gesehen, der weniger Unterstützung braucht als Elizabeth.«

Nate sagte, das äußere Erscheinungsbild könne trügen, und seiner Meinung nach sei er nach zwölf Jahren Ehe mit ihr vielleicht besser als Lesje in der Lage, zu beurteilen, wieviel Unterstützung Elizabeth nötig habe. Elizabeth, sagte er, habe eine unglückliche Kindheit gehabt.

»Wer nicht?« sagte Lesje. »Wer hat keine unglückliche Kindheit gehabt? Was ist daran so Besonderes?« Wenn er so scharf auf unglückliche Kindheiten war, dann konnte sie ihm von ihrer erzählen. Oder bei näherer Überlegung vielleicht besser doch nicht, da ihr Unglück keine bemerkenswerten Ereignisse enthielt. Sie wußte, daß sie mit dem geradezu blühenden Melodrama von Elizabeths Kindheit nicht konkurrieren konnte, das Nate ihr Stück für Stück mitgeteilt hatte. In jeder Konkurrenz unglücklicher Kindheiten würde sie verlieren.

Nate sagte, sie sollten leiser sprechen, da sie schließlich an die Kinder denken müßten.

Lesje dachte an die Kinder und sah einen Schleier. Obwohl die Kinder fast jedes Wochenende in ihrem Haus waren, konnte sie die beiden tatsächlich kaum auseinanderhalten, so selten sah sie die Kinder direkt an. Sie hatte nichts gegen sie, sie hatte Angst vor ihnen. Sie besaßen ihre eigenen hinterhältigen Methoden. Ohne zu fragen, borgten sie sich ihre Gürtel und

Röcke, was frei nach Nate zu bedeuten hatte, daß sie von ihnen akzeptiert worden war. Sie mixten sich Drinks aus Milch und Schokoladepulver und Eiscreme und ließen die ungewaschenen Gläser im Haus herumstehen, mit festgebackenem braunem Schaum darin, die Lesje dann an Montagen oder Dienstagen entdeckte, wenn die Kinder längst wieder verschwunden waren. Nate sagte, sie sollte mit ihm über alles sprechen, was die Kinder taten und wogegen sie etwas hatte, aber solch eine Närrin war sie denn doch nicht. Wenn sie es wirklich machte, würde er es verabscheuen. Obwohl die beiden wirklich geradezu übertrieben höflich zu ihr waren, was ihnen, wie sie wußte, eingetrichtert worden war. Zweifellos von beiden Elternteilen. Die Kinder existierten nicht als Individuen, sie waren ein Kollektiv, ein Wort. *Die Kinder.* Er dachte, er brauchte bloß *die Kinder* zu sagen, und sie würde die Klappe halten wie durch Zauberei.

»Zum Teufel mit den Kindern«, sagte sie tollkühn.

»Ich weiß, daß du das so empfindest«, sagte Nate mit gönnerhafter Resignation.

Jetzt hätte sie einen Rückzieher machen müssen, hätte erklären müssen, daß sie es in Wirklichkeit gar nicht so gemeint habe. Sie hatte so was schon oft genug getan. Aber diesmal sagte sie nichts. Sie war zu wütend. Wenn sie jetzt überhaupt irgend etwas zu sagen versuchte, dann würden lediglich die Flüche ihrer Großmutter herauskommen: *Jesus Arschloch! Soll doch dein Arsch abfallen! Sollst du doch sterben!*

Sie rannte ins Badezimmer hoch – ihre Stiefel knallten über die teppichlosen Stufen, es kümmerte sie nicht, ob die Kinder was hörten – und schloß sich dort ein. Spontan hatte sie den Entschluß gefaßt, sich umzubringen. Sie war vollkommen verblüfft über diese Entscheidung; nie hatte sie auch nur etwas entfernt Ähnliches in Betracht gezogen. Leute wie Chris waren ihr lediglich ein Rätsel gewesen. Aber jetzt endlich konnte sie verstehen, warum Chris es getan hatte: Es war diese Wut und das andere, viel Schlimmere, diese Angst, ein Nichts zu sein. Menschen wie Elizabeth konnten einem so was antun, einen einfach auslöschen; Menschen wie Nate erreichten dasselbe, indem sie sich nur um ihre eigenen Probleme kümmerten. Die Gewohnheiten anderer Leute konnten einen töten. Chris war nicht aus Liebe gestorben. Er wollte ein Ereignis sein, und das hatte er geschafft.

Sie kniete neben der Badewanne nieder, umklammerte das Messer, das sie sich im Vorbeigehn vom Tisch geschnappt hatte. Unglücklicherweise war es das Grapefruitmesser. Sie würde eher sägen müssen als schneiden, was nicht der Wirkung entsprach, die sie sich vorgestellt hatte. Doch das Endergebnis würde das gleiche sein. Nate würde die Tür aufbrechen, wenn er endlich dahinterkam, und sie in einem rosaroten See schwimmen sehen. Warmes Wasser, das wußte sie, ließ das Blut schneller fließen. Er würde das Salz riechen, diesen Toten-Vogel-Geruch. Was würde er dann tun? Mit ihrer Hülle, wächsern und starrend?

Aber das war es auch nicht, was Lesje im Sinn hatte. Nachdem sie eine Weile darüber nachgedacht hatte, versteckte sie das Grapefruitmesser im Arzneischränkchen. Nate hatte nicht mal gesehen, daß sie es genommen hatte; ansonsten wäre er schon längst oben und würde gegen die Tür hämmern. (Oder nicht?) Aber wütend war sie immer noch. Nach kurzer Überlegung spülte sie die restlichen Antibabypillen aus ihrem grünen Plastiktablettenspender die Toilette hinunter. Als Nate ins Bett kam, wendete sie sich ihm zu und legte die Arme um ihn, genauso, als hätte sie ihm verziehen. Wenn Kinder der Schlüssel waren, wenn Kinderkriegen für sie die einzige Möglichkeit war, nicht mehr unsichtbar zu sein, dann würde sie, verdammt noch mal, selber ein paar haben.

Am nächsten Morgen bereute sie nichts. Sie wußte, sie hatte falsch und rachsüchtig gehandelt; derart rachsüchtig, daß sie sich so was vor einem Jahr noch nicht einmal hätte vorstellen können. Ein Kind, in einem solchen Wutanfall empfangen, konnte sicherlich nichts Vernünftiges werden. Sie würde einen Atavismus zur Welt bringen, ein Reptil, irgendeine Art Mutant mit Schuppen und einem kleinen Horn auf der Schnauze. Theoretisch war sie seit langem davon überzeugt, daß die

Menschheit eine Gefahr für das Universum darstellt, schädliche Affen, gehässig, zerstörerisch, bösartig. Doch nur in der Theorie. In Wirklichkeit war sie davon überzeugt, daß die Menschen, wenn sie nur sehen könnten, wie sie sich benahmen, sich anders verhalten würden. Jetzt weiß sie, daß das nicht wahr ist.

Sie war entschlossen, nicht zurückzuweichen. Nate, ahnungslos, was da auf ihn zukam, aß Cornflakes und machte Konversation. Es regnete, bemerkte er. Lesje nagte an einem Hörnchen; das Haar fiel ihr ins Gesicht, und sie spähte darunter hervor zu ihm hinüber wie das Schicksal selbst, mürrisch, abschätzend. Wann würde ihr Körper zuschlagen?

»Ich möchte, daß du dir darüber klar wirst«, sagte sie, um ihm zu zeigen, daß sie immer noch in freier Wildbahn, daß sie noch nicht gefangen und besänftigt war, »daß Elizabeth deinen Körper bekommt, wenn du stirbst. Ich werd ihn ihr in einer Kiste rüberschaffen lassen. Schließlich ist sie immer noch deine Frau.«

Nate faßte das als Witz auf.

Auf der Treppe, die Hände regungslos in den Taschen ihres Regenmantels, wird sie schwankend. Sie hat ein enges Becken, sie wird bei der Geburt sterben, sie versteht überhaupt nichts von Kindern, was soll aus ihrem Job werden? Selbst mit Nates Teilzeitjob können sie sich's nicht leisten. Noch ist es nicht zu spät, so schnell kann noch nichts passiert sein. Sie wird eine neue Packung aufreißen, zwei Pillen schlucken, ein heißes Bad nehmen, und alles wird so weitergehen wie zuvor.

Aber dann denkt sie: Diesmal nicht. Sie wünscht sich keine Begegnungen, vorgetäuscht oder nicht, mit dem Grapefruitmesser mehr.

Unter der goldenen Kuppel, Kopf gesenkt, auf die Tür zusteuernd, spürt sie eine Berührung am Arm. Nate, hofft sie, mit der Bitte um Aussöhnung, Kapitulation, ein eleganter Ausweg. Aber es ist William.

»Ich bin zufällig im Museum«, sagt er, »und dachte mir, ich schau mal bei dir vorbei.«

Lesje weiß genau, daß William niemals irgendwo zufällig ist, und schon gar nicht im Museum. Wunderbarer, durchschaubarer William, so leicht zu lesen, wie ein Telefonbuch, alles in alphabetischer Reihenfolge. Er hat ihr etwas zu sagen, also ist er hergekommen, um es ihr zu sagen. Er hat nicht vorher angerufen, weil er wußte, sie könnte es ablehnen, ihn zu treffen. Vollkommen richtig, das hätte sie getan. Doch jetzt lächelt sie, sie grinst.

»Ich wollte gerade zu Murray's zum Lunch gehen«, sagt sie. Wegen William wird sie gar nichts ändern.

Obwohl William Murray's für schmierig hält und überzeugt davon ist, von dem Essen dort Dickdarmkrebs zu bekommen, fragt er, ob sie was dagegen hätte, wenn er mitkäme. Aber nicht im geringsten, sagt Lesje, und das stimmt auch, es stört sie nicht. William gehört nun sicher der Vergangenheit an. Sie läuft neben ihm her, ihre Knochen sind leicht wie Luftballons. Es ist ein reines Vergnügen, mit jemanden zusammen zu sein, der einen nicht berühren kann.

Lesje nimmt ein gehacktes Eiersandwich und raucht eine Zigarette. William bestellt ein Westernsandwich. Er hat das Gefühl, sagt er und tupft fettige Brotkrumen auf, daß jetzt genug Zeit vergangen ist, und er möchte gern, daß sie weiß, daß ihm durchaus bewußt ist, daß er sich nicht gut benommen hat, zum Schluß, wenn sie versteht, was er meint. Seine blauen Augen sehen sie offen an, seine rosigen Wangen glühen.

Lesje wertet diese Wortkonstruktion von William nicht wirklich als echte Reue. Viel eher stellt sie einen Eintrag auf Williams Bilanzbogen dar, diese Bilanz, die von London, Ontario, gefordert wird, diese kleine Seite, die William in seinem Kopf herumschleppt, und auf der schließlich die Konten ausgeglichen sein müssen. Ein Vergewaltigungsversuch, eine Entschuldigung. Aber Lesje ist mittlerweile bereit, diese konventionelle Form von Anstand zu akzeptieren. Früher hätte sie Aufrichtigkeit gefordert.

»Ich glaub, niemand hat sich sonderlich gut benommen«, sagt sie.

William ist erleichtert und schaut auf seine Uhr. Zehn Minuten wird er noch bleiben, schätzt sie, um die Sache abzurunden. Er hat sie nicht wirklich treffen wollen. Offensichtlich denkt er schon über etwas anderes nach, und sie stellt fest, daß sie nicht erraten kann, um was es sich handelt.

Sie stützt ihr Gesicht in die Hände, beobachtet ihn durch den Rauch. Es stört sie, daß sie William nicht mehr so leicht, so glatt beurteilen kann wie früher. Sie möchte ihn fragen: Hast du dich verändert? Hast du irgendwas dazugelernt? Sie selbst glaubt, mehr gelernt zu haben, als sie je beabsichtigte, mehr, als sie sich gewünscht hat. Ob sie ihm verändert vorkommt?

Sie studiert sein Gesicht: Vielleicht ist es schmaler geworden. Sie kann sich nicht mehr entsinnen. Und diese himmelblauen Augen, das sind nicht die Augen einer kaukasischen Puppe, einer Schaufensterpuppe für Hüte, wie sie früher gedacht hat.

William sitzt ihr gegenüber, trinkt Wasser aus einem Glas von Murray's mit einer Spur Lippenstift oben am Rand. Seine Finger halten das Glas, seine andere Hand liegt auf dem Tisch, sein Hals ragt aus einem Hemdkragen, der hellgrün ist, und obendrauf sitzt sein Kopf. Seine Augen sind blau, und er hat zwei davon. Das ist die Endsumme von William in der Gegenwart.

ELIZABETH *Samstag, 3. Juni 1978*

Elizabeth, ohne Hut, aber mit Handschuhen, steht in einem der erstrebenswerteren Teile des Mount-Pleasant-Friedhofs. In der Nähe der alten Familiengrüfte, Eatons von den Department Stores, Westons von den Keksen; nicht, was der Himmel verhüten möge, in den neueren Teilen mit ihren jungen Bäumen oder in den merkwürdigen Gebieten der rechteckigen flachen Grabsteine mit chinesischen Schriftzeichen oder den überladenen Monumenten mit plastikgerahmten Fotos neben den Namen.

Zwei Männer schaufeln Erde auf Tante Muriel, die, obwohl sie sämtliche Mitglieder ihrer unmittelbaren Verwandtschaft, die sie nur in die Finger bekommen konnte, hatte verbrennen lassen, es doch für sich persönlich vorgezogen hat, mehr oder weniger intakt unter die Erde gebracht zu werden. Eine Rolle synthetischen Rasens liegt bereit, die unerfreuliche braune Erde zu bedecken, sobald Tante Muriel sicher festgestampft ist.

Elizabeths Haare wehen in der warmen Brise. Es ist ein schöner Frühlingstag, was sehr unpassend ist; Tante Muriel, da ist sie sicher, hätte einen schweren Regenguß vorgezogen. Aber nicht einmal Tante Muriel kann aus dem Grab heraus das Wetter bestimmen.

Obwohl sie es geschafft hat, fast alle anderen Details ihrer Beerdigung festzulegen. Genaue Instruktionen fanden sich in ihrem Testament, das sie noch kurz vor ihrem Tod aufgesetzt hatte, als sie endlich, unwiderruflich im Sterben lag. Ihr Sarg und ihre Grabparzelle waren gekauft und bezahlt. Ihre letzte Garderobe einschließlich der Unterwäsche war äußerst sorgfältig ausgewählt und beiseite gelegt worden, in Seidenpapier eingeschlagen und zugeklebt. (»Es ist ein altes Kleid«, kann sich Elizabeth ihre Worte vorstellen. »Sinnlos, ein gutes Kleid zu begraben.«) Sie hatte strikt jede Verschönerung ihrer Leiche als Verschwendung untersagt und einen geschlossenen Sarg angeordnet. Sie hatte sogar die Hymnen und Bibelstellen für den Gottesdienst ausgesucht. Diese waren in einem versiegelten Umschlag an die Kirche geschickt worden. Elizabeth wußte davon und hatte das Gefühl, Tante Muriels eigene Stimme, unversöhnlich wie stets, durch die Münder der Trauergemeinde zu hören.

Selbst die Timothy-Eaton-Kirche war durch Tante Muriel noch in Verlegenheit geraten. Im Tod wie zweifellos auch zu Lebzeiten, dachte Elizabeth, als sie der schüchternen Stimme des jungen Mannes zuhörte, der sie angerufen hatte. »Es ist wegen des Gottesdienstes«, sagte er. »Ich frage mich, ob Sie nicht vielleicht einige Änderungen in Betracht ziehen könnten. Die Auswahl ist ein bißchen widerspruchsvoll.«

»Natürlich«, sagte Elizabeth.

»Gut«, sagte der Mann. »Vielleicht könnten wir uns dann treffen und verschiedenes durchgehen...«

»Ich mein, natürlich ist die Auswahl widerspruchsvoll«, sagte Elizabeth. »Haben Sie sie nicht gekannt? Was haben Sie denn erwartet? Soll doch das alte Reptil kriegen, was sie will. Im Leben hat sie's ja auch immer geschafft.« Sie erbten einen Großteil der Beute; zumindest konnten sie dafür die Anordnungen befolgen, wie immer sie auch lauten mochten.

Sie dachte, der Mann würde beleidigt sein – sie wollte beleidigend sein –, doch sie war fast sicher, am anderen Ende der Leitung Gekicher zu hören.

»Na gut, Mrs. Schoenhof«, sagte die Stimme. »Dann werden wir uns in die Arbeit stürzen.«

Trotzdem war Elizabeth nicht darauf vorbereitet, als die Orgel mit dem Eröffnungslied losdonnerte: »Jesus Christ ist heute auferstanden.« Wollte das alte Reptil damit jedermann mitteilen, daß sie sich selbst für unsterblich betrachtete, oder hatte sie das Lied nur deshalb ausgewählt, weil es ihr zufällig gefiel? Sie sah sich unter der überraschend großen Menge der Trauernden um, alte Gemeindemitglieder, entfernte Verwandte: Sie alle sangen sehr schwungvoll, aber man merkte, daß sie sich nicht ganz wohl dabei fühlten. Nach der Hymne räusperte sich der Geistliche, rollte seine Schultern wie ein Taucher, der sich aufwärmte, und warf sich dann in die Bibellesung.

»Wie viel sie sich herrlich gemacht, und ihren Mutwillen gehabt hat, so viel schenkt ihr Qual und Leid ein. Denn sie spricht in ihrem Herzen: Ich sitze als eine Königin und bin keine Witwe, und Leid werde ich nicht sehen.«

»Und es werden sie beweinen und sie beklagen die Könige auf Erden, die mit ihr gehuret und Mutwillen getrieben haben, wenn sie sehen werden den Rauch von ihrem Brand.«

Er gab sein Bestes, rollte die R und tat so, als wüßte er, was hier vor sich ging, aber aus der versammelten Gemeinde stieg verwirrtes Geflüster auf. Tante Muriel war damit am Rande des schlechten Geschmacks. Sie hätte irgendwas Konventionelleres wählen sollen, welkendes Gras, ewige Gnade. Aber

Unzucht, bei einer Beerdigung? Elizabeth erinnerte sich an den jungen Geistlichen, den sie gefeuert hatten, mit seinen Augen wie glühende Kohlen und seiner Vorliebe für blutrote Sonnen und zerreißende Schleier. Vielleicht verdächtigten sie Tante Muriel, daß sie zu der gleichen Art gehört hatte, all die Jahre in ihrer Mitte verborgen. Vielleicht geistig nicht ganz normal: Man brauchte ja nur an die Schwester, die Nichte zu denken.

Elizabeth hatte wenig Zweifel, daß dies eine direkt an sie gerichtete Botschaft war: Tante Muriels letzte Worte zu dem Thema ihrer Mutter, Feuertod und das alles, und auch auf sie selbst zutreffend. Sie konnte sich Tante Muriel vorstellen, wie sie die Bibel, Kneifer auf der Nase, nach den richtigen Versen durchschnüffelte: schneidend, strafend, selbstgerecht. Der Witz war, daß die Trauergemeinde dies nicht erkannte. Elizabeth kannte die Denkgewohnheiten dieser Leute, und sie nahm an, daß die vermuteten, Tante Muriels Texte seien eine Art Reue, eine bizarre Beichte. Von einem geheimen, ausschweifenden Leben.

»Darum werden ihre Plagen auf Einen Tag kommen, Tod, Leid und Hunger; mit Feuer wird sie verbrannt werden; denn stark ist Gott der Herr, der sie richten wird.« Der Geistliche schloß die Bibel, blickte um Entschuldigung bittend auf, und alle entspannten sich.

Die Leichenrede hatte Tante Muriel nicht selbst entworfen. Der Geistliche betonte die Worte *Aufopferung* und *Großzügigkeit,* und jeder wußte, was das bedeutete. Elizabeth ließ ihre Augen wandern, über die vertraute Bronzefigur eines Gefallenen des Ersten Weltkrieges, dann hinüber zur anderen Wand. *Stets bereit für jede gute Tat.* Irgendeine weibliche Eaton.

Bei der Schlußhymne hätte sich Elizabeth um ein Haar unmöglich gemacht; sie schaffte es gerade noch, nicht laut aufzulachen. Tante Muriel hatte »Hinfort in einer Krippe« ausgewählt, und der Ausdruck auf den Gesichtern um Elizabeth herum schlug schnell von Verblüffung in Panik um. Stimmen schwankten und verstummten, und Elizabeth verbarg ihr Gesicht in den Händen und schnaubte. Sie hoffte, daß man dieses Geschnaube für Trauer halten würde.

»Mutter, hör auf zu lachen«, zischte Janet. Doch obwohl sie den Mund fest zupreßte, konnte Elizabeth nicht aufhören. Als das Lied endete und sie ihren Kopf wieder heben konnte, sah sie mit Erstaunen, daß eine ganze Anzahl Leute weinte. Sie fragte sich, um was sie wohl trauerten: Tante Muriel konnte es unmöglich sein.

Sie hält die Kinder an den Händen, Janet rechts, Nancy links. Sie tragen ihre weißen Kniestrümpfe und die Samtkostüme: Janets Einfall, da sie diese Sachen immer zu den Besuchen bei Tante Muriel getragen haben. Janet schluchzt gesittet; sie weiß, daß man das bei Beerdigungen tut. Nancy schaut neugierig herum, ungehemmt dreht sie den Kopf nach allen Seiten. »Was ist das, Mum? Warum macht er das?«

Elizabeth selbst hat trockene Augen; sie fühlt sich leicht schwindlig. Das Lachen steckt ihr noch immer in der Kehle. War der Gottesdienst ein Zeichen von vorzeitiger Senilität, oder könnte es sein, daß Tante Muriel zum Schluß noch einen Witz gemacht hat? Vielleicht hat sie ihn seit Jahren geplant, diesen Augenblick hilflosen Erstaunens; hatte sich die Hände gerieben beim Gedanken an die Gesichter ihrer alten Bekannten, wenn es ihnen allmählich dämmerte, daß sie in Wirklichkeit vielleicht ganz anders gewesen ist, als es den Anschein gehabt hat. Elizabeth bezweifelt es, hofft aber, daß es so ist. Nun, da Tante Muriel tatsächlich tot ist, steht es ihr frei, sie nach ihren eigenen Bedürfnissen umzuformen; außerdem würde sie gern irgendeinen sympatischen Zug an ihr entdecken.

Nate ist da, auf der anderen Seite des Grabes. Während des Gottesdienstes hat er sich abseits von ihnen gehalten; vielleicht wollte er sich nicht aufdrängen. Jetzt schaut er zu Elizabeth herüber, und sie lächelt ihm zu. Es war lieb von ihm zu kommen; sie hat ihn nicht darum gebeten. Lieb, aber nicht notwendig. Ihr geht durch den Kopf, daß Nate ganz allgemein nicht notwendig ist. Er kann da sein oder auch nicht. Elizabeth zwinkert, und Nate verschwindet; sie zwinkert erneut, und Nate ist wieder da. Sie stellt fest, daß sie dankbar für seine Anwesenheit ist. Sie weiß sehr wohl, daß diese augenblickliche Dankbarkeit wahrscheinlich keine Folgen haben und sich in Luft auflösen wird, sobald er beim nächstenmal die Kinder zu spät abholt. Nichtsdestoweniger, dieser Krieg ist vorbei. Nate ist entlassen.

»Ich geh rüber zu Dad«, flüstert Nancy und läßt Elizabeths Hand los. Nancy braucht eine Ausrede, um dichter an das Grab heranzukommen und die schaufelnden Männer aus der Nähe zu sehen; aber sie möchte auch bei ihrem Vater sein. Elizabeth lächelt und nickt.

Die Heiterkeit verläßt sie, und sie fühlt sich zittrig. Es fällt ihr schwer zu glauben, daß Tante Muriel, nun geschrumpft, eingesargt, Dreck drüber und fertig, tatsächlich all die schlimmen, die verheerenden Dinge getan hat, an die sie sich erinnern kann. Vielleicht hat Elizabeth sie übertrieben, hat Dinge erfunden; aber warum sollte sie Tante Muriel erfinden? Ganz egal, Tante Muriel war wirklich so; Elizabeth sollte es wissen, sie trägt die Narben.

Warum dann kann sie auf einmal den Anblick nicht ertragen, wie Tante Muriel eingegraben und eingeebnet wird, als wäre sie ein Blumentopf? Glattgestrichen. »Sie war schrecklich«, möchte Elizabeth sagen, möchte Zeugnis ablegen. »Sie war *schrecklich.«* Tante Muriel war ein Phänomen wie ein zweiköpfiges Kalb oder die Niagarafälle. Sie möchte das bezeugen. Sie möchte, daß man diese Tatsache bestaunt; sie will nicht, daß sie verkleinert oder beschönigt wird.

Tante Muriel ist nun außer Sicht, und die älteren Trauernden fangen an, sich zu bewegen, sich in Richtung ihrer Autos davonzuschieben. Ihre Halstücher und die Blumengebinde flattern.

Elizabeth würde jetzt auch gerne gehen, aber sie kann nicht: Für sie ist Tante Muriels Tod noch nicht vollständig. Sie hat beim Begräbnis nicht mitgesungen und auch die Gebete nicht mitgesprochen. Falls sie den Mund öffnete, das fühlte sie, würde irgend etwas Unanständiges herauskommen. Doch sie muß was sagen, irgendein Wort des Abschieds, bevor der grüne Teppich eingesetzt wird. *Ruhe in Frieden* scheint unpassend. Tante Muriel hatte nicht das geringste mit Ruhe oder Frieden zu tun.

»Die Stimmen der Vorfahren prophezeien Krieg«, hört sie sich selbst murmeln.

Janet schaut stirnrunzelnd zu ihr auf. Elizabeth lächelt abwesend; sie durchforscht ihr Gedächtnis nach der Quelle dieser Worte. *Eine prächtige Vergnügungskuppel.* In der elften Klasse mußten sie das ganze Gedicht auswendig lernen. Wo Alph, der heilige Fluß, dahinströmte, irgendwas über Höhlen, hinab zu einem sonnenlosen Meer. Sie erinnert sich an die Lehrerin, eine Miß MacLeod; sie hatte gekräuselte weiße Haare und redete über Feen, dabei machte ihr Oberkörper kreisende Bewegungen. *Jene Höhlen aus Eis.*

Abgesehen vom Geräusch der Schaufeln ist es still. Das wolkige Grün der Bäume zieht sich in der Ferne hin, schwammig, weich wie Gaze, nichts ist da, wogegen man stoßen, woran man sich festhalten könnte. Ein schwarzes Vakuum saugt an ihr, Wind kommt auf, ein langsames Rauschen. Immer noch Janets Hand umklammernd, fällt Elizabeth durch den Raum.

Nate ist es, der sie aufhebt. »Alles wieder in Ordnung?« fragt er. Ungeschickt verreibt er den Schmutz auf ihrem Mantel.

»Laß das«, sagt Elizabeth. »Ich werd ihn in die Reinigung geben.«

Nun, da Elizabeth offensichtlich noch am Leben ist, entscheidet Nancy, daß sie heulen kann. Janet fragt Nate gereizt, ob er Alkohol bei sich hat; um sie wiederzubeleben, vermutet Elizabeth. Ausgerechnet jetzt hat er mal keinen bei sich, und das ist für Janet das Letzte. Ihre Eltern benehmen sich nicht nur unmöglich, sie sind auch noch unfähig. Sie wendet ihnen den Rücken zu.

»Ich bin wieder vollkommen in Ordnung«, sagt Elizabeth. Es macht sie verrückt, diese Notwendigkeit, jedem zu erklären, daß es ihr wieder gut geht. Es geht ihr nicht gut, sie hat Angst. Sie hat andere Sachen erlebt, aber noch nie ist sie auf diese Art ohnmächtig geworden. Sie sieht eine Zukunft von Ohnmachtsanfällen vor sich, auf U-Bahn-Schienen stürzend, an Kreuzungen, und niemand da, der sie zurückreißt. Treppen hinunterfallend. Sie beschließt, ihren Blutzucker testen zu lassen. Die alten Damen, die noch da sind, betrachten sie mit freundlichem Interesse. Für die hat sie genau das Richtige getan.

Die beiden Männer heben den Teppich aus grünem Plastikrasen an, rollen ihn aus. Die Beerdigung ist vorüber, sie kann die Kinder heimbringen.

Anstatt im Wagen des Leichenbestatters zurückzufahren, zur Bestattungshalle oder zur Kirche, wo es Kaffee und Kuchen gibt, werden sie zur U-Bahn gehen. Daheim werden sie sich umziehen, und sie wird ihnen irgendwas herrichten. Erdnußbuttersandwiches.

Ganz plötzlich ist sie erstaunt, daß sie fähig ist, etwas Derartiges zu tun, etwas so Schlichtes, Einfaches. Wie nahe ist sie daran gewesen, wie oft, genau das gleiche zu tun, was Chris getan hat? Noch wichtiger: Was hat sie zurückgehalten? Bestand darin seine Macht über sie, in diesem Stück Weltraum, das er in sich trug, eingesperrt im Druck seines Körpers bis zur endgültigen Explosion? Sie erinnert sich an ein Teenagerspiel, von dem sie gehört, das sie aber nie gespielt hat: *Mutprobe.* Man rast mit den Autos auf den Abgrund zu, auf den langen Fall zum See hinunter, und versucht, nicht der erste zu sein, der bremst. Sie steht im Sonnenschein und spürt die entsetzte Erleichterung von jemandem, der gerade noch rechtzeitig gebremst hat, um seinen Gegner im Zeitlupentempo über den Klippenrand stürzen zu sehen.

Aber sie lebt noch, sie trägt Kleider, läuft herum, sie hat sogar einen Job. Sie hat zwei Kinder. Trotz der plötzlichen Windstöße, der fordernden Stimmen aus dem Untergrund, der sich auflösenden Bäume, der Abgründe, die sich vor ihren Füßen auftun und die sich immer wieder von Zeit zu Zeit auftun werden. Sie hat keinerlei Schwierigkeiten, die sichtbare Welt als einen transparenten Schleier oder einen Wirbelwind zu sehen. Das Wunder besteht darin, sie fest zu machen.

Sie denkt voller Erwartung an ihr Haus, ihr stilles Wohnzimmer mit den leeren Schalen, reine Schönheit, ihren Küchentisch. Ihr Haus ist nicht vollkommen; an einigen Stellen bröckelt es etwas, vor allem die Veranda. Doch es ist ein Wunder, daß sie überhaupt ein Haus hat, daß sie es geschafft hat, ein Haus zustande zu bringen. Trotz allem Scheitern. Sie hat eine Wohnung über den Abgrund gebaut, wo sonst hätte sie bauen können? Bis jetzt steht das Haus noch.

Nate sitzt auf einem hölzernen Klappstuhl hinter einem Kartentisch auf der Ostseite der Yonge Street, einen Block südlich der Shutter Street. Die Nachmittagssonne knallt auf seinen Kopf. Er schützt seine Augen mit der Hand; eine Sonnenbrille hätte er mitnehmen sollen. Er wünscht, er könnte Bier trinken, bloß die eine Büchse Molson's, die zwischen seinen Füßen steht, nur einmal kurz ansetzen. Aber es würde einen schlechten Eindruck machen.

Auf der anderen Seite der Straße ziehen sich Installationsröhren des Eaton-Centers wie Eingeweide über Mauern und Treppen. Kauflustige kommen und gehen mit schnellen Schritten, die Köpfe vorgestreckt, gierig auf kleine Lustgefühle, kleine Selbstverwirklichungen. Die auf seiner Straßenseite sind weniger hoffnungsvoll. Alte Männer mit dem schlurfenden Gang der Alkoholiker; Jugendliche mit ärmellosen schwarzen T-Shirts, die von beschlagenen Gürteln in ihren Jeans gehalten werden, die Arme tätowiert; teigige Büroangestellte in Sommeranzügen, deren rötliche Augen seinen Blick vermeiden; verdrossene Frauen mit fetten Knöcheln und ausgetretenen Schuhen, die Finger um Einkaufstaschen gekrallt. Wenige lächeln. Manche schauen mürrisch und finster, doch die meisten haben leere Gesichter, behalten sich ihre Muskelbewegungen für Ärger oder Freude für sichere, private Augenblicke vor.

Nate fixiert jeden herannahenden Fußgänger mit einem, wie er hofft, herausfordernd starrenden Blick: *Dein Land braucht dich.* Die meisten werfen einen flüchtigen Blick auf das an den Tisch geheftete Schild und beschleunigen ihren Schritt, versuchen, an ihm vorbeizukommen, ehe er sie in irgendwas Unangenehmes, irgendwas Verpflichtendes verwickeln kann. *RCMP* – Willkür* steht auf dem Schild; sie wollen den Mounties auf die Finger klopfen. *Korruption* oder sogar noch besser *Sünden* hätte mehr Geld eingebracht.

* Royal Canadian Mounted Police.

Einige bleiben stehen, und er reicht ihnen Flugblätter. Gelegentlich spürt er einen Hauch von Interesse und spult seine Rede runter. Er sammelt Unterschriften für eine Petition, sagt er; sicherlich wären sie doch auch gegen die RCMP-Übergriffe? Er erwähnt die Verletzungen des Postgeheimnisses, läßt aber den Scheunenbrand und die Büroverwüstung in Quebec weg. Die meisten Leute haben weder Scheunen noch Büros und sind Quebec gegenüber gleichgültig oder feindlich eingestellt, aber Post bekommen sie alle. Um ihre Ernsthaftigkeit unter Beweis zu stellen, werden die Unterzeichner der Petition gebeten, einen Dollar für einen Fonds zu stiften, mit dem dann die Kampagne weiter vorangetrieben werden soll.

Nate spricht ruhig, ohne übertriebene Heftigkeit. Jeder Anschein von Fanatismus muß vermieden werden. Er soll schließlich den durchschnittlichen, anständigen Bürger repräsentieren. Aber er weiß, daß er das nicht tut. Es verschafft ihm eine sarkastische Befriedigung, daß die meisten, die bis jetzt mit einer gewissen Begeisterung reagiert haben, aus den Reihen der schwarzbehemdeten Jugendlichen stammen, ganz offensichtlich Rauschgiftdealer, Hehler und Diebe. Jeden Augenblick erwartet er, unter ihnen einen Klienten oder einen früheren Klienten zu entdecken.

»In den Knast mit den Schweinen«, sagt einer. »Letztes Wochenende sind sie in meine Wohnung eingebrochen und haben gewütet wie die Wildsäue. Haben mir aber nichts nachweisen können.«

Er überlegt, was seine Mutter von diesem Phänomen halten würde, und kommt zu dem Schluß, daß sie wohl nichts dagegen hätte und auch nicht überrascht wäre. »Eine Unterschrift ist eine Unterschrift«, würde sie sagen. Wird sie sagen, und zwar nächstes Wochenende, wenn ihr verläßliches Hinterteil genau auf diesem Stuhl hier ruhen wird, ihre Füße in ihren vernünftigen kreppbesohlten Schuhen auf diesem Bürgersteig stehen werden.

Sie sollte heute hier sein, aber sie hat sich im Krankenhaus den Knöchel verknackst. »Bloß umgeknickt, keine Verstauchung«, hat sie am Telefon gesagt. »Sie haben zuwenig Freiwillige, sonst würde ich dich nicht darum bitten. Ich hab dich noch nie um so was gebeten.«

Das stimmt nicht, sie hat ihn schon um so was gebeten. Friedensbasare, eine Aktion *Rettet die koreanischen Dichter, Ächtet die Bombe*. Es ist nur so, daß er nie zuvor zugestimmt hat. Er fragt sich, warum er diesmal ja gesagt hat. Nicht etwa, daß dieses Unternehmen mehr Aussicht auf Erfolg hätte als ihre anderen. Aber das Sammeln von Unterschriften gegen RCMP-Übergriffe scheint ihm im Moment auch nicht sinnloser zu sein als die meisten anderen Dinge in seinem Leben.

Ein Mann in mittleren Jahren überfliegt das Flugblatt, stößt es dann Nate wieder in die Hand, als wäre es glühend heiß, schaut sich um. »Ich geb Ihnen einen Dollar«, flüstert er, »aber ich kann nicht unterschreiben.« Er hat einen Akzent, nicht französisch, nicht italienisch. Nate dankt ihm und steckt den Dollar in die Kasse. Mehr Leute, als er sich hätte vorstellen können, scheinen anzunehmen, sie würden sofort bis zum Hals in der Scheiße stecken, wenn sie unterschreiben. Die Mounties werden sie schnappen, ihnen die Fußsohlen auspeitschen, ihnen haarsträubende elektrische Maschinen an die Geschlechtsorgane klemmen, zumindest aber ihre Post öffnen.

Nate bezweifelt es; er bezweifelt, daß die Mounties überhaupt irgendein Interesse an dieser Sache haben. Nichts dergleichen wird hier geschehen, noch nicht. Wahrscheinlich hat er sich deshalb nie zuvor auf so was eingelassen. Es ist zu sicher und harmlos. Er hat auf irgend etwas Überwältigendes gewartet: Gefahr, sein Leben steht auf dem Spiel, ein lässiges Lachen, leuchtende Augen, sicherer Tod beim ersten falschen Schritt. Statt dessen schmort er in der Augustsonne, beschwatzt Fremde, zündet die nächste Zigarette an, um die Auspuffgase von der Straße zu bekämpfen.

Oben im Büro beim Abholen seiner Flugblätter hatte man ihn wie einen verlorenen Sohn begrüßt. Drei Frauen in zerknitterten Sommerkleidern schossen aus ihren Löchern, um ihm die Hand zu schütteln; seine Mutter sei ein Wunder, sagten sie, so viel Energie, er müßte Stolz sein. Der Direktor bat ihn in sein bräunliches Bürozimmer, dessen Schreibtisch hüfthoch mit schmierigen Papieren bedeckt war: Briefe, Formulare, alte Zeitungsausschnitte. Nate erklärte die Sache mit dem verknacksten Knöchel und ließ so deutlich, wie es nur ging, ohne direkt unhöflich zu sein, durchblicken, daß er lediglich aushilfsweise tätig sein würde, ein Ersatz. Es schien nicht notwendig zu sein, noch hinzuzufügen, daß er diese Petition als eine Art Witz empfindet. Sie soll an den Premierminister geschickt werden, der ohne jeden Zweifel Papierschwalben daraus machen wird. Warum nicht? Er hat die Leserbriefe in den Zeitungen gelesen, er weiß, daß die meisten Leute lieber zulassen werden, daß sechs Millionen Quebecern, Pakistanis, Gewerkschaftsführern und Transvestiten die Fingernägel herausgerissen werden, als zuzugeben, daß von dem strahlend roten singenden Mountie ihrer Träume die Farbe abgeblättert ist.

Vielleicht weiß der Direktor selbst, daß es ein Witz ist. Er grinste über irgend etwas. Er hatte wie ein Clown gelächelt mit leichtgeöffneten Zähnen und wißbegierig; eine trügerische Milde. Seine Augen über seinen Apfelwangen waren klug, und Nate war unter diesem Blick unruhig geworden. Sie alle tun so, als sei er in Wirklichkeit das, was er mit großer Energie nicht werden wollte: der Sohn seiner Mutter. Vielleicht ist er es.

Aber nicht nur, nicht nur. Er weigert sich, definiert zu werden. Er ist noch nicht festgelegt, die Zeit trägt ihn weiter, andere Dinge können geschehen. Neben seinem Ellbogen liegt die Morgenausgabe des *Globe,* die er später, wenn der Passantenstrom verebbt, hofft durchblättern zu können. Vielleicht werden da endlich ein paar Neuigkeiten stehen. Ein kleiner Teil von ihm wartet immer noch, erwartet immer noch, sehnt sich nach einer Botschaft, einem Boten; während er an seinem Tisch sitzt und anderen eine Botschaft verkündet, die er für einen Witz hält.

Um vier Uhr, so hat man ihm gesagt, wird seine Ablösung kommen, ein Student des deutschen Katholizismus, und ernsthaft seine Hand ergreifen, als handle es sich bei ihm tatsächlich um einen verwandten Geist. Nate wird verlegen seinen Platz verlassen und sich den Fußgängern anschließen, denen, die auf dem Heimweg sind, denen, die nur herumwandern; er wird sich unter den Apathischen, den Fatalistischen, den Unverbindlichen, den Zynischen verlieren. Unter denen er sich gern zu Hause fühlen würde.

LESJE *Freitag, 18. August 1978*

Uniformiert in ihrem Labormantel, steigt Lesje die Treppe hinab, die sich kreisförmig um den Totempfahl windet. Sie macht heute keine Laborarbeiten, trägt den Labormantel aber trotzdem. Er verschafft ihr das Gefühl, hierherzugehören. Sie gehört hierher.

Sie erinnert sich daran, wie sie früher mit ihren Blicken jene anderen verfolgte, die sie auf ihren samstäglichen Museumsbesuchen zu beobachten pflegte, Männer und Frauen, vor allem aber Frauen, die zielstrebig die Korridore entlangeilten oder schwungvoll hinter Türen mit der Aufschrift *Nur für Personal* verschwanden. Damals hatte sie die Labormäntel als Abzeichen gesehen, Abzeichen einer Nationalität, einer Mitgliedschaft. Sie hatte sich nichts mehr gewünscht, als auch durch diese Türen gehen zu dürfen: Geheimnisse, sogar Wunder lagen dahinter. Nun besitzt sie Schlüssel, sie kann fast überall hingehen, sie ist vertraut mit dem Chaos der Gesteinsbrocken, den Fragmenten, den staubbedeckten Bündeln unsortierter Papiere. Geheimnisse vielleicht, aber keine Wunder. Trotzdem, hier ist der einzige Platz, an dem sie arbeiten möchte. Früher hat es für sie nichts gegeben, was ihr ebenso wichtig gewesen wäre; jetzt gibt es für sie immer noch nichts, was wichtiger wäre. Dies hier ist die einzige Mitgliedschaft, die ihr etwas bedeutet.

Sie wird sie nicht aufgeben. Die Fäuste tief in die Taschen ihres Laborkittels gerammt, läuft sie über den Fußboden des Erdgeschosses, zwischen den Schaukästen der Indianerfiguren hindurch, den zeremoniellen Umhängen, den geschnitzten Masken, freudig, schrecklich. Sie geht schnell, als hätte sie ein Ziel; in Wirklichkeit versucht sie, sich nur selbst zu beruhigen, sich das ganze Museum noch einmal einzuprägen, Raum neben vertrautem Raum, eine Litanei von Gegenständen. Wie lange noch, bis sie das nie wieder sehen wird?

Manchmal hält sie das Museum für einen Aufbewahrungsort des Wissens, eine Zuflucht für Gelehrte, einen Palast, gebaut für die Suche nach Wahrheit, zwar mit schlechter Klimaanlage, aber doch ein Palast. Zu anderen Zeiten ist es eine Räuberhöhle: Die Vergangenheit ist ausgeplündert worden, und hier hat man die Beute versteckt. Ganze Brocken von Zeit liegen hier, golden und gefroren; sie ist einer der Wächter, der einzige Wächter, ohne sie würde das ganze Gebäude dahinschmelzen wie eine auf den Strand gespülte Qualle, es gäbe keine Vergangenheit. Sie weiß, daß es in Wirklichkeit genau umgekehrt ist, ohne die Vergangenheit würde sie nicht existieren. Doch irgendwie braucht sie ihre Wichtigkeit, um sich daran festzuklammern. Sie ist bedroht, sie ist gierig. Wenn es sein muß, dann wird sie sich selbst in einen dieser Schaukästen einschließen, eine haarige Maske auf dem Gesicht, sie wird ein blinder Passagier sein, nie wird man sie hier herausbekommen.

Wird man sie auffordern zu gehen? Ihren Job niederzulegen? Sie weiß es nicht. Eine schwangere Paläontologin ist sicherlich ein Widerspruch in sich selbst. Ihre Aufgabe ist es, Knochen zu benennen, nicht Fleisch zu erschaffen. Zweimal nacheinander ist jetzt ihre Periode ausgeblieben. Was an dem liegen könnte, was man *Streß* nennt. Sie hat bis jetzt noch keinen Test gemacht, noch keine Bestätigung eingeholt, sie hat einfach noch nicht weitergedacht. Sie wird eine unverheiratete Mutter sein. Natürlich wird so was immer alltäglicher, aber was wird Dr. Van Vleet, ein Gentleman der alten Schule, der nachweisbar nicht im Jahre 1978 lebt, dazu sagen?

Und was wird Nate tun, was wird sie tun? Es fällt ihr schwer zu glauben, daß so eine unbedeutende, nebensächliche Handlung von ihr solche Konsequenzen für andere Leute haben kann, auch wenn es nur ein kleiner Kreis ist. Andererseits, die Vergangenheit ist die Ablagerung solcher Handlungen, Milliarden, Billionen von ihnen.

Sie ist nicht daran gewöhnt, die Ursache von irgend etwas zu sein. An ihrer Bürowand wächst der Baum der Evolution wie eine Koralle der Decke entgegen: Fische, Amphibien, Therapsiten, Thekodonte, Archosaurier, Pterosaurier, Vögel, Säugetiere und der Mensch, ein bloßer Punkt. Und sie selbst noch einer und in ihr ein weiterer. Der sich entblättern wird, wenn seine Zeit gekommen ist.

Oder auch nicht; sie hat darüber nachgedacht. Sie könnte abtreiben, die Zeit anhalten. Sie weiß, daß es leichter ist als früher. Bis jetzt hat sie Nate noch nichts gesagt, sie braucht ihm nichts zu sagen. Alles könnte so weitergehen wie bisher. Was sie nicht will.

Sie kann nicht sagen, ob er glücklich oder ärgerlich oder verzweifelt sein wird; wenn sie seine Gefühle seinen beiden anderen Kindern gegenüber berücksichtigt, wird er wahrscheinlich alles auf einmal sein. Doch wie immer auch seine Reaktion ausfallen mag, sie weiß, daß ihre endgültige Entscheidung davon nicht beeinflußt sein wird. Nate ist, wenn auch nur leicht, aus dem Mittelpunkt des Universums verdrängt.

Sie steigt die Hintertreppe hoch und geht durch Abteilung der europäischen Kostüme, streift nur die Ausstellung der chinesischen Bauernkunst, die sie nicht sehr interessiert. Als sie um die Ecke zur Haupttreppe biegt, sieht sie im darüberliegenden Stockwerk eine dunkle, kräftige Figur. Es ist Elizabeth. Elizabeth sieht sie nicht. Sie schaut über die Balustrade hinaus in den Rundbau des Treppenhauses. Lesje hat Elizabeth fast noch nie so erlebt, geistesabwesend, unbewußt. Es ist, als würde sie sie am letzten Tag ihres Lebens sehen. Für Lesje ein ungewohnter, neuer Anblick; sie ist es gewohnt, Elizabeth für etwas Dauerhaftes zu halten wie eine Ikone. Doch Elizabeth, wie sie so ganz allein dasteht, ohne Verbindung mit jemandem, ist kleiner, abgekämpft, gewöhnlich, sterblich. Die Linien ihres Gesichts und ihres Körpers weisen schwer nach unten. Obwohl sie weiß, daß ihre eigene Schwangerschaft das Eis zwischen ihr und Elizabeth nicht zum Schmelzen bringen wird, ja für Elizabeth vielleicht sogar ein Grund ist, die Scheidung solange wie möglich hinauszuzögern, um etwas zu beweisen – was? Daß sie die erste Frau ist? –, kann sich Lesje jetzt nicht mehr entsinnen, warum sie einmal Angst vor ihr gehabt hat.

Werden sie sich in zwanzig Jahren auch noch so benehmen? Ältere Frauen, alte Frauen, schwarzgekleidet und nicht miteinander sprechend; böswillig gegeneinander; ohne einander je zu sehen, wird die eine im Kopf der anderen verschlossen bleiben, geheimgehaltenes dunkles Land wie ein Tumor oder wie der schwarze Strudel im Zentrum einer Zielscheibe. Eines Tages werden sie vielleicht Großmütter sein. Ihr fällt ein, ein neuer Gedanke, daß diese Spannungen zwischen ihnen ein Problem für die Kinder sind. Sie sollten Schluß damit machen.

Und doch fühlt sie sich nicht danach, diese Scharade vom Nicken und Lächeln durchzuspielen; jetzt noch nicht. Sie schlüpft in den offenen Fahrstuhl und wird nach oben getragen.

Sie betritt den Saal der Wirbeltierevolution durch die falsche Tür, unter dem *Ausgang*-Schild hindurch. Sie fühlt sich leicht schwindlig, wahrscheinlich weil sie den ganzen Tag noch nichts gegessen hat. Zuviel Kaffee. Sie setzt sich auf den gepolsterten Sims, der die Besucher von den Dinosauriern trennt. Sie sehnt sich danach, in der besänftigenden Kreidezeitdämmerung eine Zigarette zu rauchen, ehe sie in die Backofenhitze des Nachmittags hinausgeht, aber hier ist wegen der Feuergefahr das Rauchen verboten. Statt dessen wird sie sich einfach nur ausruhen. Auch hier ist es warm, zu warm, aber wenigstens ist es dunkel.

Hier sind ihre alten Bekannten, ihr vertraut wie Schoßtiere: der fleischfressende Allosaurus, der papageienschnablige Chasmosaurus, der Parasaurolophus mit seinem hirschgeweihartigen Kamm. Sie sind nur Knochen, Knochen und Draht in einer Szenerie staubiger Plastik, und sie ist eine Erwachsene; warum denkt sie dann weiterhin an sie, als wären sie lebendig?

Als sie noch viel jünger war, glaubte sie daran oder gab sich wenigstens viel Mühe, daran zu glauben, daß nachts, wenn das Museum geschlossen war, alle darin befindlichen Dinge ihr eigenes geheimes Leben führten; wenn sie nur irgendwie hineinschleichen könnte, dann würde sie alles beobachten können. Später dann gab sie diesen Tagtraum zugunsten eines weniger extravaganten auf: Die Dinge waren stumm und bewegungslos, das stimmte, doch irgendwo existierte ein Gerät oder eine Kraft (geheimnisvolle Strahlen, Atomenergie), womit man sie wieder zum Leben erwecken könnte. Kindische Träume, zweifellos abgeleitet von irgendeinem Science-fiction-Comicbuch oder der Weihnachtsmatinee der *Nußknackersuite,* in die man sie geschleppt hatte, nachdem dieser katastrophale Entschluß gefaßt worden war, sie sollte Ballettstunden nehmen.

Jetzt jedoch, während sie zu den gewaltigen Schädeln hochschaut, die über ihr im verschwommenen Licht aufragen, zu den gigantischen Wirbelsäulen und Klauen, da erwartet sie beinahe von diesen ihren Kreaturen, daß sie die Klauen zu freundlichem Gruß herabsenken. Doch wenn sie wirklich lebendig wären, würden sie fortrennen oder sie zerreißen. Bären allerdings tanzen zur Musik; Schlangen ebenfalls. Was, wenn sie die Knöpfe für die Filmvorführung drücken würde, und statt der üblichen Worte oder der Schreie von Walroß und Seehund, mit denen man die Unterwasserstimmen der Seereptilien nachahmt, erklänge irgendein unbekanntes Lied? Indianermusik, dumpf, hypnotisch. *Versuchen Sie sich vorzustellen,* heißt es in der Broschüre, die sie als Museumsführer für Eltern und Lehrer geschrieben hat, *wie es wäre, wenn die Dinosaurier urplötzlich zum Leben erwachen würden.*

Sie würde es sich gern vorstellen; sie würde gern eine Stunde hier sitzen und nichts anderes tun. Sie würde die Augen schließen, und ein Fossil nach dem anderen würde seine gewichtigen Füße heben, an dem Wäldchen von wiedererweckten Bäumen entlangtrotten, Fleisch würde ihnen wie Eis oder Nebel zuwachsen. Plump würden sie die Stufen des Museums hinuntertanzen und dann zum Ausgang hinaus. Zweieinhalb Meter hohe Schachtelhalme würden im Queen's Park sprießen, die Sonne sich orange färben. Sie würde noch ein paar gigantische Libellen dazugeben, einige weiße und gelbe Blumen, einen See. Sie würde sich im Laubwerk bewegen, zu Hause in dieser Zeit, eine Einpersonenexpedition.

Aber sie kann es nicht. Entweder sie hat den Glauben verloren, oder sie ist zu müde; auf alle Fälle kann sie sich nicht mehr konzentrieren. Die Fragmente neuer Bilder stören. Sie schaut hinunter auf die Kieselsteine, die Borkenrinde, die staubigen Zykadazeen auf der anderen Seite des Simses, tausend Meilen entfernt.

Ob sie will oder nicht, in den Vordergrund drängt sich das, was Marianne ihr Leben nennen würde. Möglich, daß sie es verpfuscht hat. Das ist es, was sie meinen, wenn sie *Reife* sagen: Man ist an dem Punkt angekommen, wo man glaubt, sein Leben verpfuscht zu haben. Sie hätte mehr lernen sollen, im voraus; sie hätte alles genauer beobachten sollen, ehe sie sich kopfüber hineinstürzte; aber es tut ihr nicht leid.

Zugegeben, es besteht die Möglichkeit, daß sie etwas Dummes gemacht hat. Mehrmals, oft. Oder sie hat etwas Weises aus einem dummen Grund heraus getan. Heute wird sie es Nate sagen, an diesem Abend. Wird er ihr verzeihen?

(Verzeihung ist nicht das, was sie braucht; jedenfalls nicht von Nate. Statt dessen würde sie es vorziehen, zu verzeihen, irgend jemandem, irgendwie, für irgendwas; aber sie ist sich nicht sicher, wo sie anfangen soll.)

NATE *Freitag, 18. August 1978*

Nate läuft. Er trabt die Universitätsstraße hoch, gegen den Verkehr, die Sonne glitzert auf den Dächern und den Windschutzscheiben der entgegenkommenden Autos, schlägt auf seinen Kopf. Das Blut in seinen Ohren dröhnt wie ein Gong, er ist aufgeheizt wie Metall, der Bürgersteig schlägt erbarmungslos gegen die Sohlen seiner Füße. Er zerrt an seinem blaugestreiften Hemd, das ordentliche Hemd eines Bürgers, der Unterschriften sammelt, zieht es aus seiner Cordhose, läßt es hinter sich flattern. Es weht ein schwüler Wind, der nach Garagen und verschüttetem Öl riecht.

Bei den Parlamentsgebäuden lauert er auf eine Lücke im Verkehr, sprintet hinüber, läuft weiter, unter dem Schutzdach neben dem rötlichen Stein entlang, der früher mal ein schmutziges Braun war, ehe sie ihm mit dem Sandstrahlgebläse zu Leibe rückten. Eines Tages wird er vielleicht in die Politik gehen, er hat darüber nachgedacht. Provinz, nicht die Hauptstadt. Keine Bundespolitik, er hat keine Sehnsucht nach dem Exil. Aber jetzt noch nicht, jetzt noch nicht.

Sein Schatten jagt ihn, dünn mit Stecknadelkopf, streckt sich nach rechts von ihm weg, etwas Schwarzes, das über das Gras flirrt. Eine Warnung, stets an seiner Seite, der Tod, der irgendwann kommt. Worüber er ein andermal nachdenken wird.

Aber er sollte etwas mehr auf sich achten, es zumindest versuchen. Ein regelmäßiger Tagesablauf würde ihm guttun. Um sechs aufstehen, eine halbe Stunde in den Morgennebeln laufen, bevor die Auspuffgase zu schlimm werden. Dann ein frugales Frühstück, Vorsicht mit den Eiern und der Butter, Zigaretten auf ein Päckchen pro Tag einschränken. Mit jedem Drink sterben Gehirnzellen. Zum Glück gibt es Billionen davon; es wird eine Zeitlang dauern, bis er senil ist. Wenn er regelmäßig laufen könnte, würde er sich besser fühlen, er könnte Fuß fassen, das weiß er. Jeden Tag zur gleichen Zeit, immer weiter bis in alle Ewigkeit.

Jetzt wird er seine Runde nicht schaffen. Er ist schweißgetränkt, der Atem rasselt in seiner Kehle, der Sauerstoff schärft all die Kanten. Es gibt nichts, was er ewig tun wird. Er hält auf das Kriegsdenkmal zu, wirft sich ins Gras, bevor er es erreicht, und rollt sich auf den Rücken. Kleine Flecken schwimmen in dem Fruchtwasserblau; in seinem Kopf Stangen und Kegel, schwarze Sterne. Unter ihm drängt das Gras nach oben.

Er würde Lesje gerne irgendwohin mitnehmen, hinaus aufs Land, dieses Land, das sich sicherlich überall um sie herum erstreckt, obwohl er sich nicht mehr entsinnen kann, wann er zum letztenmal dort gewesen ist. Doch wie sollen sie dort hinkommen? Mit dem Bus, eine Wanderung über einen staubigen Landweg, der auf keiner Karte verzeichnet ist? Egal. Sie könnten miteinander schlafen, langsam und sanft, unter Bäumen oder in einem Feld, wiegendes Gold über ihnen und der Geruch von zerdrücktem Gras. Die Möglichkeit dieses Tages schimmert vor ihm, ein Oval aus Licht; in diesem Licht ist Lesje undeutlich zu erkennen, ihre Züge leuchten auf und verschwimmen wieder, ihr dunkles Haar schmilzt in seinen Händen, ihr Körper, weiß und mager auf dem Gras ausgestreckt, bewegt sich, glüht, verblaßt. Es ist, als sei er ihr zu nahe, um sie sehen zu können, um sie in seinem Kopf festhalten zu können. Wenn er nicht bei ihr ist, kann er sich kaum erinnern, wie sie aussieht.

Elizabeth dagegen kann er klar und deutlich vor sich sehen, jede Linie und jeden Schatten. Früher hat er Elizabeth oft mit aufs Land hinausgenommen, bevor Janet geboren wurde, noch bevor er den Wagen verkaufte. Aber sie hatte nie Lust, über Zäune zu klettern und unter Büschen herumzukriechen, und er war nie geschickt genug, sie dazu zu überreden. Statt dessen besuchten sie Auktionen, Farmverkäufe, Familien, die aufgaben oder die zu alt waren und die ihr Hab und Gut verkauften. Elizabeth steigerte mit, Küchenstühle, Löffel bündelweise, während er am Limonaden- und Würstchenstand wartete, Hände in den Taschen, Pennies, Schlüssel befingerte, sich fehl am Platze fühlte, ein Aasgeier.

Er denkt kurz an Elizabeth, distanziert. Einen Augenblick lang ist sie jemand, den er mal gekannt hat. Er fragt sich, was wohl aus ihr geworden ist. Es sind die Spaziergänge, die sie nie gemacht haben, die Felder, die zu betreten er sie nie überreden konnte, die er nun bedauert.

Er setzt sich auf, zieht sein feuchtes Hemd aus und wischt sich damit Kopf und Brust ab, breitet es dann neben sich in der Sonne zum Trocknen aus. Trotz der Hitze fröstelt ihn jetzt. In ein paar Minuten, wenn er wieder zu Atem gekommen ist, wird er sich eine Zigarette anzünden und sie rauchen. Vielleicht wird er sie halbgeraucht wegwerfen. Dann wird er sich erheben und sein Hemd wieder anziehen. Er wird auf eine Verkehrslücke warten und über die Straße laufen, locker, auf den Ballen seiner Füße.

Dann wird er nach Norden gehen, am Planetarium und dem Bauzaun, den er von hier aus sehen kann, vorbei. *Das Planetarium ist noch geöffnet.* Das Museum wird um einen neuen Flügel erweitert. Lesje meint, es sei auch höchste Zeit. *Rom wurde nicht an einem Tag erbaut,* steht auf dem Holzzaun, ein Wortspiel mit dem Namen des Museums, daneben eine Bitte um Geldspenden. Eine weitere gute Sache. Sie saugen ihn aus, dabei hat er nur ein Sägemehlherz.

Er wird die Stufen hochsteigen und sich an die gleiche Stelle lehnen, wo er früher auf Elizabeth zu warten pflegte, eine Schulter gegen den Stein. Er wird sich noch eine Zigarette anzünden, beobachten, wie die Museumsbesucher wie Kauflustige hinein- und hinausgehen, und auf Lesje warten. Sie erwartet ihn nicht. Vielleicht wird sie überrascht und erfreut sein, ihn zu sehen; früher konnte er da sicher sein. Vielleicht wird sie nur überrascht sein und möglicherweise nicht mal das. Er versucht, sich diesen Augenblick vorzustellen, den er nicht voraussagen kann, der Raum läßt für Hoffnung ebenso wie für Unglück. Sie werden entweder auf einen Drink gehen oder nicht. In jedem Fall werden sie nach Hause gehen.

ELIZABETH *Freitag, 18. August 1978*

Elizabeth steht vor einem Bild, betrachtet es. Das Bild ist in einem Glasrahmen. Hinter dem Glas breiten sich leuchtend grüne Blätter mit der harmonischen Asymmetrie eines chinesischen Blumenteppichs aus; purpurne Früchte glühen zwischen ihnen. Drei Frauen pflücken die Früchte, zwei davon mit Körben. Ihre Zähne glänzen in ihrem Lächeln, ihre Wangen sind prall und rosig wie bei Puppen. *Eine gute Auberginenernte* lautet der Titel, in Chinesisch, Englisch und Französisch. Elizabeth erinnert sich daran, daß sie auf dem Heimweg nicht vergessen darf, Würstchen für die Kinder und für sich ein Hähnchen einzukaufen. Sie werden auf der Veranda sitzen, Nancys Vorstellung von einem Picknick. Vielleicht wird es bis dann kühler sein.

Ein Mann in Overalls, der eine große Fußbodenpoliermaschine vor sich herschiebt, erreicht Elizabeths Ecke und verscheucht sie. Sie geht an der Wand entlang. Das Museum hat gerade geschlossen, und es sind kaum noch Leute da. Sie hat auf diese annähernde Leere gewartet, um sich die Ausstellung näher anzusehen, die vor vier Tagen eröffnet wurde, zu derem Besuch sie aber bis jetzt zu beschäftigt war. Über die Presseberichte hat sie sich allerdings gefreut. China hat Neuigkeitswert, ganz anders als zum Beispiel Indien, das vor einigen Jahren, während dieses Kriegs, Neuigkeitswert hatte. Und der Besuch ist gut gewesen, wenn natürlich auch nicht so gut wie die langen Schlangen, die sie vor ein paar Jahren bei der Ausstellung *Die Kunst des alten China* erlebt hatten. Die Leute sind bereit, sich eine ganze Zeit anzustellen, um Gold zu sehen, vor allem Gold, das aus Gräbern ans Tageslicht gebracht wurde. Elizabeth erinnert sich noch an die Pferde, diese wilden, zähnebleckenden Pferde aus dem Grab irgendeines Kaisers. Sie waren nicht aus Gold; sie kann sich nicht erinnern, aus was sie gemacht waren, sie weiß nur noch, daß sie dunkel waren. Ein Omen, eine Katastrophe, sich aufbäumend, niederstoßend.

In diesen Gemälden hier ist nicht die Spur einer Katastrophe. *Neue Wege in unserer Schweinezucht,* liest Elizabeth. An Schweinen ist sie nicht sonderlich interessiert. Diese Schweine wirken wie Spielzeug, wie die Plastikschweine aus dem Bauernhofkasten, mit dem die Kinder noch gelegentlich spielen. Sie sind sauber und ordentlich, und ganz offensichtlich grunzen und scheißen sie nicht. Kürbisreihen wachsen als dekorative Begrenzung zwischen den Schweinekoben.

Der Mann mit der Poliermaschine folgt ihr. Sie geht zur anderen Seite hinüber, biegt um die Ecke in den zweiten Gang ein. Die Gemälde hängen an beweglichen Stellwänden, die den Saal unterteilen. Sie haben gute Arbeit beim Aufbau der Ausstellung geleistet, denkt sie; die lebensgroßen Schwarzweißfotos der Künstler sind eine hübsche Ergänzung. Sie kann sich noch an die Zeit erinnern, als diese ganze Abteilung hier für mittelalterliche Rüstungen und Waffen benutzt wurde: Armbrüste, Schlagkeulen, Hellebarden, Donnerbüchsen mit Einlegearbeiten, Musketen. Nur der Parkettboden ist der gleiche geblieben.

Erlaubt Lin Piao und Konfuzius nicht, Frauen zu verleum-

den, liest sie und lächelt. *Jeder hilft jedem beim Bau seines Hauses.*

Plötzlich fühlt sich Elizabeth nicht einsam, aber vereinzelt, allein. Sie kann sich nicht erinnern, wann zum letzenmal jemand außer den Kindern ihr bei irgendwas geholfen hat. Sie weiß, daß es in China regnet, wenn auch nicht auf diesen Bildern. Sie weiß, die Leute dort lächeln nicht unentwegt, nicht alle haben so weiße Zähne und rosige Backen. Unter den Plakatfarben, elementar wie in Kinderbildern, liegen Bosheit, Gier, Verzweiflung, Haß, Tod. Wie könnte sie das nicht wissen? China ist nicht das Paradies; das Paradies gibt es nicht. Selbst die Chinesen wissen das, sie müssen es wissen, sie leben dort. Wie die Höhlenmenschen malen sie nicht das, was sie sehen, sondern was sie sich wünschen. *Die Dattelpflaumen sind reif am Fuße des Chungmanberges,* liest sie. Orangegelbe Kugeln drängen sich auf dem Bild; auf den verschlungenen Ästen klettern Mädchen, glückliche Gesichter lugen hervor, strahlend und gleichmäßig geformt wie Vögel. Elizabeth unterdrückt ihre Tränen: Blödsinn, sich von so etwas rühren zu lassen. Dies ist Propaganda. Sie will sich nicht in Reih und Glied aufstellen und lernen, wie man Handgranaten wirft, sie will keine Dreschmaschine bedienen, sie verspürt keinerlei Sehnsucht nach Gruppenkritik oder danach, sich von anderen Leuten erklären zu lassen, was sie denken soll. Das ist es nicht, was sie so bewegt, daß sie jetzt in ihrer Tasche nach einem Kleenex suchen muß, irgendeinem Fetzen Papier, mit dem sie sich das Gesicht abwischen kann. Es sind die Rüben in ihren unschuldigen Reihen, gewöhnlich, wie von innen her leuchtend, der Lobgesang auf bloße Tomaten, auf Trauben, in all ihren durchscheinenden Tönen gemalt. Als seien sie es wert.

Elizabeth tupft ihre Nase. Wenn sie Trauben sehen will, dann kann sie in den Supermarkt gehen. Sie muß sowieso hin, sie hat nichts zu essen im Haus.

China gibt es nicht. Trotzdem sehnt sie sich danach, dort zu sein.

DANKSAGUNG

Ich möchte allen danken, die mir durch ihren Kommentar, ihre Information, ihre Unterstützung geholfen haben. Mein besonderer Dank gilt den Mitarbeitern des Royal Ontario Museums und des Planetariums, die mir viel von ihrer Zeit schenkten, und vor allen Joanne Lindsay von der Abteilung der Paläontologie der Wirbeltiere, die mich mit sicherer Hand durch die Kreidezeit führte.